DROEMER

Über den Autor:
Eli Brown lebt auf einer Farm bei Almeda, Kalifornien. Seine Texte erschienen in renommierten Literaturmagazinen der USA, und für seinen ersten Roman *The Great Days* gewann er den Fabri Literary Prize. *Die kulinarischen Anwendungsmöglichkeiten einer Kanonenkugel* ist sein erster Roman, der auf Deutsch erschienen ist.

Eli Brown

Die *kulinarischen* Anwendungsmöglichkeiten einer Kanonenkugel

Roman

Aus dem Englischen
von Sabine Thiele

DROEMER

Die amerikanische Originalausgabe erschien 2013
unter dem Titel »Cinnamon and Gunpowder« bei
Farrar, Straus and Giroux, New York.

Besuchen Sie uns im Internet:
www.droemer.de

FSC
www.fsc.org
MIX
Papier aus verantwortungsvollen Quellen
FSC® C083411

Vollständige Taschenbuchausgabe Mai 2016
Droemer Taschenbuch

Redaktion: Maren Ziegler
Covergestaltung: NETWORK! Werbeagentur GmbH, München
Coverabbildung: © Alexey Bakhtiozin / iStockphoto,
© Ian McDonnell / iStockphoto
Satz: Adobe InDesign im Verlag
Druck und Bindung: CPI books GmbH, Leck
ISBN 978-3-426-30519-5

2 4 5 3 1

Für Davon

der mich aufhob und abstaubte

Ich würde selbst die Sonne schlagen,
wenn sie mich beleidigt.

Kapitän Ahab, Herman Melville, Moby Dick

Inhalt

1

Dinnergäste

In dem ich von Piraten entführt werde

Mittwoch, 18. August 1819

Ich bin kein Held. Blutbespritzt, von Feinden umringt und auf unheilvoller Reise mit unbekanntem Ziel – nein, ich bin alles andere als tapfer.

Das Licht eines Kerzenstummels wirft flackernde Schatten in meine feuchte Kammer. Schlussendlich gestand man mir Feder, Tinte und ein leeres Heft zu, nachdem ich darauf beharrt hatte, dass Mengenangaben und Notizen unerlässlich für die mir auferlegte Aufgabe seien.

Ich habe nicht vor, lange zu kooperieren, sondern hoffe, schon bald einen Fluchtplan ersonnen zu haben. In der Zwischenzeit flüchte ich mich in diese leeren Seiten, um die Physiognomie meiner Entführer zu skizzieren und ihre Untaten niederzuschreiben, damit diese vor Gericht gegen sie verwendet werden können. Vor allem aber schreibe ich, um bei klarem Verstand zu bleiben, denn es ist allein Gottes Gnade zu verdanken, dass ich bei allem bisher Gesehenen und Erlebten noch nicht wahnsinnig geworden bin.

An Schlaf ist nicht zu denken. Die Dünung rührt meinen Magen auf, und das Herz will mir aus der Kehle springen. Vor lauter Anspannung müsste ich mich dringend erleichtern, doch mein Nachttopf droht schon bei jedem Aufbäumen dieses verfluchten Schiffes überzulaufen. Für meine Waschungen benutze ich ein verschmutztes Handtuch, dasselbe, das ich bei mir trug, als ich vor kaum ein paar Tagen grausam entführt wurde.

Meinen ehrenwerten Arbeitgeber von ebenjenen Schurken, deren Tilgung von der Welt er so leidenschaftlich verfolgt hatte, brutal dahingemetzelt zu sehen, ohne die Möglichkeit zur Verteidigung, war ein beinahe unerträglicher Schock für mich. Selbst jetzt noch zittert meine Hand, die sonst mühelos einen Kessel heben kann, bei dem Gedanken.

Doch ich muss alles aufzeichnen, solange meine Erinnerungen noch frisch sind, denn ich kann nicht darauf zählen, dass die anderen Zeugen verschont wurden. Mein eigenes Überleben verdanke ich nicht der Gnade, sondern der unberechenbaren Laune des Monsters, das man Captain Mabbot nennt.

Folgendes geschah:

Ich hatte Lord Ramsey, möge Gott seiner Seele gnädig sein, nach Eastbourne begleitet. Dort trafen wir auf Lord Maraday, Mr. Kindell und ihre Ehefrauen. Die vier Männer waren äußerst einflussreiche Mitglieder der Pendleton Trading Company.

Ich stand seit acht Jahren in den Diensten Lord Ramseys, und für gewöhnlich lud er mich mit den Worten »Warum sollte ich mich im vorgerückten Alter mit minderwertigeren Speisen zufriedengeben, wenn ich Sie haben kann?« zu seinen Reisen ein. So wurde mir die Ehre zuteil, Herren und Damen von höchstem Rang auf ihren prächtigen Landsitzen zu bekochen. Mein Ruf wuchs, und Generäle und Herzoginnen in ganz England rühmten meine Kunst. Zum Glück reiste der Lord selten nach Übersee und ließ mich zudem bei diesen Gelegenheiten in London zurück, da er meine tiefe Abneigung gegen Schiffsbewegungen respektierte.

Dieser speziellen Reise sah ich etwas angespannt entgegen, nicht nur wegen der wichtigen Gäste, sondern auch, weil das Percy-Anwesen bekanntermaßen rustikal und spärlich ausgestattet war und nur über einen uralten Herd verfügte, ohne vernünftigen Blasebalg oder Lüftung. Zudem versuchte ich vor unserer Ankunft vergeblich, verlässliche Informationen über den Zustand der Speisekammer einzuholen, weshalb ich eine Auswahl an Enten und Wachteln mitnahm sowie ein kleines, aber weithin hörbares Lamm. Außerdem Kräuter und Gewürze, verschiedene Käsesorten und meine besten Schneebesen und Messer. Lord Ramsey scherzte, ich hätte meine gesamte Küche eingepackt. Doch sein Gesicht drückte Zufriedenheit über meine Gewissenhaftigkeit aus. Sein Glaube in mich war Balsam für meine Nerven. Wie üblich war ich nachts vor Sorge wach gelegen. Wegen der bescheidenen Größe des Hauses konnte ich meine erfahrenen Assistenten nicht mitbringen – zum Glück für sie, die sie jetzt sicher in London sind. Stattdessen verließ ich mich vollkommen auf das mitgereiste Personal der anderen Gäste.

Glücklicherweise erwiesen sich die Küchenmädchen als ausgesprochen fähig. Auch wenn ich meine eigene Küche im Londoner Haus des Lords vorziehe, in der jeder Zentimeter nach meinen Vorstellungen eingerichtet ist – von der Höhe des Desserttischs bis zum Verzeichnis der Gewürze, das sowohl alphabetisch als auch nach Häufigkeit der Verwendung angelegt ist –, genieße ich es, neue Räumlichkeiten mit Düften und Aromen zu füllen.

Aufmerksam überwachte ich das Ausladen meiner Vorräte und befahl einem Küchenmädchen, den Herd für ein Vier-Gänge-Menü anzuheizen. Trotz meiner Nervosität freute ich mich auf diese kurze Woche fern des Lärms und Gedränges in London und plante, am folgenden Tag einen morgendlichen Spaziergang zu unternehmen, um die Wildblumen und die erfrischende Waldluft zu genießen.

Ein schöner Traum. Während Lord Ramsey sein Glas zum Toast erhob, schlichen bereits ungeladene Gäste durch den Park.

Die Rinderconsommé mit Basilikum wurde serviert, auf deren leicht öliger Oberfläche ein feiner Regenbogenschimmer lag und deren Geschmack die Zunge in die sonnenbeschienenen Hügel verwandelte, auf denen die Bullen schnaubend ihre schweren Köpfe schwangen. Sie wurde sehr wohlwollend aufgenommen, und ich richtete die Ente an. Der Ziegelofen hatte meine Erwartungen übertroffen, die Kirschglasur ergoss sich wie geschmolzene Bronze über den Vogel, der in einem Bett aus gegrillten Birnen lag. Die Bediensteten trugen die Platte gerade zur Tafel, als ein furchteinflößendes Geräusch im Vorraum alle erstarren ließ.

Ich öffnete die Küchentür gerade weit genug, um ins Esszimmer blicken zu können. Die anderen Dienstboten scharten sich um mich. Wir gaben zweifellos ein komisches Bild ab – so viele Köpfe, die gleichzeitig einen Blick durch den Türspalt zu erhaschen versuchten.

Von unserem Aussichtsplatz konnten wir die Überreste der Eingangstür sehen. Ein Sprengkörper hatte ein rauchendes Loch zurückgelassen, wo gerade eben noch das Schloss gewesen war. Eine Sekunde später wurde die Tür von einem Koloss eingetreten, den ich später als Mr. Apples kennenlernen sollte.

Er glich der Karikatur eines gewalttätigen Kindes. Sein Torso war gewaltig, sein Kopf jedoch winzig und von einer Wollmütze mit Ohrenklappen bedeckt. Seine Schulterbreite maß leicht mehr als einen Meter. Seine affenlangen Arme endeten in bratpfannengroßen Händen.

Er ließ den Blick durch den Raum schweifen und trat, als er keinen Widerstand bemerkte, zur Seite, um die anderen hineinzulassen. Ihm folgten zwei kleine Chinesen in schwarzer Seidenkleidung, Zwillinge, wie es den Anschein hatte. Sie verschränkten die Hände auf dem Rücken, Schwerter baumelten an ihren Hüften. Einer von ihnen hatte seinen Zopf wie einen Schal um den Hals geschlungen. Sie stellten sich zu beiden Seiten der Eingangshalle auf.

Die drei gaben ein seltsames Bild ab, der riesenhafte Mr. Apples und die zwei kindsgroßen Asiaten. Ohne die zerstörte Tür hätten wir eine Kostümvorführung erwarten können.

Dann betrat eine hoch aufgeschossene Frau in einem langen, olivfarbenen Mantel das Haus. Das rote Haar hing ihr offen über die Schultern. Sie schlenderte in die Raummitte, wobei sich ihr Mantel öffnete und zwei Pistolen mit Jadehandgriffen enthüllte. Über einen Stuhl stieg sie auf den Esstisch, ging bis zu Lord Ramseys Teller und blickte auf uns herab, als hätte sie gerade den Kilimandscharo erklommen. Sie trug Stiefel mit hohen Absätzen, die sie noch größer erscheinen ließen. Offensichtlich wagte ihr niemand zu sagen, dass große Frauen für das Auge äußerst verwirrend sind.

Selbst ich, der ich nur wusste, was in der Tageszeitung stand, erkannte sie sofort. Dort, keine sechs Meter entfernt von mir, war der Hai des Indischen Ozeans, Mad Hannah Mabbot, die von den Toten auferstandene Rote, deren Tod durch Erschießen und Ertrinken von einem Dutzend verlässlicher Zeugen bestätigt worden war und die doch die Routen der Pendleton Trading Company weiterhin terrorisierte und eine blutige Spur hinterließ.

Lord Ramsey sprang von seinem Stuhl auf und hastete zur Hintertreppe, doch einer der Zwillinge kam ihm zuvor und verpasste ihm blitzschnell einen Schlag, der ihn Atem ringend zu Boden fallen ließ. Mr. Percy erinnerte sich endlich der Verpflichtung, seine Gäste zu schützen, und unternahm den tapferen Versuch, ein geerbtes Schwert vom Kaminsims zu nehmen. Doch Mr. Apples, der Koloss, ließ seine Faust herabschnellen und zerstörte Mr. Percys Gesicht wie ein Kind einen Kuchen.

Schreckliche Stille hatte sich über das Haus gelegt, unterbrochen nur von Mr. Percys Wimmern und dem Geräusch von Mad Mabbots Stiefeln, als sie vom Tisch herabstieg und zu dem wehrlos auf dem Rücken liegenden Lord Ramsey schritt. Dann zog sie genüsslich die beiden Pistolen und zielte auf den Lord.

Die Nachwelt wird mich zu Recht dafür verurteilen, dass ich keinen Versuch unternahm, ihn zu beschützen. Trotz meines Leibesumfangs bin ich ein schlechter Kämpfer. Schon als Junge wurde ich von sehr viel kleineren Kindern schikaniert. Mr. Percy hingegen hatte gegen Napoleons Kavallerie gekämpft. Ich hatte keine Hoffnung, dass es mir besser ergehen sollte als ihm. Auch wenn ich eine passendere Entschuldigung haben sollte – unter meiner weißen Mütze war ich vor Furcht erstarrt.

Mabbot war nur wenige Schritte von mir entfernt, und ich konnte hören, wie sie Lord Ramsey in dem sanften Ton ansprach, den eine Melkerin zur Beruhigung einer Kuh anschlägt:

»Nein, steh nicht auf, wir können nicht lange bleiben. Als ich erfuhr, dass du in der Gegend bist, konnte ich mir die Gelegenheit nicht entgehen lassen, vorbeizuschauen und dich persönlich zu begrüßen. Wusstest du, dass dein schlauer Korsar mittlerweile rotglühende, erhitzte Kanonenkugeln benutzt? Was für ein Vergnügen! Du kannst dir sicher die Freude darüber vorstellen.«

Ramsey räusperte sich zweimal, bevor er zu sprechen ansetzte, und seine Stimme zitterte immer noch, als er sagte: »Mabbot … Hannah, darf ich vorschlagen, dass wir …«

»Die Welt ist voll von deinen Vorschlägen«, unterbrach ihn Mabbot. »Mr. Apples, möchten Sie den Vorschlag von Lord Ramsey hören?«

»Eher esse ich meine Hosen«, antwortete der Riese von der anderen Seite des Raumes.

»Das Alter hat es nicht gut mit dir gemeint«, sagte Mabbot und hob Ramseys Kinn mit der Spitze ihres Stiefels. »Bist du wirklich so überrascht? Hättest du gedacht, ich gebe mich damit zufrieden, den Rest meines Lebens gejagt zu werden, ohne die Möglichkeit, mich dafür zu revanchieren?« Sie beugte sich dicht zu ihm herab und flüsterte: »Aber ganz unter uns – die Verfolgung des Brass Fox ärgert mich wirklich. In diesem Rennen kann ich dich nicht gewinnen lassen, nicht wahr?«

Lord Ramsey erwiderte etwas, das ich nicht verstand. Wahrscheinlich flüchtete er sich in ein gemurmeltes Gebet.

Mabbot biss sich stirnrunzelnd auf die Lippe und verkündete: »Sag dem Teufel, er soll meinen Tee warm halten. Ich bin spät dran.« Dann schoss sie auf seine wehrlose Gestalt, ohne Gnade oder Vorankündigung.

Eine ihrer Pistolen klemmte offensichtlich, denn als Ramsey sich krümmte, beäugte sie verärgert den Abzug. Mit dem Griff der anderen Pistole schlug sie auf das defekte Steinschloss, zielte erneut, und ein Schuss entlud sich direkt in sein bedauernswertes Herz. Danach bewegte er sich nicht mehr.

Selbst jetzt, während ich diese Worte niederschreibe, reagiert mein Körper auf die Erinnerung an diese gnadenlose Tat, den Rauch und die Blutspritzer.

Zufrieden setzte sich das rothaarige Monster auf Ramseys Platz an der Tafel und spießte mit der Gabel eine glänzende Pflaume auf, die sie sich in den Mund schob, während ihre Schläger die anderen Gäste zu Boden stießen.

Der Wille zu leben riss mich aus meiner Erstarrung. Ich erinnerte mich an die kleine Tür neben der Speisekammer, die die Hausangestellten immer benutzten, und stürzte darauf zu. Ich stolperte dunkle Stufen hinunter in einen unterirdischen Ziegeltunnel, durch den ich mich so schnell wie möglich vorantastete und von dem ich dachte, dass er zu den Dienstbotenquartieren hinter dem Haus führte. Als der Tunnel sich verzweigte, bog ich nach links ab und stieß auf eine weitere Treppe sowie eine Tür, durch die ich hindurcheilte. Leider hatte ich mich in der Richtung geirrt und stand nun in der Bibliothek. Mr. Apples' Hand fiel schwer auf meine Schulter. Er warf mich wie einen Sack Wäsche in das Esszimmer, wo ich mit den anderen auf dem Boden sitzen musste. Neben mir lag die Leiche Seiner Lordschaft. Ich hielt seine noch warme Hand, während die Verbrecher das Haus ausraubten.

Plötzlich hörte ich Vater Sonoras Stimme, die ich schon lange verloren geglaubt hatte. Sie kehrte zurück, so lebendig, als stünde er direkt hinter mir: »Ruhig, Kind, Gott verabscheut Jammern.«

Für einen Moment verließ mich die Furcht, ich war bereit, meiner Frau Elizabeth im Himmel zu begegnen. Ich sah das letzte Bild von ihr vor mir, wie sie mit unserem neugeborenen Kind auf der Brust ruhig in ihrem Sarg liegt. Dann fiel mein Blick auf Lord Ramseys zerfetzten Torso, auf dem sich langsam ein scharlachroter Fleck ausbreitete. Ich weiß nicht, ob ich zwei Minuten oder zwei Stunden darauf starrte, bevor ich wieder zu mir kam.

Ein Dienstmädchen weinte und rutschte immer weiter zur Seite, um der sich ausbreitenden Blutlache auszuweichen. Als sie Blut auf ihrer Schürze entdeckte und zu schreien begann, kroch ich zu ihr in der Sorge, sie könnte den Zorn der Piraten auf uns lenken. Ich tupfte den Fleck mit meinem Handtuch ab und sagte: »Na, na, siehst du? Nur ein Spritzer Wein. Sie sind bald wieder weg. Halte durch.« Ich legte ihr den Arm um die Schultern und murmelte beruhigende Worte, doch es war zu spät. Mr. Apples steuerte bereits auf uns zu.

Als er sich hinabbeugte, schlug ich ihn mit dem Handtuch. »Fassen Sie sie nicht an!«, keuchte ich. »Sie hat Ihnen nichts getan!«

Doch der Riese hatte es auf mich abgesehen, nicht auf das Dienstmädchen. Er riss mich grob auf die Füße und hielt meine Arme umklammert, während Hannah Mabbot mich von oben bis unten musterte.

»Ist dieser lebhafte Kerl der Koch?«, rief sie. »Sind Sie für dieses entzückende Mahl verantwortlich? Hervorragend! Das ist wie … was sagen Sie immer, Mr. Apples?«

»Wie mit dem Papst scheißen.«

»Nein, etwas weniger vulgär.«

»Ein pfeifender Esel.«

»Genau! Eine Überraschung und eine Freude wie ein pfeifender … warum ergeben diese Sätze nur bei Ihnen so viel Sinn? Egal, nehmt ihn mit.«

2

Die *Flying Rose*

In dem ich an meinen neuen Arbeitsplatz gebracht werde

Danach wurde ich mit Hanfseilen gefesselt und zu einem Boot gebracht, das unter den Weiden in der Bucht lag. Mr. Apples ruderte, während ich zwischen den Zwillingen eingezwängt dasaß. Mabbot thronte im Bug, die Füße auf einem großen Sack voller Silber und Schmuck, den sie den Gästen abgenommen hatten. Sie knabberte genüsslich an einem in eine Damastserviette eingewickelten Entenschenkel, lehnte sich gegen den Steven und genoss ihren Coup.

Das Wasser unter uns war kristallklar, die Fische schossen zwischen den Seegrasbüscheln hin und her. Angetrieben von Mr. Apples' kraftvollen Ruderschlägen, bewegte sich das Boot rasch aus der Bucht heraus. Ich überlegte, ob ich mich ins Wasser fallen lassen sollte, doch mit den Fesseln an Händen und Füßen wäre ich sicher schnell ertrunken. Mir blieb nichts anderes übrig, als mich meinem Schicksal entgegenrudern zu lassen.

Hier muss ich eine Pause in meiner Schilderung einlegen, denn das Schlingern ist wieder stärker geworden.

Mittwoch, später

Da sich der Schlaf nicht einstellen will, habe ich dieses Heft unter meinem Sägemehlsack hervorgeholt und fahre im Licht der widerlichen Talgfackel fort mit meinem Bericht.

Unser Boot umfuhr ein felsiges Kliff, und plötzlich fanden wir uns im Schatten der *Flying Rose* wieder. Sofort erkannte ich die üppigen Verzierungen des Viermasters. Ich hatte von ihnen in der *Times* gelesen, in der sie von den armen Seelen, die sie mit eigenen Augen gesehen und überlebt hatten, beschrieben worden waren.

Sie waren schrecklich anzuschauen, der gefallene Luzifer auf dem Wasser, blind für die Pelikane, die wie Moskitos um den Bug schwirrten. Ich stand immer noch unter Schock, und mein Mut sank beim Anblick des eleganten Schwungs des purpurroten Rumpfes, der weitreichenden Takelage und den hoch über mir aufragenden Segeln. Seit einer Frankreichreise als junger Mann war ich nicht an die See zurückgekehrt, und Schiffe waren für mich wunderliche Objekte, die sich am Horizont bewegten.

Verdattert ertappte ich mich dabei, wie ich gehorsam eine Strickleiter hinaufkletterte, vorbei an einer Schicht Seepocken, an golden schimmernden Zierleisten und rötlichen Schotten. Ich hatte keine Ahnung, was mich erwartete, nur mein baldiges Ableben schien mir gewiss. Angesichts dieses unerfreulichen Gedankens begann ich zu zittern.

Zwei Tage verbrachte ich dann eingesperrt in einer kleinen Zelle, während derer Angst und Schrecken ins Unerträgliche wuchsen, und ich wurde wieder zum Kind, das in der Nacht sein Weinen ersticken muss. Von Zeit zu Zeit öffnete ich das Medaillon um meinen Hals und roch an seinem Inhalt, um mich zu beruhigen.

Als man mich endlich an Deck gehen ließ, dessen Geländer von einer geschickten Hand mit geschnitzten Gargoyles verziert worden war, war schon kein Land mehr zu sehen. Wir waren rundum von glitzerndem Wasser umgeben.

Seitdem ist das Schiff mein Gefängnis. Ich stolpere schweigend über das schlingernde Deck und meide, so gut es geht, die verschwitzten Männer, die mit Hämmern und Marlspiekern hin und her eilen und Obszönitäten grölen. Abends kehre ich in meine Zelle zurück, die Nacht verbringe ich eingeschlossen auf einem Sack voller Sägemehl. Niemand hat sich bisher die Mühe gemacht, mir den Grund meiner Anwesenheit auf dem Schiff zu erklären.

Noch nie habe ich eine so bunt zusammengewürfelte Truppe gesehen. Wenn wir nicht auf hoher See wären, hätte mich ein Wanderzirkus entführt haben können. An Deck arbeiten Männer jeder Hautfarbe und Körpergröße und auch solche, deren Abstammung verborgen ist unter indigofarbenen Tätowierungen, die Arme und Gesicht überziehen. Andere tragen Ringe durch die Nase, Turbane, in denen man einen Samowar verbergen könnte, ins Haar geflochtene Goldfäden oder Krummsäbel um die Hüften geschnallt. Manche haben spitz gefeilte Zähne, manche überhaupt keine mehr. Viele der Männer haben Finger eingebüßt, einer besitzt keine Ohren mehr, und nicht wenige weisen Blasen an Hals und Armen und im Gesicht auf. Diese Verletzungen ähneln den Wunden, die ich bei unfähigen Gehilfen beim Hantieren mit heißem Öl gesehen habe. Mr. Apples, der Schiffsjunge Joshua, der Böttcher und der Koch Conrad – alle weisen diese Male auf. Ich weiß nicht, ob es eine Krankheit oder eine Bestrafung war, und ich bete darum, weder mit dem einen noch dem anderen Erfahrung zu machen.

Ich hasse Schiffe. Was ich über Segel weiß, habe ich als junger Mann gelernt, als ich mich im Laderaum einer Olivenbarkasse drei Tage unter einem Haufen davon verstecken musste. Danach hatte ich nie mehr darüber wissen wollen. Wenn ein Gespräch sich irgendwann unausweichlich nautischen Themen zuwandte, musste ich mich immer sehr dringend um zu trocknende Kräuter kümmern oder einen Käse pressen.

Drei Tage an Bord, und ich habe den Captain nur einmal gesehen, als sich ihre Silhouette an Deck oberhalb ihrer Kajüte gegen den Sonnenuntergang abzeichnete.

Ich esse Schleimsuppe aus Küchenabfall: Hafer oder irgendein anderes aufgedunsenes Getreide, gewürzt mit Schweinefett und schlaffen Zwiebeln. Wir haben eine riesige Ration von schwarzem Pfeffer an Bord, doch selbst bei verschwenderischem Gebrauch macht er unser Essen nicht schmackhafter. Ich esse wenig. Ich habe nach einiger Überwindung gelernt, mich unter den Augen Gottes und aller anderer durch ein Loch in einer Planke zu erleichtern, die auf das Wasser hinausführt. Ich kann nun geradeaus auf dem sich aufbäumenden Holz laufen. Außerdem kenne ich mittlerweile jeden Winkel des Schiffes.

Heute Morgen entriegelte Mr. Apples plötzlich meine Tür und überreichte mir einen Brief, gefaltet und mit dem Siegel der *Flying Rose* versehen. Ich öffnete ihn und las:

Verehrter Mr. Wedgwood,

willkommen auf der Flying Rose. *Ich hoffe, Sie haben sich gut mit dem Leben auf See arrangiert. Ihr Schicksal könnte sich verbessern, wenn Sie mir entgegenkämen. Lassen Sie mich Ihnen ein Angebot machen: Sie werden mir – ausschließlich mir – an den Sonntagen das Abendessen bereiten. Sie werden kein Gericht zweimal kochen und nichts servieren, das auch nur im Geringsten profan ist. Im Gegenzug werde ich Ihnen das Leben schenken, und nach einer gewissen Zeit könnten wir sogar über eine bessere Unterkunft sprechen. Sollten Sie sich in irgendeiner Weise widersetzen, werden Sie nach Hause*

schwimmen, ganz oder in Einzelteilen, je nach dem Grad meiner Enttäuschung.
Was sagen Sie?

Mit erwartungsvollen Grüßen,
Captain Hannah Mabbot

Zum zweiten Mal seit Beginn dieser schrecklichen Prüfung musste ich lachen. Was sollte ich auch sonst tun? Sie war so verrückt, wie man munkelte. Mr. Apples verkündete über mein Lachen hinweg, er werde mir nun die Kombüse zeigen.

Er ist für den Nahkampf gebaut und dient als Mabbots Erster Offizier und Kommandant. Er läuft die meiste Zeit barfuß, wie fast alle hier. Allerdings scheint er empfindlich auf Zug zu reagieren, da er immer eine Strickmütze trägt und manchmal auch einen dicken Schal, den er sich eng um den Hals windet. An einer Kette um seinen Hals hängt eine Brille mit Gläsern aus Rauchglas, die so dick und düster sind, dass man dadurch wahrscheinlich kaum etwas erkennen kann. Vielleicht hat er sie als Trophäe in einer Wüste ergattert, in der die Sonne niemals untergeht.

Mein Lächeln erstarb, als wir den düsteren, feuchten Verschlag betraten, den sie die Kombüse nannten. Der Herd war nur ein Stapel Ziegel und zog nicht richtig. Das schmale Bullauge in der Nähe der Decke ließ nicht genügend frische Luft herein, um den Rauch zu durchdringen. An einer Eisenstange über der Kochstelle hing ein großer Kessel voll mit dem widerlichen Schleim, den man mir täglich zu essen gab. Ein Mann mit offenen Wunden im Gesicht rührte gelegentlich darin herum. Er wurde Conrad genannt.

Ich musste wieder lachen. »Unmöglich«, bemerkte ich. »Sagen Sie ihr, es ist unmöglich.«

Mr. Apples räusperte sich wie üblich, bevor er antwortete: »Bin nicht dein Botenjunge. Sag es ihr selbst.«

Ich nahm daher all meinen Mut zusammen und ging in die Richtung, in die er mich wies, schnurstracks auf das Achterschiff zu, wo die Kapitänskajüte unter dem Poopdeck verborgen lag. Die ganze Zeit sagte ich mir: »Sei ein Mann, Wedgwood, sei ein Mann!« Geräuschvoll stapfte ich über Deck bis zu der kleinen Tür, die mit einem Tigerfell geschmückt war. Ich hatte gerade die Klinke gedrückt, als ich einen Schlag ins Gesicht bekam und rücklings zu Boden fiel. Als ich wieder zu Atem gekommen war, sah ich Captain Mabbot auf mich herabblicken, flankiert von den Zwillingen Bai und Feng. Anstatt ihres normalen olivgrünen Mantels schmückte Mabbot ein Umhang aus Tigerfell.

Sie wirkt stets wie eine Figur aus einem Stück von Shakespeare. Während ihre Spießgesellen Knoten in ihre Bärte machen und sich in ihre Westen schneuzen, ist sie immer wie aus dem Ei gepellt. Ihre Stiefel, der lange Mantel und der Gürtel sind aus geschmeidigem Leder und knarren leise, wenn sie sich bewegt. Sie trägt immer einen breiten, modischen Hut. Ganz offensichtlich achtet sie sehr auf ihr Erscheinungsbild, doch ist ihr hier unter den Heiden und Wilden ihr guter Geschmack etwas entglitten. Wenn man ihre riesenhafte Gestalt ausblendet, ist sie wirklich so hübsch, wie man sagt. Ich glaube, sie hat schwarzes Blut. Ihr Haar ist dick und wild. Aus der Nähe kann man die Sommersprossen auf ihrem Gesicht erkennen, als ob sie durch einen blutigen Sprühregen gegangen sei. Ihre Lippen sind voll, ihre Augen blitzen dämonisch grün.

Sie lachte. »Sie haben also meine Nachricht erhalten? War meine Handschrift leserlich? Ich habe schon lange nichts mehr mit der Post geschickt.« Ihre Haare bewegten sich im Wind wie die Flammen einer schwach flackernden Fackel.

Ich erhob mich, bürstete mir den Staub von den Kleidern und erklärte tapfer: »Sie sind wahnsinnig.«

Kaum hatte ich diese Wahrheit hervorgestoßen, stürzte Feng los und faltete mich buchstäblich wie ein Handtuch in der Mitte zusammen. Es geschah so schnell, dass ich nicht wusste, ob er mich getreten oder geschlagen hatte.

Mabbot fragte: »Geht es Ihnen gut? Wieder die Seekrankheit? Das wird sich mit der Zeit geben.«

Vom Boden aus, von dem ich mir nicht die Mühe machte, mich zu erheben, erwiderte ich: »Ich werde Ihr Spiel nicht mitspielen.«

Ein Schlag wirbelte mich herum. Erbrochenes breitete sich unter meiner Wange aus, bevor ich es als meines erkannte.

Mabbot sagte: »Ein schreckliches Missverständnis, aber ich bin mir sicher, es ist nichts passiert. Bitte sagen Sie mir, dass es Ihnen gutgeht.«

»Unmöglich in diesem feuchten Verschlag. Keine Geräte, keine Zutaten …«

Ein weiterer Tritt ließ mich verstummen. Ich war plötzlich dankbar für das kühle Deck, auf dem meine Stirn ruhte.

Dann kauerte sich Mabbot neben mich.

»Ein furchtbares Missverständnis«, flüsterte sie mir ins Ohr. »Aber ich bin sehr froh, dass wir es geklärt haben.«

Der Chinese sah aus, als wolle er sich gleich wieder auf mich stürzen, doch Mabbot beruhigte ihn mit ein paar Worten in seiner Muttersprache. Das Feuer der Empörung war in mir zu einem Haufen feuchter Asche zusammengefallen. Ich wollte nur noch, dass man mir erlaubte, zu meinem Sägemehlsack zurückzukriechen und dort zu warten, bis der Schmerz nachließ.

»Sonntage …«, stöhnte ich.

»Wie bitte?«

»Ich koche für Sie nur an Sonntagen?«

»Ich bin ein Mensch, ich esse jeden Tag. Meistens esse ich das, was meine Mannschaft isst – gut für die Moral an Bord. Doch an einen Anführer werden gewisse Erwartungen gestellt.« Sie war mir so nahe, dass ich ihren Atem auf meiner Wange fühlte. Durch Leder und Schweiß roch ich Tee und Flieder. »Eine gelegentliche Extravaganz beweist Autorität«, fuhr sie fort. »Wäre ich nur irgendein Deckarbeiter, könnten sie keine Befehle von mir entgegennehmen, das verböte ihr Stolz. Daher schlafe ich in Daunen und Seide, ich trinke den seltensten Barolo und Médoc. Und jetzt will ich einmal die Woche wie ein Kaiser speisen. Glauben Sie nicht, Sie befänden sich auf einer Urlaubsreise. Wenn Sie auf dieser Seite des Wassers bleiben wollen, werden Sie hart arbeiten müssen. Ein paar aus der Mannschaft haben von Ihnen gehört. Der ›Caesar der Saucen‹ – haben Sie diesen Titel erfunden? Sie werden die ganze Woche damit zubringen, diese Mahlzeiten vorzubereiten, irgendetwas köcheln, die Messer schleifen, was auch immer dazugehört.«

»Ich habe kein Messer …«

»Darum werde ich mich kümmern. Wann sollen wir beginnen? Nächste Woche? Das dürfte Ihnen genug Zeit geben, um sich einzurichten.«

»Und frisches Fleisch, Eier, Butter …«

»Jaja.« Gelangweilt wandte sie sich ab und stapfte zurück in ihre Kajüte.

Vorsichtig richtete ich mich auf und bemerkte, dass ein Großteil der Crew unsere Unterhaltung aus einiger Entfernung beobachtet hatte. Mabbot machte eine Handbewegung, und der Schiffsjunge, ein 14-jähriger Knabe mit lebhaften schwarzen Augen, nahm mich am Ellbogen und half mir behutsam unter Deck. Er musterte mich eindringlich auf dem Weg.

Doch bevor ich mich zurückziehen konnte, verlangte Mr. Apples erneut, dass ich ihm folgte. Er brachte mich in einen Raum voller Säcke und Fässer. Auf dem Boden verstreut lag etwas, das ich gerne für Korinthen gehalten hätte, das sich jedoch leider als Rattenkot erwies.

»Die Vorräte«, sagte Mr. Apples. Aus seiner Tasche hingen Garnfäden.

»Sir«, antwortete ich. »Ich brauche verschiedene Dinge, Papier für Notizen, einen vernünftigen Herd und Ofen …«

»Conrad kommt so zurecht.«

»Mr. Apples, worum der Captain mich gebeten hat, ist etwas vollkommen anderes als das, was Conrad sonst macht.« Ich spürte, wie Blut aus meiner gespaltenen Lippe trat, und wischte es weg. »Sie haben Conrads Mahlzeiten doch gegessen. Es schmeckt wie …«

»Wie ein Furz, der in einem Schuh gekocht wird«, half mir Mr. Apples aus.

»Genau, das trifft es hervorragend. Sie sind ein wahrer Poet.«

Mr. Apples spielte zerstreut mit den Garnfäden und antwortete: »Ich werde Papier für dich suchen gehen.«

So kam es, dass ich nun alles niederschreiben kann. Wenn ich mich nicht irre, ist heute Mittwoch, und ich freue mich auf die vor mir liegende Woche wie jemand, der in den Rachen eines Bären blickt. Ich weiß nicht, wie ich meine Aufgabe bewältigen soll, aber ich muss es versuchen. Man hat mir glaubhaft versichert, mein Kopf bliebe so lange an seinem angestammten Platz, wie es mir gelänge, den Teufel nicht zu langweilen. Ich werde sie verpflegen, bis ich einen Weg gefunden habe, mich zu befreien. Als Erstes werde ich eine Bestandsaufnahme der Speisekammer machen, sobald meine Schmerzen nachgelassen haben und ich mich erheben kann.

Der Schiffsjunge Joshua kommt von Zeit zu Zeit, um meinen Krug mit Panch zu füllen, einer fauligen Mischung aus Wein, Tee, Zitronensaft, Nelken und Wasser. Das Wort bedeutet fünf, nach der Anzahl der Zutaten, und das Gesöff dient an Bord als Ersatz für klares Wasser.

Ich wünsche mir, dass Joshua ein wenig verweilen möge, vielleicht, weil ich vor ihm keine Angst habe. Entweder ist er fürchterlich schüchtern oder stumm. Abgesehen von den Verbrennungen an seinem Hals, wirkt er gesund und bedient die Offiziere mit einem Lächeln. Er ist außerdem für die Lampen zuständig und hinterlässt überall schmierigen Ruß. Wer schon einmal eine Katze gesehen hat, die sich von einem Hund in die Ecke gedrängt aufplustert, hat eine perfekte Vorstellung vom Haar des Jungen. Doch selbst damit wirkt er, im Gegensatz zu allen anderen auf dem Schiff, beruhigend.

⚓

Samstag, 21. August

Ich habe eine Nachricht von einem anderen Gefangenen erhalten! Zumindest vermute ich, dass sie von einem Gefangenen stammt, obwohl sie auch von einem Meuterer oder jemand ähnlich Gesinntem kommen könnte. Sie lautete schlicht:

DU BIST NICHT ALLEIN.

Als ich an diesem Abend in meine Zelle zurückkehrte, fand ich die Nachricht unter der Tür hindurchgeschoben vor.

Woher sie kommt und was sie zu bedeuten hat, weiß ich nicht, und doch lese ich sie immer wieder, als hätte ein geliebter Mensch sie geschrieben.

Ich habe sie in dem wachsenden Manuskript aus Stegreiflisten, Rezepten, Gebeten, Tagebucheinträgen und anderen Notizen versteckt. Dies reicht hoffentlich, um einem oberflächlichen Blick standzuhalten.

3

Der Nutzen eines Löffels

In dem ich wertvollen Rat von einem mysteriösen Freund erhalte und einer Hinrichtung beiwohne

Samstag, später

Heute Abend habe ich mich kurz vor Sonnenuntergang, immer noch unter Schmerzen, darangemacht, die Speisekammer zu erforschen. Auf dem Weg über Deck kam ich an mindestens einem Dutzend Männer vorbei, die müßig herumsaßen, rauchten, Elfenbein schnitzten oder mit Messern nach Ratten warfen. Einer von ihnen spielte eine aufwühlende Melodie auf einem kürbisartigen Instrument mit Tasten aus gehämmertem Zinn. Doch selbst jetzt in ihrer Freizeit suchten sie mit ihren Blicken den Horizont nach einem Korsarenschiff namens *La Colette* ab, das offensichtlich gehörigen Eindruck auf sie gemacht hatte und mit dem sie sicher nicht noch einmal zusammentreffen wollten.

Mr. Apples saß auf einem Schemel inmitten der anderen Männer. Zuerst dachte ich, er würde etwas zerreißen, doch dann erkannte ich, dass er wie wild strickte. Seine riesigen Hände tanzten durch die Luft, sein Gesicht hingegen war vollkommen ausdruckslos, steif wie Marzipan. Aus seiner sich wölbenden Tasche ragte ein Faden, die Stricknadeln klirrten, und er summte selbstvergessen vor sich hin.

Die Wolle hatte dieselbe Farbe wie seine Mütze und dieselbe Stärke wie die Stränge seines Schals. Bei näherer Betrachtung bemerkte ich, dass viele der anderen Männer etwas trugen, das Mr. Apples angefertigt haben musste.

Ich kletterte eine der Leitern hinab unter Deck und ging nach achtern zu der kleinen Speisekammer. Im Schein einer Laterne wurde ich bei meiner Bestandsaufnahme zunehmend verzweifelter. Die Ausbeute war mehr als kärglich.

In Säcken:

Maismehl, grob, mit vereinzelten Rüsselkäfern
Weizenmehl, grob
Reis, glänzend
Knoblauch, getrocknet
Rosinen
Feigen, getrocknet
Weiße Bohnen
Walnüsse
Anchovis, getrocknet
Kokosnüsse
Schwarzer Pfeffer

In Fässern:

Schiffszwieback
Molasse
Schweineschmalz
Essig
Zitronen
Kartoffeln, mit Sand bedeckt
Rum
Madeira
Panch – mit Alkohol gepanschtes Wasser
Ale, bitter
Honig, körnig, voller Wachs und etwas, das Holzstückchen sein könnten
Heringe, ganz, eingelegt in Essig und Knoblauch

In Kisten:

In Schießpulver geräuchertes Fleisch, das die Männer »Mary Sweet« nennen, zäh wie Leder
Zwiebeln, unter Heu liegend
Etwas, das Käse sein muss, zu Kugeln gerollt
Grobes, graues Salz
Tee, in Kuchen gepresst, nach Erde riechend

Das ist der trostlose Inhalt der Speisekammer. Das Atemberaubendste sind die Ratten – so frech, so zahlreich. Ich verstehe jetzt die Vorliebe des Captains für Tigerfell, dessen Moschusgeruch ein probates Gegenmittel sein muss.

Grundnahrungsmittel sind natürlich vorhanden, aber geeignete Zutaten für die gehobene Küche? Butter, Sahne, Pilze, Obst, Eis, Kräuter, Gewürze, frisches Fleisch, Eier, Konserven, knackiges Gemüse, Zucker, Speck, Würste, Sherry und was man sonst noch alles so braucht – nichts davon stand mir zur Verfügung. Keine Kräuter. Nicht einmal eine Karotte. Der Herr möge mir beistehen.

Ich habe das geräucherte Fleisch gekostet, und ich bin mir sicher, dass es nicht Schwein ist. Auch wenn der Schießpulvergeschmack eine genaue Definition erschwert, halte ich es für Pferdefleisch. Ich habe den Fehler gemacht zu fragen, warum die Männer es »Mary Sweet« nennen. Mehrfach wiederholten sie daraufhin das dazugehörige Lied:

Mary Sweet stand in der Küche
als sie in den Fleischwolf fiel
hindurch glitt sie ohne Mühe
und die Büchse war das Ziel.

Mary Sweet wird einmal am Tag ausgegeben, und auch wenn sich die Männer darüber beschweren, freuen sie sich darauf fast so sehr wie auf ihre Weinration.

In der Nähe der Vorräte bewahrt Mr. Apples in einem kleinen Verschlag zwischen Fackeln und Taustücken, die gespleißt werden müssen, einen Korb voller Skorpione auf. Ich hatte den Korb nichtsahnend geöffnet und wollte gerade meinen Kopf hineinstecken, um dem leichten Geruch nach verfaulten Orangen und Staub auf die Spur zu kommen, als Mr. Apples mich grob am Nacken packte.

»Das würde ich nicht tun«, sagte er.

»Was ist das denn?«, fragte ich.

»Kein Essen. Halt dich an die Speisekammer.«

Ich werde seiner Empfehlung Folge leisten. Warum Apples seine Skorpione in einem Korb hält, vermag ich mir allerdings nicht im Entferntesten vorzustellen. Zweifellos leben in den Schatten dieses Schiffs viele Wesen, die besser unentdeckt bleiben.

Auch wenn ich das Schiff mittlerweile großflächig erforscht habe, konnte ich meinen Mitgefangenen noch nicht finden. Es gibt auf dem Unterdeck nur ein halbes Dutzend verschlossener Kammern, die ihn beherbergen könnten, doch ich kann diese nicht auskundschaften, ohne unerwünschte Aufmerksamkeit auf mich zu ziehen. Trotz meines drängenden Verlangens, meinen Leidensgenossen zu finden, muss ich mich in Geduld üben und mäßigen.

Aufgeregt laufe ich in meiner Zelle im Kreis umher. Ich wünschte, ich könnte behaupten, es trüge zu meiner Beruhigung bei, doch immerhin lenkt es ein wenig ab.

Vor ein paar Minuten kam Joshua zu mir, vielleicht um sich zu versichern, dass ich mich von den Schlägen erholt habe. Ich fragte, ob er mir möglicherweise einen Kanten Schiffszwieback bringen könnte. Nachdem ich den Hafer erbrochen hatte, knurrte mein Magen vor Hunger. Doch Joshua schüttelte den Kopf und schlug sich aufs Ohr. Ich versicherte ihm, dass niemand es bemerken oder sich gar darum scheren würde, wenn er mir ein Stück Zwieback in meinen Panch gäbe. Doch Joshua schüttelte nur wieder den Kopf und bedeckte die Ohren mit den Händen.

Da wurde mir bewusst, dass Joshua taubstumm war. Ich seufzte und ahmte eine Essensgeste nach, woraufhin der Junge verschwand und mit ein paar getrockneten Feigen zurückkehrte. Den Kopf zum Dank geneigt, gab ich mich damit zufrieden. Mir wurde wieder einmal die Art von Glück zuteil, an die ich mich langsam gewöhnte: Mit dem einzigen Menschen auf diesem Schiff, der mir nicht gleich die Kehle aufschlitzen würde, konnte ich mich kaum verständigen. Ebenso gut konnte ich mich mit meinem Stiefel unterhalten.

Als er Stift und Notizheft bei mir entdeckte, zeigte er großes Interesse daran. Nachdem er sich auf meine Aufforderung hin den Lampenruß von den Fingern gewaschen hatte, stellte sich heraus, dass er zwar einen Großteil des Alphabets schreiben konnte, jedoch nur wenige Wörter. Er beherrscht das Lippenlesen mit einer gewissen Genauigkeit, doch nur bei gutem Licht und ausreichend Geduld. Zwei Stunden vergingen in fast schon angenehmer Zweisamkeit, während der wir einige Seiten mit Kritzeleien und Zeichnungen verunstalteten und eine einfache Art der Verständigung entwickelten: Ich schreibe ein Wort, und er schüttelt den Kopf, wenn er es nicht kennt. Dann erläutere ich es durch Gesten und Zeichnungen.

So profitiert wenigstens noch jemand anderes als dieser Wirbelsturm, der sich Captain nennt, von meiner Gefangenschaft.

Wie alle Männer von guter Herkunft war Lord Ramsey äußerst zurückhaltend mit Worten. Als Gastgeber war er ein begabter und engagierter Redner, doch in alltäglichen Situationen sprach er nur, wenn es unbedingt notwendig war, und das war selten. Seine Bediensteten lernten, seine

Wünsche und Anweisungen an der Beugung seiner Schultern und an seinem Seufzen abzulesen.

Daher sind mir die seltenen Momente, in denen Ramsey die Fassung verlor, klar und deutlich im Gedächtnis geblieben – etwa, als er die Puppe ins Feuer warf.

Die Stille im Haus belastete mich zu dieser Zeit schwer. Ramsey war ein unbelehrbarer Junggeselle, und wenn wir nicht gerade ein Fest gaben, rauschte die Stille durch die Gänge wie eine erbitterte Hausherrin. Ich war jung, meine geliebte Elizabeth und unser ungetaufter Sohn waren gerade erst ein Jahr begraben, und mein Geist beschäftigte sich nur mit düsteren Dingen. Ich sponn mir eine Geschichte zusammen: Ich überzeugte mich davon, dass Ramsey selbst ein Kind verloren hatte.

Der Herbst machte sich gerade bemerkbar, als ich die Puppe im Holzschuppen entdeckte. Eine schwere Grippe fesselte einen Großteil des Personals ans Bett, Ramsey hatte sie vom Dienst befreit, um ihr Schniefen nicht länger ertragen zu müssen. Daher musste ich das Holz für den Ofen selbst holen, worin ich nicht geübt war. Im Schuppen richtete ich mich zu rasch auf und stieß mir den Kopf an dem schrägen Dach. Während ich ausgiebig fluchte, fiel hinter einem Balken ein Spielzeugsoldat hervor – ein schönes Stück mit echten Silberknöpfen und einer schimmeligen Segeltuchuniform. Sein Besitzer hatte aus einem Stück Zinn ein Schwert gebastelt und es fest an die hölzerne Hand gebunden. Das Püppchen wirkte so fehl am Platz, dass ich einen Moment kaum wagte, es zu berühren. Wenn ein lebendiges Kind aus den Balken heraus auf den Boden gefallen wäre, hätte ich nicht überraschter gewesen sein können.

Sofort kam mir die Unterhaltung ins Gedächtnis, die ich einige Wochen zuvor auf dem Markt mit einer Frau geführt hatte. Sie war ein Kindermädchen, das einen kleinen Knirps mit feuchten Augen auf der Hüfte trug. Sie sah mich einige

Pastinaken auswählen und sprach mich an, als ob sie mich kannte. »Du bist doch Ramseys Mann, nicht wahr?«

Das bestätigte ich.

»Was hast du doch für ein Glück. So ein großartiges Haus, was? Oh, ich weiß, wovon ich rede, ich habe dort fünf Jahre lang gelebt, habe mich um den Jungen gekümmert.«

Sie legte den Finger an die Nase und zwinkerte so heftig, dass ich schon dachte, ich hätte es mit einer Prostituierten zu tun. »Aber das bleibt zwischen uns und den Rüben, klar?« Sie lachte und schlenderte die Straße entlang, das Kind auf ihrer Hüfte starrte mir unfreundlich über ihre Schulter entgegen.

Ich hatte den Vorfall rasch vergessen, doch mit dem Püppchen in der Hand fiel er mir wieder ein, in allen Einzelheiten.

An diesem Abend stellte ich den kleinen Soldaten auf ein Fensterbrett, so dass ich bei der Arbeit über ihn nachdenken konnte. Ich plante, ihn Lord Ramsey auf eine Art zurückzugeben, die mein tiefes Mitgefühl für seinen offensichtlichen Verlust ausdrücken sollte. Selbst während Ramsey im Esszimmer speiste, kreisten meine Gedanken ausschließlich darum.

Ich bereitete gerade eine Karamellsoße für sein Dessert zu, als Ramsey – wie er es von Zeit zu Zeit tat – in die Küche kam, um mich für die Gänseleber und den Lauchauflauf zu loben. Sein Blick fiel sofort auf den Spielzeugsoldaten auf dem Fenstersims.

»Ich habe diesen seltsamen Gegenstand gefunden …«, begann ich, doch Ramsey packte das Püppchen und drängte sich mit knirschenden Zähnen an mir vorbei.

Er verbrannte sich die Hand, als er den Ofen aufriss und den Soldaten in die Kohlen warf. Sofort züngelten die Flammen an ihm empor. Ramsey würdigte mich keines Blickes, als er schweigend aus der Küche stürmte. Ich fasste dies als schweren Tadel auf und erwähnte den Vorfall nie irgendwem gegenüber.

Doch vergessen konnte ich ihn nicht. Im Gegenteil, ich war tiefbewegt von den Implikationen. Ramsey hatte tatsächlich einen Sohn gehabt, mit wem, entzog sich meiner Vorstellung. Ich war mir nur sicher, dass er gestorben sein musste. Bevor ich an diesem Abend einschlief, standen mir die winzigen Silberknöpfe vor Augen, die in der Hitze der Flammen schmolzen, der schwelende Kopf, das Zinnschwert bis zum letzten Moment fest in der Hand.

Danach bewunderte ich Ramsey nur noch mehr für seine Contenance. Unser Verlust vereinte uns zu einer Art Familie. Mabbots gnadenlose Pistolen machten mich erneut zum Waisen.

Mr. Apples gab mir ein Glas, in dem ich die Rüsselkäfer und Ohrenkneifer sammeln konnte, die ich im Essen fand. Er wollte sie seinen Skorpionen verfüttern.

Mit einem Schaudern kommt mir jetzt, da ich all dies niederschreibe, der Gedanke, dass die Ratten auch eine Art Vorrat sein könnten. Ich wäre nicht überrascht, wenn diese Barbaren sie hielten, um das gelegentliche Verlangen nach frischem Fleisch zu stillen. Mein Mund wird bei dieser Vorstellung trocken, und ich beginne mir auszumalen, wie ich mich schonend und schnell aus diesem Leben verabschieden könnte, wie so oft, wenn ich mich Unannehmlichkeiten gegenübersehe. Doch ich bin fest entschlossen zu überleben, und sei es nur, um diese Hexe zu ärgern. Nein, ich will aus dieser Prüfung siegreich hervorgehen.

Doch wie in aller Welt soll ich eine anständige Mahlzeit aus diesen minderwertigen Zutaten bereiten? Heiliger Paschalis, bitte komm mir zu Hilfe.

Montag, 23. August

Heute am frühen Morgen hörte ich jemanden vor meiner verschlossenen Tür stolpern und dann Mr. Apples' aufgebrachtes Brüllen: »Verdammt noch mal, du bist so geschickt wie eine Kartoffel!«

Woraufhin der so Angesprochene erwiderte: »Reg dich nicht auf, Quincy. Das ist die Gicht, davon werden meine Beine steif.« Das war kein Pirat. Er hatte einen gebildeten Akzent, der mich an Sahne denken ließ, die sich in einer Tasse starkem Tee verteilt. Seine Stimme hatte die warme Heiserkeit eines langjährigen Pfeifenrauchers.

Konnte dies mein Verbündeter sein? Ich erhob mich und sah, dass der schlaue Kerl heimlich eine weitere Nachricht unter meiner Tür hindurchgeschoben hatte. Die Gicht, natürlich! Dieses kleine Stück Papier beweist, dass er ein nützlicher Partner ist. Darauf steht:

LÖFFEL FLACH KLOPFEN,
UM DAS SCHLOSS ZU ÖFFNEN

Bei der ersten sich bietenden Gelegenheit werde ich seinen Rat befolgen. Wedgwood, du hast einen Freund!

Am Nachmittag prüfte Mr. Apples wie jeden Tag seine Kanoniere und ließ sie unsichtbare Kugeln auf unsichtbare Feinde abfeuern. Die Männer hielten sich sogar die Ohren zu, obwohl die Kanonen stumm blieben.

Der Bootsmann ließ währenddessen einige Männer die Ritzen des Decks im Vorschiff kalfatern. Sie hämmerten Bündel aus Werg und Tierhaaren in die Fugen und schütteten dann siedendes Pech darüber. Der Geruch trieb mich zurück unter Deck, doch eine beeindruckende Demonstration von Mr. Apples' Kraft ließ mich innehalten: Einer der Kalfaterer holte einen neuen Sack mit Werg und wollte in der Eile seinen Weg abkürzen und hinter den Kanonieren vorbeigehen. Mr. Apples drehte sich um und hieb dem Vorbeieilenden so kraftvoll die offene Handfläche unters Kinn, dass dieser in die Höhe gehoben wurde. Seine Füße setzten ihre Bewegung in der Luft fort, bis er mit dem Gesicht nach vorne auf dem Deck landete, die Arme ausgebreitet wie eine Vogelscheuche.

Mr. Apples' Stimme dröhnte. »Das hier war nur ein Kuss. Wenn dich eine Kanone erwischt, kratzen wir dich in eine Schnupftabakdose und begraben dich darin.«

Damit war seine Mannschaft entlassen, um sich für den Grog anzustellen. Erleichtert sah ich, wie die Vogelscheuche sich aufrappelte und zu ihren Leuten zurückeilte, die ihm das vergessene Werg offensichtlich verziehen.

Ich starrte auf die Kanone und stellte mir deren zerstörerische Kraft vor. Ihre hohlen Rohre erinnerten an die Augen der Zyklopen, die blind vor Wut den Horizont nach Odysseus absuchten.

Mr. Apples riss mich aus meiner Träumerei. »Mit so einem finsteren Blick allein könntest du Fleisch kochen«, sagte er, während er Wolle aus einem kleinen Beutel zog. »Was ist los, Spoons? Dich habe ich nicht geschlagen.«

»Mir scheint es«, erwiderte ich, »dass solch eine Kraft eine Gabe ist, die man besser verwenden könnte.«

»Dieser Klaps wird ihm das Leben retten.« Er hielt seine kindskopfgroßen Fäuste in die Höhe. »Ich war Boxer. Ich stand in einem Ring und habe zur Erheiterung der Zuschauer Schädel eingeschlagen. Ein Bär kann das auch. Nichts anderes war ich, als Mabbot mich fand. Die Männer hier könnten auf jedem anderen Schiff anheuern, einen monatlichen Lohn erhalten und an Feiertagen Schokolade trinken, doch sie essen lieber Brei und bekommen monatelang kein Geld. Sie jagen den Brass Fox, was so leicht ist, wie Rauch mit einem Hut zu fangen. Warum tun sie sich das an?«

»Ja, warum?«

»Hat man Mabbot kennengelernt, kann man kein Bär mehr sein. Man hat nur zwei Möglichkeiten: gegen sie oder mit ihr zu kämpfen.«

Nur noch drei Tage, bis ich mein erstes Essen servieren muss, und ich bin noch keinen Schritt weiter. Eine Kathedrale aus Fadennudeln zu bauen, wäre realistischer. In meiner Verzweiflung kann ich mich kaum von meinem Sägemehlsack erheben, der mir erschreckend ans Herz gewachsen ist. Doch ich darf nicht an die Annehmlichkeiten meines früheren Lebens denken, sondern muss wie Adam werden, das Vorhandene hinnehmen und alles Weitere erfinden.

Wie ich erfahren habe, hat man die *Flying Rose* in einigen Bereichen umgebaut. Zum einen ist ihr Heck verstärkt, um die zwei glänzenden schwarzen Kanonen zu stützen, die von den Kanonieren liebevoll die »Zwei Raben« genannt werden. Diese Langstreckenjäger können alles zerstören, was sie verfolgen. Außerdem hat man einen Großteil des Unterdecks in kleine Zellen unterteilt, um gestohlene Waren oder Gefangene wie mich besser unterbringen zu können.

Auf dem Schiff herrscht immer Betrieb. Ein Seemann steht neben dem Besanmast und schlägt einen großen Gong, der rundum mit weißen Email-Kranichen verziert ist. So erzeugt er verschiedene Rhythmen, anhand derer die Crew weiß, welche Tageszeit ist und welche Aufgaben erledigt werden müssen. Obwohl die Seeleute hart arbeiten und das Schiff vor Sauberkeit glänzt, verbringen sie erstaunlich viel Zeit damit, zu musizieren, miteinander zu ringen, zu schnitzen oder einfach an Deck herumzulungern, wo sie miteinander lachen und sich Scherze in einem Kauderwelsch zurufen, das wie das Bellen eines Seehundes klingt. Der Schiffsarzt ist ein notorischer Trinker, der sich erst aus seiner Hängematte erhebt, wenn er mindestens zwei Liter Wein intus hat. Hoffentlich werde ich nie seine Dienste benötigen. Soweit ich es beurteilen kann, benutzt Mabbot weder Kompass noch Astrolabium, sondern verlässt sich ganz auf Pete, einen runzeligen alten Kauz unbekannter Herkunft, schwielig wie Rinde, der auf einem speziell hergestellten Stuhl auf dem Bugspriet sitzt und von Sonnenauf- bis Sonnenuntergang aufs Meer starrt. Ich persönlich denke, dass der arme, zahnlose Pete mittlerweile wieder im Kindsstadium angelangt ist, doch Mabbot sagt, er würde »die Wellen zählen«, und vertraut seinem Urteil blind.

Mabbot macht zweimal am Tag einen Rundgang über das Schiff, hin und wieder wirft sie einem der Männer ein knappes Kommando zu. Ihre Rundgänge führen sie immer zu Pete. Sie unterhalten sich, er deutet in die Ferne, manchmal ziehen sie eine Karte zu Rate, dann kehrt sie in ihre Kajüte zurück. Es ist ein Wunder, dass das Schiff nicht in einer tiefen Spalte auf dem Meeresgrund verrottet, sondern seit fünfzehn Jahren die Pendleton Trading Company in Angst und Schrecken versetzt. Ihre Angriffe aus dem Hinterhalt sind legendär. Die Gerüchte um ihre diversen Wiederauferstehungen sind zwar lachhaft, doch ich könnte mich davon überzeugen lassen, dass die Frau einen Pakt mit dem Teufel geschlossen hat. Es würde vieles erklären.

Die Männer essen meist auf dem Vorschiff, auf Schiffskisten sitzend, mit einer Schale im Schoß. Einmal luden sie mich ein, mit ihnen an einem kleinen Tisch zu sitzen, und haben sich dann köstlich amüsiert, als der Wellengang mein Porridge über die Tischplatte schlittern und auf das Deck fallen ließ. In Zukunft sollte ich mir zweimal überlegen, ob ich ein höfliches Angebot von einem Piraten annehme, und darf meine Schüssel niemals abstellen. Dennoch erlaube ich mir nach und nach einfache Konversationen mit den Seemännern. Auch wenn ich oft angesichts der Tätowierungen und den eisernen Ringen in ihren Gesichtern ins Stottern gerate, sage ich mir: Es sind nur Menschen. Grobschlächtig und furchteinflößend, aber dennoch Menschen.

Ich habe diese Unterhaltungen bisher nur einmal bereut. Da man mich genötigt hatte, die knappen und rostigen Gerätschaften und Vorräte in der Kombüse zu beurteilen, war ich Conrads geschwätziger Zunge ausgesetzt.

Ein Wort zu Conrad: Einen Koch kann man ihn nicht nennen. Mittlerweile, da ich so viel von seiner Kost gegessen habe, mag ich ihn kaum mehr einen Christen nennen, auch wenn er behauptet, einer zu sein. Ein Mensch ist er, so viel gestehe ich ihm zu. Die widerlichsten Dinge auf Erden werden von Menschen verbrochen.

Seine Wunden brauchen dringend eine Ringelblumenauflage. Zum Glück müssen wir ihn beim Essen nicht ansehen, denn er meidet die Männer während der Mahlzeiten. Doch sobald man seinen feuchten Husten gehört oder in den engen Gängen die käsigen Stränge seiner Zöpfe gerochen hat, sobald man Zeuge wurde, wie er in den Horizont starrt und gedankenverloren mit den Fingern seinen Nacken nach Krusten absucht, muss man sich zum Essen zwingen.

Wie konnte dieser Mann, der an Land einem Esel unterlegen wäre, diese Position bekommen. Offensichtlich ist seine Aufgabe kein Posten, sondern eine Bestrafung. Nicht nur muss er seine Tage in einer verrauchten Kammer zubringen und genügend Nahrung für eine ganze Armee zusammenkratzen, er ist auch dem Spott der Mannschaft ausgesetzt, für die das Mahl eine der wenigen Pausen an einem langen Arbeitstag bedeutet. Sollten sie Sand zwischen den Zähnen schmecken oder die Feigen sauer sein, laden sie ihren ganzen Ärger auf Conrad ab.

Da sie sich nicht der Freude hingeben können, sich die Bäuche vollzuschlagen, beschimpfen und verspotten sie den Mann, der ihre Rufe und Schreie stoisch über sich ergehen lässt.

Ohne Zweifel hätte man ihn schon längst über Bord geworfen, hätte der Captain nicht gedroht, jeden, der dem Koch etwas antut, selbst zum Koch zu befördern. Die Furcht, ein Conrad zu werden, ist stärker als die Wut auf ihn. Daher wird er in Ruhe gelassen und darf weiter seine blubbernden Abscheulichkeiten zusammenrühren.

Müssen sie nicht gerade sein Burgoo, einen groben Haferbrei, essen, tolerieren ihn die Männer. Es gibt Schlimmeres im Leben eines Piraten als einen Mann, der nicht kochen kann und der zu viel erzählt.

Seinen Redeschwall muss ich bei jedem Aufenthalt in der Kombüse ertragen. Er hält mich für einen Landsmann, und ich bringe es nicht übers Herz, das richtigzustellen.

Das Thema der Monologe ist stets seine Bewunderung für den Captain, die zuweilen ans Lüsterne grenzt. Am heutigen Nachmittag sagte er beispielsweise: »Nun, wir sind auf dem Weg, nicht wahr? Sie verliert in der Tat keine Minute. Macht die Zeit wieder gut, die draufging, Ramsey zu töten. Was für ein Festtag für sie! Und jetzt geht die große Verfolgungsjagd weiter!« Er gluckste über seinem Porridge-Kessel. »Oh, aber sie ist so zäh wie schön. Sie wird ihn schon bald finden. Ihr wird etwas einfallen. Schlau ist sie, der Captain, hat Ramsey einfach überrascht, was?«

»Wenn es dir recht ist, würde ich lieber nicht über Lord Ramsey sprechen«, erwiderte ich.

»Der Mann war ein Hund.«

»Es ist mir ernst …«

»Dann schlag mich doch! Ich wehr mich nicht.« Er hob das Kinn, und ich war überrascht von meinem Verlangen, seiner Aufforderung nachzukommen. Stattdessen sagte ich: »Du lobst sie in den höchsten Tönen, und dennoch hat sie dich in diese Räucherkammer verbannt.«

»Aber ich bin doch selbst schuld, nicht wahr? Habe dem anderen Koch einen Schlag versetzt, der ihn erblinden ließ. Ich habe die Peitsche zu spüren bekommen und wurde Koch. Wie kann ich mich beschweren? Wenn Gott Gerechtigkeit walten ließe, wäre die Welt nicht so ein Scheißhaufen!«

»Wir sprechen weder über Gott noch Lord Ramsey.«

»Ja, wenn es nach dir ginge.« Er machte ein unhöfliches Furzgeräusch mit dem Mund. »Worüber sollen wir denn sprechen?«

»Hast du Schöpfkellen? Zangen? Ein Nudelholz? Wo werden die Auflaufformen aufbewahrt?«

Wieder lachte er und wurde von einem Hustenanfall geschüttelt. »Derart überkandidelte Sachen habe ich nicht. Töpfe und Löffel, mehr gibt es nicht. Töpfe und Löffel.«

Ich notierte mir, was ich auf eigene Faust fand. Eiserne Pfannen, verrostet und pflegebedürftig. Billige Töpfe zur Genüge. Eine feine Raspel und diverse knotige und übergroße Holzlöffel.

Conrad fuhr fort: »Seit fünf Jahren koche ich mit diesen Töpfen. Haben in der Zeit fast zweimal die Welt umfahren, immer auf der Jagd nach dem Brass Fox«, sagte er. »Sie vergisst ihr Ziel nie. Auch wenn sie nicht darüber redet, sie denkt ständig daran.«

»Was für eine Waffe ist der Brass Fox?«, fragte ich.

»Waffe? Ha! Der Fuchs ist ein Dieb – der König der Diebe.«

»Wofür braucht sie einen Dieb?«

Er lachte so schallend, dass ich seine Zähne aus Kaurischnecken sehen konnte.

Bevor er wieder zu husten anfing, unterbrach ich ihn rasch: »Ist es ein Schatz?«

»Natürlich ist es ein Schatz. Doch was für einer? Ich habe mit eigenen Augen gesehen, wie sie Diamanten ins Kielwasser streute, als ob sie Weizen säte. Was also erscheint ihr so wertvoll? Mr. Apples weiß sicher etwas, aber er hält so dicht wie ein Fass ohne Stöpsel. Feng und Bai wissen es vielleicht auch, wenn sie genug Englisch verstehen. Aber sie reden so viel wie meine Ellbogen. Der Rest ist ahnungslos. Grim munkelt, der Captain würde den größten Haufen Gold jagen, den man je zusammengetragen hat, zurückgelassen von Ben Gaunt und seinem Piratenbund. Jawbone denkt, sie würde nach dem Holz des wahren Kreuzes suchen, doch den hat als Kind ein Pferd an den Kopf getreten.« Conrad probierte seine Schleimsuppe mit grauer Zunge. »Die Hälfte der Männer denkt, sie sucht nach Rochs Ei, was eine gute Theorie ist. Ich habe schon gesehen, wie es einen Elefanten in den Himmel getragen hat.

Die andere Hälfte der Männer glaubt, sie sucht nach dem Gegenmittel für einen Fluch, mit dem eine Witwe sie belegt hat und der sie nicht schlafen lässt. Das tut sie tatsächlich nicht oder nur sehr wenig. Oder es könnte ein Zauber sein, der sie gegen Musketenfeuer immun macht, was sehr praktisch und definitiv die lange Suche wert ist, wenn es das wirklich gibt. Gimbal wird dir sagen, dass sie nach einer Heilmethode von der Opiumpfeife sucht, damit könnte sie die Kaiserin von China werden und mit deren Armee das Rückgrat der Company brechen.«

»Der Pendleton Trading Company?«

»Welcher sonst? Meiner Erfahrung nach ist jeder noch so verworrene Mensch im Innern einfach gestrickt und strebt nach Gold. Es muss einfach Gold sein, oder? Ein ganzer Berg davon. Genug, um Herzöge aus uns allen zu machen. Genug, damit sie die ganze Company hundertmal kaufen kann. Aber Vorsicht, frag sie niemals danach. Sie hat Gimbal wegen seiner Neugier den Finger gebrochen. Hat ihn gepackt, ganz sanft, als wollte sie ihn küssen, dann hat sie ihn wie einen Zweig gebrochen und so lange festgehalten, bis Gimbal ihr dafür gedankt hat.«

»Gedankt?«

»Sie hätte nicht eher losgelassen.«

»Nun, sie ist ein Monster«, sagte ich.

Conrad sah mich daraufhin so eigenartig an, dass mir ein Schauder den Rücken hinunterlief. Ich muss mir öfter in Erinnerung rufen, wo ich bin, und meine Ansichten für mich behalten.

Eine seltsame Glocke riss mich aus meinen Grübeleien und ließ mich ans funkelnde Deck eilen. Als sich meine Augen an die Helligkeit gewöhnt hatten, sah ich, wie sich Mabbot durch eine Menge drängte, die sich um einen flach auf dem Bauch liegenden Matrosen versammelt hatte.

Sie kniete sich neben den Mann und zog seine Unterlippe nach vorn. Seine Zähne waren dunkel und mit einer öligen Substanz beschmiert. Er war im Delirium, lachte und starrte ausdruckslos in die Gesichter über ihm.

Bai reichte Mabbot ein dünnes Papierbriefchen, das sie öffnete. Darin waren einige getrocknete Blütenblätter, die eine halbe Opiumkugel enthielten.

Die Menge murmelte erregt.

Mabbot fragte den Matrosen: »Hast du das gegessen? Du hast zu viel davon erwischt – du wirst krank werden.«

»Werde ich nicht«, antwortete der Mann. »Tut mir leid, Captain. Nur ein Spaß.« Er grinste und rappelte sich langsam auf.

Mabbot gab Bai das Opium zurück, der es über Bord warf.

»Theaterschminke«, sagte sie schließlich müde.

Die Menge raunte, als der Bootsmann dem Matrosen die Hände auf den Rücken fesselte.

Ich erkannte, dass ich gerade einem Prozess und einer Verurteilung beigewohnt hatte. Bevor ich auch nur raten konnte, was für eine Bestrafung hinter dem Begriff Theaterschminke stehen könnte, hatte der Bootsmann schon mit flinken Messerstreichen die Wangen des Opiumessers bogenförmig aufgeschnitten, so dass das Fleisch blutig herabhing und seine Zähne gespenstisch durch die Löcher blitzten. Das Opium wirkte, denn der Mann schien überrascht, doch ohne Schmerzen.

Ramsey hatte sich regelmäßig nach den Abendmahlzeiten aus einer kleinen Phiole Laudanum bedient, doch ich hatte noch nie einen echten Opiumrausch gesehen. Der arme Matrose wirkte vor allem schläfrig, seine Gleichgültigkeit erschreckend. Selbst, als man ihm die Füße fesselte und ihn zum Schiffsbug trug, schien er kaum besorgt, so als sei dies ein Scherz, den man sich mit einem Freund erlaubte, der zu viel Cider getrunken hatte. Wie ein Spanferkel wurde er zum Bugspriet getragen und dort liegen gelassen.

Schon nach kurzer Zeit versammelten sich über ihm die Möwen, die dem Schiff folgten, und pickten in sein Gesicht. Am Abend hatte die Wirkung des Opiums nachgelassen. Er war vollständig in Federn gehüllt, und ich musste mir Papier in die Ohren stopfen, um seine Schreie zu ertragen.

Ich zog mich, soweit es ging, von diesem Schreckensszenario zurück und traf Mabbot beim Achterschanzkleid, wo sie auf das jadegrüne Meer blickte.

»Grauenhaft«, stöhnte ich.

»Hätte ich ihn seine Lektion auf eine Tafel schreiben lassen sollen? Ihn übers Knie legen und ihm den Hintern versohlen? Er kennt die Gesetze. Er hat eine Entscheidung getroffen. Nicht jeder von uns kann sich seinen Tod aussuchen.«

»Ein Todesurteil! Für ein so triviales Verbrechen?«

»Trivial?« Mabbots Wangen röteten sich. »Für diese Nichtigkeit hungern zehn Millionen Bengalis, weil die Pendleton Company sie zwingt, auf ihren Feldern Opium statt Nahrung anzubauen. Schauen Sie sich um. Viele dieser Männer haben ihre Heimat und ihre Familien wegen dieser Kleinigkeit verloren. Ich werde das auf meinem Schiff nicht zulassen.«

»Aber er wird seine Lektion doch mittlerweile gelernt haben.«

»Diese Lektion ist nicht für ihn.«

Joshua kommt zum Leseunterricht, als ob er ein zahlender Schüler sei. Unsere Stunden sind zäh und wenig effektiv, aber es ist eine Erleichterung, mein Unglück vergessen und mich auf eine einfachere Welt konzentrieren zu können. *Zum Markt gehen* – dieser Ausdruck beanspruchte für eine halbe Stunde unsere gesamte Aufmerksamkeit. Mir dabei das Leben an Land vorzustellen – den schattigen Pfad, den ich hinter der Kirche entlanggging, wenn ich Grünkohl und das beste Stück vom Rind kaufen wollte – war eine willkommene Abwechslung.

Joshua lächelt oft und hat es faustdick hinter den Ohren. Er hat meinen Panch gegen Salzlake ausgetauscht und sich köstlich amüsiert, als ich das Gesicht verzog und das Gesöff wieder ausspuckte. Sein Lachen könnte Tote aufwecken. Wahrscheinlich klingt es wegen seiner Taubheit so zügellos, laut und roh.

Ein einfacher Riegel verschließt die Tür meiner Zelle. Ein Affe könnte ihn von außen bedienen, doch mir auf der anderen Seite sind die Hände gebunden. Bis zum heutigen Abend.

Ich habe einen der Zinnlöffel aus den Kojen gestohlen und ihn mit einiger Mühe unter meinem Stiefel flach getreten. Tatsächlich passt er, wie es mein Mitgefangener versprach, zwischen Tür und Rahmen. Wenn ich ihn hin- und herbewege, kann ich mit viel Geduld den Riegel lösen – zumindest fast. Ich habe beschlossen, die Tür nicht vollständig zu öffnen. Sobald sie nach außen schwingt, hätte ich keine Möglichkeit mehr, mich wieder einzuschließen, mein Geheimnis wäre offen dargelegt. Ich muss auf den entscheidenden Moment warten.

4

Fiat Sauerteig

In dem ich Kontakt zu einem Mitgefangenen aufnehme

Dienstag, 24. August

Ich habe mir einen rudimentären Kalender angelegt, kaum mehr als Kästchen auf einem Stück Papier, und mit Schrecken kreuze ich jeden Morgen eines durch – ein weiterer Tag fern von Heimat und Glück.

Nachdem ich mich auf die hier übliche barbarische Art über dem Bugspriet erleichtert hatte, konnte ich einen Blick auf meinen Mitgefangenen erhaschen, der am Mast gefesselt war. Er ist ein beleibter Mann (auch wenn er angesichts seiner lose sitzenden Kleidung wohl Gewicht verloren hat) mit einem üppigen Gesicht und einem sich kräuselnden Backenbart. Seine Offiziersuniform ist beschmutzt und zerrissen, doch die Jacke hat er trotz der Hitze ordentlich bis zum Hals geknöpft.

Er sah mich an und bemerkte, dass ich den Gong nicht beachtete. Als ihm klarwurde, dass ich ebenso gefangen war wie er, stellte er sich aufrecht hin und salutierte. Die Geste bewegte mich so sehr, dass ich sie erwiderte. Mit der falschen Hand.

Bai, der unseren Austausch verfolgt hatte, drohte mir mit dem Finger. Ich war nicht auf eine erneute Abreibung aus und gab mich damit zufrieden, den Gefangenen aus der Entfernung zu beobachten. Er erwiderte meinen mitfühlenden Blick, und auch wenn wir uns nicht auf gewöhnliche Weise verständigten, war die Luft zwischen uns voller Emotionen. Ich kenne seinen Namen nicht, und doch fühle ich mich ihm näher als jeder anderen Seele auf Erden. Wenn Bai nicht gekommen wäre, um mich anderswo an Deck zu fesseln, hätte ich noch tagelang dort sitzen und das süße Gefühl von Freundschaft genießen können.

Schon bald erfuhr ich den Grund für diese ungewöhnliche Behandlung – wir näherten uns Land. Zuerst nahm ich den unverwechselbaren Geruch nach Humus wahr, dann das unverkennbare Rauschen von Laub, die Gnade festen Bodens.

Wir ankerten in Porto Santo in der Nähe von Madeira. Mabbot ging mit ein paar Männern für einige Stunden an Land. Ich musste an Deck bleiben und konnte nichts tun, außer die sich am Pier im Wind wiegenden Palmen beobachten, in deren Nähe kleine Männer Netze ins Wasser warfen.

Stunden später ließ man mich frei, als wir wieder auf offener See waren. Ich beobachtete, wie Mabbot vor ihrer Kajüte mit dem unerschütterlichen Mr. Apples stritt. Sie beugten sich über eine Karte, und auch wenn sie außer Hörweite waren, war Mabbots Wut doch deutlich zu sehen.

Heute habe ich mich dem Elementarsten der kulinarischen Grundlagen gewidmet: einem einfachen Sauerteig. Ich weiß zwar immer noch nicht, wie ich in dieser Ruine, die Conrad einen Herd nennt, Brot backen soll, doch ohne einen Teig fühle ich mich nicht vollständig. Man mag mich für abergläubisch halten, doch nach meinem Empfinden ist eine Küche erst dann eine Küche, ein Koch erst dann ein Koch, wenn ein schöner Sauerteig sanft unter einem sauberen Küchentuch aufgeht. Selbst wenn ich keine Möglichkeit finde, ihn zu backen, fühle ich mich sicherer in seiner Gegenwart. So in Gedanken versunken, widmete ich mich dieser Aufgabe, die in einer zivilisierten Küche keine zwei Minuten in Anspruch genommen hätte. Hier jedoch dauerte sie den ganzen Vormittag und wäre vielleicht in jedem Fall missglückt.

Ein einfacher Brotteig ist ganz simpel: feines Mehl, einen Löffel des letzten Teiges, klares Wasser und Wärme. Der Sauerteig muss jeden Tag gerührt und mit mehr Mehl gefüttert werden, bis er nach einer Woche zufrieden Blasen wirft. Jede Hausfrau, jeder Bierbrauer oder Bäcker könnte das im Schlaf. Hat man keinen alten Teig zur Verfügung, behilft sich der erfinderische Koch mit den herzhaften Hefestücken, die als weißer Reif an Rosinen kleben. Solch einfache Weisheiten lernte ich als Lehrling in einem Jesuitenkloster im französischen Sanghen, geschützt vor den barbarischen Zuckungen und Säuberungen, die unsere Welt erschütterten. Rosinen hatte ich auf dem Schiff zur Genüge. Doch das Hochgefühl, eine Hürde genommen zu haben, verflüchtigte sich im Angesicht der nächsten: Mir fehlte sauberes Wasser.

Teige sind nicht besonders anspruchsvoll, doch ohne sauberes Wasser gehen sie nicht auf. Das Wasser an Bord ist zur Konservierung mit Alkohol versetzt, und das Wasser unter uns ist salzig wie Tränen. Diese Tatsache versetzte mir einen solchen Schlag, dass ich mich frustriert in meine Zelle zurückzog.

Binnen einer Stunde hatte ich auf meinem Sägemehlsack jedoch eine einfache Destillationsanlage ersonnen, die mit Gottes Hilfe das Salz aus dem Meerwasser herausfiltern würde. Auch wenn ich großen Zweifel hatte, die nötigen Glasretorten und Kupferrohre auftreiben zu können, eilte ich in Richtung Kombüse. Auf dem Weg machte ich einen kurzen Zwischenstopp in der Speisekammer. Welche Freude! Ich entdeckte dort einen Sack voller Kokosnüsse. *Das Wasser einer Kokosnuss ist rein genug, um eine Wunde auszuwaschen*, dachte ich, *und die Süße wird den Teig nur noch glücklicher machen.*

Ich hatte gerade alle Zutaten vermischt, dabei die grobe und etwas moderige Qualität des Mehls, so gut es ging, ignoriert, als ich auf die dritte Hürde stieß: keine Wärme. Wir segeln zwar gen Süden, auf das wilde Horn von Afrika zu, doch bis jetzt haben wir noch nicht einmal die Kanarischen Inseln erreicht. Die Tage sind heiß, doch in der Nacht kühlt es empfindlich ab.

Vater Sonora, mein früherer Lehrmeister, sagte immer: »Wenn es dir zu kalt ist, ist es auch zu kalt für den Teig.« Normalerweise ruht ein Brotteig in der Küche, in der Nähe des Feuers, doch ich konnte ihn unmöglich in Conrads Reichweite lassen, da er ganz sicher hineintreten, daraufspucken oder ihn essen würde, sobald ich ihm den Rücken kehrte. Um es nicht so weit kommen zu lassen, habe ich beschlossen, meinen Teig wie eine Amme aufzuziehen.

In einem Haufen Ausrüstung habe ich eine nierenförmige Zinndose gefunden, an der ein langer Lederriemen befestigt ist. Den Resten im Innern nach zu urteilen, wurde darin einmal Tabak, Zwieback und etwas mit Fell aufbewahrt. Ich reinigte sie, so gut es ging, mit abgekochtem Meerwasser, trocknete sie mit dem am wenigsten verschmutzten Teil meines Hemdes, legte den Teig hinein, schloss den Deckel und hängte sie mir um den Hals. Nun ruht sie an meinem Bauch, gewärmt von meinem Körper. So kann ich seinen Fortschritt überwachen, ihn füttern, vermengen und befeuchten. Seit Abel das erste Mehl zwischen zwei Flusssteinen mahlte, wurde kein Teig mehr so mühselig hergestellt. Ob mir Erfolg beschieden ist, werde ich erst in einigen Tagen wissen.

Heute Nachmittag, als mich die Männer ständig verscheuchten, um das Deck schrubben zu können, hörte ich sie mit Furcht in der Stimme über das Korsarenschiff *La Colette* sprechen.

Sie sei schnell genug, um sich bei Sonnenaufgang an uns heranzuschleichen und uns niederzubrennen.

»Wer ist der Captain der *La Colette?*«, fragte ich.

»Der Teufel Laroche«, erhielt ich zur Antwort.

Da kam mir ein Gedanke. Könnte es der Laroche sein, dessen Akzent mich damals nostalgisch an meine Jugendtage in Frankreich denken ließ? Er musste es sein.

»Ha! Ich kenne diesen Mann«, sprudelte ich hervor, auch wenn mir im selben Moment bewusst wurde, dass ich besser geschwiegen hätte. Doch als Mr. Apples mich am Abend in meine Zelle einschloss, deutete nichts darauf, dass mein unbedachter Ausruf Folgen gehabt hätte.

Vor Jahren war der legendäre Laroche zu meiner großen Freude bei Ramsey zu Gast gewesen. Bis dahin hatte ich vermutet, dass er das Produkt skrupelloser Journalisten war. Doch als ich die ruhelose Intelligenz in seinen umwölkten Augen sah, dachte ich: Es könnte tatsächlich alles wahr sein.

Und was für sagenhafte Geschichten rankten sich um seine Person: Einiges hatte ich in der Zeitung gelesen, anderes wurde mir von Hausmädchen und Lakaien zugetragen. Das Medaillon um seinen Hals, so munkelte man, enthielt die Gemme einer Erbin, seiner ehemaligen Verlobten – hieß sie vielleicht Colette? Daran glaubte ich fest, und es ließ mich dem Mann nahe fühlen, denn auch ich hatte meine Trauer in einem Medaillon eingeschlossen.

Andere Gerüchte schienen mir jedoch erfunden: Er habe mit vierzehn sein Studium an der Sorbonne abgeschlossen und während seiner Ausbildung bei Lavoisier dessen wissenschaftliche Entdeckungen erst ermöglicht, bevor er einer der jüngsten Offiziere in Napoleons Marine wurde.

Eine Zeitlang war Laroche Frankreichs große Hoffnung. Ein Vermögen wurde in die Pläne eines Schiffs investiert, das sich wie ein Fisch unter den Wellen fortbewegen können sollte. Als ich zum ersten Mal davon hörte, lachte ich hell auf. Angeblich hatte Laroche einen funktionierenden Prototyp gebaut, der sich erheben, eine Breitseite abfeuern und dann wieder unter der Wasseroberfläche verschwinden konnte. Die Wunderwaffe sollte es Napoleon ermöglichen, Europas blockierte Häfen zu erobern.

Diese immer in halb ängstlichem Flüsterton weitergetragenen Geschichten schürten die Angst vor einer Invasion und waren so verbreitet wie die Prahlereien der furchtlosen Heroen, die uns retten würden. Vor dem Unterseeboot jedoch kam unsere Rettung von unerwarteter Seite. Laroche führte es einigen hochrangigen Beamten vor, einem Admiral – und Cousin Napoleons, glaube ich –, als sie von niemand anderem angegriffen wurden als der blutrünstigen Mabbot. Die Luftblasen, die das Ding an der Oberfläche hielten, rissen, und alle Männer an Bord außer Laroche ertranken. Einige behaupten, diese Schlacht sei kriegsentscheidend gewesen, und tatsächlich schaudere ich bei der Vorstellung, was aus uns geworden wäre, hätte ein solches Schiff es bis Trafalgar geschafft. Der Vorfall ruinierte Laroches Karriere, und er wurde des Todes der Offiziere an Bord wegen vor ein Kriegsgericht gestellt. Sein Vermögen wurde eingezogen, er selbst ins Gefängnis geworfen. Erst nach der Verbannung Napoleons kam Laroche frei, den Kopf voller neuer Ideen. Colette hatte nicht auf ihn gewartet, sondern einen Herzog geheiratet.

Er schlief unter Arbeitstischen in schmutzigen Lagerschuppen, gab Unsummen für neue Erfindungen aus und verkaufte seine Patente, um seine Schulden zu bezahlen. Er hatte Frankreich den Rücken gekehrt und unterrichtete an verschiedenen Universitäten in diversen Fächern. Jede Festanstellung lehnte er ab, da er seine Aufmerksamkeit voll und ganz seinen Erfindungen widmen wollte. Bei seinem Besuch auf Ramseys Landsitz in Somerset lernte ich den Mann schließlich kennen.

Seine Ankunft war aufsehenerregend. Das Personal war schon den ganzen Tag in hellem Aufruhr gewesen. Seine Haltung war aufrecht und ernst, wie eine Kerzenflamme in einer ruhigen Zelle. Der gefeierte Wissenschaftler trug jeden Tag Schwarz. Tatsächlich hätte man ihn im Korridor für einen Schatten halten können, wenn er sich nicht ein helles Accessoire erlaubt hätte: ein verblichenes, ungestärktes Halstuch, das den Eindruck erweckte, sein abgetrennter Kopf würde auf einem Bett aus welken Endivien serviert. Selbst seine seidenen Handschuhe waren pechschwarz und zart wie die einer Frau. Er trug sie sogar während des Frühstücks, und als Ramsey dazu eine Bemerkung machte, erwiderte der Franzose: »Viele meiner Instrumente erfordern äußerste Gewandtheit. Ich darf mein Fingerspitzengefühl nicht durch den Kontakt mit profanen Dingen gefährden.«

Da sich kein guter Schlachter in der Nähe des Landsitzes befand, bestand ich darauf, die zähen Tamworth-Schweine in den Koben durch gefleckte Saddleback-Ferkel zu ersetzen, die zarten, aber doch ausreichend fetten Schinken und Speck liefern würden. Wenn ich gewusst hätte, was aus ihnen wird, hätte ich mir nicht die Mühe gemacht.

Am betreffenden Nachmittag sollte eine Vorführung stattfinden, und unser berühmter Gast hatte mir die Gelegenheit gegeben, einen gereiften Gloucester-Käse anzuschneiden, der unter der pfeffrigen Oberfläche einen vortrefflichen Karamellgeschmack offenbarte. Ich wollte ihn zusammen mit Johannisbeergelee und ofenwarmen Brötchen zum Tee servieren. Doch dazu kam es nicht. Der Butler informierte mich, dass Ramsey mich um Hilfe bat, »unserem Laroche ein authentisches Ziel zur Verfügung zu stellen«.

Es liegt etwas Besonderes in der Kraft eines Befehls. Ich

war kein Soldat, und doch wusch ich mir die Hände und ging nach draußen, auch wenn mein Arbeitgeber zu planen schien, zum Vergnügen auf mich zu schießen. So drängend ist das Verlangen, ein guter Kerl, ein treuergebener Dienstbote zu sein. Als ich bei Ramsey vorsprach, schickte er mich jedoch zusammen mit einem anderen Angestellten in den Stall, um die Schweine hinaus auf den Rasen zu scheuchen. Wir zogen und schoben sie bis ans äußerste Ende, nur fünfzig Meter vom Waldrand entfernt. Sie waren verängstigt, und um sie anzubinden, mussten wir einen Stahlpfosten tief in den Boden schlagen, damit sie ihn nicht mit ihren ungestümen Kopfbewegungen herausrissen. Ich hatte ihnen die ganze Woche über Äpfel und Feigen zu fressen gegeben, um ihr Fleisch zu süßen. Ihre Exkremente waren nun allerdings äußerst schlüpfrig, wir liefen ständig Gefahr, darauf auszurutschen.

Laroche beaufsichtigte währenddessen die Errichtung einer Kanone auf einer Plattform nicht weit von den Fenstern der Gästezimmer.

»Haben wir genug Ziele?«, scherzte Lord Ramsey. »Oder sollen wir auch die Gänse herausholen?«

»Es ist ausreichend«, murmelte Laroche, während er sein Ziel ins Visier nahm und einen Sextanten justierte.

Der gelehrte Franzose legte meiner Meinung nach eine fast schon theatralische Genauigkeit an den Tag. Doch ich sollte noch erfahren, dass seine Präzision auf wirtschaftlicher Notwendigkeit beruhte. Er hatte nur zwei spezielle Kanonenkugeln und konnte sich nicht leisten, sie für ungenaue Schüsse zu verschwenden. Wie sich herausstellte, reichte ein Schuss.

Ich ergriff die Gelegenheit, Ramsey gegenüber mein Missfallen auszudrücken: »Ich vermute, wir werden im nächsten Monat wohl kein Schweine-Cassoulet haben.«

Ramsey beobachtete Laroche aufmerksam und murmelte: »Wahrscheinlich eher schon morgen, wenn ich mir das so ansehe.«

Damit war ich entlassen und überlegte, zu meinem Käse zurückzukehren. Wie die übrigen Anwesenden war ich jedoch zu fasziniert von dem Spektakel, und mir kam folgender Gedanke: Ramsey ließ sich nie eine Gelegenheit entgehen, Freunde und Investoren zu einem vergnüglichen Nachmittag auf seinen Landsitz einzuladen. Doch abgesehen von Laroche, war heute niemand Bedeutendes zugegen. Was hier geschah, war demnach streng geheim.

Laroche fuhr fort, die Kanone mit geschickten Stößen zu stopfen. Dann öffnete er eine Kiste, in der ein eisernes, kugelförmiges Gebilde auf grobem Filz lag. Die Kugel war mit Löchern versehen, vielleicht zwei Dutzend, die in regelmäßigen Abständen über die Oberfläche verteilt waren. Er steckte einen Schlüssel in eines der Löcher, und die Kugel begann wie eine Uhr zu ticken. Dann begoss er sie mit einem Glas Wasser und legte sie so sanft in die Kanone wie ein schlafendes Baby in die Krippe.

Stille breitete sich aus. Konnten wir immer noch das bedrohliche Ticken aus dem Inneren der Kanone hören, oder zählten wir nur ängstlich unsere Atemzüge, während wir auf den Schuss warteten? Laroche blickte zu Ramsey, der nickte. Endlich war der Moment gekommen. Wir beobachteten alle gespannt die Kanone, nur Laroche fixierte die zum Tode verurteilten Tiere.

Auch wenn wir den ganzen Nachmittag auf ihn gewartet hatten, ließ uns der Knall zusammenzucken. Das Gras explodierte, als die Kugel zwei Meter vor den aufgescheuchten Schweinen auf dem Boden landete und wie ein fallengelassenes Baiser im Schlamm lag.

Kaum waren die Männer in leises Kichern ausgebrochen, zuckten mit einem Donnerschlag Blitze aus den Löchern der Kugel. Als sich der Rauch ein wenig lichtete, sah man die

Schweine auf dem Boden liegen – eines bewegungslos, das andere sich windend und schreiend wie ein verlorenes Kind.

»Explosive Munition«, verkündete Laroche, »wird selten verwendet, weil man Lunten und Sprengkraft nur schwer einstellen kann – das eigene Schiff könnte genauso wie das feindliche zerstört werden. Doch diese Waffe hier ist anders. Es gibt keine Lunte, die abbrechen oder feucht werden und versagen könnte. Sie funktioniert nass oder trocken, wie Sie sehen. Man muss nur den Zeitzünder einstellen und abfeuern. Ein einzelner Schuss, selbst schlecht gezielt, reicht aus, um fünfzehn Männer zu töten oder durch das Lager der Feinde zu pflügen.«

Ramsey begann zu applaudieren, und die Dienerschaft schloss sich ihm an. Dann rief er: »Nun – zurück an die Arbeit!« Als wir uns zum Gehen wandten, hörte ich meinen Namen. »Wedgwood! Sie können doch ausweiden, nicht wahr? Prüfen Sie, was serviert werden kann – der Rest ist für die Hunde.«

Bevor ich einwenden konnte, dass das Schlachten normalerweise andere erledigten, eilte er mit Laroche davon, um das Gemetzel näher in Augenschein zu nehmen. Seufzend rief ich meinen Souschef und einen dritten Mann, und wir machten uns mit Messern, Sägen, Eimern und Segeltuchplanen an die Arbeit.

Ich konnte die Abscheu nicht verbergen. Die ganze Szenerie war widerwärtig. Ein sauber geschlachtetes Schwein leidet kaum, doch als wir mit unseren Utensilien ankamen, stöhnte und grunzte eines der Tiere immer noch in einem See aus Blut und Urin. Seine Rippen waren zerschmettert, die Innereien zerfetzt in der Bauchhöhle verstreut, was einen Großteil des Tieres ungenießbar machte.

Ramsey nahm meinen Ärger nicht zur Kenntnis, so fasziniert und begeistert war er vom Ergebnis der Vorführung. Er und Laroche hatten in kaum zehn Fuß Entfernung

Klappstühle aufgestellt und warteten darauf, dass ihnen der Tee serviert wurde. *Gebt ihnen die Brötchen von gestern*, dachte ich. Ramsey stand immer wieder auf, um den Krater, den das Geschoss hinterlassen hatte, zu inspizieren und die Schweine zu mustern. Einmal steckte er sogar wie Caravaggios Thomas einen Finger in eine der Wunden.

Als er sich wieder in seinen Stuhl setzte, legte er die Füße auf die immer noch qualmende Kanonenkugel und fragte Laroche: »Ist das sicher?«

»Wie ein Cricketball«, antwortete der Franzose trocken. »Auch wenn eine zweite Entladung vielleicht möglich ist. Das Grundkonzept ist das von da Vinci – die Uhr, der Auslöser stammt allein von mir.«

Selbst zu dritt brauchten wir Stunden für unsere abstoßende Aufgabe. Diverse Male war ich nahe daran aufzugeben, etwa wenn ich auf dem glitschigen Untergrund den Halt verlor und kopfüber in einen Haufen Eingeweide fiel, doch Ramsey hatte uns einen Befehl gegeben, und diesen vor seinem Gast in Frage zu stellen, war nicht angebracht. Vernünftig wäre es gewesen, die Kadaver zum Schlachtbereich zu bringen, aber Ramsey wollte ein Blutbad, wie sich später herausstellen sollte.

Er rauchte Pfeife, während Laroche, der sich weder Tabak noch alkoholische Getränke zugestand, einfach nur aufrecht in seinem Stuhl saß und auf den Quittenhain blickte, wo die nackten Bäume in den Himmel ragten.

»Nach all der Zeit«, begann Ramsey, »müssen Sie bestimmt immer noch an den Piraten denken, der Ihr Schiff versenkte.«

»Sie ist ein Pesthauch«, antwortete Laroche. »Eine *égoïste* – wie lautet das Wort? – die schlimmste Art Mensch – Verführer, Vandalen, Provokateure – *égoïstes.* Sie überfallen die Passagen aus dem Hinterhalt, erschrecken die Reisenden und Händler zu Tode. Wie diese Kolonisten, die

Ihren Tee in den Hafen geworfen haben, nicht wahr? Oder der blutrote Mob, der der Guillotine zujubelte, als diese das strahlende Frankreich zu Rindertalg zermalmte. Mabbot ist eine von diesen. Ich bin ein Ausputzer. Meine Aufgabe ist es, die Welt von diesen *égoïstes* zu befreien. Man sagt, das Zeitalter der Krone läge hinter uns, doch diese Revolutionäre wollen nur selbst Könige sein. Eine Million Könige? Nein. Unser zukünftiges Wohlbefinden liegt in den Händen der Gemeinschaft, in der Einheit eines gemeinsamen Ziels.«

Der Tee wurde serviert, und die Gentlemen setzten ihr Gespräch fort, während wir begannen, den endlich gesäuberten Schweinen die Köpfe abzusägen.

Ramsey sagte ernst: »Eine gute Rede vor Zuhörern. Doch wenn wir zusammenarbeiten wollen, brauche ich eine Aufzählung Ihrer persönlichen Gründe. Unserem Arrangement wird die Sicherheit der Tradition fehlen. Ich muss Ihnen also vertrauen können wie mir selbst, um ganz offen zu sein …«

»Sie wollen meine Uhr sehen«, erwiderte Laroche. »Sind die Federn und Antriebsritzel aufeinander abgestimmt? Gibt es verborgene Schalter?«

»In der Tat.«

»Ich habe keine Geheimnisse vor Ihnen, untersuchen Sie, was Sie möchten.«

»Ein Mann von Ihrem Talent sollte mittlerweile sein eigenes Vermögen haben, auf das er zurückgreifen kann.«

»Ich habe nichts verspielt oder versoffen«, antwortete Laroche. »Es ist kein Geheimnis, dass Mabbot meine Zukunft, meinen guten Namen vernichtet hat. Es ist nicht leicht, seinen Ruf wiederherzustellen, ja, sich sogar zweimal im Buch der Geschichte zu verewigen. Es mag vermessen klingen, doch hätte Gott mir diese Gaben gegeben, wenn er gewollt hätte, dass ich Uhren repariere? Nein,

Werkzeuge sind für einen bestimmten Zweck gemacht. Es ist eine Beleidigung des Himmels, sie missbräuchlich einzusetzen. Seit meiner Abreise aus Frankreich habe ich meine ganze Energie darauf verwendet, meine Entwürfe zu verfeinern, Taktiken zu analysieren – ich bin endlich hier, weil ich bereit bin.«

»Mich verwundert vor allem Ihr Vertrauen«, sagte Ramsey. »Wie wollen Sie Resultate garantieren?«

»Die Verluste, die Ihre Gesellschaft jedes Jahr durch die Piraterie erleidet, sind in den öffentlich einsehbaren Akten verzeichnet. Die Kosten meiner Expedition sind nur ein Bruchteil davon. Wenn Sie vielversprechendere Optionen hätten, würden Sie sich ihrer bedienen.«

»Verstehen Sie mich nicht falsch«, antwortete Ramsey. »Ich habe mir die Pläne angesehen, und wenn sie so funktionieren wie dieses Spielzeug hier, dann wird das Schiff mit Ihren Modifikationen sehr beeindruckend sein. Aber erklären Sie mir doch bitte, warum ich für ein einzelnes Schiff ausgeben soll, wofür ich sonst drei Kriegsschiffe bekäme?«

Laroche erwiderte umgehend: »Pendleton-Kanonenboote können einen Hafen blockieren oder eine Festung beschießen, aber man schlägt einen Nagel nicht mit einer Drehbank ein. Mabbot verteidigt weder Häfen noch Land, sie empfängt ihre Befehle vom Wind, sie spuckt auf die Einsatzregeln. Ihre Marine kann nicht besiegen, was nicht fassbar ist. Wenn es so wäre, würden Sie mein Angebot nicht erwägen. Ich spreche nicht mit Stolz, sondern mit der Höflichkeit der deutlichen Worte. Ich bin kein Bettler, Lord Ramsey, ich bin schlicht und ergreifend das richtige Werkzeug für diese Aufgabe.«

»Ich habe allerdings die Erfahrung gemacht«, erwiderte Ramsey, »dass Herzensangelegenheiten keine besonders guten Investitionen sind.«

»Das Herz spielt hier nicht hinein. Es ist Unsinn, einen

Wolf zu hassen, der Lämmer reißt. Man erschießt ihn einfach.«

»Aber Mabbot hat Ihnen Ihren guten Ruf genommen, Ihr Vermögen«, sagte Ramsey. »Korrigieren Sie mich, wenn ich falschliege, aber hat Ihre Zukünftige Sie nicht für einen weniger entehrten Mann verlassen?«

Laroche saß wie erstarrt und blickte weiter auf den Hain, von dem sich ein Schwarm Elstern in den Wind erhob und mit leisem Schnattern wieder niederließ. Er war so in Gedanken versunken, dass es für einen Moment schien, als hätte er Ramseys Worte nicht gehört.

Schließlich räusperte er sich und sagte: »Es ist wahr, wenn Mabbot erst einmal tot ist, wird mein Leben wieder freudvoller werden. Ebenso wie Ihres – wie das aller zivilisierten Menschen. Die von Mabbot geschlagenen Wunden jedoch sind ein Geschenk. Sie sind der tägliche Antrieb, mich nicht der Faulheit hinzugeben. Sie werden mich nicht deshalb unterstützen, weil ich der einzige Mensch bin, der sie ebenso sehr hasst wie Sie, oder wegen meiner Genialität, sondern weil ich …«

»… das richtige Werkzeug, ja, das sagten Sie bereits.«

Ramsey klopfte seine Pfeife an seinem Stiefel aus und sagte: »Sie vermögen es, äußerst gut zu argumentieren, Laroche. Wie schafft es ein Mann, der an der Schwelle des Ruins steht, so gefasst zu sein? Kaum wird Ihr Name erwähnt, stehen die Gläubiger bereit. Ich sage es ganz offen: Wenn ich Ihr Angebot nicht annehme, wird Ihr nächstes Bett in einem Schuldnergefängnis stehen. Nein, leugnen Sie es nicht. Sie sind so weit im Rückstand, dass selbst das Patent für diese außerordentliche Waffe Ihnen nur ein hohes Fenster in Ihrer Zelle einbringen würde. Ich habe schon Männer mit besseren Aussichten auf den Knien gesehen, die Wangen tränenüberströmt. Sie sehen, ich weiß alles über Sie, nur nicht, woher Ihr Stolz rührt.«

Endlich bekam die stoische Haltung des Franzosen Risse – wenn auch nur an der Neigung seines Kopfes und einer leichten Anspannung in der Stimme erkennbar. Er dehnte den Nacken, als ob er Schmerzen hätte. »Was Sie Stolz nennen, ist Bestimmtheit, und weder des Glücks Krähenfuß noch des Rufmords Peitsche können mich in meinem Streben zurückhalten …«

»… in einer überfüllten Zelle vor Erschöpfung zu sterben dagegen schon.«

Kaum hörbar antwortete Laroche: »Dann kennen Sie alle meine Gründe, Mylord. Ich erfasse meine Position voll und ganz. Sie erniedrigen mich vor den Bediensteten, fordern die Einzelheiten meiner Schmach vor dem Geräusch des Hackebeils.«

»Soll ich die Schweine verwesen lassen? Ich habe meinen Besitz nicht erworben, indem ich etwas verkommen ließ. Ein Penny ist mir genauso teuer wie ein Pfund.«

Schließlich blickte Laroche zu Ramsey, und in seinen schiefergrauen Augen sah ich einen Mann, dessen Leiden ihn aufrecht hielt wie ein zweites Rückgrat. »Ich verstehe, was Sie mir sagen wollen, doch es ist an mich verschwendet. Ich hatte nie gehofft, die Bedingungen unseres Arrangements vorgeben zu können.« Seine Augen kehrten zum Horizont zurück. »Wenn ich für diese Aufgabe geeignet bin, dann benutzen Sie mich, um Himmels willen.«

Einen Moment später stand Ramsey auf und schüttelte Laroches behandschuhte Hand. Zusammen gingen sie ins Haus, um die Verträge zu unterzeichnen oder um Champagner zu trinken, oder was auch immer man tut, um eine solche Kooperation zu feiern, und ließen uns mit unserer undankbaren Aufgabe zurück.

⚓

Mittwoch, 25. August

Conrads Redseligkeit ist endlich einmal von Nutzen. Ich fragte ihn nach dem anderen Gefangenen und bekam zur Antwort: »Das ist Jeroboam. Der Captain der *Sinensis,* die glücklich auf dem Meeresboden ruht. Der Captain dachte, Jeroboam hätte den Fox an Bord. Wir haben der *Sinensis* die Masten gebrochen. Deshalb sind wir überhaupt nach England gesegelt. An Bord der *Sinensis* mussten wir feststellen, dass Jeroboam den Fox auf einer Gefängnisinsel namens »Die Faust« gelassen hat. Aber Mabbot konnte aus dem Abstecher doch noch etwas gewinnen, hat sich immerhin Ramsey zur Brust genommen!«

»Und was ist mit Jeroboams Mannschaft geschehen?«

»Spielt mit den Tintenfischen Karten.«

»Sie ist ein Monster. Warum ist er selbst auf hoher See angekettet, während ich mich frei bewegen kann?«

»Du hast keine Kanonen auf uns abgefeuert. Dich behält sie ganz unvoreingenommen. Doch Jeroboam hat ihren Zorn auf sich gezogen.«

Ein Kapitän! Ein schlachtenerfahrener Verbündeter. Ein verwitterter Fels, auf dem man Hoffnung aufbauen kann. Ich habe die Zellen, in denen Captain Jeroboam gefangen gehalten werden könnte, auf zwei reduziert und werde weiterforschen.

Ich weiß nicht, warum es mir nicht schon früher eingefallen ist, doch als ich die Männer die Beiboote nach dem Ausflug nach Porto Santo einholen sah, kam mir eine Idee. Jeroboam und ich könnten in einem der Boote davonrudern und Land suchen. Mit der Muskelkraft zweier Männer und dem Ladegeschirr können die Boote abgelassen und wieder eingeholt werden, selbst voll beladen. Jeroboam und ich könnten es schaffen, da bin ich mir sicher. Selbst wenn wir auf offener See auf Fremde treffen, könnten die kaum verbrecherischer sein als unsere Gefängniswärter. Die

Schwierigkeit wird sein, es unbemerkt zu tun. Das Deck ist niemals leer. Selbst mitten in der Nacht höre ich die Schritte und Rufe der Wachen: »Luft ist rein!«

⚓

Donnerstag, 26. August

Ich habe Captain Jeroboam gefunden. Ein Klopfen an seiner Tür wurde mit einem müden »Was ist denn jetzt?« beantwortet. Daraufhin schob ich eine Nachricht mit folgendem Text unter der Tür hindurch:

Ich bin nur ein einfacher Koch, doch ich besitze die Entschlossenheit einer ganzen Garnison. Ich stehe zu Ihrer Verfügung, Captain, und bin bereit zu fliehen. Bei den Beibooten in der Nacht? Passen Sie in der Zwischenzeit auf sich auf. O. Z. Wedgwood.

Es war verführerisch, noch mehr zu schreiben, doch ich beschränkte mich auf diese paar Worte, damit er die Nachricht leichter vernichten konnte. Ich weiß nicht, was der Verzehr von Papier für eine Auswirkung auf die Gicht haben könnte. Ich wollte dem Mann nicht noch mehr Qualen bereiten.

Es ist ein gutes Omen, dass mein Brotvorteig heute einen zwar leichten, aber unleugbar vertrauten Duft nach Hefe abgibt. Wie der Geruch nach harter Arbeit, der einen nach dem Pflücken von Äpfeln umgibt. Ich muss zugeben, dass ich meinem Mitbewohner gegenüber ein gewisses mütterliches Gefühl entwickelt habe. Auch wenn ich noch nicht weiß, wie ich ihn verwenden werde – wenigstens einem von uns beiden geht es gut.

Meine Bemühungen haben mir einen weiteren Funken

Inspiration eingebracht. Während ich über meine knappen Zutaten nachgrübelte, fiel mir auf, dass ich bevorzugten Zugang zu den Vorräten an Bord hatte. Dieser kleine Vorteil könnte mir zur Flucht verhelfen. Eine nächtliche Wache, die reichlich mit Essen und Trinken versorgt wird, ist keine Wache mehr! Darüber muss ich noch genauer nachdenken, doch in der Zwischenzeit muss ich vor allem am Leben bleiben, was bedeutet: kochen.

Ich war gezwungen, mich in die Schuld des Zimmermanns Kitzu zu begeben, einem dicken, bärtigen Japaner, der meist nur grunzt. Er ist ein erfahrener Fischer. Er hängt wie ein Affe von der Reling und zieht Netze und Angeln hinter dem Schiff her. Er hantiert mit bemerkenswerter Kraft und birgt eine bunte Mischung an Schätzen. Fische, die ich noch nie zuvor gesehen habe, in allen Farben und Formen, mit Rüsseln, mit Stacheln, weich und bewaffnet. Kitzu brät sie an Stecken über einer Fackel und wirft die Reste den Möwen zu, die dem Schiff folgen. So durchbrechen er und einige andere die unerbittliche Eintönigkeit von Conrads Küche.

Da es nur noch wenige Tage bis zu Mabbots Dinner waren, stand ich bei Kitzu und verfolgte sein Tun. Dann bat ich ihn um einen Teil seiner Beute. Ich hatte im Gegenzug nichts anzubieten als meine Kochkünste. Nun bin ich diesem Mann also verpflichtet. Ich habe ihm eine gute Mahlzeit versprochen und habe keine Ahnung, was ich ihm servieren könnte. Ich flehte ihn an, unsere Übereinkunft geheim zu halten, da ich nicht einschätzen kann, wie eifersüchtig Mabbot ist. Auch Kitzu wirkt nicht wie ein Mann, den man zu enttäuschen wagt.

Ich muss mich auf meine Erfolge konzentrieren: In einem Kübel zu meinen Füßen liegt ein reizend gepunkteter Fisch mit einem eleganten Streifen am Rücken, der eine Art Dorsch sein muss. Außerdem habe ich in einem Eimer eine gute Handvoll kräftig gestreifter Garnelen. Wenn ich das Wasser regelmäßig austausche, müsste ich sie eine Weile am Leben halten können.

Doch wenn ich ehrlich bin, bin ich verloren. Ich habe genau einen Fisch, der mich retten soll.

5

Jeroboams Plan

In dem ich gelobe, Mabbot zu stoppen

Freitag, 27. August

Heute Morgen öffnete Mr. Apples die Zellentür und zog mich zu meiner Überraschung an Deck. Ich verfluchte mich, nicht vorsichtiger bei meinen Kommunikationsversuchen mit Jeroboam gewesen zu sein.

Alle Mann befanden sich bereits an Deck, und ich fürchtete, dass sie auf eine Auspeitschung oder Hinrichtung warteten. Ich versuchte, all meinen Mut zusammenzunehmen, als ich gemeinsam mit Captain Jeroboam gefesselt wurde. Der Mann nickte mir mit dem grimmigen Ernst zu, der aus vornehmer Herkunft und schwerem Schicksal resultiert. Wir waren um die Handgelenke mit einer kurzen Kette aneinander und an die Reling gefesselt.

Aus der Nähe betrachtet, zeigte Jeroboams Körper deutliche Spuren seines Martyriums. Trotz des Sonnenhutes aus Palmenblättern war sein Gesicht verbrannt, die Haut schälte sich. Sein Backenbart, der einmal sehr eindrucksvoll gewesen sein musste, ähnelte jetzt zwei verängstigten Eichhörnchen, die sich an seinem Kopf festklammerten. Sein Monokel dagegen, obwohl bis zur Blindheit zerkratzt, saß fest vor seinem Auge.

»Sir«, sagte Jeroboam, sobald man uns allein gelassen hatte. »Was für eine Freude und ein Glück, dass wir nun zu zweit sind!« Wir schüttelten uns ungeschickt die Hände, wobei die Kette uns zwang, in die Knie zu gehen, was uns alles andere als elegant gelang.

»Wenn wir nur mehr Zeit für einen Plan hätten«, antwortete ich.

»Oh, wir haben einen Plan, Quincy«, flüsterte er. »Das hier ist ein Teil davon. Doch wir müssen Geduld haben, es wird den ganzen Tag dauern.«

»Wird man uns foltern?«

»Um Himmels willen, nein, nicht heute. Heute plündern wir die Gefängnisinsel. Vergeben Sie mir meine Aufdringlichkeit, aber Sie haben nicht zufällig etwas Tabak bei sich?«

»Tut mir leid, nein.«

»Nein, natürlich nicht. Spannen Sie doch bitte die Kette an. Erst ziehe ich, dann Sie. Mit aller Kraft, Quincy! So ist es gut. Ha, ha. Langsam …«

Abwechselnd zogen wir an der Kette und benutzten sie als eine Art Feile an der Reling.

»Schauen Sie nicht hin, Quincy, Sie verraten uns sonst. Wir unterhalten uns einfach, gestikulieren ein wenig, vertreiben uns die Zeit. Mabbot hat uns hier angekettet, weil sie vermutet, dass ich sie in einen Hinterhalt gelockt haben könnte.«

»Mein Name ist Owen«, sagte ich. »Owen Wedgwood.«

»Ja, ich habe Ihre Nachricht bekommen, was für eine Freude. Ziehen Sie jetzt etwas stärker. Ausgezeichnet, Quincy. Sie sollten wissen, dass Ihre Gefangennahme nicht im Geringsten auf meine Enthüllungen Mabbot gegenüber zurückzuführen ist. Sie erfuhr auf andere Weise von Ramseys Aufenthaltsort. Ich möchte wetten, der Teufel selbst flüstert ihr so etwas ins Ohr. Doch sagen Sie mir – Sie waren ja schließlich dabei –, wie ist es Ramsey ergangen? Nein, ich sehe die Antwort an Ihrem Gesicht. Himmel, was eine Schande! Ich habe Cricket mit dem Mann gespielt und würde jederzeit bezeugen, was für ein wahrer Gentleman er doch war. Aber Sie wissen das. Und ein hervorragender Kegler. Andere sind vielleicht schneller als er, aber niemand kegelt so elegant. Kegelte, sollte ich vielleicht sagen. Kopf hoch, Junge, die größten Bäume werden immer als Erstes gefällt.«

Das Schiff pulsierte vor Leben, die Männer rannten hin und her mit Kanonenkugeln und Schießpulver.

»Nein«, fuhr Jeroboam fort, »sie hätte mich bei lebendigem Leibe rösten können, ich hätte einen so herausragenden Gentleman nicht verraten. Ich habe ihr etwas weniger Wertvolles gegeben. Einen Felsen, nicht mehr. Man sieht ihn von hier aus schon – dieser Guano-verkrustete Hügel dort hinten. Ein Gefängnis. Mabbot will es aufbrechen und den Brass Fox herausschütteln. Ich weiß, dass er dort ist, weil ich ihn selbst abgeliefert habe, auch wenn ich zu der Zeit nicht wusste, wer er ist. Habe ihn mit zehn anderen in der Nähe des Pearl River erwischt, als er versuchte, sich als Chinese auszugeben. Nicht Feigheit, sondern Umsicht hat mich sie zu ihm führen lassen.« Er lehnte sich zu mir, die Locken seines Backenbartes berührten beinahe meine Wange – er musste sie mit Pech und Speichel in Form bringen, so steif waren sie. »Jetzt hören Sie mir zu, Quincy. Dieses Gefängnis war ein englisches Fort, bevor wir es für den Abschaum der Weltmeere umfunktionierten. Hohe Mauern und bewaffnete Wachen kann man nicht leicht erstürmen. Vielleicht trifft Mabbot ja eine Kugel ins Herz, wer weiß. Aber hier kommt das Beste: Wenn der Kampf seinen Höhepunkt erreicht hat, werden Sie und ich uns eines der Boote schnappen. Richtig? Richtig. Kennen Sie ein paar gute Rätsel, Quincy?«

Kannte ich nicht.

Der Hügel am Horizont wurde größer.

»Wir nähern uns. Na los, Quincy, ein ordentlicher Ruck, zeigen Sie mal ein bisschen Einsatz! So ist es gut. Mein

Schiff war die *Sinensis* der Pendleton Company, drittrangig, aber ausgestattet wie ein Kriegsschiff! Eine stolze Schönheit. Mabbot hat uns in einem Sturm erwischt. Wellen so hoch wie die Karpaten. Schändlich, rücksichtslos, in ihr ist wirklich keine Unze Ehrgefühl.«

»Wer ist der Brass Fox?«, fragte ich.

»Ein Wurm und ein Freibeuter – genau wie Mabbot. Sie sind aus demselben Holz geschnitzt, diese zwei. Jeder mit Augen im Kopf kann das sehen. Er hat große Pläne, gibt sich nicht mehr mit Taschendiebstählen zufrieden. Bisher hat er nichts verraten, aber sie werden da drüben auf der Insel schon alles aus ihm rauspressen.«

Mein Handgelenk war unter den Fesseln bereits aufgerieben, und wir hatten kaum einen Fortschritt an der Reling erzielt.

»Wir sitzen in der Tinte, nicht wahr?«, sagte Jeroboam lachend. »Aber keine Sorge, Quincy, Jeroboam hat einen Plan. Sie hat mich überlistet, ja, das hat sie. Bekam nicht einmal die Möglichkeit, mit meiner Mannschaft zu sterben, alles gute Männer und jeden Morgen glatt rasiert.«

Er verstummte. Wir versuchten weiter, mit unserer Kette die Reling durchzuscheuern. Meine Finger wurden langsam taub. Mich beschlich die Befürchtung, dass der Verstand des Mannes Mabbots Angriff vielleicht nicht ganz unbeschadet überstanden haben könnte. Der unbeirrte Sitz seines zerkratzten Monokels irritierte mich.

»Ich bin mir sicher, dass Sie Ihr Bestes gegeben haben«, sagte ich schließlich.

Daraufhin lächelte er traurig. »Nur sehr wenige von ihnen konnten wirklich kämpfen«, erwiderte er.

»Aber was ist Mabbots Ziel?«

»Wer weiß das schon? Sie will etwas stehlen, so viel ist sicher. Der Brass Fox ist ihr Schlüssel dazu. Der Mann könnte den königlichen Nachtstuhl mit Seiner Hoheit darauf stehlen. Doch worauf sie genau aus ist? Ich weiß es nicht. Irgendetwas Grauenhaftes.«

Ich konnte ein Gebäude auf der Insel erkennen, ein Fort aus Granit.

»Wenn der Kampf eröffnet ist, müssen wir so schnell wie möglich reagieren«, sagte Jeroboam. »Ein Gefängnis hat viele Winkel, in denen man sich verstecken kann. So eine Chance bekommen wir nicht mehr. Wenn wir erst entkommen sind, kehren wir mit einer Armada zurück und greifen sie an. Haben Sie ein Gebet zur Hand? Ich hatte nie die richtigen Worte dafür.«

Hier konnte ich endlich weiterhelfen. »Erlöse uns, oh Herr, von all dem Bösen, von allen Sünden …« Selbst mit geneigtem Kopf riss der Mann weiter an der Kette. »… von unserem Zorn und aus den Fängen des Teufels.«

»Amen. Ausgezeichnet«, sagte er erleichtert.

Das Gefängnis lag auf niedrigen Felsen, von denen aus man einen unverstellten Blick auf das Meer hatte. Es war aus naturbelassenem Stein gebaut und stand so nahe am Rand der Klippen, dass es wie eine kurze Ausbuchtung der Felsenlinie wirkte. Aus der Entfernung sah die gedrungene Anlage verschoben aus, mit falschen Proportionen, wie die Sandburg eines Kindes. Als wir uns dem Ufer näherten, waren Bewegungen auf den Mauern zu erkennen, man hatte uns schon bemerkt. Wachen rannten hektisch hin und her. Am Fuß der Klippen ruhten Seelöwen wie Trinker nach einem Besäufnis.

Ich zuckte zusammen, als die Kanonen der Festung losgingen. Das Wasser geriet unter den Geschützen in Aufruhr, doch wir wurden nicht getroffen. Die Seelöwen bellten und ließen sich dann in die Wellen gleiten.

»Spielverderber!«, rief Captain Jeroboam. »Sie haben nur Karronaden.«

Mabbot ankerte die *Rose* fünfzig Meter von den Schaumkronen entfernt, die die Reichweite des Feindes markierten, und schrie Mr. Apples zu: »Zielen Sie gut, und lassen Sie sich Zeit! Stück für Stück!«

Mr. Apples ging zu den Deckskanonen, drehte sie in Position und zielte. Manchmal verpasste er einer Kanone sogar einen Fausthieb, um den Winkel zu perfektionieren.

Es war seltsam, ihn so entspannt arbeiten zu sehen, wo doch der Zorn der Feinde so nah war. Von Zeit zu Zeit war das Pfeifen eines Gewehrschusses zu hören oder das Krachen, wenn sich eine Musketenkugel in einem Mast verfing. Wegen der Fesseln konnte ich nicht ausweichen, sondern mich nur so klein wie möglich machen.

Mr. Apples war sehr vertraut mit seinen Kanonen, liebkoste sie und sprach mit ihnen wie mit einer Herde Milchkühe. Als er endlich zufrieden war, kennzeichneten die Männer die Positionen mit Bleistiften. Erst nachdem er auch die Kanonen unter Deck kontrolliert hatte, gab er den Befehl. »Alle Mann bereit«, rief er. »Feuer!«

Die erste Salve traf die Basis des am nächsten stehenden Turmes, doch bis auf eine Wolke Granitstaub richtete sie wenig Schaden an. Dieser Kratzer an der Gefängnismauer wurde bei jeder abgefeuerten Kugel allerdings tiefer und verheerender. Mr. Apples' Zielsicherheit war beeindruckend, und langsam entstand ein Loch am Fuß des Turmes. Als Junge hatte ich gesehen, wie Kameraden aus Spaß in Termitennestern herumstocherten. Das Ergebnis war dasselbe: Die Gefängniswachen hasteten hin und her und versuchten vergebens, den drohenden Zusammenbruch ihres Baus aufzuhalten.

Mabbot kam mit einem Becher Tee in der Hand vom Poopdeck, beriet sich kurz mit Mr. Apples und ging wieder zurück.

Über den Lärm hinweg schrie ich Captain Jeroboam zu:

»Sie muss einen fürchterlichen Plan haben. Ist es nicht unklug, ihr den Brass Fox zu geben?«

»Ich lasse sie diese Schlacht gewinnen, so dass wir dann den Krieg für uns entscheiden können.« Jeroboam legte den Finger an die Nase. »Wir werden mit einer Armada zurückkehren.«

Eine der feindlichen Kanonenkugeln traf unser Schiff wider Erwarten, riss ein Loch in die Planken und zwang Mabbot beiseite zu springen, um nicht hineinzufallen.

Mr. Apples hastete an ihre Seite. »Captain?«

»Alles in Ordnung, Mr. Apples«, sagte Mabbot und blickte verärgert auf ihren verschütteten Tee. »Machen Sie weiter.«

Nach einer Stunde beharrlichen Beschusses lehnte sich der Turm in einer Staubwolke gemächlich zur Seite und fiel dann mit großem Getöse in sich zusammen. Gesteinsbrocken rollten von den Klippen und in das gequälte Meer.

Dann herrschte Stille. Mr. Apples korrigierte die Ausrichtung der Kanonen, und schon war ihr grausiges Grollen wieder zu hören, als er die angrenzenden Mauern attackierte. Erst als auf dem Dach des Gefängnisses eine weiße Fahne entrollt wurde und wie eine ausgedörrte Zunge herabhing, beendete Mr. Apples das Feuer. Mabbot stellte ihren Tee beiseite und überprüfte die Verschlüsse ihrer Pistolen.

»Ankern!«, rief Mabbot. Ein paar Männer rannten zur Ankerwinde, während der Rest der Mannschaft sich für den Kampf bereitmachte. Die *Flying Rose* ging in sicherer Entfernung zu den verbliebenen Karronaden in Position. Beiboote wurden zu Wasser gelassen und bewegten sich voller kampflustiger Piraten aufs Ufer zu.

Mabbot rief ihren Leuten hinterher: »Keinem der Gefangenen darf etwas geschehen! Habt ihr mich verstanden! Ihr rührt die Gefangenen nicht an!«, bevor sie in ihrer Kajüte verschwand.

Nachdem alle Boote bis auf Mabbots Pinasse aufgebrochen waren, war das Deck nahezu verwaist. Jeroboam sagte atemlos vor Erregung: »Jetzt ist der Moment gekommen, Quincy. *Jetzt!*«

Mit einem energischen Ruck riss er die Kette durch die morsche Reling und zerquetschte dabei beinahe mein Handgelenk. Schon stürzte er blindlings davon, und ich musste ihm folgen. *War das etwa der Plan?* Wir rannten einfach Richtung Heck, auf Mabbots Pinasse zu, die hinter dem Schiff hing. Die elegant geschwungene Schrift an ihrem Heck formte das Wort *Diemos.*

Wir stolperten vom Quarterdeck zum Poopdeck, und ich begann mir gerade auszumalen, wie schwer es mit unseren Fesseln sein würde, das kleine Boot zu segeln, als Jeroboam plötzlich wie angewurzelt stehen blieb und vornüber aufs Gesicht fiel. Im Fallen riss er mich mit auf die Knie. Sein Monokel zerbrach mit einem mitleiderregenden Klirren. Eine lange, schlanke Klinge hatte seine Kehle durchtrennt. Feng, der Werfer, rief nach Mabbot, die mit finsterem Gesicht aus ihrer Kajüte trat.

Sie stupste Jeroboam mit ihrem Stiefel an und warf mir ein ironisches Lächeln zu.

»Und, Mr. Wedgwood, sind Sie auch unzufrieden mit unserer Gastfreundschaft?«

»Nein, Ma'am«, brachte ich zitternd hervor.

»Sie brauchen nichts?«

»Nein danke, Captain.«

Sie reichte Feng die Klinge, der sie an seinem Hosensaum abwischte.

Das Gewicht von Jeroboams Arm zog an mir, so dass ich mich neben ihn knien musste. Eine Windböe trug seinen Palmenblatthut über die Reling. Einen Moment tanzte er in der Luft, bevor er aufs Wasser fiel.

Man ließ mich allein neben der Leiche zurück. Von Zeit

zu Zeit drangen Gewehrschüsse vom Gefängnis herüber, doch sie schienen mir in weiter Ferne und bedeutungslos. Der Plan, wie auch immer er ausgesehen haben mochte, war furchtbar fehlgeschlagen. Meine Lage war jetzt sehr viel schlechter, geradezu aussichtslos. Welcher Wahnsinn hatte mich geritten, meine Hoffnungen in Jeroboam zu setzen, den ich jetzt nicht mehr ansehen konnte. Als ich versuchte, aufzustehen und etwas Abstand zwischen uns zu bringen, hob sich sein Arm und zog mich zurück. Er war jetzt mein Wärter – selbst Feng beachtete uns nicht mehr.

Ich hatte genug von Mord und Leichen. In mir stieg eine Abneigung auf, ein Ekel, bis ich mich kaum noch beherrschen konnte, nicht schreiend wegzurennen und das verdammte Ding, die Leiche, hinter mir herzuziehen.

So wurde ich allerdings Zeuge, wie einer der Gefängniswärter mit vorgehaltener Waffe an Deck gebracht und befragt wurde. Man hatte ihm die Schlüssel und seinen Gürtel entrissen, so dass er die Hose festhalten musste. Mabbot blickte fragend zu Mr. Apples, und dieser schüttelte leicht den Kopf.

Eine Zinntasse, eine Pfeife, ein Gebetsteppich und ein Paar Stiefel wurden Mabbot vor die Füße geworfen. »Die hier waren in der Kammer des Kerkermeisters. Er sagt, sie hätten dem Fox gehört«, erklärte Bai.

Mabbot, die ihren Zorn nur mühsam beherrschte, fuhr den Wärter an: »Und wo ist der Brass Fox?«

Der Mann presste die Stirn gegen das Holz und hob flehend die gefalteten Hände. »Nicht hier! Er ist nicht hier!«

»Das wird mir langsam klar. Wo ist er?«

»Er ist vor drei Wochen entkommen. Er ist schon seit drei Wochen nicht mehr hier.«

»Drei Wochen? Bist du sicher? Verdammter Jeroboam! Ich wünschte, ich könnte ihn noch einmal töten.« Wütend ging sie auf und ab, dann packte sie den Kerkermeister an den Haaren. »Sag mir, warum ich dich nicht wegen deiner Unfähigkeit erschießen sollte? Ist er einfach weggeschwommen?«

»Er wurde mit einem Dutzend anderer Verbrecher eingeliefert«, stöhnte der Wachmann. »Zuerst wussten wir nicht, wer er war – er hatte sich das Haar schwarz gefärbt und einen falschen Namen angegeben. Als wir erkannten, dass wir den Fox hatten, forderten wir sofort Anweisungen an. Diese unbelehrbaren Londoner Bürokraten sollten auf den öffentlichen Plätzen gehängt werden, zur Unterhaltung der Massen …« Die Stimme des Mannes verlor sich, als ihm einfiel, mit wem er gerade sprach.

»Geben Sie diesem Kopf hier einen Klaps, Mr. Apples«, sagte Mabbot. »Darin hat sich etwas verhakt.«

Der Wachmann zuckte zusammen und stieß hervor: »Als wir endlich genauere Anweisungen erhielten, war er schon geflohen.« Er hielt die leeren Hände in die Höhe, als ob er den Fox wie eine Karte ausgeben könnte.

»Wie lauteten die Anweisungen aus London?«

»Sofortige Exekution nach eingehender Befragung.«

»Ohne eine Gerichtsverhandlung oder wenigstens eine Henkersmahlzeit?«

»›Sofortig‹ hieß es. Aber dazu kamen wir gar nicht. Der Fox ist kein menschliches Wesen«, jammerte der Wachmann. »Schlösser interessieren ihn nicht, er bewegt sich durch die Wände. Er nahm eine Geisel, einen der Wärter. Ein Schiff hat auf ihn gewartet. Er hatte Hilfe.«

»Was für ein Schiff?«

»Ein holländischer Kaufmann. Ich glaube, die *Diastema.*«

»Hast du denn gar nichts Nützliches für mich?«, flüsterte Mabbot.

»Er hat das hier zurückgelassen, einen Teppich, eine Pfeife …«

Feng näherte sich auf einem anderen Beiboot mit einem dünnen bärtigen Mann, der die Augen zum Schutz gegen die Sonne bedeckte. Seine überlangen Nägel und die grauen Strähnen in seinem Bart ließen ihn wie einen Dachs wirken, der aus dem Winterschlaf erwacht war. Er war nackt, verdreckt, und seine Fußgelenke waren geschwollen und eiterten, wo die Fesseln gesessen hatten. Seine Rippen stachen deutlich hervor, der Mann musste am Verhungern sein.

»Wer ist das?«, fragte Mabbot herrisch.

»Das ist Braga. Ein Verbündeter des Brass Fox«, sagte der Kerkermeister eifrig. »Hat ihm bei der Flucht geholfen.«

»Bringt ihm in Wein eingeweichten Zwieback, Jungs. Und Kleider für den Mann!«

Der Gefängniswärter wollte protestieren, doch Mabbot stieß ihn zu Boden und stellte einen Stiefel fest auf die Knöpfe seiner Uniform. »So wie es aussieht, hat man ihn in einem Loch gefangen gehalten … wie lange genau?«

»Seit der Fox entkommen ist.«

Mabbot stieß sich vom Gefängniswärter ab und kauerte vor Braga, der die Kleidung nicht beachtete und sich den Zwieback schneller in den Mund stopfte, als er ihn schlucken konnte.

»Ich weiß, welche Loyalität der Fox verlangt«, sagte Mabbot. »Ich werde nicht fragen, was du jetzt von ihm hältst.«

Braga blickte endlich von seiner Mahlzeit auf. Er murmelte etwas durch Brocken halb gekauten Zwiebacks. »Ihre Haare …«

»Wir reden nicht über mich, Braga, sondern über den Fox. Du willst ihn doch sicher auch finden, entweder, um ihn auf die Wange zu küssen, oder ihn zu erwürgen, weil er dich in diesem Loch zurückgelassen hat. Was auch immer, es ist mir egal. Ich werde dich heute freilassen, ob du mir hilfst oder nicht.«

»Ich weiß nicht, wo er ist.«

»Aber du weißt, wo er war, du kennst seine Geheimnisse.«

»Hat seine Tunnel beim Pearl River gegraben.«

»Tunnel?« Mabbot erhob sich, ihre Stirn glänzte in der Sonne. »So also umgeht er die Hundesöhne von Pendleton! Mr. Apples, Tunnel! Ja, Braga, du kannst uns helfen. Ich biete dir einen Posten auf meinem Schiff an, solange du möchtest, und im Gegenzug erzählst du mir – und nur mir – alles über den Fox. Ist das ein annehmbares Angebot?«

»Ja«, antwortete der Mann, »aber …« Er blickte zu dem Gefängniswärter.

»Aber du hast noch eine Rechnung mit dem Wärter offen«, ergänzte Mabbot angewidert. »Mach schnell. Bootsmann, bring unserem neuen Matrosen eine Schusswaffe. Anker lichten, Mr. Apples. Segel setzen und los. Wir sind nicht zu Tee und Kuchen hergekommen.«

Die Mannschaft kletterte flink wie Spinnen in die Wanten, um die Zeisinge von den Segeln zu nehmen, während der Gefängniswärter flehend über Deck sprang. »Warten Sie! Warten Sie!«

Braga schoss ihm zweimal in den Kopf, ließ die Pistole fallen, als ob er sie nicht mehr halten könne, und begann, sich mit einem Schwamm und einem Eimer Wasser zu waschen.

Mabbot und Mr. Apples nahmen den Teppich und die anderen Dinge und verschwanden in ihrer Kajüte, aus der anschließend gedämpfte Diskussion zu hören war.

Die *Rose* hatte bereits Fahrt aufgenommen, die Segel luvten unruhig an, als wir gegen den Wind segelten und auf das offene Meer zu, die Ruinen hinter uns lassend.

Erlösung nahte erst bei Sonnenuntergang in Form von Joshua, der mit Mabbots Schlüsseln klirrte, mich von Jeroboams Leiche losmachte und zu meiner Zelle brachte. Das Mondlicht war hell genug, um zu sehen, dass der Junge nicht weniger als vier Haarwirbel hatte. In diesem Moment traf es mich wie der Blitz: Joshua ist so alt, wie mein Sohn jetzt wäre!

Ihm entgeht nichts. Er sah, wie mir Tränen in die Augen stiegen, und hob die Laterne, um mir ins Gesicht zu leuchten.

»Bring ein Buch mit«, flüsterte ich. »Ein Buch, beim nächsten Mal. Du kannst nicht schreiben, ohne zu lesen.«

In meiner Zelle band ich mir die Teigdose wieder an den Bauch. Ich hatte gehofft, dieses unorthodoxe Gebaren hinter mir lassen zu können, doch offensichtlich werde ich so schnell nicht entkommen. Ich muss immer noch eine Mahlzeit für die Hexe zustande bringen.

Während ich im Kreis umhergehe, merke ich, dass mein Widerwille angesichts der Ereignisse des heutigen Tages einer kalten Überzeugung gewichen ist: Ich kann nicht still mit ansehen, wie Mabbot einen anständigen Mann nach dem anderen tötet.

Auch wenn ich weder Waffen noch Freunde habe, weder Geld noch Hoffnung auf Hilfe, schwöre ich, dass ich das Ziel ihrer Mission in Erfahrung bringen werde. Wie ein Ei schon beim kleinsten Riss in der Schale verdirbt, werde ich das Häutchen über ihrem Geheimnis durchstoßen und ihren Plan zunichtemachen.

6

Dinner mit dem Teufel

In dem ich einen Blick auf Mabbots unterschwelligen Wahnsinn erhasche

Samstag, 28. August

Mr. Apples hat entweder seine Pflicht vergessen oder den Befehl, meine Zelle offen zu lassen, denn in der gestrigen Nacht konnte ich mich frei auf dem Schiff bewegen. Da dies vielleicht meine letzte Chance war, die Sterne zu sehen, spazierte ich an der Verschanzung entlang, fror bis ins Mark und sah der Nachtwache zu, wie sie im Laternenlicht ihre Arbeit verrichtete. Trotz der Kälte war es schön, unter dem filigranen Sternennetz am Himmel umherzugehen, auch wenn wir uns Tag für Tag weiter von meiner Freiheit entfernten. Wir fuhren immer noch gen Süden, die afrikanische Küste entlang, die gelegentlich als ockerfarbener Fleck am Horizont zu sehen war. So weit von der Heimat entfernt zu sein, war immer noch schwer vorstellbar. Ich habe die Davits und die Beiboote begutachtet und glaube, dass ich es meistern könnte, mich langsam und schrittweise herabzulassen. Bin ich behutsam, sollte es leise genug zu bewerkstelligen sein. Der Mond beginnt gerade erst wieder zuzunehmen. Wenn ich mir die Dunkelheit zunutze machen will, dann muss ich es bald tun. Ich habe bereits einen kleinen Sack gewachst und mit getrockneten Feigen, Mary Sweet, Zwieback und einer Flasche Panch gefüllt. Kurz habe ich erwägt, den Kompass aus dem Ruderhaus zu entwenden, doch ich wollte keinen Verdacht erwecken. Wenn der Captain versorgt ist und die allgemeine Aufmerksamkeit nicht mehr auf mir lastet, werde ich es wagen.

Montag, 30. August

Ich bin am Leben. Die Megäre ist zufriedengestellt, zumindest für eine Woche. Und so gelang es mir:

Gestern stand ich früh auf, immer noch an meinen Rezepten zweifelnd, doch mit einem Feuer im Bauch. Ich fastete, wie immer, wenn eine wichtige Aufgabe vor mir lag, und nahm nur einen winzigen Bissen in schwachen Tee getauchten Zwieback zu mir. Hunger verbessert meinen Geschmackssinn und meine Inspiration. Außerdem war ich zu nervös, um etwas zu mir zu nehmen.

Conrad hatte seine kulinarischen Verbrechen bereits begangen, weshalb ich ihn aus der Kombüse verbannte. Ich war allein und seltsam beflügelt von der vor mir liegenden Aufgabe. Ich klatschte in die Hände, um eventuelle Dämonen aus der Kammer zu vertreiben, und begann.

Es ist kein Geheimnis, dass Kochen im Grunde Verführung ist. Genau wie *l'amour* hat Genuss seinen Ursprung eher im Kopf als im Körper. Man mag ja ein wahrer Bettsportler sein, wie grobschlächtige Menschen es formulieren würden, doch ohne Leidenschaft und inneres Feuer, ohne Verlangen und Erwartung ist es eben doch nur Sport.

Nun zum Essen. Die zartesten Geschmacksnuancen werden von einer ungeübten Zunge nicht erkannt oder – noch schlimmer – nicht verstanden. Wie soll der Verstand da auf Köstlichkeit vorbereitet sein? Wie bei Don Juan entfacht der Ruf das Verlangen. Doch selbst der beste Koch muss Interesse hervorlocken, Aromen zum Flirten verwenden, mit seidigen Suppen küssen und liebkosen, beruhigen und verwöhnen mit einem wohlschmeckenden Dessert.

Ich zäumte das Pferd von hinten auf und begann mit dem Dessert. Dazu röstete ich Walnüsse und zerstieß sie zu feinen Krumen, dann vermischte ich sie mit der Hälfte meines Vorteigs, dessen schwammartige Oberfläche zu meiner großen Freude mit einem lebhaften Schaum bedeckt war – ein Zeichen, dass ihm das Kokosnusswasser behagte. Ich fügte Mehl, Honig (angewärmt und zur Reinigung durch ein Tuch gesiebt), eine Prise Salz und etwas Limettensaft hinzu und stellte ihn beim Herd ab. Mein Herz machte einen glückseligen Sprung, als er eine Stunde später aufgegangen war. Ich fügte noch etwas Kokosnusswasser zur Verdünnung hinzu und buk ihn löffelweise auf einer heißen Platte zu Walnussplätzchen aus.

Ich muss ein Loblied auf den Weizen singen, denn seinen Fähigkeiten sind nur von der Vorstellungskraft Grenzen gesetzt. Er kann dick werden, knusprig, Stärke und Flexibilität verleihen, emulgieren. Er ist der Hefe Bräutigam und reagiert empfindlicher auf Luft, Temperatur und Feuchtigkeit als jedes Barometer. Ich wäre nicht überrascht, wenn sich herausstellte, dass Gott den Menschen nicht aus Lehm, sondern aus sonnengebräuntem Hartweizen erschaffen hat.

Dann widmete ich mich dem Hauptgericht. Ich zerdrückte eine gekochte Kartoffel zu einer Paste und trocknete sie auf den heißen Ziegeln des Ofens. Währenddessen kümmerte ich mich um den Reis, für den ich eine besondere Zutat vorgesehen hatte. Um den Hals trage ich ein Zinnmedaillon an einer Lederkordel, das mit Safran gefüllt war, dem Lieblingsgewürz meiner geliebten Ehefrau, möge sie in Frieden ruhen. Der Geruch des Gewürzes erinnerte sie daran, wie sie als Kind heimlich aus dem Glühweintopf im Wirtshaus ihres Vaters genascht hatte. Am Ende des Tages hatte der Bodensatz aus Rosen, Nelken, Zimt und Cider eine pastenartige Konsistenz angenommen, dessen himmlischem Duft nur der von Safran gleichkam. Nach ihrem Tod wurde das Kochen meine einzige Hingabe, und ich habe seither nichts Verführerischeres als einen Butternutkürbis berührt. Meine unerschütterliche Konzentration auf die Küche, die für andere sicher obsessive Aufmerksamkeit, die ich der Konsistenz einer Soße oder dem Schnittwinkel eines Gurkenstücks schenkte, war das einzige Mittel gegen die Trauer. Wenn die Erschütterungen des Lebens zu stark wurden oder wenn ich fürchtete, die Erinnerung an sie zu verlieren, dann öffnete ich das Medaillon, atmete tief ein, hörte ihr glockenhelles Lachen und spürte die sanfte Berührung ihres Arms an meiner Seite.

Natürlich fiel es mir nicht leicht, den Safran zu verwenden. Doch wenn ich den Reis ungewürzt gelassen hätte und deshalb getötet worden wäre, dann wäre das ein vom Himmel nicht gutgeheißener Selbstmord gewesen. Außerdem hätte Elizabeth, sollte ich sie dort wiedertreffen, mir nicht vergeben, mich aus reiner Sentimentalität Folter und Tod ausgeliefert zu haben. Und so ließ ich die scharlachroten Fäden in den im Seewasser kochenden Reis fallen und opferte ihn den Fängen des Pragmatismus.

Selbst nach Jahren an meiner Brust entfaltete der Safran sofort seine unbezähmbare Wirkung und ließ den Reis mit Geschmack und der Farbe des Sonnenuntergangs erblühen. Solange er noch von Wasser bedeckt war, fügte ich Rosinen hinzu.

Als die Kartoffel getrocknet war, panierte ich damit den filetierten Dorsch und fügte Pfeffer und Salz hinzu. Ich sautierte Zwiebeln in Schmalz, briet dann den Fisch rasch, bis die Kartoffelkrumen goldbraun waren, und würzte alles mit einem Spritzer Zitronensaft.

Der sich an Bord befindliche Wein soll aus Madeira stammen (zweifellos über einen ermordeten Zwischenhändler) und ist erstaunlich gut, wenn auch etwas rauchig, mit einem leichten Hauch von Lavendel und einem kräftigen Beigeschmack, den ich nur als Sattelleder bezeichnen kann. Jetzt, da ich weiß, dass das Getränk, für das die Männer jeden Tag anstehen, so erquicklich ist, sollte ich mich auch dazustellen. Der Wein wird in großen Fässern gelagert, von denen jedes mindestens hundertdreißig Gallonen fasst. Ein Großteil davon dient als Hauptballast des Schiffes.

Die Soße war eine Mischung aus jenem Rotwein, zerstoßenem Knoblauch, Garnelen, getrockneten Feigen und Salz, zusammengekocht mit einer simplen Mehlschwitze.

Mabbot hat für diesen Anlass wundersamerweise unbeschädigtes Porzellan zur Verfügung gestellt, auf das in blauer Glasur laufende Pferde vor einer entfernten Pagode aufgemalt sind.

Der Dorsch teilte sich, als ob er die rote Soße, die ich mit einem Löffel über ihm verteilte, erwartete. Die pochierten Garnelenstücke und Feigen drapierte ich am Rand des Tellers. Diesen Moment in Worte zu fassen, fällt mir schwer. Das Arrangieren einer Speise auf einem Teller ist etwas Heiliges, es repräsentiert den Höhepunkt nicht nur der Arbeit eines Tages, sondern der Arbeit meines Lebens. Doch wie zerrissen war ich mittlerweile, wie verloren, als ich den Rand des Tellers ruhig nach außen hin abwischte und eine Stimme in meinem Kopf flüsterte: »Dies ist für eine Verbrecherin!«

Ich stellte den Teller auf ein Holzbrett und bedeckte ihn mangels einer ordentlichen Silberhaube mit einem umgedrehten Topf.

Dann stieß ich die Tür der Kombüse auf, um Mabbot das Mahl zu servieren, und erlebte eine Überraschung. Von mir unbemerkt, hatten meine Küchenaktivitäten einen Aufruhr verursacht. Der Geruch hatte die flüsternden Männer verzaubert, die sich um die Tür scharten, die Nasen in die Luft gereckt wie Gossenkatzen. Mr. Apples musste sie verscheuchen, damit ich meinen Auftrag ausführen konnte.

Im lähmenden Bewusstsein, dass das Essen zu verschütten gleichbedeutend mit dem Vergießen meines Blutes wäre, balancierte ich über das glitschige Deck und erreichte schließlich Mabbots Kajüte.

Als ich mit der Stiefelspitze an die Tür klopfte, öffnete mir Feng. Ich zuckte zusammen, als ich mich an unser letztes Zusammentreffen an dieser Schwelle erinnerte. Dieses Mal trat er jedoch beiseite, um mich durch die Tigertür zu lassen. Vor Staunen blieb mir der Mund offen stehen.

So etwas wie Mabbots Kajüte hatte ich noch nie gesehen: eine seltsame Mischung aus einer orientalischen Kissenhöhle, der Bibliothek eines Herzogs und dem Labor eines Naturwissenschaftlers. Die ganze hintere Hälfte bestand aus Fenstern: dickes Glas zwischen schweren Holzbalken. Draußen war es bereits dunkel, so dass nur unsere Spiegelbilder zu sehen waren. Untertags ermöglichten sie einen prächtigen Fünfundvierzig-Grad-Rundumblick auf die Welt dahinter. An den Teakholzwänden hingen elegante Landschaftsmalereien und Stillleben in Öl. Diese blutrünstige Piratin hatte sich mit lauter friedlichen Szenerien umgeben. Ein Hirte mit seiner Herde auf einem schattigen Hügel schien neugierig auf einen Haufen gemalter Granatäpfel außerhalb seines Bildrahmens zu blicken. Der Boden war dick mit überlappenden türkischen Teppichen belegt. In der Luft hing der Geruch eines stark zedernhaltigen Potpourris.

Die Kajüte hatte wie das Deck darüber zwei Ebenen: Das Bett, dick mit Fellen belegt und von seidenen Vorhängen umgeben, stand auf der oberen. Im Salon auf der unteren Ebene standen ein Cembalo sowie ein kleiner Esstisch. Ein ausgestopfter Fasan thronte auf einem großen Spiegel, seine schillernden Schwanzfedern reichten bis zum Boden. Am

Spiegelpfosten hing eine groteske, dämonische Maske mit hervorquellenden Augen und verschnörkelten Stoßzähnen. Daneben befand sich eine schmale Tür, die angelehnt war und in ein Vorzimmer führte. Auf einem vollgestopften Bücherregal lehnte ein Stapel Karten an einem menschlichen Schädel mit einem klaffenden Loch in der Stirn, wahrscheinlich von einer Donnerbüchse oder einem Totschläger. Aus dem Loch reckten sich träge die Blätter einer Orchidee, deren Stengel mit einem Schopf makelloser Blüten gen Himmel strebten. Daneben erkannte ich die Messingschüssel mit dem Potpourri, das meiner Nase nach folgende kostbare Zutaten enthielt: Zimtrinde, Lorbeerblätter, Rosmarin und Nelken.

Mabbot war offensichtlich eine Gärtnerin. Gummiartige Weinreben rankten die Bettpfosten empor und rahmten die Fenster ein, Töpfe mit Farnen und Pflanzen mit fächerartigen Blättern drängten sich in den Ecken, hinter dem Bett wuchs eine Art Zitrusbaum. Mit glühendem Neid sah ich, dass er grüne Früchte trug. Und als ob sie von meinem Begehren hervorgelockt worden wäre, erblickte ich eine kleine Emailbadewanne hinter dem Baum.

Mabbot saß auf einem Polstersessel beim Bett, hatte die Füße auf einem geschnitzten Hocker abgelegt, und las ein Buch. Als ich eintrat, nahm sie ihre Brille ab und grinste.

»Endlich!«, sagte sie. In ihrem Schoß ruhte ein schwarz glänzendes Kaninchen.

Der Tisch war mit zwei Gedecken aus gutem Silber und Porzellan bestückt sowie mit brennenden Kerzen. Ich setzte das improvisierte Tablett ab und drehte mich schon in Richtung Tür, als Mabbot spöttisch rief: »Haben Sie nicht etwas vergessen?«

»Es ist alles da, Madam.«

»Dann setzen Sie sich.«

»Nein, ich kann nicht.«

»Hämorrhoiden?«

»Ich möchte nicht.«

Das Kaninchen sprang auf den Boden und schoss unters Bett, als Mabbot sich erhob. Sie hielt erst an, als sie dicht vor mir stand. Sie duftete nach Flieder und Schaffell.

»Lebhafte Konversation und eine anregende Gesellschaft machen ein Essen erst perfekt«, sagte sie. »Ohne sie hat die edelste Speise keinen Geschmack. Meinen Sie nicht auch?«

»Das ist ein verderbtes Spiel.«

»Freut mich, dass Sie den Spaß darin erkennen.«

Mabbot zog einen Stuhl hervor, und ich setzte mich, besorgt und, offen gesagt, erschöpft.

Sie hob den improvisierten Deckel und blickte auf den mondscheinfahlen Fisch auf seinem Bett aus Safranreis, die Feigen und Garnelen in der dunklen wohlriechenden Soße. Das Blut dröhnte mir in den Ohren.

Langsam, als ob sie mich necken wolle, nahm sich Mabbot ein Walnussplätzchen und biss hinein. Ich beobachtete ihr Gesicht, das sich entspannte, während sie kaute. Ihre Kiefermuskeln tanzten, ein Ohr hob sich leicht und rhythmisch unter einer Locke.

Dann sah sie mich an, ihre Augen leuchteten vor Wohlbehagen, und sagte: »Na, dann los!«

Sie setzte sich mit kindlichem Eifer und nahm sich eine Portion des noch dampfenden Dorsches, dann legte sie mir etwas auf den Teller. Sie hob ihre Gabel und wartete, dass ich es ihr gleichtat.

»Es ist für Sie«, bemerkte ich.

»Warum, haben Sie es vergiftet?«

Seufzend hob ich ebenfalls meine Gabel.

Als Mabbot den ersten Bissen zu den Lippen führte, stimmte Feng ein packendes und filigranes Menuett von Mozart auf dem Cembalo an.

Plötzlich war ich wie ausgehungert. Da ich den ganzen

Tag außer beim Probieren noch nichts zu mir genommen hatte, gestattete ich mir, die erste richtige Mahlzeit seit meiner Entführung zu genießen. Ich hatte den Fisch aus der Pfanne genommen, als er in der Mitte noch glasig war, und ihn in seiner eigenen Hitze gar werden lassen. Zwischen den opaquen Schlieren hing das Fett an der krossen Kartoffelkruste und schmolz auf der Zunge wie das Echo eines verstummenden Chores. Der Safran wärmte alles wie Sonnenlicht, das durch Kirchenfenster fällt und die Gemeinde segnet, während die Garnelensoße von der Peripherie ihr Hurentuch schwenkte.

Auch Mabbot verweilte genüsslich bei jedem Bissen. Sie weiß, wie man isst, so viel muss ich ihr zugestehen.

»Sie sind ein Alchemist, Wedgwood! Wie heißt das?«

»Wie das heißt? Weißer Fisch mit roter Soße.«

»Unsinn. Das ist keine ordentliche Bezeichnung.«

»Ich nenne es … *Die Hoffnung auf Rettung.*«

Mabbot lachte und musste sich die Hand vor den Mund halten, der noch voller Essen war.

»Diese Pflanzen … Sie müssen über frisches Wasser verfügen«, bemerkte ich.

»Oh, nur ein kleines Fass Regenwasser, es reicht gerade von Hafen zu Hafen. Ich trinke Panch wie alle anderen. Das und Wein.«

Feng beendete das Stück und verließ diskret den Raum.

»Übrigens, jeder weiß – und Sie sollten es auch wissen«, sagte Mabbot und musterte mich so forschend, dass ich unruhig auf meinem Stuhl herumrutschte, »dass Joshua, der Schiffsjunge, unter meinem Schutz steht. Wenn ich erfahre, dass er auf irgendeine Weise schlecht behandelt wurde, dann werde ich Sie in so kleine Stücke schneiden, dass selbst die Fische Sie nicht finden.«

»Schlecht behandelt? Ich bringe ihm die Buchstaben bei! Was man schon längst hätte tun sollen!«

Ihre Augenbrauen schossen bei meinem Ausbruch in die Höhe, und sie setzte sich mit verschränkten Armen zurück. »Ich verstehe. Nun, wie geht es voran?«

»Er hat Augen. Warum sollte er also nicht lesen können. Es geht langsam voran, doch selbst ein Hund kann etwas von einem geduldigen Lehrer lernen.«

»Das ist wahr«, erwiderte Mabbot und blickte mich finster an. »Selbst ein Hund.« Nach einigen Bissen in eisigem Schweigen sagte sie schließlich: »Nun, erzählen Sie mir etwas über sich.«

Einen Moment lang überdachte ich meine Situation. Tief im Inneren verspürte ich einen Funken Dankbarkeit, am Leben zu sein, während die um mich herum tot waren. Die Ermordung Jeroboams, die mich so angewidert und erzürnt hatte, befeuerte diesen Funken. Die ansprechende Frau mir gegenüber war der grausigste Schurke, der je über die Erde wandelte, und doch fühlte ich mich in ihrem ruhigen Salon und mit dem Trost einer guten Mahlzeit entspannter als je zuvor während meiner Gefangenschaft. Schmecken und sprechen – das waren die Privilegien der Lebenden. Ich konnte die Unterhaltung ablehnen und so ihren Zorn beschwören, oder ich konnte sie beschwichtigen und so lange genug leben, um zu entkommen. Ich tat ihr den Gefallen.

»Mein Vater war ein Schuster«, erzählte ich. »Jedenfalls sagt man das. Ich bin in der Küche eines Waisenhauses aufgewachsen …«

»Wo Sie gelernt haben, dass das Heilmittel für die ermüdendsten alltäglichen Arbeiten eine gewisse Freizügigkeit in der Verwendung von Gewürzen ist.«

»So könnte man sagen, ja. Eine Herzogin – sie war eine Förderin des Waisenhauses – besichtigte die Anlage, als ich zwölf war und bereits einiges kochte. Sie war eine geheime Jesuitin, diese freundliche Frau, und wir bereiteten ein

Festmahl für sie vor. Sie wurde eine Verehrerin meiner Soßen und schickte mich zu einem Freund von ihr in die Lehre, in das Jesuitenkloster in Sanghen.«

Joshua unterbrach uns mit einer Flasche Wein und zwei Gläsern. Er konnte es sich nicht verkneifen, bei unserem Anblick die Lippen gespielt hochmütig zu spitzen, als hätte er gerade in eine Zitrone gebissen. Dann schenkte er den Wein mit einer übertriebenen Geste ein, die seiner Meinung nach einen richtigen Kellner ausmachte. Mabbot kicherte, als er sich theatralisch verbeugte und wieder verschwand.

Noch ein geheimer Vorrat also, denn dieser Wein schmeckte vollkommen anders als der, den ich für die Soße verwendet hatte. Er erzählte meinem Gaumen von Bienen, die an überreifen Früchten nippten, vom Reifen in einem Eichenfass, über dem Rosmarin hing, vom hundert Jahre langen Schlaf in einem versunkenen Schiff, bis die Farbe der Wellen in die Flaschen gedrungen war.

»Sanghen?«, fragte Mabbot.

»In der Nähe von Calais«, erklärte ich. »In einem Tal direkt am Kanal. Jesuiten aus ganz Europa, die eine kleine Farm bewohnen. Das Land steht unter dem Schutz ihrer Wohltäter, und solange sie sich innerhalb der Tore aufhalten, müssen sie keine Verfolgung fürchten.«

»Da muss jemand aber großen Einfluss besessen haben, um Sie dorthin zu bringen. Man reist nicht einfach von England nach Frankreich in diesen kämpferischen Zeiten, und besonders nicht als Katholik.«

»Ich wurde nach Sanghen geschmuggelt. Die Mönche haben gelernt, aufeinander aufzupassen. Scharen von Jesuiten sind aus den Städten geflohen, um in unserem versteckten Kloster Schutz zu suchen. Wir haben für sie gekocht. Der Mob vertrieb auch meinen Lehrmeister aus Bordeaux. Er erklärte mir oft: ›Kriege kommen und gehen, doch essen müssen die Menschen immer.‹ Als ich erwog, ins Priesterseminar einzutreten, fragte er mich, was mir besser gefalle – die Pfingstmesse oder das Festmahl danach. ›Du wärst ein schrecklicher Priester‹, sagte er, ›aber du machst ein akzeptables Lammgalantine. Gott weiß, dass du ihn liebst. Konzentrier dich aufs Essen.‹ Er war der Mann, der die Pasteten für den Papst kochte.«

»Sie müssen mir auch eine Pastete machen!«

»Dafür brauche ich kalte Butter und frisches Mehl, für die Kruste. Und echtes Fleisch.«

»Wir haben Schmalz … und Mary Sweet …«

»Ich werde es versuchen«, erwiderte ich.

»Aber erzählen Sie weiter. Waisenkinder finden oft ihren Weg auf ein Piratenschiff.«

»Captain … Könnten wir vielleicht etwas weniger persönliche Angelegenheiten besprechen?«

»Wie zum Beispiel?«

»Sie reden nicht wie ein Pirat«, wagte ich mich vor.

»Kennen Sie denn viele?«

»Was ich sagen wollte … Sie reden anständig …«

»Ich wurde anständig erzogen, mit einigen Aussetzern. Als Heranwachsende wurde ich von einem wohlhabenden Mann aufgenommen, einem Richter, der sein Wissen um erlesene Dinge mit mir teilte.« Mabbot rollte träge die Gabel zwischen den Fingern, während sie sprach. »Dort entwickelte ich einen Geschmack für das, was er die ›Grundlagen‹ nannte: Lebensmittel, Wein und Konversation. Auf diesen Gebieten zeichnete ich mich aus. Ich war so etwas wie ein Projekt für ihn, ein dressiertes Haustier. Er veranstaltete Einladungen, auf denen ich die Attraktion war, die Hure, die Ovid rezitieren konnte, während sie gleichzeitig Segel hisste …«

Ich muss errötet sein, denn sie warf mir ein fast schon freundliches Lächeln zu und sagte: »Oh weh, da ist aber jemand empfindlich, nicht wahr?« Sie tätschelte mir die Hand. Ich war so überrascht von dieser mitfühlenden Berührung, dass ich meine Hand zurückriss. Ihr Lächeln blieb unverändert. »Machen Sie sich keine Sorgen, dieser Richter hat mich nicht lange bei sich behalten. Als er meiner überdrüssig wurde, schickte er mich weg. Und seither habe ich nur nach meinen Launen gelebt.«

»Äh … ist das Essen zu Ihrer Zufriedenheit?«, fragte ich verlegen.

»Oh, es ist köstlich! Sie haben sich die Miete für die nächste Woche wirklich verdient.«

Wir leerten unsere Teller, und Joshua kam zurück, um sie abzuräumen. Er brachte mehr Wein und schenkte uns nach, den kleinen Finger exaltiert abgeknickt. Er malte kleine Blümchen in die Luft. Normalerweise trinke ich nicht, um mich zu berauschen, doch heute gestand ich mir ein zweites Glas zu. Widerstreitende, starke Gefühle kämpften in mir. Der Trost von Essen und Wein war eine große Erleichterung, doch gleichzeitig erinnerte beides mich an meine Situation. »Miete« hatte sie es genannt. So würde es weitergehen, Woche für Woche, bis sich endlich eine Möglichkeit zur Flucht ergab.

Mabbot schien auf eine Fortsetzung des Gesprächs zu warten.

Das Kaninchen starrte mich an, was mir mehr als unangenehm war. »Das ist Kerfuffle.« Mabbot zog an seinen Ohren, als ob sie eine Ziege molk, und das Vieh wurde vor Wohlbehagen fast ohnmächtig.

»Sie ist so unglaublich weich«, sagte Mabbot. »Los, streicheln Sie sie.« Ich reagierte nicht, doch sie drängte mich. »Streicheln Sie das Kaninchen, Wedgwood.«

Ich musste mich zu ihr hinüberbeugen und konnte ihren Atem an meiner Wange spüren. Das Kaninchen war tatsächlich sehr weich und die ganze Situation so vertraut, dass ich mich schnell zurückzog und dachte: Diese Frau ist ein Killer.

Dann wurden wir von Feng unterbrochen, der leicht an der Vorzimmertür klopfte und den Kopf zu uns hereinsteckte. Als Mabbot sagte: »Das Essen ist gut, wir behalten ihn. Bereite alles vor«, verschwand er wieder.

»Sagen Sie mir ...«, Mabbot beugte sich zu mir, »wenn Sie mich lehrten, so zu kochen, woraus bestünde Ihre erste Lektion?«

Der Wein in meinen Adern verstärkte die Erregung darüber, dass mein Leben soeben um sieben Tage verlängert worden war. »Man darf die Nase nicht mit dem Mund verwechseln«, erklärte ich. »Wie beim Cembalospiel muss man verschiedene Tasten in harmonischer Reihenfolge drücken, um einen zufriedenstellenden Klang zu erzeugen. In unserem Fall, Geschmack.« Ich errötete und hatte das Gefühl, zu viel von meiner Leidenschaft offenbart zu haben. Doch sie lachte nicht. »Die Nase kann unzählige Eindrücke aufnehmen, der Mund hat nur vier Möglichkeiten.«

»Das ist großartig«, strahlte Mabbot. »Ich vermisse eine kultivierte Konversation. Selbst in Ihrem Gram sind Sie unterhaltsam. Meine Männer sind gute Leute, aber definitiv keine Essensgesellschaft. Fahren Sie fort.«

»Jedem Geschmack kann eine bestimmte Eigenschaft zugeordnet werden: Salz ist der Geist von Blut und Tränen, Sieg und Niederlage. Seine Farbe ist rot. Sauer ist ein Ruf nach Aufmerksamkeit, ein Klaps auf den Hintern, der mahnende Stich eines Dorns nach Beachtung. Seine Farbe ist gelb, wie der aufblitzende Fleck unter dem Flügel eines Finken.«

»Ein Philosoph sind Sie also auch!«

Wir tranken. Das Kaninchen war kurz verschwunden und tauchte wieder auf. Es schien sich in die Dunkelheit zurückzuziehen, als trete es durch eine Tür. »Los, das sind erst zwei«, sagte Mabbot.

»Süße ist eine grüßende Hand, Muttermilch, ein Kuss, ein warmes Bett. Ihre Farbe ist das Orange des Sonnenaufgangs. Bitterkeit ist die Liebe hinter einem ernsten Wort, eine hart verdiente Tapferkeit. Ihre Farbe ist grün.«

Ich schaute unsicher zu Mabbot. Ich hatte es nie gewagt, jemandem von dieser Vorstellung, die seit Jahren in mir arbeitete, zu erzählen. Der Wein war stärker, als ich es gewohnt war. Sie hatte die Augen geschlossen und den Kopf auf die Stuhllehne gelegt.

Da ich dachte, sie wäre eingeschlafen, erhob ich mich zum Gehen. »Oh, noch ein paar Minuten!«, protestierte sie. »Lyrik und Leidenschaft, das sind herausragende Qualitäten. Bleiben Sie doch noch ein wenig sitzen.«

»Sie sind dran, Captain.«

»Das ist nur fair. Fragen Sie mich etwas.«

»Ich habe Sie neulich über den Kapitän der *Colette* sprechen hören: Laroche. Er muss ein bemerkenswerter Widersacher sein.«

»Unnachgiebig. Er würde mir bis zum Mond folgen, um seine Rache zu bekommen.« Mabbots Laune verschlechterte sich sichtlich. »Laroche besitzt eine ganze Menagerie teuflischer Waffen. Seine Kanonendecks beleuchtet er angeblich mit Glühwürmchen und Biolumineszenzen, die Licht geben, aber das Schießpulver nicht entzünden. Aber das muss ich Ihnen nicht erzählen, Sie sind ja mit dem Mann vertraut, nicht wahr?«

Meine unbedachte Äußerung hatte sie also doch erreicht. »Ich habe ihn nur aus der Entfernung gesehen«, erwiderte ich. »Er hat kein Wort mit mir gewechselt.«

Sie durchschaute meine Lüge. Ein finsterer Blick von Mabbot ist wie der nadelspitze Graupelregen an einem gefrorenen See. So sah man einen Ohrenkriecher an, der gerade zwischen den Seiten eines Buches hervorgekrochen kam, bevor man ihn mit dem Daumennagel in zwei Teile zerhackte.

Also erzählte ich ihr von der Vorführung, der ich beigewohnt hatte, von den Schweinen und dem Gespräch. Die morbide Szenerie verbesserte ihre Laune. Ich hätte genauso gut einen Abend im Zirkus beschreiben können. »Ein seltenes Schauspiel, einen Mann seine Seele an Luzifer verkaufen zu sehen«, sagte sie.

Plötzlich erkannte ich, dass ich nicht auf eine Rettung durch Laroche hoffen konnte. »Jetzt, da Ramsey … nicht mehr unter uns ist, wird Laroche Ihnen nicht weiter folgen, oder?«

»Wir bekommen hier draußen keine Tageszeitungen, Mr. Wedgwood. Es wird eine gewisse Zeit dauern, bis er vom Schicksal seines Geldgebers erfährt. Doch das wird ihn nur noch gefährlicher machen. Er muss seine Schulden dann bei der Pendleton Company abzahlen, und sie werden ihn jagen, um ihre Auslagen zu decken. Wenn die Company erst einmal herausgefunden hat, wie viel dieses seltsame Schiff kostet, kann er von Glück reden, wenn er einer Anklage wegen Hochverrats entgeht. Er muss meinen lächelnden Kopf auf einem Tablett bringen, um seinen eigenen zu behalten, und das schnell! Armer Laroche!« Mabbot kicherte. »Er ist ein Opfer der Geschichte, wie wir alle. Er hat die Reinheit eines Kindes – er glaubt, was falsch läuft, kann wieder geradegerückt werden. Man muss seine Leidenschaft bewundern. Er würde seinen letzten Penny eher für eine Kugel als für Brot ausgeben. Ich habe nichts gegen ihn, abgesehen von der Tatsache, dass er so engagiert versucht, mich zu töten. Ich schätze, man kann sich seine Nemesis nicht aussuchen.«

»Doch Sie müssen viele haben.«

Das verneinte sie nicht. Nach einem Moment wurde ihr

Blick weicher, und sie nahm ihre gewohnte Haltung wieder ein, zurückgelehnt und die Hände hinter dem Kopf verschränkt.

»Die Zeitungen schreiben, dass Sie nur Pendleton-Fahrzeuge angreifen«, sagte ich.

»Als ich noch Freibeuter war, war ich nicht wählerisch und hätte jedes Schiff versenkt, das sich aufs Wasser wagte. Doch jetzt ernähre ich mich ausschließlich von Pendleton-Fleisch.« Der Captain rieb sich das Gesicht. Sie war müde und, wie mir jetzt auffiel, älter, als ich zuerst gedacht hatte, mit schwachen Falten in den Augenwinkeln und ein paar grauen Haaren an den Schläfen.

»Aber warum?«

»Wir sind von Monstern umgeben«, antwortete sie. »Wir können uns vor ihnen ducken, oder wir können uns eines aussuchen und unsere Zähne darin versenken. Ich habe meine Dolche in die Pendleton Trading Company investiert. Meine Wahl wurde durch einige Angriffe begünstigt. Auf gewisse Weise hat Pendleton mich ausgesucht.«

»Sie sagen es so, als ob die Company der Verbrecher wäre. Als ob Ramsey der Schurke wäre.«

»Das sollte ich auch«, erwiderte sie.

»Aber ich habe gesehen, wie Sie ihn erschossen haben, hilflos und unbewaffnet auf dem Boden liegend.« Die Erinnerung machte mich wütend. »Ist es ein Verbrechen, ein Gentleman zu sein – Vorsitzender der erfolgreichsten Company der Geschichte? Wollen Sie einen Lord, so vornehm wie dieser, der mit dem König gespeist hat, verleumden? Sie haben ihn ohne Gnade getötet, grundlos und reuelos.«

»Sie haben mit allem recht, nur ›grundlos‹ habe ich ihn nicht getötet«, erwiderte sie lachend. »Hier sitzt eine Frau mit einem Grund – schauen Sie mich an. So dreht eine Frau mit einem Grund ihren Kopf, so trinkt sie ihren Wein. Die Piraterie Ihres Herrn und seiner Company versteckt sich unter dem Deckmantel der guten Herkunft – ich nehme Schiffe, sie nehmen ganze Kontinente – und, oh, das Plündern! Keine Sorge, Mr. Wedgwood. Pendleton hat viele Köpfe. Ich habe das Untier nicht getötet, ich habe es nur geärgert.«

»Wer ist der Brass Fox? Wozu brauchen Sie ihn?«, fragte ich mutig.

»Wir sind fertig.«

Feng erschien und zog mich zur Tür. Ich stemmte die Füße in den Boden und versuchte, den Ärger in meiner Stimme zu unterdrücken. »Captain, wann werde ich nach Hause zurückkehren dürfen?«

»Aber Sie sind doch gerade erst angekommen.« Sie wirkte ehrlich getroffen. »Geben Sie uns eine faire Chance.«

»Ich bin es nicht gewohnt, geneckt zu werden.«

»Dann sind Sie ein Naturtalent.«

Zitternd erwiderte ich: »Ich verwahre mich gegen Beleidigungen.«

»Aber ich habe doch so viel zu geben. In Ihrer Gegenwart bin ich außerordentlich reich an Beleidigungen und überhäufe Sie nur allzu gern damit.«

»Nach Hause, Captain. Wann werde ich zurückgebracht?«

»Aber wo ist zu Hause? Entweder haben Sie keins, oder es befindet sich hier. Ramseys Anwesen wird mittlerweile unter einer dicken Staubschicht liegen. Hatte der Mann Erben? Ich frage Sie, hatte er Erben?« Mabbots Augen funkelten im Kerzenlicht. »Wenn nicht, wird es eine Auktion geben. Die großen Tische mit Löwentatzenbeinen, die venezianischen Lampen, die Tiger mit den Smaragdaugen – alles wird versteigert werden und das Anwesen schließlich verkauft. Ein anderer Besitzer, andere wertvolle Artefakte, andere Dienstboten. Wohin werden Sie zurückkehren außer zu fremden Gesichtern und Verlust? Sind Sie so darauf erpicht, einem anderen Herrn zu dienen?«

»Ich ziehe es vor, meinen Herrn selbst zu wählen.«

»Aber hier können Sie in der Sonne herumlungern. Ich bitte Sie nicht, den Anker einzuholen, das Deck zu schrubben oder sich auch nur um die Seile zu kümmern. Sie kochen an einem einzigen Tag der Woche. Ist das nicht erholsam?«

»Es ist eine nasse Hölle.«

»Auf diese Weise werden Sie keine Freunde gewinnen, Wedgwood. Wo sind denn nur Ihre Manieren geblieben?«

Feng schob mich Richtung Tür, und in einem Anfall von Gereiztheit packte ich die Potpourrischüssel und warf sie zu Boden. Feng blickte zu Mabbot, die jedoch nur lächelnd den Kopf schüttelte. So kehrte ich in meine Zelle zurück, mit dem schalen Gefühl, zwar Erfolg gehabt, aber keinen Sieg errungen zu haben.

Zu meiner großen Überraschung sah ich, dass die Zelle während meiner Abwesenheit umgeräumt worden war. Der Sägemehlsack war durch eine Hängematte ersetzt worden, eine Wolldecke und ein Pferdehaarkopfkissen. Es gab einen kleinen Tisch mit Krug und Tasse, eine kleine Flasche Brandy, mehr Papier, Wachskerzen, Federn und eine Flasche Tinte als Ersatz für den Bleiriegel, mit dem ich bisher geschrieben hatte. Unter der Hängematte stand ein Nachttopf aus Zinn.

Dankbarkeit kämpfte in meinem Herzen gegen Ärger und Erschöpfung. Diese dürftigen Verbesserungen steigerten mein Heimweh nur noch mehr. Ich kroch in die Hängematte und schlief sofort ein.

7

Zerbrechliches Gefährt

In dem ich von einem gänzlich unerwarteten Schiff gerettet werde

Mittwoch, 1. September

Endlich geht es mir gut genug, meine gefährliche Flucht von der *Flying Rose* niederzuschreiben. Ich kann von Glück sagen, dass ich überlebt habe – doch ich greife voraus.

Es begann Montagnacht, und wie so viele schreckliche Geschichten mit einem falschen Lächeln.

Ich wartete ein paar Minuten, nachdem der Gong die Friedhofsschicht eingeläutet hatte: Die Männer der Hundewache gingen nach unten, um sich in die noch warmen Hängematten zu legen. Dies war die Vier-Stunden-Schicht, in der alle Kojen auf dem Schiff belegt waren und sich nur etwa ein Dutzend Männer an Deck aufhielt.

Ich benutzte den abgeflachten Löffel, um mich zu befreien, dann zog ich die Tür wieder zu und steckte ein Stück Leinwand in die Türangel, um sie am Aufklappen zu hindern.

Um nicht von den Marinepatrouillen gesichtet zu werden, war das Deck nachts fast unbeleuchtet. Die Laternen, welche die Männer herumtrugen, waren an drei Seiten abgedunkelt, so dass das Licht nur auf die vor ihnen liegende Arbeit fallen konnte. Ich schlich mich zum Vorschiff, wo sie alle in einem Kreis saßen und Seile flickten. Der erste Teil meines Plans beinhaltete, einen großen Topf Suppe in die Mitte dieses Kreises zu stellen.

Viele hatten Mary Sweet in den Backen. Ein Klumpen Sweet konnte einem Mann eine Stunde reichen. So diente es als Kautabak und schmeckte etwa genauso gut. Sobald ich den Topfdeckel hob, spuckten die Männer in die Hände und schleuderten das Fleisch in die Dunkelheit.

Die Suppe war nicht viel mehr als eine eingedickte schnelle Bouillon, doch in dem schwachen Licht, das sich im Topf spiegelte, konnte ich den Hunger der Männer spüren, die sich dicht darum scharten. Ich hatte die Knochen, den Kopf und den Schwanz meines edlen Dorsches in einem Dutch Oven gebraten, gleichzeitig hauchdünn geschnittene Zwiebeln langsam karamellisiert, bis sie fast sirupartig waren. Hinzu fügte ich Anchovis und die Milch von zehn Kokosnüssen. Ich ließ alles offen köcheln, bis etwa ein Fünftel verkocht war, dann gab ich gewürfelte Kartoffeln dazu und achtete darauf, sie nicht zu breiig werden zu lassen. Mit ein wenig Meerwasser als Salzersatz, einer Messerspitze Pfeffer und einem Spritzer Zitrone war es vollendet: Das gewöhnlichste Essen, was ich seit Jahren zubereitet hatte, doch die Männer würden den Topf ausschlecken.

»Mondlicht-Eintopf«, sagte ich und zwang mich, gelassen zu klingen. »Ich weiß nicht, wie ihr Conrads Porridge überlebt habt. Mabbot hat mir gesagt, ich könne mit den Resten anstellen, was ich wolle. Ihr müsst euch allerdings die Schüsseln teilen.«

Die Männer, die losen Enden der Seile zwischen den nackten Zehen, beugten sich zu den Zinnschüsseln, die ich mitgebracht hatte. Da ertönte plötzlich eine Stimme.

»Mabbots Befehl?«, sagte Asher, ein gutaussehender Mann mit glattrasierten Wangen, den ich den niederen Matrosen Befehle erteilen gesehen habe, wenn der Bootsmann unter Deck war. Er trug eine Pfeife um den Hals, die ihn als Aufsichthabenden auswies.

»Wir könnten sie aufwecken«, schlug ich vor. »Aber ich dachte, du hättest die Aufsicht. Ich wollte dich fragen, ob ich dem Steuermann etwas bringen darf.« Ich wartete auf seine Antwort, den Kopf in einem fast nicht wahrnehmbaren Kotau gesenkt.

»Ich schätze, das ist in Ordnung«, sagte er schließlich herrisch und lächelte dann wie ein Schuljunge, als die Männer ihm zujubelten. Ich nutzte die Gelegenheit, dem Mann zu meiner Rechten einen Krug mit Rum zu geben, den dieser nach einem raschen Schluck weiterreichte. Gemäß den Regeln dieses Schiffes tranken die Männer sonst nichts Stärkeres als Madeira und führten sich den Rum jetzt so gierig zu Gemüte, wie ich gehofft hatte. Noch einschläfernder als ein herzhafter Eintopf ist nur ein ordentlicher Schluck Schnaps.

Utswali, dessen Gesicht von Stammesnarben gezeichnet ist, klatschte mir auf den Gürtel und zog mich zu Boden, um seine Suppe mit mir zu teilen. Der Himmel war bedeckt, die Dunkelheit so undurchdringlich, dass ich meinen Plan beinahe aufgab. Ein Schluck Rum beruhigte meine Nerven wieder.

»Ich gehe schlafen, wenn ich dem Mann am Steuer noch etwas zu essen gebracht habe. Gute Nacht, Gentlemen«, sagte ich schließlich.

Der Kreis hob die Schalen in einem heidnischen Gruß, während ich eine Zinntasse mit Suppe füllte und sie dem Steuermann brachte. Dieser verschlang den Inhalt mit einem Schluck und rülpste: »Gott segne dich.«

Es war an der Zeit. Die Männer scharten sich immer noch um den Suppentopf im Vorschiff, so dass ich das Heck einige Minuten für mich haben würde.

Ich ging zu Mabbots persönlicher Pinasse, der *Diemos,* die sanft in der Dunkelheit schaukelte. Ich vertraute darauf, dass der Ausguck auf den Horizont schaute, denn ich konnte kaum die Hand vor Augen erkennen. Ich wusste, dass ich etwa zehn Minuten zur Verfügung haben musste, bevor die Männer wieder über das Deck zu gehen begannen.

Rasch machte ich mich daran, die Vertäuung zu lösen, und tastete im Dunkeln über widerspenstige Knoten und Bündel. Das Herz hämmerte mir so laut in den Ohren, dass ich sein Schlagen für den Klang von Mabbots Stiefeln hielt und noch mehr Zeit verlor, während ich mich umdrehte und die Schatten musterte.

Schließlich kletterte ich ins Boot, tastete mich um den Ladebaum herum und verstaute den gewachsten Sack, der meinen Proviant und dieses Tagebuch enthielt, sicher unter dem vordersten Sitz. Dem feinen Sprühregen nach zu schließen, der mir ins Gesicht schlug, hatte die *Rose* ordentlich Geschwindigkeit.

Die Stimme aus dem Mast ließ mich vor Schreck erstarren: »Luft ist rein.« Es war schon eine Stunde vergangen. Der Ruf würde die Männer zweifellos zurück an die Arbeit treiben. Außerdem würde es nicht mehr lange bis Sonnenaufgang dauern, wo die restliche Crew aus ihren Kojen kriechen würde. Bis dahin musste ich bereits weit weg sein. Ich verfluchte die Zeit, die ich bei den Männern gesessen hatte. Wahrscheinlich stand der Sonnenaufgang kurz bevor. Ich musste es heute tun, denn ein zweites Mal würde meine List nicht funktionieren.

Als ich mir einigermaßen sicher war, welche Leine wohin gehörte, zitterten meine Arme von der Anstrengung. Mein Fehler war, mich mit einem der Seile zwischen den Zähnen über Bord zu beugen. In diesem Moment machte die *Rose* einen Satz in die Höhe, und die Pinasse warf mich ab wie ein Löffel einen Kloß. Ich fiel.

Im Fallen sah ich das hinterlistige Gefährt zwar schwanken, doch sicher wie einen Ohrring an der *Rose* hängen.

Alles erschien mir so klar wie sonst nur in Alpträumen. Während des schier endlosen Falls dachte ich: Meine Ablenkung war zu gut. Niemand wird mich sehen.

Dann trieb mir der Aufprall auf dem Wasser die Luft aus den Lungen, ich brachte nur noch ein froschartiges Krächzen heraus. Da sah ich, wie schnell sich die *Rose* tatsächlich vorwärtsbewegte. Als ich wieder zu Atem gekommen war, hatte sich das Schiff bereits einige Meter entfernt. Ich versuchte, ihr nachzuschwimmen, doch die nasse Kleidung behinderte mich. Ich streifte mir die Stiefel von den Füßen und kämpfte mit meinem Hemd – was erhebliche Konzentration erforderte –, und schon hatte das Schiff seinen Vorsprung verdoppelt.

Ich schwamm, als wäre der Teufel hinter mir her, versenkte das Gesicht im eiskalten Wasser, um noch schneller vorwärtszukommen. Doch als ich wieder aufblickte, war ich keinen Meter näher gekommen.

»Hiiiilfe!«, schrie ich. »Mann über Bord!«

Konnte ich darauf hoffen, dass sie wach war und von ihren Kajütenfenstern aus das Meer überblickte? Wie ich wohl aussah – eine Fluse auf schwarzem Tuch?

»Hiiiilfe!«

Das Schiff verschwand in der grenzenlosen Weite des Meeres.

Meine gemurmelten Gebete bildeten Blasen vor meinem Mund. Ich verlor die Richtung aus den Augen, doch ich schwamm weiter. Ich schwamm, bis meine Arme brennende Holzklötze waren und meine Lungen in Schleim schier erstickten. Die Wellen kamen aus der Dunkelheit, und ich kämpfte mich auf die niedrigen Hügelkämme, nur um immer und immer wieder auf der anderen Seite herunterzurutschen. Ich betete zur göttlichen Dreieinigkeit und zur Heiligen Mutter und allen Heiligen, die mir einfielen: beginnend mit dem heiligen Augustinus, über die heilige

Gertrude, die einem die Angst vor Mäusen nimmt, zu Medardus, den Schutzherrn des Zahnschmerzes.

Der Osten färbte sich rosarot.

Im aufsteigenden Sonnenlicht sah ich die unberührte Weite des zweiten Schöpfungstages. Kein Schiff, kein Land, kein Rauch, kein Mensch war in Sicht. Und keine Hoffnung. Ich war zu einem Krümel in der Unendlichkeit geworden.

Als meine Arme taub wurden und aufhörten, sich zu bewegen, hörte ich mich mit der *Rose* reden, der verschmähten Dame. Ich würde alles geben, ihre trockenen Planken zu umarmen, sicher in meiner düsteren Zelle verstaut zu sein, die so eng und feucht wie der Mund einer Liebhaberin ist. Wenn man es mir gestattete, würde ich die *Rose* zu meiner neuen Heimat machen.

Nach der Höhe der Sonne zu schließen, war es etwa acht oder halb neun Uhr. Mr. Apples würde nicht vor zehn Uhr kommen und meine Zelle verlassen vorfinden. Selbst wenn sie sich zusammenreimten, was geschehen war, und aus Gnade oder Rache nach mir suchten, müssten sie gegen den Wind kreuzen. Ihre Route zurückzuverfolgen würde sechsmal länger als der Hinweg dauern.

Zu diesem Zeitpunkt konnte ich mich kaum über Wasser halten, mit letzter Kraft füllte ich meine Lungen mit Luft und trat nur gerade so viel um mich, dass ich nicht unterging.

Die gähnende Leere um mich herum setzte sich unter mir fort. Wenn ich in die Tiefe blickte, wurde mir schwindelig, als ob ich auf der scharfen Kante des Mondes balancierte. Indigoblaue Umrisse waberten unter mir wie vom Wind getriebene Wolken. Ich beschloss, nicht mehr nach unten zu sehen, und ließ mich auf dem Rücken treiben. Meine Ohren füllten sich mit Wasser, was seltsam beruhigend war.

Ich dachte an verschiedene Arten des Sterbens, die Qualen, die sie mit sich brachten, und versuchte, sie gegeneinander abzuwägen. War Verdursten weniger schmerzhaft, als von einem Hai zerfetzt zu werden?

Während ich paddelte, berührte mich etwas an der ausgestreckten Hand, woraufhin ich in die Höhe schoss und wie ein Wahnsinniger schrie. Es war jedoch nur ein großer Haufen Seegras. Ich stieß mich erst davon ab, doch dann zog ich die luftgefüllten Stränge näher zu mir und wand sie mir um Oberarme und Torso und stopfte mir sogar einige in die Hose. So trieb ich ohne Anstrengung auf der Oberfläche und musste nicht mehr nach Atem ringen und mit den Füßen treten. Außerdem hoffte ich, dass die Pflanzenstränge die Haie abhalten würden.

Die Leere war teuflisch. Kein Fisch weit und breit, kein Vogel. Ich hatte noch nie eine so leblose Umgebung gesehen. Gehört hatte ich von Männern, die auf See den Verstand verloren, bevor ihre Körper aufgaben, und ich begann zu summen, um die Leere um mich herum zu füllen. Als ich merkte, dass ich das Mary-Sweet-Lied summte, verstummte ich und bekreuzigte mich zweimal.

Ich hatte noch nie Angst vor der Dunkelheit gehabt, doch als die Sonne am Horizont zu versinken begann, füllte sich meine Brust mit Panik und Wut.

Zu meiner Überraschung veränderte sich die Wassertemperatur nicht nennenswert, nachdem mich die Sonne im Stich ließ. An Unterkühlung zu sterben, würde wohl ein langsamer Tod sein.

Die Sterne erschienen über mir am Himmelszelt. Ich war dankbar für die mondlose Nacht. Was mir der Mond für Streiche spielen würde, wollte ich gar nicht wissen.

Auf dem Rücken liegend, verschränkte ich die Arme über der Brust und zitterte trotzdem wie eine Marionette an ihren Fäden.

Der Durst kam plötzlich und mit wilder Intensität. Meine Kehle härtete wie eine Scheibe Speck aus, und ich konnte nichts dagegen tun.

Ein Schiff auf See ist eine Kakophonie aus knarrenden Tauen, Glocken, Flüchen, heiseren Rufen und knarzenden Holzplanken. Jetzt herrschte um mich herum tiefe Stille, die nur von gelegentlichem Plätschern unterbrochen wurde.

Sinnlose Leere.

Ich wollte schlafen, doch der Durst legte einen wollenen Schal um meine Kehle, der immer enger wurde. Schließlich hörte ich zu zittern auf, und nach und nach spürte ich, wie Finger und Zehen taub wurden. Der Sonnenaufgang holte mich aus der Unterwelt. Er war unbeschreiblich schön, und meine ganze Bereitschaft zu sterben verpuffte in dieser Lichterexplosion. Er schien ewig zu dauern. Eine Entlohnung für den Schweiß und die Arbeit, die unsere Tage füllen.

Nur wenige Stunden später hatte sich die Freude verflüchtigt, und ich schrie der Sonne meine Flüche entgegen, dem nackten Satan. Meine Brust war so rot wie gekochter Hummer, und meine Lippen rissen bei jedem Heulen auf.

Unter der Mittagssonne versuchte ich, meinen eigenen Urin zu trinken, indem ich ihn in einem Bogen abschlug. Was für eine Farce. Die Tränen waren die reinste Verschwendung.

Schließlich fanden mich auch die Haie. Sie waren klein, aber ausdauernd. Ich versuchte, still zu liegen, die Augen geschlossen zu halten. Einer von ihnen zupfte wie ein verspielter Hund an meinem Seetang. Ein anderer versenkte seine Zähne in meiner Schulter, die taub wie Wachs war. Ich hätte gebetet, doch meine Zunge war in meinem Mund verdorrt. Eine gnädige Wolke beschattete mir das Gesicht. Die Haie stoben auseinander.

Entweder befand sich ein Schiff über mir, oder ich hatte endgültig den Verstand verloren.

Ich hörte Kanonenfeuer, und einer der Haie krümmte sich in einem scharlachroten Wirbel. Schon stürzten sich die anderen auf ihren getroffenen Genossen und verwandelten das Wasser in einen kannibalischen Kessel.

Ein Netz fiel auf mich, und ich spürte, wie man mich aus dem Wasser zog und mein Körper plötzlich sein ganzes Gewicht allein tragen musste. Alles schmerzte. Jeder Netzknoten schnitt in mein wundes Fleisch.

Die Schiffsplanken waren dagegen herrlich warm, und ich zerfloss auf ihnen wie weicher Käse.

8

Der Träumer

In dem ich vom König der Diebe unterhalten werde

Ein halbes Dutzend Laskaris – indische Matrosen – beugte sich über mich. Sie trugen dünne Baumwollhemden, die am unteren Saum und an den Handgelenken mit kunstvollen Stichen verziert waren. Sie boten mir eine Feldflasche an, deren Inhalt sich sanft in meine Kehle ergoss. Als mein Magen den Panch verärgert zurückwies und ich mich erbrach, gaben mir die lächelnden Männer noch mehr.

Zwischen den Schlucken brachte ich keuchend ein Danke hervor.

»Woher kommst du?«, fragte einer.

»Bin von der *Flying Rose* geflohen.«

Dann wurde ich auf die Füße gezogen und zu einer Achterkajüte gebracht, in der einige Personen an einem Tisch voller Karten und Diagramme saßen. Eine Segeltuchplane bildete die Vorderwand; man hatte sie zur Seite geschlagen und festgebunden, so dass eine große Öffnung entstand. Meine sonnenverbrannten Augen hatten Schwierigkeiten, sich auf das Dämmerlicht dahinter einzustellen, doch ich kniete mich vor die Gestalten und erbot ihnen meinen Dank: »Unendliche Dankbarkeit …«, sagte ich, »tausend Segenswünsche für die Rettung …«

Doch als sich meine Augen an die Lichtverhältnisse gewöhnt hatten, zerplatzte meine Freude wie ein mit der Gabel zerteilter Eidotter. Das hier waren keine Fischer. Drei

Gestalten saßen am Tisch, eine furchteinflößender als die andere.

Der Erste war so grausam verbrannt, dass man ihn kaum anzusehen wagte. Sein Kopf war ein einziges Narbengewebe. Seine Ohren, Lippen und die Nase waren verschwunden, die Haut so gespannt, dass er beständig zu grinsen schien. Er hielt eine kleine Messingglocke in der Hand und saß auf einer Kiste. Von dort beobachtete er die anderen zwei Gestalten, die in stiller Meditation Rücken an Rücken zueinander dasaßen. Das Monster legte einen Finger auf seine entblößten Zähne und zischte.

Die linke Person war eine Frau, deren langes obsidianfarbenes Haar sich über ein Seidenkleid bis in ihren Schoß ergoss. Ihre nackten Arme waren mit Armreifen geschmückt, und um den Hals trug sie einen Dolch in einer filigranen Scheide. Ihre Hände waren das Sauberste, was ich seit Wochen gesehen hatte. Auf ihrer Nase saß ordentlich eine Brille, und sie rührte angesichts des Aufruhrs um sie herum keine Miene.

Ihr Begleiter war dagegen ein furchteinflößender Anblick. Ein gutaussehender junger Mann, der eine Kalbslederweste und einen dicken Gürtel mit vielen Fächern trug, in denen sich zweifellos Schießpulver und Zünder für die Pistole befanden, mit der er sich gerade am Knie kratzte. Er öffnete ein Auge, um uns zu mustern, und ich erkannte den Blick.

»Captain«, sagte der Laskar, der mich hielt. »Wir haben einen Gast.«

»Ich habe die Rufe gehört. Wir meditieren«, knurrte der Captain und schloss wieder die Augen. Sein geöltes Haar war dick und kupferfarben; als er sprach, bewegte es sich unter seinem eigenen Gewicht wie erntereifer Weizen.

»Aber er sagt, er ist von der *Flying Rose.*«

Der Captain sprang auf die Füße, erleichtert, seinen Rücken durchstrecken zu können, und musterte mich fröhlich. Das Monster betätigte die Glocke, und die Frau erhob sich missgelaunt. »Das war kaum eine Stunde«, sagte sie, »und du hast die ganze Zeit gezappelt.«

»Nörgel nicht, Kittur«, erwiderte der Captain. »Wir haben Gesellschaft! Es war also die *Rose,* die wir gesehen haben. Zu nahe war sie, eindeutig zu nahe.« Er hob die Stimme in Richtung seiner Mannschaft: »Fahrt einen weiten Bogen! Sie wird uns auf den Pelz rücken, wenn sie uns sichtet.«

Ich starrte ihn unverhohlen an und war mir sicher, dass mein verdörrtes Gehirn mir einen Streich spielte. Er hatte ihre anmutigen Lippen, ihre Wangenknochen, ihr Haar. »Willkommen auf der anderen Seite«, sagte er, und an seiner Stimme, an den Sommersprossen auf seiner Nase erkannte ich endgültig, dass er mit Mabbot verwandt war.

»Was geht hier vor?«, fragte ich, denn ich fürchtete, dass meine Probleme gerade erst anfingen.

»Einfach über Bord gesprungen, oder?«, antwortete er lachend. »Ich verstehe das, glaub mir, doch ich habe zumindest gewartet, bis wir an Land waren, bevor ich abgehauen bin.« Seine Gefolgschaft kicherte. »Hast du etwas Raga für den Mann, Kittur? Das arme Walross scheint halbtot zu sein.«

Die Frau zog ein Saiteninstrument hervor, das entfernt einer Gitarre ähnelte, und begann zu spielen. Die Musik verstärkte meine Benommenheit noch. Ich war mir nicht ganz sicher, ob ich bei Bewusstsein war.

Die hennageschmückten Füße der Frau, die wütenden Narben des Monsters, die betörenden Klänge – das alles war schon verwirrend genug, doch vor allem fesselte mich die Haarfarbe des jungen Mannes.

»Sie sind der Brass Fox«, platzte ich heraus.

»Und wer bist du, mein Freund?«

»Owen Wedgwood, Ramseys Koch. Mabbot hat mich entführt, nachdem sie ihn getötet hatte.«

Die träumerische Musik verstummte, Stille senkte sich über das Schiff. Die anderen zwei beobachteten den Fox mit angehaltenem Atem, als er sich aufgebracht über mich beugte.

»Hast du gesagt ›getötet‹? Sie hat ihn *getötet?*«

Als ich rasch die Ereignisse schilderte, die schließlich in meiner Entführung geendet hatten, richtete der Fox seine Pistole auf mein Auge. Als ich verängstigt innehielt, stieß er den Lauf gegen meine Stirn und schrie: »Sprich!«

Ich sprudelte alles, an das ich mich erinnern konnte, hervor, bis zu unserer Ruderfahrt zur *Rose.* Hier unterbrach mich der Fox erneut:

»Zu früh!«, wütete er und schoss haarscharf an meinem Kopf vorbei, wobei er einen Albatros traf, der auf einem Tau balancierte. Während ich meine klingenden Ohren bedeckte, fiel der Vogel tot auf das Deck.

Das Monster sprach mit einem lippenlosen Zischen: »Erspart uns allerdings die Mühe.«

»Aber es ist zu früh«, knurrte der Fox. »Die Geier werden schon kreisen. Halt die Klappe, und lass mich nachdenken.«

»Dann müssen wir jetzt loslegen. Keine Zeit, um in den Kongo zu fahren.«

»Gristle, halt den Mund!«, brüllte der Fox.

Kittur legte ihr Instrument beiseite, ging an mir vorbei und legte dem Fox von hinten die Arme um den Leib. Nach einem Moment entspannte er sich.

»Gristle hat recht«, flüsterte sie. »Wir widmen uns Afrika, wenn die Zeit gekommen ist. Jetzt fahren wir nach Macao zurück und bereiten uns vor. Es ist an der Zeit, Mabbot eine Nachricht zu schicken.«

»Wir retten erst Braga.«

»Mabbot hat Braga«, bemerkte ich rasch, in der Hoffnung, wenn ich keine Loyalität ihr gegenüber zeigte, würde man zweimal darüber nachdenken, mich zu töten. Ich erzählte ihnen von dem Gefängnisausbruch und dem seltsamen bärtigen Mann, den Mabbot an Bord genommen hatte. »Er hat etwas von Tunneln in China erwähnt.«

Der Fox knetete seine Stirn mit den Fäusten. »Verdammt! Was hat er genau gesagt?«

»Nur, dass sie in der Nähe des Pearl River sind«, erwiderte ich.

»Nichts weiter? Nichts darüber, was sich darin befindet?«

»Braga ist loyal«, sagte Kittur.

»Braga *war* loyal, bis ich ihn auf der Gefängnisinsel zurückließ. In feuchten Zellen breitet sich gern Schimmel aus.«

»Ein weiterer Grund, schnell vorzugehen«, flüsterte Kittur. Sie stieß den Fox zurück zu einem Hocker, auf den er sich entmutigt setzte.

»Sollen wir beidrehen?«, fragte Gristle.

»Aye«, knurrte der Fox. »Aber weit nach Westen. Und setzt zwei Männer in den Ausguck, die nach der *Rose* Ausschau halten. Sie wird uns sehen, wenn wir nicht vorsichtig sind.«

Während Gristle Befehle erteilte und der Schoner sich gefährlich neigte, fühlte ich wieder die Augen des Fox auf mir ruhen.

»Mutters Haustier … vielleicht wirst du die Nachricht für uns überbringen?«

»Sie müssen mich auf direktem Weg im nächsten zivilisierten Hafen absetzen«, verlangte ich.

»Aber du bist doch erst zu uns gestoßen. Gib uns eine faire Chance.«

Kittur und der Fox berieten sich flüsternd. Ich nutzte die

Zeit, meine Lage abzuschätzen. Ich befand mich nicht mehr länger im Wasser, doch sicher war ich noch lange nicht. Mein Schicksal lag in der Hand dieser Leute. Doch wie sollte ich diesen Banditen von Nutzen sein können?

Der Fox wandte sich mir wieder zu, und wie ein Einfaltspinsel krächzte ich: »Ich bin wertvoll!«

»Ach ja?«

»Ich kann kochen.«

»Und ich kann ›Farewell Winsome Maiden‹ mit meinem Hintern pfeifen. Oder, Kittur?«, erwiderte der Fox.

Man musste ihr zugutehalten, dass sie diesen Kommentar ignorierte und mir stattdessen eine Flasche Wasser reichte. Einfaches Wasser mit etwas Zitronensaft – was ein süßer Nektar!

»Hast du gesehen, wie Ramsey starb?«, fragte der Fox.

Ich wischte mir den Mund trocken und antwortete: »Mit meinen eigenen Augen habe ich gesehen, wie sie es getan hat.«

Seine Wangen röteten sich. Selbst aufgebracht war er Mabbot wie aus dem Gesicht geschnitten. »Davon Zeuge geworden zu sein – ich bin wirklich neidisch. Wer bist du denn schon … aber zu früh!«

Sein Blick schoss über Deck, vielleicht schmiedete er große Pläne im Kopf, oder vielleicht suchte er auch nur nach einem weiteren Vogel, den er abschießen konnte. Ich nutzte den Moment, um die Diagramme an den Wänden der Kajüte zu betrachten.

Auf dem Tisch lagen Papiere und Karten ausgebreitet, beschwert mit Messern und einem Holzklotz. Dahinter standen Kisten voller Bücher und zusammengerollten Pergamenten, die an den Kanten fleckig und abgestoßen waren. Wenn man Mabbots Bibliothek in Eile verpackt und dann zu einer Gruppe großer Nagetiere gestellt hätte, hätte sie wahrscheinlich so ausgesehen. Es war das Arbeitszimmer eines Wahnsinnigen, ein abgerissener Napoleon, der die Welt durch die Hintertür erobern wollte. Unser neuer Kurs ließ den Wind in die Kajüte, und Kittur beeilte sich, die Papiere und Bücher zu verstauen. Sie räumte die Bücher so flink ein, dass ihr diese provisorische Bibliothek genauso gehören musste wie dem Fox.

»Das haben wir gemeinsam.« Der Fox kniete sich vor mich und inspizierte mein Gesicht. Er roch nach zerstoßenem Salbei und Terpentinöl. »Beide aus dem Haus meines Vaters gekidnappt.«

»Ramsey war Ihr Vater?« Ich brachte die Worte vor Unglauben kaum heraus. »Er hat keine Erben, außerdem sind Sie das lebende Abbild von Mabbot.«

»Einen Erben hat er.« Der Fox packte meine Wangen mit den Händen und wrang sie, als ob er Molke herstellen wolle. »Er hat meinen rechtmäßigen Platz mit Lügen belegt.« Als ich kurz aufschrie, ließ er mich los und glättete seine Weste. »Aber wir werden das korrigieren«, sagte er seufzend. »Die Zeit ist endlich da! Eine ganze Horde Anwälte wird nicht gegen meine Argumente ankommen. Am Ende werden sie einsehen, dass mein Weg der leichteste ist.«

Wie Schatten flackerten abwechselnd Wut und Belustigung über sein Gesicht. Er war ein sprunghaftes und impulsives Gemüt, und meine schmerzenden Wangen sagten mir, dass er einen großen Teil seiner geistigen Gesundheit vor langer Zeit auf einem seepockigen Pier zurückgelassen haben musste.

»Ist er wirklich tot?« Er raufte sich das Haar voller Verwunderung. Kittur, die sich offensichtlich Sorgen um ihn machte, nahm sanft seinen Arm und führte ihn zu einem Hocker.

»Die Spielzeugfigur«, sagte ich atemlos. »Der Soldat mit dem Zinnschwert. Ich habe ihn versteckt im Holzschuppen gefunden.«

»Ach ja?« Der Fox legte den Arm um Kittur, die ihn beunruhigt ansah. »Ich habe dieses Spielzeug mehr geliebt, als ein Kind tun sollte. Ist es nicht seltsam, dass du der einzige Mensch bist, der sich daran erinnert, und gerade dich habe ich tausend Meilen von England entfernt aus dem Wasser gefischt. Wie groß stehen die Chancen dafür, mein Kätzchen?« Er legte seine Stirn an ihre.

Sie antwortete: »Es gibt keine Zufälle, *Mērā pyāra.* Er ist du. Du bist er.«

»War Ramsey immer noch allein in diesem weitläufigen Haus?«, fragte der Fox. »So vollgestopft mit den ganzen Möbeln und doch so leer.«

Kittur strich mit schlanken Fingern über ihr Instrument und sang für ihren Gefährten: »Hier sitzt der Sohn kriegführender Titanen.«

Der Fox sah mich weiterhin mit beunruhigendem Interesse an und sagte: »Du könntest recht haben, mein Kätzchen, wir sind dieselben, dieser Koch und ich. Merkwürdig, Derartiges mit jemandem gemeinsam zu haben! Beide von meiner Mutter aus dem Haus meines Vaters entführt. Mutters Leute warfen mich in einen Sack und trugen mich weg, während ich mir die Lunge aus dem Leib schrie. Ich habe den ganzen Sack vollgepisst. Du warst natürlich zu groß für einen Sack, Owen.«

»Aber Sie betrauern Lord Ramseys Tod nicht?«, fragte ich.

»Weil ich ihr so ähnlich sehe, hätte Vater mich im See ertränkt, wenn ich nicht so eine wertvolle Geisel gewesen wäre. Mutter hat mir beigebracht, wie man eine Kehle durchschneidet. Jeder Elternteil hat vom anderen behauptet, er sei ein Monster. Und beide haben die Wahrheit gesagt. Und hier bin ich, das Kind von Monstern.«

»Das Kind von Wahrheiten«, gurrte Kittur. Der Fox lächelte so liebevoll, dass mir alles wie eine einzige große

Farce erschien – die trunkene Melodie des Streichinstruments und diese grobe Intimität des Mannes.

»Sei vorsichtig, Owen«, sagte der Fox, »wenn du Kittur zuhörst, wird sie dich davon überzeugen, dass die ganze Welt von einem schlafenden Gott erträumt ist: du, ich, Mutter, Gristle, selbst der arme tote Vater, wir sind alle nur Stäubchen in einem einzigen Geist. Sie will mir allerdings nicht sagen, wer von uns die Einbildung ist und wer der schlafende Träumer.«

Kittur machte ein missbilligendes Geräusch.

»Ich habe trotzdem eine Vermutung, wer es ist«, fuhr der Fox augenzwinkernd fort.

»Was wird aus mir?«, fragte ich.

»Du meinst, wenn du aufwachst?«

»Ich meine, Sir, zu welchem Hafen werden Sie mich bringen? Wie soll ich nach Hause kommen?«

»Nach Hause? Kittur, der Mann will nach Hause! Hast du nicht zugehört? Sobald Mutter uns *befreit,* gibt es kein Zuhause mehr – wir schlafen nie wieder unter diesem bestickten Baldachin, hören niemals wieder die klappernden Silbertabletts voller Mandelplätzchen mit Quittengelee draußen auf dem Flur, verstecken uns nie wieder zwischen den Beinen der zu Elefanten zurechtgeschnittenen Büsche. Aber …« Er beugte sich vor und hob mit eindringlichem Blick mein Kinn mit den Fingerknöcheln. »Was für ein Baldachin ist der Himmel! Wie könnte man danach wieder in diese erdrückenden Flure zurückkehren? Wir sind daher hin- und hergerissen, du und ich. Mach die Hölle zum Himmel, das ist der Trick. Man kämpft nicht mit Göttern, solange man nicht selbst einer ist. Napoleons Fehler war es, sich zum Kaiser zu krönen. Er hätte sich zum Hauptaktionär krönen sollen. Wir würden jetzt alle für ihn arbeiten.«

»Ich habe nichts mit Ihrer Fehde zu tun. Bitte seien Sie

ehrenhaft und lassen mich an einem Hafen an Land gehen …«

»Oh, das werde ich leider nicht tun können. Du bekommst eine Nachricht für Mutter von mir. Ich brauche ihre Hilfe.«

»Ich bin kein Pfand, das man hin- und herschicken kann!«

»Auch das haben wir gemeinsam. Keine Angst, es bildet den Charakter. Apropos Mutter«, sagte er, »wie genau lautet ihr Kurs?«

»Ihnen nach. Mehr weiß ich nicht. Wie es scheint, nach China.«

»Nein, nicht ganz so weit.«

Plötzlich sehnte ich mich nach den karmesinroten Balustraden und den goldenen Verkleidungen der *Rose.* Ja, Mabbots Schiff war mein Gefängnis und voller Gefahren, doch die Wut des Sohnes machte mir mehr Angst als die messerscharfen Bemerkungen der Mutter.

»Wir hatten unsere Differenzen, doch den nächsten Teil schaffe ich nicht ohne sie. Du wirst ihr das sagen. Präge dir mein Gesicht ein. Sie muss dir glauben, dass du wirklich mich getroffen hast. Du wirst ihr alles sagen, nicht wahr?«

Ich nickte.

Der Fox flüsterte Kittur etwas zu, küsste sie und ging zum Bug, um mit dem Fernrohr gen Osten zu schauen. Kittur warf mir einen kleinen Apfel zu, den ich mit zwei Bissen verschlang. Er schmeckte himmlisch. Plötzlich war ich todmüde. Sie nahm wieder das Instrument zur Hand und spielte ein Lied, das wie das Summen von tausend Bienen klang.

Ihre Stimme war so üppig, dass sie zu singen schien. »Er ist ein großartiger Mann. Hast du es in den Augen der Matrosen gesehen? Sie vergöttern ihn.« Ihre Brillengläser glitzerten in der Sonne.

»Madam, ich versichere Ihnen, es ist mir egal. Ich möchte nur in mein Leben zurückkehren.«

»Männer, die sich nach der Vergangenheit sehnen, sind schon tot. Schau in die Zukunft, Owen.«

Da ertönte der Ruf aus dem Krähennest: »Segel voraus!«

Ich lehnte mich aus der Zeltplanenkajüte hinaus und sah im regnerischen Nordosten den winzigen Umriss eines Schiffes größer werden. Die Männer auf den Masten riefen: *»Rose!«*

»Nach Westen!«, brüllte der Fox.

»Der Wind steht günstig für sie«, sagte der Steuermann.

»Das wird sich ändern, wenn sie auf gleicher Höhe ist. Wir fahren mit doppelter Geschwindigkeit. Auf Kurs bleiben.«

Die *Rose* näherte sich alarmierend schnell, als wir mit Übelkeit erregenden Sprüngen über die Wellen hüpften.

»Wie hat sie uns gefunden?«, fragte ich Kittur.

»Ihr Krähennest ist dreimal so hoch wie unseres. Sie hat uns wahrscheinlich in dem Moment gesehen, als wir den Kurs geändert haben.«

Ich war so geschwächt von der Zeit im Meer, dass ich fürchtete, einen Kampf nicht zu überstehen. Egal, wo ich auf dem winzigen Deck stand, wurde ich fast von Laskaris niedergetrampelt, die geschmeidig und geschäftig hin und her rannten. Der Schoner krängte in einem furchterregenden Winkel. Ich klammerte mich an den Belegnägeln fest, um nicht umgeworfen zu werden.

Schon bald befand sich die *Rose* direkt östlich vor uns, in vielleicht einer Meile Entfernung, und änderte ihren Kurs, um wie wir gegen den Wind zu kreuzen. Beinahe sofort fiel sie hinter uns zurück.

Ich war gerade auf dem Weg unter Deck, als ich den Fox brüllen hörte: »Werft den Koch über Bord!«

Dieselben Männer, die mich so freundlich aus dem Meer

gezogen hatten, packten mich nun an den Armen und schleiften mich zur hinteren Reling. Der Fox sagte: »Gebt dem Mann ein Fass!«, und schüttelte mir die Hand, als ob wir gerade freundschaftlich ein Pint miteinander getrunken hätten. »Sag ihr, dass es Zeit ist zusammenzuarbeiten. Ich muss erst noch ein paar Sachen erledigen, doch sie soll mich in Macao treffen, auf Coloane nordöstlich der Tempelruine. Folgt dem Flussbett hinter den steinigen Hügeln nach San Lazaro. Dort gibt es eine Taverne namens Serpent's Tail. Wiederhol das.«

»Coloane, nordöstlich des Tempels …« Der Fox nickte seinen Männern zu. Und schon lag ich wieder im Wasser, dieses Mal mit einem leeren Apfelfass im Arm.

Panisch sah ich, dass sich beide Schiffe von mir entfernten, da die *Rose* der *Diastema* nach Nordwesten folgte. Zehn verzweifelte Minuten lang schlug ich um mich, schob das Fass vor mir her und heulte wie ein Seelöwe. Dann, dem Himmel sei Dank, drehte sich der Bug des großen Schiffes langsam, als ob er mich bemerkte. Da erkannte ich, dass, was ich als Entfernen interpretiert hatte, in Wirklichkeit der Bogen einer weiten Schlangenlinie war, die bald auf mich treffen würde.

Strickleitern wurden für mich am Bootsrumpf hinabgelassen, als das Schiff über mir aufragte. Mit zitternden Armen und Beinen hangelte ich mich empor. Ich war noch nicht einmal auf halber Höhe, als Mabbot zu mir nach unten schrie: »War das der Fox?«

»Aye«, krächzte ich.

»Lauter, Mann, sagen Sie mir – war er das?«

Ich musste all meine schwindende Kraft zusammennehmen, um nicht von der Leiter zu fallen, als ich den Kopf zurücklegte und Mabbot zunickte. Sie befahl sofort doppelte Geschwindigkeit, die Glocken läuteten, und ich konnte die Männer über Deck rennen hören, um noch das letzte bisschen aus den ungünstigen Winden herauszuholen.

Als ich mich über die Reling hievte und auf Deck erschöpft liegen blieb, wurde der Schoner am Horizont schon kleiner. Kraftlos rollte ich mich zusammen und konnte nicht einmal zittern.

»Wir werden sie nicht einholen, Captain«, rief Mr. Apples.

»Was für ein hässlicher Fisch«, hörte ich Mabbot über mir. »Hoffen wir, dass er besser schmeckt, als er aussieht.« Sie stieß mich mit der Stiefelspitze an und sagte: »Haben Sie geglaubt, ich würde mir mein Sonntagsessen entgehen lassen?« Als ich nicht antwortete, trat sie mir in die Rippen. »Wedge, wehe, Sie haben keine Informationen für uns.«

Die Zwillinge schleppten mich trotz meines Stöhnens zu Mabbots Kajüte, wo ich ihr die ganze Geschichte erzählte, während ich angestrengt versuchte, den Apfel nicht wieder von mir zu geben. Mabbot lief angespannt hin und her, als ich die Worte des Fox wiederholte. »Ohne meine missglückte Flucht«, fügte ich hinzu, »hätten wir den Mann verpasst.«

»Zusammenarbeiten?« Mr. Apples lachte. »Hat der Fox das gesagt? Captain, das riecht aber gewaltig nach Pferdescheiße. Ich schmecke es genau.«

»Aber er hat einen Plan. Etwas Ehrgeiziges – ich kann es fast schon sehen – Tunnel in Kanton, eine Patchwork-Armee wütender Männer.« Mabbot massierte ihre Schläfen mit den Fingerknöcheln. »Er wurde von Captain Jeroboam mit einer Bande Schmugglern gefasst. Er wird sorglos, schießt übers Ziel hinaus. Nach der Flucht von der Gefängnisinsel bewegt er sich nach Osten, um sich wieder mit seinen Kumpanen zusammenzutun, die Gerüchte um seine Flucht zu leugnen, seine Angelegenheiten zu ordnen … dann fährt er zurück in Richtung Nordatlantik, um Sklaven im Kongo zu rekrutieren. Gegen wen kämpft er, wenn er auf jedem Weltmeer Leute braucht? Und jetzt hat er den Kurs schon wieder geändert ...«

»Ramseys Tod war der Auslöser«, bemerkte ich. »Er sagte, dass er seine Pläne jetzt beschleunigen müsste.«

»Aber was hat er vor? Hol Braga – er war bisher zu verschwiegen für meinen Geschmack.«

Braga wurde in die Kajüte gebracht. Er stand mit hinter dem Rücken verschränkten Händen vor uns wie ein Soldat. Der Mann mit dem graumelierten Bart hatte Knoblauch aus der Kombüse gestohlen, was ich selbst vom Boden aus roch, wo ich in meiner Pfütze aus Meerwasser saß.

»Du hast uns noch nicht alles erzählt, was du über diese Tunnel weißt«, sagte Mabbot.

Braga schwieg, und ich hatte Verständnis für seine Situation. Nur Minuten zuvor hatte ich alles ausgeplaudert, um am Leben zu bleiben. Braga gab sein Wissen mit mehr Würde weiter als ich:

»Die Tunnel, die wir gegraben haben, dienen nicht nur dem Schmuggel. Der Fox füllt die Kammern mit einem riesigen Schießpulvervorrat.« Er hielt inne. »Direkt unter dem Barbarenhaus.«

Mabbot blieb der Mund offen stehen.

»Klingt wie etwas, was Sie versuchen würden, Captain«, sagte Mr. Apples.

»Er nennt es seine Ausfallsicherung«, fuhr Braga fort. »Darüber hinaus weiß ich, was du weißt – dass er sein Gold dafür ausgegeben hat, eine Guerillaarmee aufzubauen.«

»Aber wo ist diese Armee?«

»In den Waschräumen von Baronen, auf den Baumwollfeldern, in den Laderäumen von Dschunken. Auf jedem Kontinent warten seine Kämpfer auf den Befehl, das Opiumreich zum Zusammenbruch zu bringen. Pendleton hat die Armee für ihn aufgebaut – Sklaven, Laskaris, hungernde Bauern, Opiumsüchtige, Schmuggler, die Folter und Tod wegen ein paar Pennys riskieren. Alle warten darauf, sich an der Leiche von Pendleton gütlich tun zu können.«

»Doch Pendleton ging es nie besser.«

»Das Gewicht des gesamten Orienthandels ruht auf einem verfaulten Pfeiler: den Schmugglern, die das Opium nach Kanton bringen. Ohne sie müsste Pendleton wie früher wertvolles britisches Silber für seinen Tee bezahlen. Das Reich würde zerbröckeln. Wie viele der Schmuggler folgen jetzt dem Fox? Und er kennt den Preis eines jeden korrupten Beamten, der seinen Zeh in den Pearl River getunkt hat. Er kann dem verfaulten Pfeiler den letzten Stoß geben. Und dann hat er natürlich noch seine Ausfallsicherung.«

»Aber selbst wenn er Pendleton das Genick brechen könnte, was springt dabei für ihn raus? Selbstlose Taten waren noch nie seins«, erwiderte Mabbot. »Und jetzt auch noch seine Einladung, in Macao zu ihm zu stoßen.«

Braga zuckte mit den Schultern.

»Dein Leben hängt von deiner Ehrlichkeit ab, Braga«, sagte Mabbot. »Wenn du uns noch etwas zu erzählen hast, dann ist das deine letzte Chance.«

Er schüttelte nur den Kopf. Mabbot öffnete ihm persönlich die Tür, und er ging hinaus.

»Mit jeder Antwort bekommen wir einen ganzen Sack voller Fragen«, sagte Mr. Apples.

»Aber wir wissen, dass der Fox etwas überaus Dramatisches vorhat«, erwiderte Mabbot. »Wir wissen, dass ich daran teilhaben soll. Was, glauben Sie, wird meine Rolle sein? Wassernymphe? Mrs. Macbeth? Er hat eine Vision in seinem Schädel.«

»Die Vorstellung würde ich lieber verpassen.«

»Um Himmels willen – Galaplätze in der ersten Reihe, Mr. Apples. Wie auch immer, wir haben unseren Kurs, nicht wahr? Und verflucht sei sein schnelles Schiff, wir fahren in unserem Tempo. Die Männer sind sowieso heiß aufs Plündern. Erst nach Cochinchina, dann geradewegs nach Macao.«

»Aber er bietet uns ganz sicher eine vergiftete Pastete an, Captain. Eine vergiftete Pferdescheißepastete.«

»Ich habe Ihre Besorgnis zur Kenntnis genommen. Haben Sie den Kurs notiert?«

»Aye.«

»Dann los.«

Nachdem Mr. Apples hinausgegangen war, wandte sich Mabbot mit traurigem Blick an mich. »Sagen Sie mir, hat mein Junge gelächelt?«

Ich gehöre nun zu einem kleinen Kreis von Eingeweihten: Mabbot, Mr. Apples, die Zwillinge und ich. Natürlich hat Mabbot deutlich gemacht, dass mein Leben beendet wäre, wenn ich ihren Sohn irgendwem gegenüber erwähnte. Ich nehme sie beim Wort, wenn man bedenkt, wie lange sie ihre Mannschaft bisher darüber im Unklaren gelassen hat.

9

Die *Patience*

In dem viele bestraft werden

Als ich wieder kräftig genug war, ging ich zu der Pinasse, die ordentlich vertäut war. Mein Sack mit Vorräten und dieses Tagebuch lagen unentdeckt unter der Sitzbank. Danach machte ich meinen Frieden mit meinen Rettern.

Letztlich verdanke ich meine Rettung zwei Männern. Der erste ist Old Pete, der verwitterte Alte, der die Wellen beobachtet. Nachdem Mr. Apples meine Zelle leer vorgefunden hatte, war es die unergründliche Kombinationsgabe des alten Pete, die die *Rose* zu mir zurückgeführt hatte.

Ich bot dem alten Mann Feigen an, doch er isst nur gesalzene Sardinen mit Reis, und das in winzigen Portionen. Ich setzte mich zu ihm, konnte jedoch nicht sagen, ob ihm meine Anwesenheit recht war. Sein einfaches Lächeln verschwindet nie. Selbst, als er mein scharlachrotes Gesicht und die verkrusteten Lippen in Augenschein nahm, lächelte er. Er ist so gütig wie eine Teekanne. Die Ereignisse der letzten Tage waren demütigend, und neben diesem Mann in seinem Schaukelstuhl zu sitzen, wie er auf das Wasser starrt, demütigte mich noch mehr. Ich rügte mich selbst, dass ich nicht sofort den Heiligen in ihm erkannt hatte.

Der zweite Mann, Asher, hatte von Mabbot den Befehl erhalten, meine Flucht wieder »in Ordnung zu bringen«. Der arme Mann hatte nicht geschlafen, bis er endlich die

Diastema aus dem Krähennest erspähte. Ich buk ihm ein paar herzhafte Pfannkuchen aus gestampftem Maismehl mit Zwiebeln und eingelegten Heringen als Belag. Als ich ihm den Teller brachte, lag er Trübsal blasend in seiner Hängematte. Die Pfannkuchen warf er an die Wand.

Joshua kam zur Unterrichtsstunde, als wenn nichts gewesen wäre, was mich sehr freute. Er zeigte mir eine Kiste mit Perlmutteinsatz für Tinte und Federkiele, die Mabbot ihm gegeben hatte, doch als ich sie öffnete, schrie ich auf und ließ sie fallen. Er hatte eine tote Ratte hineingelegt.

Zuerst verstörte mich Joshuas Lachen, doch wenn ich es jetzt höre, muss ich einstimmen, selbst bei einem kindischen Streich wie diesem. In einer Welt, die von Tag zu Tag schmutziger und angespannter wird, kann Joshuas Lachen einen Raum reinigen.

Er brachte außerdem eine abgestoßene, ledergebundene Bibel mit. Es war eine dramatisch vereinfachte Missionarsübersetzung, in der kein Satz länger als zehn Worte war, doch ich hielt sie mir lange an die Stirn, bevor wir uns setzten.

Unsere Lektion begann, wie es sich gehört, mit dem Buch Genesis. Diese uralten Erzählungen mit Zeichnungen und Gesten zu übersetzen, war harte Arbeit. Joshua erleichterte sie nicht. Er liest quälend langsam, doch sein Verstand arbeitet blitzschnell. Sobald er einen Satz begriffen hat, hat er auch schon Einwände. Er kennt bereits viele der Geschichten, doch er widersteht ihnen mit heidnischer Kraft. Das Strichmännchen, das Abels Frau symbolisieren soll, hat er mit Fragezeichen nahezu übermalt. Außerdem wollte er wissen, wer Gott erschaffen hat, und hatte Er nicht einen Stab, um die Schlange zu töten?

Ich trug ihm auf, die Buchstaben auswendig niederzuschreiben. Für unsere nächste Stunde werde ich mir ein etwas weniger streitbares Programm überlegen. Ich denke, ich werde den Jungen bitten, über seine Familie zu schreiben.

Während ich verfolgte, wie Joshua zaghaft die Schleifen und Spitzen des Alphabets malte, musste ich den überwältigenden Drang unterdrücken, ihn an meine Brust zu ziehen. Ich machte mir Sorgen um ihn. Er war so dünn und das Leben auf See so heimtückisch.

Ich weiß, dass ich mich an Joshua klammere und ihn nach dem Vorbild meiner eigenen Trauer forme. Natürlich sind seine Schultern viel zu schmal für dieses Gewicht, und außerdem befindet er sich freiwillig hier – der Junge ist immerhin ein Pirat, das lässt sich nicht leugnen.

Diese hysterischen Anfälle von Zuneigung sind umso mehr ein Grund, nach Hause zurückzukehren, wo auch immer das sein mag, bevor ich endgültig zerbreche und dem Wahnsinn anheimfalle.

⚓

Donnerstag, 2. September

Heute Morgen bei Sonnenaufgang wurde Asher ausgepeitscht, weil er mich hatte entkommen lassen. Er ging aus eigener Kraft zum Mast, wo Mr. Apples ihm die Hände fesselte. Normalerweise wäre das schon früher geschehen, doch Mabbot wollte, dass ich zusah. Wir versammelten uns alle, und sie verkündete vom Oberdeck: »Bestrafung wegen Pflichtvernachlässigung.«

Der erste Schlag ließ den jungen Mann gequält aufstöhnen. Ich ging zu Mabbot und sagte: »Bitte, ich möchte seinen Platz einnehmen. Das ist mein Vergehen.«

»Das *ist* es«, antwortete sie. »Aber schauen Sie sich doch an. Ihre Haut hängt immer noch in Fetzen von Ihren Fingern. Das Meer hat Sie weich gemacht wie ein Baby. Die Peitsche würde Sie entzweischlagen.«

»Mabbot, bitte, keine Scherze. Das ist keine Gerechtigkeit.«

Sie blickte mir geradewegs in die Augen und sagte: »Wenn ich Sie auspeitschen ließe, was würden Sie dann daraus lernen? Und was er?«

Die Peitsche schnalzte, und der arme Mann sank auf die Knie. Als ich die Augen abwandte, sagte Mabbot für alle hörbar: »Können Sie ihm nicht wenigstens die Ehre erweisen, die Bestrafung mit anzusehen?« Also sah ich zu, schwitzend vor Scham, bis die letzten Schläge seine Haut aufplatzen ließen.

Danach ging ich zu ihm. Er lag auf der Seite unter seiner Hängematte und versuchte, seine Wunden zu säubern, doch er wollte mich nicht sehen.

So bin ich in den Webleinen von Schuld und Mitwisserschaft gefangen, und je mehr ich darum kämpfe, freizukommen, desto mehr verstricke ich mich. Ich habe nie gespielt, nie etwas geliehen. Ich habe als armer Lehrling aus Stolz eher schimmliges Brot gegessen, als nach Mehl gefragt. Und jetzt stehe ich jeden Tag in der Schuld eines neuen Schurken, Männern, denen ich in den Straßen einer Stadt nicht zugenickt hätte.

Als Joshua zu seiner Unterrichtsstunde erschien, hatte ich bereits eine Familie aus Strichmännchen vorbereitet, neben die ich jeweils MUTTER, VATER und JOSHUA schrieb. Ich deutete auf den Mann und fragte mit dem Gesicht im Licht, so dass meine Lippen gut sichtbar waren: »Wie heißt er?«

Joshua legte die Faust ans Herz, dann tippte er mit dem Daumen der rechten Hand gegen seine Stirn, die Finger wie ein Geweih abgespreizt.

»Nein, schreib es auf.« Ich legte ihm den Stift in die Hand, doch er ließ ihn fallen und wiederholte die Geste. »Der Mann muss doch einen ordentlichen Namen haben«, sagte ich und bewegte seine Hand auf das Papier zu, doch er stieß es zurück und machte weiter die unverständlichen Gesten. Ich packte den flatternden Vogel, der sonst seine rechte Hand war, und legte ihm den Stift nachdrücklich in die Hand. »Was auch immer du mir sagen möchtest, du kannst es aufschreiben. Gott hat Hände erschaffen, um Werkzeuge zu halten, nicht um die Luft zu zerhacken. Du musst nur schreiben lernen und kannst dann alles ausdrücken, was du willst.«

Doch das unverschämte Kind zerbrach den Bleistift und verschränkte die Arme vor der Brust. Es kostete mich all meine Beherrschung, den Bleistift neu anzuspitzen, langsam, um eine gute Spitze zu erzeugen, und ihn ihm erneut in die Hand zu legen. Als er ihn auf die Tischplatte warf und erneut wild gestikulierte, kniff ich ihn ins Ohr und sagte: »Das ist der falsche Weg. Lern schreiben!«

Der Junge verpasste mir eine Ohrfeige. Ich war so überrascht, dass er schon aufgestanden und aus der Tür war, bevor ich zu einer Antwort fähig war. Lange Zeit dachte ich über das Geschehene nach. Vielleicht hätte ich ihn nicht züchtigen sollen, aber wenn er die Grundzüge von Sprache wirklich lernen will, dann muss er sich anstrengen. Das kann ich ihm nicht abnehmen.

Ich wünschte, Joshuas Ohrfeige wäre die einzige Beleidigung des Tages geblieben. Für die Zukunft muss ich mir merken, Feng aus dem Weg zu gehen. Als wir im Dämmerlicht des unteren Decks aneinander vorbeigingen, sah mich der kleine Mann böse an und stieß mir ohne Grund den Ellbogen in die Seite, was mir die Luft aus den Lungen trieb. Meine Rippen schmerzen immer noch bei jedem Atemzug. Manche mögen mit Recht einen Groll gegen mich hegen, doch die Grausamkeit dieses Mannes ist übertrieben.

⚓

Freitag, 3. September

An diesem grauenhaften Tag wurde ich unfreiwillig Zeuge der Plünderung des Schiffes *The Patience,* das der Pendleton Trading Company gehört. Obwohl ich kein Verlangen danach habe, alles noch einmal zu durchleben, schreibe ich es nieder, damit es hoffentlich einmal vor Gericht gegen Mabbot angeführt werden kann.

In der vorhergegangenen Nacht hatten wir einen Sturm durchfahren. Laut der Männer war es nur ein kleiner, aber vielleicht war das auch nur einer ihrer üblichen Scherze. Es war mir nicht gelungen zu schlafen. Ich fühlte mich wie in einem Fass, das einen besonders holperigen und steilen Hügel hinunterrollte. In manchen Momenten konnte ich nicht zwischen dem Donner und dem Getrappel der Männer an Deck unterscheiden, die Segel rafften und Kanonen sicherten. Meine Hängematte schlug gegen die Wand und mich dabei grün und blau. Im Halbschlaf fragte ich mich, ob Mabbot den Sturm am Horizont gesehen und meinen Sägemehlsack gegen die Hängematte ausgetauscht hatte, damit ich wie ein Ferkel auf dem Weg zum Markt darin hin und her geworfen wurde.

Erst in den frühen Morgenstunden legte sich der Sturm, und ich konnte endlich die Augen schließen und etwas Schlaf nachholen, bis in den Tag hinein, wie ich gestehe. Doch auch das war ein Fehler, denn zu meinem Unglück erwachte ich von Kanonenfeuer. Gott möge euch vor diesem Schicksal bewahren. Das Herz will sich wild hämmernd aus dem Gefängnis der Rippen befreien, bevor man die Augen überhaupt geöffnet hat. Wie ich im Halbschlaf davonzurennen, die Hände instinktiv über den Schritt zu legen und mit dem Gesicht zuerst gegen den Türrahmen zu prallen, ist nicht empfehlenswert.

An Deck fand ich heraus, dass unser Kanonenfeuer ein Warnschuss gewesen war und dass wir uns rasch der *Patience* näherten, die im Sturm beschädigt worden war und keine Fluchtversuche unternahm. Der grelle zweiköpfige Löwe auf der Flagge der Pendleton Trading Company war nicht zu übersehen.

Unsere Männer waren voller freudiger Erregung, und ich musste mich durch eine Gruppe von ihnen am Schanzkleid drängen, um das andere Schiff zu sehen. Einige bliesen in riesige Holztrompeten, jede leicht zwanzig Fuß lang, um unseren Opfern Angst einzujagen.

Ich habe mittlerweile gelernt, dass trotz der Weite der Ozeane die Handelsrouten an sich recht eng sind. Kein Schiff, das heil nach China und wieder zurück fahren möchte, wagt es, allzu weit von den in den Schiffskarten verzeichneten Routen abzuweichen. Hundert Fuß hohe Wellen und mastbrechende Winde klingen für mich schon furchterregend genug, die Seeleute fürchten jedoch nichts mehr als Flauten und Kalmen. Auf bestimmten Meerabschnitten wird jedes Schiff zu einer windstillen Insel, und die Crew muss irgendwann Taue und im schlimmsten Fall einander essen. Mabbots Leute würden lieber einen lebendigen Hai in einen Hurrikan rudern, als in eine Flaute zu geraten. Mabbot wird ihr Unwesen dadurch erleichtert, dass sie nur den sicheren Routen folgen muss, um irgendwann ein Schiff der Company am Horizont zu sichten. Die *Patience* befand sich auf dem Weg nach Hause, auf dem letzten Abschnitt einer langen Reise, mit einem Bauch voller Ladung und Hoffnung.

Man hatte ihren Sessel aus der Kajüte aufs Poopdeck gebracht, wo Mabbot jetzt thronte. Als sie mich erblickte, winkte sie mich heran und sagte: »Ah, guten Morgen, Langschläfer. Holen Sie sich einen Hocker, und gesellen Sie sich zu mir. Es wird sehr lehrreich werden.«

»Mabbot«, forderte ich, »ich verbiete Ihnen, diesen Unschuldigen etwas zuleide ...«

»Ah, der Anwalt-zur-See mit seinen üblichen Einwänden«, seufzte Mabbot. »Beeilen Sie sich, mein Lieber, wir arbeiten hier.«

Mein Tonfall hatte die umstehenden Männer die Luft anhalten lassen, doch als Mabbot darüber hinwegging, kicherten sie und widmeten sich wieder ihrer Arbeit.

Da der Ausblick vom Poopdeck besser war als vom Quarterdeck, ließ ich mich neben Mabbot nieder. Da sah ich abseits der *Patience* eine Gruppe von Booten. Voller Hoffnung hielt ich den Atem an, vielleicht war es ja eine Flotte, die uns festnehmen würde, doch da sagte Mabbot: »Wunderbar. Sehen Sie? Sie waren vernünftig und haben uns Raum gegeben. Wenn sie da draußen in ihren Booten bleiben, werde ich sie am Leben lassen. Es ist besser, wenn Überlebende weitererzählen, dass Kapitulation der beste Weg ist.«

Und so enterten wir die *Patience* ohne Blutvergießen. Die Männer ließen sich an Tauen hinüber und legten Planken zwischen die beiden Schiffe, um mit gezogenen Pistolen und Schwertern hinüberzustürmen. Doch es wurde gar kein Widerstand geleistet, und nach ein paar Minuten erschienen sie wieder von unter Deck, ihre Beute im Arm wie eine Horde Ameisen.

Sie brachten pechversiegelte Kästen heraus, die von je zwei Männern getragen wurden, und stellten sie an Deck. Wieder wurden die Hörner geblasen, und alle Augen waren auf Mr. Apples gerichtet, der neben den Kisten stand und mit würdevoller Stimme verkündete: »Männer, legt eure Sorgen ab und packt eure Schwänze. Es ist Badetag im Harem des Scheichs.«

Das Johlen und Stampfen flaute erst ab, als Mabbot die Hand hob. Dann wurden die Kisten geöffnet. Sichtbar wurden Reihen von Tontöpfen, deren enge Hälse mit Harz verschlossen waren.

Mr. Apples untersuchte sie und rief Mabbot dann zu: »Opium, Captain. Riecht wie eine Lilie, die man dem Teufel in den Arsch geschoben hat.«

»Sie wissen ja, was Sie damit anstellen sollen«, rief Mabbot zurück.

Mr. Apples nickte den Männern zu, die die Kisten gehorsam ins Meer warfen. Fünfzig Kisten wanderten auf diese Weise ins Wasser. Ich konnte nicht genau sagen, wie viel sie wert waren, aber ganz sicher versank dort gerade ein Vermögen.

»Mabbot, was ist Ihr Ziel, wenn Sie die gestohlenen Waren nicht weiterverkaufen wollen?«, fragte ich.

Zum ersten Mal wurde sie ernst und knurrte mich an: »Halten Sie den Mund.«

Die Männer trugen weitere Güter zu ihrer Begutachtung an Deck, und Mabbots Stimmung besserte sich schnell. Mr. Apples nannte jeden Gegenstand in bester Marktschreiermanier beim Namen: »Fünfzig Ballen grüner Seide!« oder »Salpeter für eine ganze Armee!« oder »Fünfzehn Fässer losen schwarzen Tees!«

Wenn Mabbot daraufhin erwiderte: »Unseres«, dann gehörte der Gegenstand dem ganzen Schiff. Nach dem Verkauf würde der Erlös unter den Männern gemäß ihres Ranges aufgeteilt werden. Ein großer Berg Seide wurde so im Frachtraum verstaut, ebenso wie große Behälter mit Tee, lose und gepresst.

Bei manchen Gegenständen, wie etwa einem Veloursléderhut mit einer Pfauenfeder, erklärte Mabbot: »Deins!«, und es gehörte dem Mann, der es gefunden hatte.

Als Mr. Apples verkündete: »Kleine Silberkanne! So

niedlich wie ein Affenschuh!«, rief Mabbot: »Meins!«, woraufhin Feng den Gegenstand in einen speziellen Raum brachte. (Ich kann die Zwillinge mittlerweile unterscheiden, denn Feng trägt immer ein kleines ledergebundenes Buch in seinem Gürtel, zweifellos irgendeine heidnische Schrift, in die er sich in ruhigen Momenten vertieft.) Mabbot beanspruchte auch eine dickliche Flasche mit Brandy, die ihr direkt in die Kajüte gebracht wurde. Doch sie forderte insgesamt nur wenig für sich, und wenn die Männer dies störte, so zeigten sie es nicht.

Auch wenn das Vorgehen zuerst recht effizient wirkte, dauerte es den ganzen Tag. Es hatte etwas von einem Ritual; sie schwelgten in ihren Belohnungen. Die Plünderungsorgie machte die harten Tage auf See erträglich, und sie wollten sie in vollen Zügen genießen. Etwas Feierliches lag in der Luft, gar nicht so unähnlich dem Osterfest. Eine kleine Gruppe spielte eine Zigeunerpolka mit Flöte, Trommel und einem Instrument, das einer Harfe ähnelte, doch weniger Saiten hatte. Matrosen tanzten miteinander, während sie darauf warteten, von einem Schiff zum anderen zu gelangen. Mabbot grinste – sie trank eine Tasse Tee und klopfte mit dem Fuß den Rhythmus.

Es war überhaupt nicht das grausame Blutbad, als das ich mir einen Piratenfeldzug vorgestellt hatte. Der Captain und die Besatzung der *Patience* warteten in einer halben Meile Entfernung, zusammengepfercht auf Zwanzig-Fuß-Beibooten. Zweifellos war ihnen ganz und gar nicht nach Feiern zumute, doch von meinem Aussichtspunkt aus schienen sie auch nicht zornig. Sie hätten ebenso gut ein Schwarm Seevögel sein können, der auf den Wellen auf und nieder tanzte.

Einen Großteil der Beute machte Seide in allen Regenbogenfarben aus, Satin und Musselin, Indigofarbe und natürlich Tee. Es gab außerdem einige Kisten voller Silberriegel, die Mabbot dem ganzen Schiff zusprach.

Nachdem die größeren Fässer und Truhen in unseren Laderäumen verstaut waren, wurden die persönlichen Besitztümer der *Patience*-Besatzung und ihres Captains herausgebracht. Bis auf wenige Ausnahmen durften die Finder die jeweiligen Sachen behalten, und die Männer freuten sich sichtlich. Sie nahmen sich Stiefel, Mäntel, gehämmerte Kupferschatullen, Tabak, Hüte, Musikinstrumente, Pistolen, Schwerter, Bücher und Schmuckstücke aus Jade, Rubin und Silber. Mabbot besah sich jedes Buch genau, bevor sie es dem Finder übergab.

Die Ladeliste des Schiffs wurde ihr ebenfalls gebracht. Sie warf jedoch nur einen flüchtigen Blick darauf, bevor sie sie verächtlich zu Boden warf, von wo ich sie aufhob. Es war ein liniertes Verzeichnis – eine lange Liste mit Daten, Orten und Waren. Es war mit Lord Ramseys Siegel versehen, und mir wurde bewusst, dass diese Kaufleute sicher nicht wussten, dass Ramsey tot war.

Wenn ich es richtig interpretierte, dann war das Schiff auf dem Weg zurück nach England mit nur einem geplanten Aufenthalt in Kamerun, um »Langvögel« aufzunehmen.

»Was ist ein Langvogel?«, fragte ich Mabbot.

»Ja, was eigentlich? Glauben Sie, dass es auch Langeier gibt?«

Mabbot wusste die Antwort, ganz sicher, doch ich wollte ihr nicht die Gelegenheit geben, mich aufzuziehen, weshalb ich das Ladeverzeichnis an Bai reichte und nicht weiter darüber nachdachte.

Dann brachten die Männer zu meiner Überraschung einen kleinen, aber voll funktionsfähigen Eisenherd mit einer flachen Platte zum Kochen und einer erfinderischen Kiste an der Hinterseite zum Backen. Mabbot flüsterte mir zu: »Können Sie das brauchen?«

»Ja.«

Sie befahl den Männern, den Herd vorerst in die Speisekammer zu bringen. Mabbot reservierte für mich auch Kohl, den man relativ ordentlich in Heu gewickelt in einem der kühleren Frachträume aufbewahrt hatte, und einen Sack mit ganzem, getrockneten Mais.

Dann brachte einer der Männer Mabbot ein Stück Papier mit einem Bild darauf, das ihr ähnlich sah.

»Ein Haftbefehl! Fünfhundert Guineen auf meinen Kopf. ›Wegen Verbrechen gegen den Handel, die Natur und den König.‹ Hat fast was Poetisches. Dennoch fühle ich mich ein wenig beleidigt.«

»Captain«, sagte Mr. Apples. »Fünfhundert sind nicht gerade Krümel.«

»Nein, aber hier geht es immerhin um mein Lebenswerk. Man hofft ... nun, so geht es weiter: ›Ihrem Ergreifer wird von Ihrer Majestät gedankt und ein Titel aus dem Valley Suffolk übertragen werden.‹ Mr. Apples, ist es schön in Suffolk?«

»Nie da gewesen, Captain.«

»Dann muss es tatsächlich sehr schön sein.«

Eine Kiste voller Briefe wurde herangetragen. Mabbot wühlte sich hindurch, während die Männer ihre Fundstücke vorzeigten. Die meisten der Briefe sollten ins Meer geworfen werden, doch einer war von Laroche, an Ramsey adressiert. Mabbot und Mr. Apples lasen ihn kichernd.

»Gütiger Himmel«, sagte Mabbot, »er ersucht um mehr Schiffe!«

»Ich habe Ihnen doch gesagt, der Mann hat Ambitionen«, erwiderte Mr. Apples.

»Wenn er fünf dieser verdammten Fahrzeuge hätte, könnte er es mit jeder Marine auf den Weltmeeren aufnehmen.«

»Gott sei Dank haben wir seinen Gönner aus dem Weg geschafft.«

»Mir sei Dank«, schnaufte Mabbot. Sie gab mir den Brief mit den Worten: »Sie können auch einen Blick darauf werfen, Wedge, er ist ja schließlich unzustellbar. Kaum zu glauben, dass so ein Angeber so gefährlich sein kann.«

Der Brief war mit indigoblauer Tinte in enger Schrift verfasst und lautete folgendermaßen:

Verehrter Lord Ramsey,

ich gehe davon aus, dass dieses Schreiben Sie bei gewohnt bester Gesundheit antreffen wird. Ich danke Ihnen für die zusätzlichen Zuweisungen – auch wenn ich Sie erneut um einen gewissen Rahmen frei verfügbaren Kredits bitten muss, da die épée solaires *unkonventionelle Wartung und Bauteile benötigt, darunter Spermazet für die Schaltungen, Linsen und Leder. Der Ballon benötigt auch Spermazet; kein anderes Öl brennt rein genug, und ich musste daher mit Walfängern auf offener See Handel treiben, was mich zeitlich zurückwirft. Dies ist nur ein Beispiel für die Frustration, die klingende Münze erleichtern würde.*

Von Ihren Agenten in China wissen Sie sicher bereits, dass der Brass Fox an Einfluss bei den Schmugglern auf dem Pearl River gewinnt. Sobald wir Mabbot festgenommen haben, würde ich meine Aufmerksamkeit nur zu gern auf diese Krise richten.

Was unsere Übereinkunft als Belohnung für Mabbots Kopf betrifft – fünf Schiffe unter meinem Kommando –, muss ich nochmals wiederholen, dass diese Schiffe, im Vorfeld geliefert, mich und damit uns schneller ans Ziel bringen würden. Ich verstehe, dass Ihre Partner Bedenken geäußert haben, da ich einen Freibeuter eine Flotte befehligen lassen möchte, doch ich kenne Sie als Mann mit großem Einfluss und einen Förderer neuer Methoden.

Jeder Tag bringt mich meinem Ziel näher. Die La Colette *ehrt ihre Namensvetterin immer mehr; kultiviert, aber ruhig, sie trödelt nicht, schlank und reizend ist sie, und nur ein Blick von ihr brennt schon.*

Der Ballon funktioniert außergewöhnlich gut (wenn ich genügend Öl habe) und wird geeignet sein, die Kommunikation einer ganzen Armada zu gewährleisten, weit über die Reichweite von Flaggen hinaus.

Captain Mabbot bin ich seit meinem letzten Schreiben, in dem ich meinen nahenden Sieg dargelegt habe, nicht begegnet, doch seien Sie gewarnt: Aus den Meldungen über ihren voraussichtlichen Kurs, auch wenn dieser sprunghaft wie immer ist, lässt sich ableiten, dass sie sich in Richtung Kanaren bewegt und vielleicht sogar bis nach England fährt. Ich kann mir nicht vorstellen, dass sie so dreist wäre, bis nach London zu segeln, doch seien Sie vorsichtig, und halten Sie sich von den Küsten fern, bis der Hai wieder verschwunden ist.

Beigefügt ist ein Brief für meine Bekannten in Paris. Wenn Sie ihn an die bekannte Adresse weiterleiten könnten, wäre ich Ihnen sehr verbunden.

Ihr ergebener Diener
Alexandre Laroche

Der Brief brannte zwischen meinen Fingern – hätte er uns rechtzeitig erreicht, hätte er sowohl Ramsey als auch mich gerettet. Wir hätten uns in eines der Häuser des Lords im Landesinneren zurückziehen können, weit weg von den Krallen der Brandung, sicher und gesättigt von Yorkshire Pudding und Hammel mit Pilzsoße.

Durch wie viele Hände diese Warnung wohl gegangen

sein mochte? Wie lange war sie in Häfen dahingedümpelt, während die Frachträume mit Tonnen von Tee gefüllt wurden? »Haltet euch von den Küsten fern.« Lebensrettender Rat, der beklagenswerterweise von den Launen des Wetters und der Menschen verzögert wurde.

Als Mabbot sah, wie ich untröstlich auf das Schreiben starrte, sagte sie: »Kopf hoch, Wedge! Ich versichere Ihnen, es ist besser, die Briefe des Mannes zu lesen, als ihm auf See zu begegnen. Ich weiß, dass er Sie an Land eingewickelt hat, doch auf dem Wasser ist er eine Muräne.«

Nachdem endlich alle Waren verteilt worden waren, brachten die Männer einen letzten Gegenstand an Deck: die Statue eines Wilden auf einem Holzpodest. Mr. Apples spazierte darum herum, musterte sie genau und verkündete dann: »Ähm ... eine Trophäe. Aus der Kapitänskajüte.«

Mabbot bedeutete den Männern, ihr die Statue zu bringen. Es stellte sich heraus, dass es sich dabei um ein Meisterwerk der Präparation handelte. Die Gesichtszüge waren die eines Mannes, doch die Gestalt hatte die Größe eines Kindes, die Haut tiefschwarz. Die Lippen waren zu einem ewigen Grinsen zurückgezogen, die Stirn gefurcht. Der Arm war gehoben, als wolle die Gestalt einen Speer werfen. Bis auf ein Perlenband um die Hüfte und einem Bolzen durch die Nase war sie nackt. Ich konnte keine Nähte erkennen, und die gelben Glasaugen sahen feucht aus, bereit zu blinzeln. Das Wesen stand auf einem Podest aus poliertem Holz, auf dem eine Bronzeplakette befestigt war, mit folgender Aufschrift: »Wilder Hottentotte aus Südafrika«.

Meine Stimmung verdüsterte sich, und ich musste mich setzen. Selbst in den finstersten Ecken meines Verstandes hatte ich mir bisher nicht vorstellen können, dass Menschen einander so etwas antun könnten.

Alle Augen waren auf den Captain gerichtet, selbst die

Wellen schienen den Atem anzuhalten. Mabbot war so still wie die Statue. Die beiden starrten einander unbewegt an. Ich sah eine Ader an Mabbots Schläfe pochen. Ihre Lippe zitterte, und sie flüsterte etwas, das keiner hören konnte.

Mr. Apples trat neben sie und fragte verlegen: »Captain, wie war das …«

»AUF DEN MEERESGRUND!«, brüllte Mabbot, während sie aufstand. »Schickt diese Hunde auf den Meeresboden!« Ihr geschliffener Akzent wich einem saftigen Cockney-Einschlag.

Die Mannschaft stürzte davon und bemannte die Kanonen. »Los! Los«, befahl Mabbot. »Bringt ihn zurück auf das Schiff! Er wird seine Totenbahre sein.« Der Hottentotte wurde zurückgetragen und am Mast des Pendleton-Schiffes festgebunden. Pech wurde über das Deck geschüttet und angezündet. Das Feuer breitete sich schnell aus und hatte innerhalb weniger Minuten die Segel erreicht.

Mabbot, rasend vor Wut, zielte mit ihren jadeverzierten Pistolen auf die entfernten Boote, in denen die Crew der *Patience* ihrem Schicksal harrte. »DAS ist Ihre kostbare Company«, zischte Mabbot, bevor sie beide Pistolen abfeuerte. Nur einen Moment später wurden die Kanonen gezündet. Von den sechs Booten, die ich ausmachen konnte, zerbarsten zwei sofort. Die anderen wurden von den erzeugten Wellen hin und her geworfen. Es war bemitleidenswert, wie sie auseinanderstoben und in alle Richtungen davonruderten, während unsere Kanonen nachgeladen wurden.

In der Zwischenzeit brannte die *Patience* lichterloh, so dass wir die Hitze des Feuers auf der *Rose* spüren konnten. Ich hatte mich etwas von meinem Schock erholt. »Mabbot! Sie können diese Menschen doch nicht einfach umbringen!«

Mabbot reagierte äußerst undamenhaft. Sie packte mich mit solchem Nachdruck an der Kehle, dass etwas in mir Klick machte und ich keine Luft mehr bekam.

Sie riss mich nahe zu sich heran und flüsterte: »Wollen Sie sich zu diesen edlen Herren dazugesellen, diesen Helden in ihren Booten? Wenn nicht, gehen Sie mir aus den Augen.«

Als sie mich losließ, ging ich, nach Atem ringend, in die Knie. Ich konnte nichts tun. Die Kanonen feuerten auf die hilflos auf den Wellen treibenden Männer. Ich zog mich in meine Zelle zurück, um mich sowohl vor den schrecklichen Ereignissen als auch vor Mabbot zu verstecken. Auf dem Weg nach unten traf ich Mr. Apples, der ein Bündel rauchender Lunten trug. Er gab mir einen Klaps auf den Rücken und lachte. »Der Captain mag dich wirklich, Spoons! Jeden anderen hätte sie kielholen lassen, wenn er so mit ihr geredet hätte.«

Sicherlich hat keiner der Pendleton-Mannschaft diese furchtbaren Minuten überlebt. Das ist also der Schrecken, der daheim die Auflagen der Zeitungen steigen lässt. Wie ein wilder Sturm sät sie Verwüstung, wo sie sich auch aufhält. Und welches Unheil wird über uns hereinbrechen, wenn sie endlich mit ihrem verlorenen Sohn wiedervereint wird?

Als ich das nächste Mal an Deck erschien, segelten wir mit hoher Geschwindigkeit, und die *Patience* war nur noch ein Rauchfleck am Horizont. Unter der untergehenden Sonne konnte ich die Olivenbäume auf den Kapverdischen Inseln erkennen. Die Nähe zum Äquator bedeutete wärmere Nächte, was die einzige gute Nachricht seit Wochen war. Wir kreuzten gegen die Südost-Passate, die einen unaufhörlichen Sprühregen über den Bug sandten. Zufällig sah ich Mabbot, wie sie die Tür ihrer Kajüte aufstieß und mit dem ausgestopften Fasan herauskam, der sonst auf ihrem Spiegel stand. Sie warf ihn über die Reling ins Wasser, sein Gefieder flatterte im Wind.

Die Hoffnung auf Flucht lebt ständig in mir, doch ist sie mittlerweile zu einem grausamen Herrscher geworden. Zu oft denke ich, Mabbot hätte mich besser getötet. Denn wenn mir die Flucht gelänge und ich die unbekannten Gefahren auf der Reise nach Hause überlebte, würde ich, wie sie es so unverblümt ausgedrückt hatte, in die Wüste meines früheren Lebens zurückkehren.

Ich gestehe, dass ein Teil von mir, ein abscheulicher und feiger, sich wünscht, die Hoffnung fahrenzulassen und dieses Schiff als Zuhause zu betrachten. Aufzugeben wäre eine Erleichterung. Ich wäre einfach einer von Mabbots Männern, müsste nie eine eigene Entscheidung treffen. Der Gesang der Sirenen.

Ich muss meinen Mut so sorgsam umhegen wie meinen Sauerteig, da er sonst zu schnell austrocknen und vergehen würde.

10

Sauerkraut und Theater

In dem Kohl und Geschichte schlecht behandelt werden, während wir den Äquator überqueren

Samstag, 4. September

Beim Frühstück flüsterten die Männer wegen des Brass Fox und scharten sich neugierig um mich. »Erzähl uns, was du weißt!«, rief Conrad. Denn meist war es er, der eine solche Klatschrunde initiierte. Man musste nur »Fox« flüstern, schon kam der schmierige Koch angerannt.

»Was kann ich schon wissen?« Ich war nie ein guter Lügner. »Ich habe den Mann kaum gesehen. Ich war ja halbtot.«

»So glaubt mir doch«, sagte ein alter Mann. »Mabbot und der Fox waren mal ein Paar und haben auf einem Haufen gehortetem Gold geschlafen. Aber der Fox hat ein Auge auf die Milchmädchen geworfen, und am Tag ihrer Hochzeit hat er Mabbot am Altar stehenlassen. Seitdem ist sie hinter ihm her. Sie will ihn um Mitternacht heiraten und um ein Uhr töten.«

»Das könnte sein …«, bemerkte ich.

»Schweinescheiße«, spuckte Conrad dazwischen. »Ein Paar? Auf keinen Fall. Der Fox ist der entthronte Herzog von Portugal, das habe ich von Short Jim gehört. Der Fox wurde einst von seinem eigenen Cousin betrogen, der die königlichen Juwelen verkauft hat, um eine Rebellenarmee zu finanzieren. Jetzt fährt der Fox um die Welt, um die Juwelen zurückzustehlen und den Dieben die Kehlen durchzuschneiden. Hat er nicht so gewirkt?«

»Wie ein entthronter Herzog?«, murmelte ich. »Das könnte ich nicht mit Sicher…«

»Unsinn!«, bellte ein anderer. »Der Brass Fox ist ein echter Fuchs, dessen Fell gestohlen wurde. Jeder weiß, dass Füchse verhext sind und viele Reichtümer tief in den Bergen horten. Er sucht nach seinem Fell, damit er zu seiner Fuchsfamilie zurückkehren kann.«

Während der darauffolgenden Diskussionen konnte ich mich zurückziehen. Ein seltsames Privileg, mit Mabbot ein Geheimnis zu teilen. Zweifellos würde mich schändliche Harm befallen, wenn ich den Männern die Wahrheit erzählte. Mabbot glaubt, dass sie sonst keine Motivation mehr für die endlose Jagd hätten, und lässt sie daher ihre eigenen Geschichten zusammenspinnen. Was Mabbot auch mit dem verzogenen Gör vorhat, ich hoffe, dass für ihre Männer dabei eine ordentliche Belohnung herausspringt.

Schon Samstag, und morgen muss ich sie wieder füttern. Wir glauben zwar selbstverständlich daran, dass Wasser in Wein verwandelt wurde und Fische vermehrt wurden, da wir von klein auf mit diesen Geschichten vertraut sind, doch wenn es um das tägliche Brot geht, ist die Erschaffung *ex nihilo* kein einfaches Wunder, gar nicht zu sprechen von Lebensmitteln, die dem Gaumen sogar munden.

Ich habe mein erbeutetes Potpourri in einzelne Häufchen aufgeteilt und die verwertbaren Bestandteile heraussortiert: fünf zerbrochene Lorbeerblätter, zwei Zimtstangen, ein paar zerbrechliche Rosmarinzweige, einige Nelken, etwas, das wie Anis-Samen aussieht (sehr schal), eine Handvoll kleiner, getrockneter Rosenknospen. Zeder und Zimt, die beiden Grobiane, hatten mit ihrem Geruch all die anderen Bestandteile überdeckt. Mit etwas Wärme sollte ich jedoch in der Lage sein, ihre flüsternden Stimmen wieder zum Singen zu bringen.

Hier in der Ungestörtheit meiner Aufzeichnungen gebe ich zu, dass ich kindliche Freude in mir spüre. Bisher hatte all mein Schweiß nur vergossen werden müssen, um wohlhabende Zungen zu befriedigen. Jetzt haben sich die Umstände geändert. Trotz der Erniedrigung, der Herabsetzung, trotz meines heißen Zorns freut sich ein Teil von mir auf die neue Herausforderung.

Bevor die frisch ergatterten Kohlköpfe welkten, verarbeitete ich sie zu Sauerkraut, diesem loyalen Freund. Der Kohl war eine chinesische Sorte, die mir unbekannt war, mit langen Blättern und mildem Geschmack. Ich musste eher an eine Mischung aus Kohl und Salat denken. Doch die Herzen waren knackig. Wie eine alte Ziege stopfte ich sie mir in den Mund und genoss das Knacken eines echten Gemüses.

Ich knetete den gehackten Kohl mit Salz, bis die Lake heraustrat, dann legte ich die Masse mit ein paar Knoblauchzehen in ein kleines Holzfass und plazierte einen Stein darauf, um den Teufel abzuhalten. Das Sauerkraut wird meine Gefangenschaft ein wenig erträglicher machen. Es ist eine der Grundlagen zivilisierten Lebens, das ich bisher für selbstverständlich gehalten hatte und das mir jetzt wie ein gesegneter Luxus vorkam.

Mabbot hatte recht: Ich habe mehr Freizeit als je zuvor in meinem Leben. Letzte Woche habe ich sie voller Sorge verbracht. Jetzt, nach meinem Unglück auf dem Meer, nehme ich mir die Zeit, Luft und Sonne zu genießen – mein linkes Ohr hat das Meerwasser nicht vertragen und schmerzt bei zu großer Kälte – und Bai zu beobachten, wenn er seine langsamen kriegerischen Tänze aufführt, während Feng nach Gegenspielern für sein speziell angefertigtes Schachbrett sucht, auf dem jedes Spielfeld von einer ein Zentimeter hohen Kante begrenzt wird, welche die Spielfiguren am Umfallen hindert.

Der Chinese hat den meisten an Bord die Lust am Schach verdorben. Normalerweise sind er und sein Bruder so emotionslos wie Gargoyles, doch beim Schach zeigt Feng eine überraschend ordinäre Seite an sich. Er könnte nicht stolzer darauf sein, wenn er das Spiel selbst erfunden hätte. Er will gegen jeden spielen und freut sich genauso über einen Sieg in fünf Zügen wie über einen seltenen stundenlangen Wettkampf. Er scheint fast süchtig danach zu sein, und nur wenige können ihm am Spieltisch lange die Stirn bieten, bis er sich kichernd ihren König schnappt.

Da kaum jemand freiwillig mit ihm spielen möchte, ist er sich nicht zu schade, vorbeikommende Matrosen zu einer Partie zu zwingen, indem er ihnen zuraunt: »Keine Angst, ich erzähle keinem, dass du ein Feigling bist«, oder: »Du gehst wie eine Frau.«

Wenn er gewinnt – was er immer tut –, dann stößt er ein fast schon mädchenhaftes Lachen aus, legt seine kleine Hand auf die Brust des Verlierers und sagt mit gespieltem Mitleid: »Oh, nicht weinen!«

Als ich mich jedoch zu ihm an den Tisch setzte, fegte er das Spielbrett mit einer raschen Bewegung in einen Sack und ließ mich allein zurück. Sein Hass auf mich scheint persönliche Gründe zu haben, doch ich kann den genauen Grund dafür nicht bestimmen.

Gordingstek, Trompetenknoten, Affenfaust – diese Seeleute haben so viele Namen für Knoten wie ich für Käse, und sie ergeben etwa genauso viel Sinn. Sie haben ein Spiel daraus gemacht, mich einen bestimmten Knoten identifizieren zu lassen, und amüsieren sich köstlich, wenn ich falsch antworte. Heute habe ich mich während ihrer Freizeit zu ihnen gesellt, habe ihrer Musik und den Scherzen zugehört, die sie sich zuwarfen, habe von ihnen das komplizierte Handwerk gelernt, die *Rose* auf Kurs zu halten, was die Royalsegel waren und was die Bramsegel, wie man ein Tau an einem Belegnagel befestigt und viele andere Dinge. Die Männer überreichten mir sogar ein Hanfarmband dafür, dass ich den Hauptmast erklommen und dessen Messingspitze geküsst habe.

Ich kann bezeugen, Piraten singen tatsächlich unaufhörlich und mit krächzenden Rabenstimmen, doch nicht immer unangenehm, da sie viel Übung haben und diejenigen rügen, die den Rhythmus stören. Die Themen wiederholen sich und sind nicht selten pornografisch. Doch wahrscheinlich darf man sich keine Piraten aussuchen, wenn man Choräle hören möchte.

Außerdem erzählen sie ständig Geschichten. An einem bestimmten Tag kann man himmelschreiendes Seemannsgarn über Unterwasserkönigreiche hören, skandalöse Stelldicheins oder Geisterschiffe. Ich gebe zu, dass es mich interessierte, wie ein alter, runzliger Seemann einigen von uns erklärte, wie Feng und Bai zu Mabbot gestoßen waren. Es war eine feuchte Ansprache um einen Tabakpfropfen in der Wange des Mannes herum, und wir mussten geduldig warten, wenn der Alte alle paar Sätze über die Reling ausspucken musste.

Feng und Bai waren die jüngsten von fünf Brüdern einer wohlhabenden Tsang-Familie, Besitzer einer großen Seidenmanufaktur. »Ihre Raupen«, erzählte der alte Matrose, »produzierten Fasern so leicht und luftig, dass ein ganzer Ballen nicht mehr wog als ein Spatz. Als ihr Vater sich weigerte, das Opium eines Bandenchefs als Bezahlung anzunehmen, wurde er aufgespießt und das Haus bis auf die Grundmauern niedergebrannt. Die fünf Brüder schlossen sich einem buddhistischen Mystiker an, von dem sie die Kunst des Kampfsports lernten. Jahre später haben sie an dem Bandenchef Rache geübt, seiner Opiumfabrik, seiner

Familie und seinen Arbeitern. Dieses Blutbad hat ihnen jedoch weder ihr Zuhause noch ihren Vater noch die Seidenraupen zurückgebracht. Ihre Rache war immer noch nicht gestillt. Sie wandte sich gegen die Beamten, die mit dem Bandenchef zusammengearbeitet hatten. Viele starben durch ihre Schwerter, bis sie schließlich in einen Hinterhalt gelockt, vor Gericht gestellt und zum Tode durch Erhängen verurteilt wurden. In einer Zelle in Kanton, wo sie auf ihren Tod warteten, trafen sie schließlich Mabbot. Sie war von der Navy gefangen genommen worden und wartete auf ihren Transport nach England, wo die Pendleton Company sie durch die Straßen treiben wollte, bevor man sie zur Abschreckung in der Nähe des Hafens aufknüpfen würde. Wir Übrigen, meine Wenigkeit, Apples und ein paar andere, nutzten die Hinrichtung der Tsang-Brüder als Ablenkung, um Mabbot zu befreien. Sie weigerte sich jedoch zu fliehen, bevor sie die Brüder nicht eigenhändig vom Galgen losgeschnitten hatte, während wir gegen die Wachen kämpften.«

»Und was wurde aus den anderen drei Brüdern?«, fragte ich.

»Mabbot konnte nicht so schnell schneiden«, antwortete er und spuckte einen braunen Strahl in den Wind, dem ich durch eine rasche Bewegung ausweichen musste.

Bei Sonnenuntergang kesselte mich ein gutes Dutzend Männer in der Kombüse ein, steckte meinen Kopf trotz meiner Schreie in einen Sack und schleppte mich zum Besansegel, wo ich wie eine gestopfte Gans auf ein Brett gebunden wurde. Meine Füße hatten keinen Bodenkontakt mehr, als ich in die Höhe gezogen wurde und hilflos an einer Spiere baumelte. Man zog mir den Sack vom Kopf, und im Licht der untergehenden Sonne sah ich nahezu die gesamte Mannschaft um mich herum versammelt. Ihr breites

Grinsen sagte mir, dass ihnen meine bevorstehende Exekution große Freude bereitete. Selbst Joshua war da und lachte mit den anderen, und dieser Verrat schmerzte tief.

Zu meiner Überraschung kam mir Conrad zu Hilfe. Er krächzte: »Wie hat er sich das denn schon verdient? Er ist doch erst ein paar Wochen an Bord. Los, lasst ihn wieder runter.«

Natürlich wurde er von allen ignoriert. Mr. Apples stand gebieterisch auf dem Poopdeck, schaute mir in die Augen und fragte: »Nun, Spoons, was hast du zu deiner Verteidigung zu sagen?«

Ich wollte nicht betteln. »Ist das hier ein Gericht?«, schrie ich. »Richtet euch selbst!« Die übermächtige Wut, die meine Brust beschwert hatte, brach sich Bahn. »Welchen Vergehens ihr mich auch beschuldigt, ich gebe die Anschuldigung hundertfach an euch zurück. Ich beschuldige und verachte euch, ihr Tiere, ihr Wüstlinge! Meine letzten Worte sollen ein Pesthauch auf euren verderbten Herzen sein.« Ich spuckte auf Deck (was Mr. Apples ganz und gar nicht guthieß), doch die Männer lachten nur noch lauter.

Das Deck bebte von ihrem Johlen, als ich aufs Wasser hinausgedreht und plötzlich nach unten gelassen wurde. Ich versuchte verzweifelt, nach Luft zu schnappen, und klammerte mich an die Erinnerung eines kleinen hölzernen Sankt Ignatius, der über Vater Sonoras Herd stand, da mir keine Gebete einfallen wollten. Die Figur war rußgeschwärzt, das Gesicht dagegen glänzend poliert, weil Vater Sonora es im Vorbeigehen immer berührte.

Schwimmen war keine Option, ich sank immer tiefer in die kalte Dunkelheit. Als sich meine Brust von allein zu heben begann und sich meine Nasenlöcher mit der glühenden Flüssigkeit füllten, strafften sich die Taue, an denen ich hing, und ich wurde zurück ins Licht und an Deck gezogen, wo die Männer immer noch lauthals lachten.

Man band mich los, und jemand rief: »Er hat Mumm, das muss man ihm lassen!«

»Das hat er in der Tat«, erwiderte Mr. Apples kichernd, bevor er verkündete: »Owen Zachariah Wedgwood, du hast den Äquator auf der *Flying Rose* überquert und wirst hiermit mit dem namhaften Rang des Kapitänskoches, Faulenzers und allgemeinen Idioten ausgezeichnet.« Er legte mir einen Kranz aus Seegras auf den Kopf und flüsterte: »Spuck ja nie wieder auf mein Deck.«

»Scheiße!«, schrie ich.

»Die Worte eines wahren Gentlemans. Männer, der Spaß ist vorbei, zurück an die Arbeit.«

Obwohl ich ihn noch nicht für seinen letzten Beitrag bezahlt habe, sprach ich Kitzu erneut auf den Fisch an. Er starrte mich finster an und warf mir schließlich einen getupften und rasenden Aal vor die Füße, wie einem Hund eine Brotkruste. Als ich mich beschwerte, gab er den Rest seines Fangs der Mannschaft. Doch inmitten des Seetangs, in dem sich mein Aal hin und her wand, fand ich einen kleinen, aber entzückenden Hering, den ich sogleich zusammen mit dem Aal in einen Eimer mit frischem Meerwasser legte und in meiner Zelle aufbewahrte.

Seit unserem Streit meidet Joshua mich. Ich vermisse die gemeinsamen Unterrichtsstunden, die eine wertvolle, wenn auch nur vorübergehende Ablenkung von diesem Irrenhaus von Schiff darstellten. Jetzt gibt es keine Unterbrechung in meinem besorgten Umherlaufen, meinen Ängsten, wie ich etwas Essbares aus Sägemehl zaubern soll. Dennoch, wenn der Junge etwas lernen will, muss er zu mir kommen und sich entschuldigen.

Es verbessert die Situation auch nicht, dass man Joshua nun anstelle des Lesens beibringt, Kanonen abzufeuern. Ich sage mir, dass ich mir keine Sorgen machen sollte – der

Junge kam schließlich auch vor meiner Ankunft gut zurecht –, doch ich muss einfach in der Nähe herumlungern, während man ihm zeigt, wie das Laden einer Kanone vonstattengeht. Auch wenn ich weiß, dass die Männer es gar nicht mögen, von einem »Faulenzer« bei der Arbeit beobachtet zu werden.

Heute lachte Mr. Apples mich aus. »Was ist los, Mutterhenne? Wird dein Junge zu schnell erwachsen?«

Ich gab zurück: »Es wäre schön, wenn er wächst und gedeiht und alle seine Finger behält! Er ist klug – viel zu klug, um grausame Waffen zu bedienen!« Diese letzte Bemerkung brachte mir so böse Blicke von den Kanonieren ein, dass ich schnell zurück in meine Zelle ging.

⚓

Samstag, später

An diesem Abend errichteten die Männer eine kleine Bühne an Deck, ausgestattet mit einem Vorhang, Laternen und einem bunt zusammengewürfelten Orchester, um ein Stück aufzuführen, das sie vorbereitet hatten. Im Großen und Ganzen war es eine rauhe und grobschlächtige Farce, wenig mehr als ein Medium für kunstvoll dargebotene Flatulenzen und eine Entschuldigung, herumzustolzieren und sich gegenseitig den Hintern mit Rudern zu versohlen. Doch die Zuschauer saugten es geradezu auf. Sie lachten sich heiser. Mabbot saß auf ihrem Polsterstuhl in der ersten Reihe und rauchte eine aus einem Walrossstoßzahn geschnitzte Pfeife. Da ich nur ihren Hinterkopf mit den roten Zöpfen sah, konnte ich nicht sagen, ob sie immer noch aufgebracht wegen des *Patience*-Zwischenfalls war.

Die »Salz-Oper«, wie die Männer das Stück nannten, wurde von einigen Einzeldarbietungen eingeleitet. Zuerst zupfte Asher eine eindringliche Melodie auf einer bohnenförmigen Gitarre, gefolgt von Feng, der stoisch und aufrecht wie immer die Bühne betrat und sofort andächtige Aufmerksamkeit erhielt. Er nahm das mysteriöse kleine Buch aus seinem Gürtel, und ich wappnete mich schon gegen eine heidnische Predigt. Doch Feng trug leise und zu großen Teilen frei ein Sonett von Shakespeare vor:

Wie auf der Bühn' ein ungeübter Held,
wenn ihn die Furcht in seiner Rolle hindert,
… O dann nimm meine Blick' als Redekünste.

Wenn ich nicht so gut mit seinen erbarmungslosen Fäusten vertraut gewesen wäre, hätte ich ihn bei diesem ruhigen Vortrag für einen weichherzigen Schuljungen gehalten, der einer Jungfrau seine Aufwartung machte.

Was Liebe schweigend schrieb, o lern es lesen!
Mit Augen hören ziemt der Liebe feinem Wesen.

Nach dem Stampfen und Johlen, das hier den Applaus darstellt, wurde die Bühne für das Hauptereignis des Abends vorbereitet.

Die Vorführung basierte auf Mabbots Heldentaten und war die Art kindischer Unfug, den ich mir normalerweise nicht angesehen hätte. Doch das Kostüm eines der Darsteller fesselte mich. Anhand des blauen Mantels und des ausgefallenen Schnurrbarts aus gezwirbelten Kokosnussfasern meinte ich zu erkennen, dass hier mein verstorbener Arbeitgeber dargestellt werden sollte, Lord Ramsey. Als er auf die Bühne stolzierte, wurde er mit Buh-Rufen und verächtlichem Zischen empfangen. Mit Erschrecken musste ich feststellen, dass der Darsteller nicht irgendeinen blauen Mantel trug, sondern den Seiner Lordschaft, an dessen Revers noch der grausige Blutfleck zu sehen war. Ehre und

Pflicht ließen mich aufstehen, um dem Kerl das Kleidungsstück vom Leibe zu reißen, doch man drängte mich mühelos zurück, bevor ich ihn auch nur berühren konnte. Blutige Rachephantasien stiegen in mir auf, doch mir wurde schmerzhaft bewusst, dass ich mich in der Höhle des Löwen befand und nichts tun konnte, außer zuzusehen und um Rettung zu beten.

Zwischen seinen liederlichen Schritten, die jedes Mal Gelächter zur Folge hatten, und dem Tuten eines alten Zinnhorns, das Blähungen symbolisieren sollte, wurde ein grober Plot erkennbar. Die Hauptperson Mabbot (gespielt von Mr. Apples mit einer Pferdehaarperücke und einer mit Kissen ausgestopften Brust) stolzierte über die Bühne, ein kleines Pappmaché-Schiff erfinderisch um die enorme Taille gegürtet. Schon bald wurde »sie« von Navy-Schiffen ergriffen, und trotz furchterregender Schläge mit »ihrer« Schwertscheide auf die Köpfe der Angreifer wurde »sie« in einer Zelle aus einem herabhängenden Netz eingesperrt. Dort sang »sie« in krächzendem Falsetto:

Das Leben ist ein Tropfen Wasser auf einem Herd,
eine Maus auf einem Mühlstein,
ohne Hoffnung auf Rettung,
ich werde hier sterben, ganz allein …

Mr. Apples' Talente sind zugegeben beeindruckend. Er beherrscht den Flugbogen einer Kanonenkugel ebenso wie den Tanz der Stricknadeln. Doch singen kann er nicht. Das Publikum teilte meine Meinung diesbezüglich keineswegs, es klatschte begeistert Beifall, als würde es Händel zuhören.

Die echte Mabbot verzog keine Miene angesichts dieser Posse. Die Aufführung war offensichtlich ein Versuch, ihre Laune zu verbessern. Ich konnte mir allerdings kaum vorstellen, dass ihr die so wenig kunstvolle Darstellung ihrer Person gefallen würde.

Die bisher noch auf realen Tatsachen basierende Darstellung driftete schamlos ins Erfundene ab, als folgendes Seltsame geschah. Ramsey trat auf, um Mabbot aus ihrem Gefängnis zu befreien, und hielt diese zweifelhafte Rede:

»Hannah Mabbot, Tiger der Meere, so horche! Ich biete dir die Freiheit für deine Fähigkeiten! Nutze sie für England! Spanien nagt an unserem Brot! Frankreich setzt unsere Händler mit Davy Jones an einen Tisch. Die ausländischen Teufel handeln mit Sklaven und Opium. Schütze uns, Freibeuterin Mabbot!«

Die falsche Mabbot ging auf den Vorschlag ein, und sofort erschienen auf der Bühne Männer, die in Papierbooten segelnd die Flaggen Frankreichs, Spaniens und Portugals schwenkten. Unverzüglich ging die Bühnen-Mabbot mit graziösen Schwerthieben auf die Angreifer los und fertigte sie einen nach dem anderen ab. Um sich schlagend und stöhnend, gingen sie zu Boden. Über der Wunde einer getroffenen Figur wurde ein rotes Tuch geschwenkt, um das hervorströmende Blut zu symbolisieren. Es wurde von Opfer zu Opfer weitergegeben. Dieses einzelne Stück Stoff verband die Morde zu einer grausamen und doch hinreißenden Choreographie.

Während Mabbot damit beschäftigt war, die Fremden zu durchbohren, rang Ramsey teuflisch die Hände und zwirbelte seinen Schnurrbart. Hinter Mabbots Rücken holte er eine Schachtel mit der Aufschrift OPIUM hervor und übergab sie einem Mann mit einem Lastenträgerhut, verkaufte sie ihm für eine Handvoll Münzen. Dieser Verrat rief empörte Rufe und spöttische Schreie im Publikum hervor, woraufhin die Bühnen-Mabbot sich umdrehte und die Geschehnisse sah. Doch sie war ja damit beschäftigt, die Weltmeere für die Trading Company zu säubern. Als das erledigt war, setzte sie sich auf den Boden, wischte sich die Stirn ab und rauchte eine Pfeife. Mr. Apples spielte Mabbot täuschend echt und ging zur Freude der Zuschauer sogar so weit, sich wie das reale Vorbild einen Zopf über die Schulter nach hinten zu werfen.

An diesem Punkt traten Ramsey und ein – seiner dreifarbigen Kokarde nach zu schließen – Franzose nach vorn und berieten sich im Bühnenflüsterton. Der Franzose war von den Gamaschen bis zum halbmondförmigen Hut in Schwarz gekleidet. Ramsey gab ihm einige der Münzen und sang:

Laroche, mit Ihrer Genialität,
Sind Sie der richtige Mann für mich,
Pendleton wird stärker.
Hannah Mabbot, so voller Zorn,
hat uns den Weg frei gemacht.
Wir brauchen sie nicht länger!

Sie schüttelten einander die Hände. Laroche, mit schiefsitzendem Papierhut, zog sein Schwert und griff Mabbot an. Sie kämpften.

Schließlich schoss Laroche Mabbot an, die sich an die Brust griff und in ein Meer aus blauem Stoff fiel, das von Bühnenhelfern geschwenkt wurde. Als Laroche nach vorn trat, um sein Siegeslied anzustimmen, tauchte Mabbot mit einem dämonischen Glitzern in den Augen wieder auf. Als das Publikum unruhig wurde, zog sie die Kugel aus ihrer Brust und warf sie sich über die Schulter. Laroche wurde daraufhin jaulend von der Bühne gejagt, während er mit den Händen seinen Hintern vor Mabbots Schlägen zu schützen versuchte.

Danach rannte Mabbot auf der Suche nach Ramsey von einem Ende der Bühne zum anderen. Dieser blieb jedoch hinter ihr verborgen und zwirbelte seinen Schnurrbart, bis sie endlich aufgab. Als Ramsey sich schließlich zu einem Festessen niederließ, erschien Mabbot und rief: »Sag dem Teufel, dass ich später zum Tee komme!«, und erschoss ihn. Als das rote Tuch im Wind flatterte, tanzte Mabbot einen Freudentanz über seinen Körper hinweg.

Das sind also die Geschichten, welche die Bösen sich vorm Schlafengehen erzählen.

Am Ende jubelte und applaudierte das Publikum, wurde jedoch abrupt von Mabbot unterbrochen, die aus ihrem Stuhl rief: »Lügen! Verleumdung!« Es wurde totenstill auf dem Schiff. Die Schauspieler pressten blass und aufmerksam ihre Perücken an die Brust. Mabbot erhob sich und drehte ihr furchterregendes Gesicht der Menge zu. Sie zog ihre Pistolen und sagte: »So tanze ich nicht. Ich tanze so!« Sie schoss in die Luft und begann zu tanzen, die kurzen Hüpfer wurden vom Stampfen ihrer Stiefel unterstrichen. Mr. Apples schloss sich ihr mit hüpfenden falschen Brüsten an. Die Mannschaft brach in Jubelrufe aus, Musik wurde gespielt, und die Orgie dauerte bis tief in die Nacht. Selbst jetzt kann ich von meiner Zelle aus noch vergnügungssüchtige Matrosen über mir hin und her laufen hören.

Könnte es tatsächlich wahr sein, dass Mabbot für Ramsey arbeitete – führte er, als er meine Soßen genoss, versteckte Kriege gegen ausländische Konkurrenten? Es würde bedeuten, dass Mabbot und ich aus derselben Geldbörse bezahlt wurden. Selbst ich, den Ramsey einen »Engländer mit französischer Zunge« nannte, kann nicht glauben, dass die Welt derart verdorben ist. Ich habe meine französischen Lehrjahre nie als unpatriotisch empfunden. Was ich in dieser Zeit lernte, kam England zugute. Außerdem – auch wenn Despoten die Welt in den Krieg treiben – ist kein Brioche gegen Trafalgar gesegelt. Kathedralen wurden nicht mit Chèvre bombardiert. Die einzige

Ausnahme stellt der gekochte Kohl dar, der mir in den Klöstern begegnete, der eine Waffe für sich ist.

⚓

Sonntag, 5. September

Hätte ich einen zusätzlichen Beweis für den Irrsinn des Segelns benötigt, so hätte ich ihn heute bekommen.

Keine Texte, keine Bilder, keine Lieder hätten mich auf die Grausamkeit des südafrikanischen Meeres vorbereiten können, vor allem um den vierzigsten Breitengrad herum. Die Seeleute nennen die dort vorherrschenden Winde die »Roaring Forties« und nutzen sie, um ihre Schiffe um das Kap in den Indischen Ozean zu schleudern. Jeden von Hochmut befallenen Mann können diese Gewässer kurieren. Ohne eine Wolke am Himmel türmten sich die Wellen, welche die Männer »Graubärte« nennen, bis zur Höhe der Topmaste auf und schüttelten unser Schiff, als wäre es ein Kinderspielzeug. Der Schock, die *Rose* von Wasserwänden umgeben zu sehen, hätte mich unter Deck eilen lassen, wenn ich nicht zu sehr mit Erbrechen beschäftigt gewesen wäre. Ich hing wie ein schlaffes Würstchen über der Reling, als der Boden unter mir plötzlich absackte. Wieder und wieder erklommen wir die heranstürmenden Berge, um gleich darauf in indigoblaue Täler abzustürzen. Nur dank Mr. Apples' gezielten Befehlen an die Männer in den Rahen und den geschickten Händen des Steuermanns überlebten wir.

Jetzt sind wir auf dem Weg nach Cochinchina, denn dort hat Mabbot einen Verbündeten, den sie rekrutieren möchte, bevor wir unser endgültiges Ziel erreichen: Macao. Dort werden wir endlich auf den Fox treffen – wir sind dem Ziel, das sie jahrelang beschäftigt hat, näher als je zuvor. Was die beiden rothaarigen Teufel voneinander wollen, ob wir überhaupt so weit kommen werden und was nach unserer Ankunft geschehen wird, weiß Gott allein.

Montag, 6. September

Gestern, als die *Rose* nach der Kap-Umrundung endlich aus den gottvergessenen Meeren auftauchte, erhob ich mich, immer noch zittrig, um für mich und alle verlorenen Seelen zu beten. Wir halsten nun mit dem Wind, die südöstliche Handelsroute trug uns geschickt Richtung Norden. Die Männer hingen wie müde Katzen in den Rahen.

Ich begann damit, Brot aus meinem Sauerteig herzustellen, der durch tägliche Fütterung mit Mehl zu einem schwellenden Hügel gereift war und zufrieden seufzte, wenn man ihn anstieß. Um das Brot backen zu können, musste ich den primitiven Ofen auf Ziegeln und Metallrosten abstützen. Den kleinen Eisenofen, den man vom Pendleton-Schiff herübergeholt hatte, konnte ich leider nicht verwenden. Conrads Kombüse ist zu klein, und außerdem brauche ich dafür einen Kamin, um den Rauch abzuleiten. Mabbot war schlechter Laune, als ich sie deswegen ansprach, und so bekam ich nur zur Antwort: »Sie möchten, dass ich eine zweite Kombüse für Sie einrichte?«

»Wenn Sie eine vernünftige Verpflegung möchten, brauche ich eine vernünftige Küche«, erwiderte ich.

Sie schnaufte nur, was unsere Unterhaltung abrupt beendete. Jetzt muss ich also auch noch zum Maurer werden.

Der Rüsselkäfer-verseuchte Teig ging beim Backen leider nicht ganz so sehr auf, wie ich es gehofft hatte, doch das Brot, herzhaft gewürzt mit Anissamen und Walnüssen, würde dennoch meinen Zwecken dienen.

Auf meinem Weg zur und von der Speisekammer sah ich, wie die Männer die Segel nach den Verwüstungen der

»Roaring Forties« reparierten, und hörte den Klatsch über den berüchtigten Brass Fox: »Er ist kein einfacher Mann. Du hast doch die Gefängniswärter gehört. Der Fox ist schlichtweg durch die Gefängniswände gegangen. Wer von euch hat schon mal jemanden so etwas tun sehen? Es ist so klar wie mein Gesicht, dass der Fox der Bastard des Satans ist. Auf einer Leiche gezeugt und von Hexen aufgezogen. Er sucht nach den Stücken des Kreuzes Christi, mit denen er die Tore der Hölle öffnen und das Böse auf die Erde entlassen will.«

Es ist vollkommen klar, dass ein Pirat nicht mehr Wahrheit in sich trägt als eine Ziege Milch. Mabbot verbreitet diese hanebüchenen Gerüchte vielleicht sogar selbst, um die Mannschaft von dem Gedanken abzuhalten, der in meinem Kopf wie störrisches Gras Wurzeln geschlagen hat: Ihre fanatische Jagd wird nicht von Schätzen oder Rache befeuert oder großen Eroberungsplänen, sondern von etwas viel Bedrohlicherem – der unaufhaltbaren Zielstrebigkeit einer Löwenmutter, die nach ihrem verlorenen Jungen sucht.

Heute sah ich, wie Joshua mit dem Mann im Krähennest Handzeichen austauschte, und ich muss zugeben, dass es eleganter ist als Heiserkeit hervorrufendes Schreien. Es gibt noch andere an Bord, deren Gehör durch Kanonenfeuer geschädigt ist und die sich Joshuas Handzeichen bedienen. Jeder kennt zumindest einige seiner Gesten und kann die wichtigsten Bestandteile des Lebens hier ausdrücken: Schiff, Tau, Fels, Kanone, Wind, Wein und Land. Der Junge kam zu mir, um Lesen und Schreiben zu lernen, doch was sind seine Zeichen anderes als Schrift in der Luft? Die darüber hinaus viel beredter ist, da das Gesicht mit seiner Möglichkeit zur Mimik ein Wort besser untermalen kann als jede Zeichensetzung. Bisher war mir diese Art der

Kommunikation immer primitiv erschienen, doch ich hätte es besser wissen müssen. Der Junge ist von Grobianen umgeben, und er übertrifft sie in jeder Hinsicht. Ich war ein zu harter Lehrmeister. Offensichtlich habe ich sehr viel mehr Grund, mich zu entschuldigen.

Von meinem armseligen Erfolg mit dem Ofen beflügelt, ging ich an Deck, um aus Töpfen und Rosten ein Räuchergerät zu konstruieren.

Mit dem Aal ging ich folgendermaßen vor: Nachdem ich ihn gereinigt und ausgenommen hatte, rieb ich Salz und etwas Honig in die Bauchhöhle und rollte ihn auf den Grillrost des improvisierten Räucherofens über einem kleinen Haufen glühend heißer Kohle, die ich mit einer Handvoll eingeweichter Teeblätter bedeckte. Den Deckel legte ich leicht schräg auf und kehrte alle zehn Minuten zurück, um mehr Kohlen oder Tee hinzuzufügen, bis der Aal bei Einbruch der Dämmerung endlich fertig war. Der Honig war ins Fleisch geschmolzen, das sich leicht von den Knochen ablösen ließ. Ich nahm den geräucherten Aal mit in die Kombüse, wo ich von Mabbot überrascht wurde, die mir beim Kochen zusehen wollte. Schweigend lehnte sie im Türrahmen und beobachtete mich.

Als Zeichen meines Unwillens grüßte ich sie nicht und begann auch keine Unterhaltung. Ich tat so, als hätte ich sie nicht gesehen. Doch das schien sie nicht zu stören, da sie mit großem Interesse jede meiner Bewegungen verfolgte.

Noch nie hat mich ein Arbeitgeber so bedrängt. Selbst Ramsey, der sich gern als Amateurkoch verdingte, hat mich nie so beobachtet. Mabbot dagegen schien den Winkel meines Handgelenks in sich aufzusaugen, während ich hackte, die Stärke meines Griffs, während ich knetete.

Ich ignorierte sie, so gut es ging, und entgrätete den Hering. Dann kochte ich ihn und fügte Knoblauch, Rosmarin, gesalzene Anchovis und eine Handvoll Bohnen hinzu.

So musste sich eine Maus in der Nähe einer Katze fühlen. Ich spürte die langen Schnurrhaare ihres Blickes in meinem Nacken. Mir wurde immer heißer, und ich begann übermäßig zu schwitzen.

Als ich ihr schweigendes Starren nicht länger ertrug, drehte ich mich um und bellte: »Was ist los?«

Mabbot kicherte und sagte nach nervenzerrendem Schweigen schließlich beiläufig: »Ich habe Jan Ladislav Dusík in London spielen sehen. Ich hatte gute Plätze. Sehr nahe an der Bühne. Jede der Verbesserungen, die er an seinem Piano vorgenommen hatte, sind heute *de rigueur* für jeden Klavierbauer. Der Mann war ein Innovateur, ein Genie. Er hat dem Holz den Willen der Musik aufgezwungen.«

»Und worauf wollen Sie hinaus?«

»Seine ganze Vorstellungskraft, seine technischen Fähigkeiten, seine Vision – was wäre das wert, wenn er es nicht aushielte, beobachtet zu werden?«

Damit ließ sie mich allein. Ich knurrte leise vor mich hin: »Hat der Mann Sonaten auf einem Fass mit schimmligem Mehl gespielt?« Als ich hörte, wie sich ihre Schritte über Deck entfernten, ließ ich meine Stimme anschwellen, bis ich in den Himmel schrie: »Hat er auf billigen Zinntöpfen gespielt?« Ich stieß die Töpfe lautstark aneinander. »Sie halten keine Hitze! Ich könnte die Bohnen genauso gut in einem Weidenkorb kochen!«

Es tat gut, mir Luft zu machen. Doch noch eine Stunde später meinte ich ihren Blick im Nacken zu spüren.

Auch wenn ich mit einem Ei bessere Nudeln hätte machen können, gelang es mir, mit dem richtigen Verhältnis von Wasser und Fett einen Teig zu kneten, der zusammenhielt, aber nicht zu hart war.

Auf einem Schiff ist es nicht leicht, Verzweiflung von echtem Genie zu unterscheiden, doch ich muss mir zum Einfallsreichtum des heutigen Tages gratulieren. Nachdem ich vergebens nach einem Nudelholz gesucht hatte, versuchte ich es mit einer Kanonenkugel. Für Piratennudeln eine ausgezeichnete Lösung.

Tapfer widmete ich mich auch der näheren Untersuchung des Käses in der Vorratskammer. Die Kruste der faustgroßen Kugeln war hart, grau und farblos, doch im Inneren war der Käse zu einer schönen weißen körnigen Konsistenz gereift, die dunkle Linien durchzogen. Der Geruch war scharf und durchdringend, irgendetwas zwischen einem Stilton und einem Dorset Blue Vinney. Meiner Einschätzung nach war er aus Schafsmilch, was für meine Zwecke vollkommen ausreichte. Ich beschloss, ihn Pilfered Blue zu nennen.

Nach Sonnenuntergang ging ich mit meinem Tablett zu Mabbots Kajüte, hielt jedoch inne, als ich Stimmen durch die Tür hörte: Mr. Apples und der Captain befanden sich in einer lebhaften Diskussion. Auch wenn ich nicht ganz genau folgen konnte, schienen sie über die Vorbereitungen für Macao zu diskutieren.

»Ich will diese Wahrsagerin ausprobieren«, sagte Mabbot.

»Ich dachte, Sie würden Hexen verachten«, knurrte Mr. Apples.

»Ich verachte Scharlatane. Doch diese Frau irrt sich nicht, ich habe sie schon früher befragt. Erscheint es Ihnen nicht seltsam, dass er uns einfach so nach Macao eingeladen hat? Ich will sicher sein, dass wir unsere Zeit nicht verschwenden. Braga kennt die Schmugglertunnel um den Pearl River, aber er weiß nicht, was uns in San Lazaro erwartet.«

»Aber Laroche ist an uns dran, Captain. Er ist irgendwo da draußen und bewacht die Teerouten. Sie werden den Verlust der *Patience* schon bald bemerken. Vielleicht haben sie den Fox ja selbst schon geschnappt, und er ist jetzt ihr Köder.«

»Ich habe keine andere Wahl, als anzubeißen«, erwiderte Mabbot.

»Wir könnten warten, bis die Saison vorbei ist, uns irgendwo verstecken, den Männern freigeben – sie lieben Strandpartys. Und wenn Laroche müde ist, schalten wir uns ein und finden den Fox.«

»Wir dürfen jetzt nicht langsamer werden, wir sind schon so nahe dran. Wir haben ihn um Haaresbreite verpasst. Jetzt müssen wir uns doppelt und dreifach anstrengen.«

»Ich sage nur, Captain, die Männer sind müde, und jetzt brennt ihnen das Silber in den Taschen, sie wollen es ausgeben.«

»Sie werden noch genug Zeit haben, sich Huren und Schokolade zu kaufen, wenn ich erst meinen Fox gefunden habe.«

11

Der Krieg einer einzigen Frau

In dem Mabbot sich zu erkennen gibt

Als plötzlich tiefes Schweigen herrschte, fürchtete ich, man würde meine Anwesenheit bemerken, und klopfte daher rasch. Mabbot selbst öffnete die Tür. Mr. Apples räumte die Seekarten zurück in den Kartenschrank, verschloss diesen und verließ dann den Raum. Ich setzte das Tablett auf dem Tisch ab und wartete schweigend, bis Joshua zwei Gedecke und Kerzenleuchter brachte. Ich half ihm, unaufhörlich lächelnd, den Tisch zu decken, doch er ignorierte mich und zog sich sofort zurück, nachdem alles bereit war.

Während wir den Tisch deckten, sah ich ein neues Muster auf dem Bett: rosafarbene und braune Flecken, die sich bei näherer Betrachtung als Mohnblumen herausstellten, die in einen türkischen Teppich eingewebt waren. Mabbot sah, wie ich darauf starrte. »Gefällt es Ihnen?«, fragte sie. »Eine der Kleinigkeiten, die wir aus dem Gefängnis gerettet haben. Vielleicht eine Art Gebetsteppich. Sehr hübsch, aber ich habe eigentlich genug Sachen.«

»Er würde meine Zelle sicher wärmen«, sagte ich und trat näher an den Teppich heran. »Er wirkt recht dick. Für einen Moment habe ich ihn im Dämmerlicht für eine Karte gehalten.«

Mabbot sah mich an wie einen lang vermissten Freund. »Eine Karte?«

»Ich dachte, dieser blaue Streifen sei ein Meer und diese

grünen Buckel Hügel. Die Blüten könnten … oh, natürlich, das sind nur Blumen, das sehe ich jetzt erst.«

»Wie dumm von Ihnen.« Träumerisch blickte sie auf den Teppich, dann schrie sie: »Apples!«

Einen Moment später stürzte ihr treuer Erster Offizier mit einem Messer in der Hand in die Kajüte. Mabbot, die von ihr verursachte Aufregung gar nicht bemerkend, zog ihn am Arm zum Bett und tätschelte den Teppich. »Unser lieber Wedge dachte, dieser elegante Teppich hier sei eine Karte, stellen Sie sich vor!«

Mr. Apples kicherte. »Und die Bibel ist Salat für eine Ziege.«

Mabbot fuhr mit den Fingern die Muster auf dem Gewebe nach und sagte: »Richtig. Aber wenn wir mal so täten, als sei dies tatsächlich eine Karte, was würde sie uns sagen?« Er musterte die Blumen und blinzelte Mabbot dann überrascht an. Die beiden Piraten schauten einander mit wachsender Befriedigung an. »Diese Weinranken und diese Blüten …«

»Tunnel und Kammern! Dieser schlaue Bastard!«

»Sein Kaninchenbau unter den Pendleton-Lagerhäusern. Aber ich bin hungrig«, sagte Mabbot. »Wedge hat den ganzen Tag an dem gearbeitet, was er da noch vor uns versteckt. Zeichnen Sie eine Kopie des Teppichs, und zeigen Sie sie dem alten Pete und Braga. Niemandem sonst.«

»In Ordnung, Captain.« Mr. Apples rollte den Teppich zusammen und verschwand nach draußen. Mabbot klopfte mir auf den Rücken und sagte: »Ich wusste, dass Sie sich als nützlich erweisen würden, Wedge. Doch wie sehr, war mir nicht klar.«

»Dann bekomme ich den Teppich wohl nicht für meine Zelle.«

»Erinnern Sie sich an all die Male, die ich Sie nicht getötet habe? Und wie ich Sie nach Ihrem kleinen Schwimmausflug aus dem Wasser gefischt habe?«

»Auch wieder wahr.«

»Oh, schmollen Sie nicht. Ich besorge Ihnen einen verdammten Teppich.« Sie blickte sich um und legte eine Hand auf ein eselsohriges Buch. »Hier, das ist eine Gefängnisbibel. Handgeschrieben. Der Wärter sagte, sie gehörte dem Fox, aber mein Junge ist ganz sicher nicht gottesfürchtig. Ich weiß, dass Sie so etwas mögen.«

Sie gab mir das ledergebundene Buch, das auf den ersten Blick Teile des Neuen Testaments enthielt, das Markus- oder das Lukas-Evangelium vielleicht. Die bescheidene Herstellung berührte mich. Ich konnte mir vorstellen, wie ein Gefangener mit seinen Taten ins Reine kam, indem er das Wort Gottes Buchstaben für Buchstaben in einer feuchten Zelle niederschrieb. Es gibt so viele Wege, die zur Erlösung führen.

Mabbot und ich setzten uns schweigend an den Tisch. Sie grübelte noch immer. Ich nutzte den Moment, um leise ein Tischgebet zu sprechen. Sie starrte mich mit sturmumwölkten Augen böse an. Sie hatte ihr Haar zu Zöpfen gebunden, Stirn und Nacken lagen frei, waren von der Sonne gebräunt und dicht mit Sommersprossen übersät. Diese übten im Kerzenlicht eine geradezu hypnotische Wirkung aus, zitterten, wo ihr Puls die Haut darüber erbeben ließ, wie Zimt auf einer Schale Milch.

Ich muss wie gelähmt gewesen sein, denn Mabbot räusperte sich und fragte: »Beten wir immer noch?«

Ich nahm den Topf, der als Haube gedient hatte, ab und präsentierte die Speisen.

»Drei Gänge«, verkündete ich. »Hering-Paté mit Rosmarin auf Walnussbrot. Tee-geräucherte Aal-Ravioli sautiert mit karamellisiertem Knoblauch und Lorbeerblatt. Und als *dernière s'épanouir* in Rum pochierte Feigen, gefüllt mit Pilfered-Blue-Käse und mit Honig beträufelt.«

Langsam breitete sich ein Lächeln auf ihrem Gesicht aus.

Sie verharrte mit der Nase über jedem Gericht und atmete tief ein, bevor sie sich die glänzenden Ravioli auf den Teller schaufelte. Wir aßen schweigend. Es war befriedigend, keine bestimmte Menüreihenfolge zu haben, sondern alles nach Lust und Laune zu essen, unterbrochen nur von einem gelegentlichen Schluck Wein, um die Zunge zu reinigen.

Mabbot tupfte sich die Lippen mit einer Seidendamastserviette ab und sagte: »Mein Lieber, Sie haben sich selbst übertroffen. Woran denken Sie, wenn Sie schneiden und kneten? Helfen Sie mir, dieses Schiff für eine Minute zu vergessen.«

Ich kaute einen Moment, bevor ich antwortete.

»Ich stelle mir den Mund als Tempel vor, wie etwas, das Adam und Eva in einer Höhle errichtet haben könnten. Der Tempel ist zu zwei Seiten hin offen. Auf der einen Seite befindet sich die bekannte Welt, von der Sonne erleuchtet, wie Natur und Mensch sie erschaffen haben. Auf der anderen Seite herrschen Dunkelheit und Veränderung. Zwischen diesen Polen aus Geburt und Tod, Klarheit und Wahnsinn, liegt der Geschmack.

Er ist unsere größte Gnade, eine Gabe für den Menschen allein. Ein Hund schlürft aus der Gosse, und ein Pferd isst Gras. Sie haben Zungen, schmecken jedoch nicht. Der Geschmack ist der Sinn, der am meisten durch die Sünde der verbotenen Frucht geschändet wurde. Es war der Betrug an unserem empfindlichsten Sinn, der unseren Herrn so erzürnt hat, dass er uns aus dem Paradies verbannte.«

Dann wurde ich wagemutig und schlug vor: »Unser beider Leben könnte sich signifikant verbessern mit etwas schwarzem Trüffel.«

»Meine Männer sollen welchen beschaffen, wenn wir das nächste Mal an Land sind.«

»Ich bezweifle, dass Ihre Männer das können. Trüffel sind die Schätze eines Kochs, vergraben an wenigen und geheimen Orten. Und der falsche Pilz, Captain, würde unsere letzte Mahlzeit bedeuten.«

Mabbot dachte darüber nach, während sie kaute. Schließlich sagte sie: »Sie sind ein seltsamer Mann, Wedgwood.« Sie nahm sich noch etwas von dem Paté. »Woher kommt dieser seltsame Mann? Kennen wir uns schon so gut, dass Sie es mir erzählen können?«

»Vielleicht nicht, Captain.«

»Spielen Sie so? Sie muss zuerst etwas zeigen? Nun denn, ich freue mich immer, wenn ich über mich sprechen darf, ich habe so selten die Gelegenheit dazu. Aber es muss ein gerechter Austausch sein.

Jemand hat mich auf die Welt gebracht, so viel ist sicher – der Rest ist allerdings Hörensagen und Ketzerei. Aufgewachsen bin ich in einem städtischen Waisenhaus, wo ich die ersten Lebensjahre verbracht habe. Ein riesiges Haus mit vielen Räumen, in denen der Schimmel bizarre Muster an die Wände gemalt hatte, wo es durch Löcher im Dach hineinregnete, wo die Mäuse ein fürstliches Leben führten, wo außer Gehorsam nichts von uns erwartet wurde. Wir beschwerten uns nicht, wenn wir vermietet wurden, um Kamine zu säubern oder Obst zu pflücken oder Kohlen zu lesen. Im stolzen Alter von zehn Jahren wurden einige von uns kleinen Fräuleins – ich sage ›klein‹ nur deshalb, weil wir so unglaublich dünn waren – in ein anderes Haus gebracht, in dem die Betten weich waren und viel benutzt, und man gab uns Gesellschaft an die Seite, teilweise zwölf Mal am Tag. Sagen Sie mir, Wedge, wissen Sie, was für eine Art Toupet ein ›Merkin‹ ist?«

»Nein, ich glaube nicht …«, stotterte ich.

»Nun, das spricht für Sie, würde ich meinen. Sie jucken, mehr muss ich dazu nicht sagen.«

Mabbot roch erneut genüsslich am Essen und strahlte eine Lebendigkeit aus, die ich bei Ramsey nie wahrgenommen hatte, doch die grausame Geschichte, die sie mir gerade erzählt hatte, ernüchterte mich.

»Wer liebt denn nicht ein so entzückendes Kind?«, sagte sie mit einem halben Lächeln. »Wer kann schon ein bisschen Spaß widerstehen? Die Welt kam zu mir. Ich musste mich weder bewegen noch sprechen, und doch kamen große Männer, um mit mir zu spielen: Anwälte, Lords, Industriemagnaten, sogar Adelige. Und was sie für einen Spaß hatten! Reicht für ein ganzes Leben, würde ich sagen. Ein Gentleman brachte die Nachthemden seiner Tochter mit, die ich tragen sollte. Glauben Sie mir, Gott hat keinen tieferen Abgrund geschaffen als den Kopf eines Mannes.«

Ich konnte sie nur sprachlos anblinzeln. Jedes Wort aus ihrem Mund war schrecklicher als das vorhergehende. Plötzlich fühlte ich mich nackt und zog meine Jacke eng um mich. Hat sie denn niemand beschützt? Ich stellte sie mir als Kind auf einer schmutzigen Matratze vor und konnte das Grauen in meinem Gesicht nicht verbergen.

Sie sagte: »Sie kleines Gänseblümchen, Wedge, Sie erbleichen so leicht. Ich erzähle rasch weiter. Da wir uns der ganzen Geschenke, die wir bekamen, nicht würdig genug fühlten, stahlen meine Freundin Evangeline und ich uns eines Nachts davon und schliefen fortan in den Gassen und auf den Dächern Londons, wo sie sich einen sehr hartnäckigen Husten zuzog. Ich ließ sie blau angelaufen und nach Luft schnappend auf der Treppe eines Arztes zurück.

Auf der Straße habe ich die hohe Kunst gelernt, mir die latente Großzügigkeit der Menschen zunutze zu machen«, fuhr sie fort. »Ich habe mir nie mehr als meinen Anteil genommen und auch nie von denen, die es nicht entbehren konnten. Nichtsdestotrotz gab es Männer mit Knüppeln, die mit meinem Lebensstil nicht einverstanden waren – aber wir hatten so viel Spaß in den Gefängnissen! Man könnte meinen, dass Polizisten und Wärter langweilige Genossen sind, doch auch sie lieben es, mit Kindern zu spielen. Man schickte mich zurück ins Waisenhaus, aus dem ich schnell wie der Blitz wieder ausriss. Eine Zeitlang wurde ich von dem Richter aufgenommen, von dem ich Ihnen erzählt habe, dann ging ich in andere Städte, um meinem Ruf zu entkommen. Ich habe mir den Kopf geschoren, um mich zu verstecken. Diese Haare sind von weither sichtbar, wie man mir sagte. Nun, ein Seemann sah sie – ein Freibeuter –, Sie haben vielleicht von ihm gehört: Sean Corey. Ich mochte ihn, oh ja. Ich habe ihn auf diesen eiskalten Gewässern sechs Jahre warm gehalten, bis wir in einen Hinterhalt gerieten. Er wurde gefangen genommen und hat seinen letzten Tanz an einem Galgen in Neufundland aufgeführt. Sie können sich meine Enttäuschung sicher vorstellen. Ich habe die zerlumpten Überlebenden angeführt, unser Schiff zurückzuerobern, und entthronte den Admiral, der uns ergriffen hatte, höchstpersönlich.«

»Entthronen?«

»Seinen Hals. Mit einer Salatgabel. Brachte mir den Respekt unserer Mannschaft ein, sie wählten mich zum Captain, und das war wohl der Beginn meiner Karriere. Damals kleidete ich mich noch wie ein Mann. Aber ach, ich plappere hier wie ein Teekessel. Sie sind dran, Wedge. Es ist nur fair.«

Mabbot nahm sich die letzten zwei Ravioli vom Tablett. Das nannte ich einen wahren Appetit, der dem Tod schon ins Auge geblickt und sich doch ans Leben geklammert hatte, der sich jeden Tag aufs Neue für seinen Platz in der Welt entschied. Ich hatte mich immer befriedigt gefühlt, für Lords und Ladys zu kochen, deren Charakter passiver Natur ist, denen alles gebracht wurde. Für Mabbot zu kochen war etwas vollkommen anderes. Sie hatte nur das, was sie sich nahm. Für sie war meine Küche etwas Wohlverdientes, und sie genoss sie mit einer Hingabe, bei der meine Handflächen zu schwitzen begannen.

Natürlich, sie war eine Tyrannin und eine Verbrecherin, doch wenn sie aß, sah ich in ihr leuchtendes Leben, einen tiefen Hunger und ein fast schon religiöses Verharren in jedem Moment. Wenn sie schluckte, weiteten sich ihre Nasenlöcher wie bei einem galoppierenden Pferd, und doch war ihr Hunger vornehm. Die Ladys, die ich bisher bekocht hatte, wussten, wie man eine Salatgabel korrekt hält, und kannten die letzte Mode, doch ihre Gaumen waren blind. Mabbot eroberte jedes Gericht wie Moses' Männer, die das Land, in dem Milch und Honig fließen, für sich beanspruchten.

Ich nahm mir eine Feige, während ich überlegte, was ich ihr erzählen sollte. Die Frucht war etwas abgekühlt. Der Käse im Inneren war allerdings noch warm, und die Kombination aus gedünsteter Frucht und salzigem, gereiftem Käse raubte mir für einen Moment die Sprache.

»So gut?«, fragte Mabbot und nahm sich auch eine Feige.

Ich ergab mich in die Verführung des Essens und dachte: Warum sollte ich etwas verschweigen?

»Ich wurde in einer Kiste mit frisch geernteten Kartoffeln auf der Hintertreppe eines Klosters ausgesetzt, eine lehmige Knolle unter vielen«, begann ich. »Ich vermute daher, dass meine Mutter eine Bäuerin war. Die Kartoffeln waren wahrscheinlich ihre Art der Bezahlung für die Mönche, die sich um mich kümmern sollten.«

»Woher wissen Sie, dass es Ihre Mutter war?«, fragte Mabbot, während sie die Feige mit kleinen Bissen verzehrte, die sie im Mund schmelzen ließ.

»Manchmal stelle ich mir vor, ich könnte mich an ihre Stimme erinnern«, erwiderte ich. »Wer weiß? Da lag ich jedenfalls und nagte mit meinem einen Zahn an einer glatten Kartoffel. Vater Sonora fand mich, als er gerade Pilze sammeln gehen wollte. Er nahm mich jedoch erst mit hinein, als er, die Schürze voller Morcheln, zurückkam. Erst da er sah, dass ich immer noch dort lag, nicht weggekrabbelt, nicht von einer reuigen Mutter geholt worden, nicht einem hungrigen Hund zum Opfer gefallen war, erst dann nahm er die Kiste mit hinein und akzeptierte mich als eine weitere von Gottes Bürden. Später fühlte er sich schuldig deswegen, wie er mir mehr als einmal gestand. Als Junge reagierte ich sehr empfindlich auf Kälte. Ich kann sie immer noch schlecht aushalten, und er gab der Zeit auf der winterkalten Treppe die Schuld an meiner Schwäche.

Aufgrund meiner Zartheit konnte ich nicht zusammen mit den anderen Jungen im Schlafsaal schlafen, in dem ihnen der Atem in weißen Wolken vor dem Mund stand. Es ging mir nur im Dampfbad seiner Küche gut. Wenn man mich in einen kälteren Raum brachte, keuchte ich so furchterregend, dass ich schließlich in einer Krippe in der Nähe der heilenden Wärme seines Ofens schlafen durfte. Man fütterte mich mit warmem Ziegenjoghurt und Löffeln von Vater Sonoras Cocido, einem Gericht, das zu großartig ist, um es einfach nur Bohneneintopf zu nennen.«

»Ein Spanier?«

»Er war von Rom entsandt worden, um eine Jesuitendiözese wieder aufzubauen, und war schließlich in der Küche eines Waisenhauses gelandet. Er sagte: ›Offensichtlich wünscht es der Herr, dass ich Ihm diene, indem ich euch Frühstück mache.‹ Für mich war es ein großes Glück. Ich wuchs mit Lammspießen auf, Empanadas gefüllt mit Hackfleisch und Oliven, und jeden Sommer, wenn unser Garten endlich ein paar Tomaten und Gurken abwarf, feierten wir mit Gazpacho.«

Es war überraschend tröstlich, seinen Namen auszusprechen. Eine Erinnerung an ein Leben vor diesem hier. Allein der Gedanke an Vater Sonora machte mich traurig, und ich zwang mich, weiterzusprechen.

»Seine Suppe war nahrhaft, doch ich werde mich immer

an sein Brot erinnern. Sonora war ein Meisterbäcker, und auch wenn ich genau weiß, wie er seine Brotlaibe buk, kann ich bis heute nicht dieselben Krusten herstellen, die so kross wie Ahornrinde waren.«

»Ich dachte, Ihr Vater sei Schuster gewesen.«

»Das haben mir die Mönche erzählt. Vielleicht, um mir das Gefühl zu ersparen, ein Bastard zu sein. Ich war Sonoras Schützling, und er, der alte, knurrige Mann, war mein Himmel und meine Erde.

Irgendwann musste ich mit den anderen Waisen im Schlafsaal schlafen, aber während der Freizeit, die wir zweimal am Tag hatten, einmal nach der Matutin und noch einmal vor der Vesper, ging ich nicht mit den anderen Jungen spielen, sondern setzte mich neben den Herd und sah ihm zu.«

»Sie mochten keine Spiele? Lassen Sie mich raten, Sie haben versucht, die Katze zu beschützen, an deren Schwanz man Löffel gebunden hatte? Schon damals ein wackerer Krieger, nicht wahr, Wedge?«

»Ein Krieger kann kämpfen. Wie Sie wissen, kämpfe ich in etwa so gut wie ein Kissen.«

»Das ist eine Beleidigung für das Kissen. Das kann wenigstens Schläge einstecken.«

»Sonora war mürrisch und hatte eine schwer herabhängende Unterlippe mit einem haarigen Muttermal. Er tat immer so, als sei er böse, aber er hat mich nie geschlagen, im Gegensatz zu den anderen Mönchen war er freundlich. Ich habe ihn unendlich geliebt. Er hatte nur eine zu große Vorliebe für Essig.«

Mabbot hatte die Augen geschlossen, doch sie schlief nicht. »Und?«, fragte sie.

»Und was?«

»Sprechen Sie weiter. Haben Sie jemals einen geliebten Menschen mit einer Gabel gerächt?«

»Vielleicht ein anderes Mal, Captain.«

»Nun denn.«

Das Kaninchen strich an meinen Füßen entlang und ließ mich erschaudern. Schließlich fragte ich: »Kennen Sie die Matrosen Theodore und Finn?«

»Ich kenne meine Männer.«

»Dann haben Sie sicher gesehen, dass sie sich an den Händen halten«, bemerkte ich vorsichtig. »Überall Arm in Arm hingehen?«

»Worauf wollen Sie hinaus?«

»Sie lassen es zu? Ich bin nicht naiv, ich weiß, was an Bord eines Schiffes passiert, aber diese zwei … sie haben ihre Hängematten aneinandergenäht. Das geht über kurzen körperlichen Trost hinaus.«

»Tatsächlich hat es sich unentschuldbar in etwas Süßes und, oh Sünde aller Sünden, in Liebe verwandelt«, antwortete Mabbot lachend.

»Wie auch immer Sie es nennen, in Gottes Augen ist es ein Verbrechen.«

»Ich habe Verbrechen gesehen.« Mabbot lehnte sich zu mir und starrte mich eindringlich an. »Man hat mich darunter zertrampelt. Ich habe einige Verbrechen begangen, das ist wahr, und ich bezahle immer noch dafür. Wenn Gott zu uns hinuntersieht, die Schreie und die Abgründe ignoriert und sich stattdessen von diesen zwei Turteltäubchen gestört fühlt, dann ist er entweder ein Arsch oder ein Idiot. Ich gehorche keinem davon.«

Noch vor Wochen hätten mich solche Beleidigungen des Himmels rasend gemacht, doch jetzt verzog ich kaum eine Miene. Stattdessen wechselte ich das Thema und stellte eine Frage, die mich seit der »Salzoper« beschäftigt hatte.

»Es ist also wahr, dass Sie für Ramsey als Freibeuter gegen den französischen *guerre de course* gearbeitet haben?«

»Damals hatte ich eine andere Mannschaft«, antwortete

Mabbot. »Vor fast zwanzig Jahren. Ich wusste damals noch nicht, was Ramsey für ein Teufel war. Doch allmählich wurde mir klar, wie das Tee-Opium-Sklaven-Handelsrad sich drehte, wie *er* es drehte. An Land kann man leicht ignorant sein – man geht auf den Markt, kauft seinen Tee, das war's. Doch ich hatte schon zu viel gesehen, um weiter die Augen verschließen zu können. Ramsey hatte mich in den Golf von Bengalen geschickt, wo die Franzosen Pendleton-Schiffe belästigten. Ich musste nicht viele von ihnen versenken, bis mir klarwurde, dass es Bengalis mit französischen Kanonen waren, die versuchten, ihre Küste zu verteidigen. Eine kleine Revolte, die ich beinahe im Alleingang zerstört hatte. Ich ging an Land, sah die Opiumfelder, den Hunger. Wedge, Sie haben nur für den Mann gekocht, aber ich habe für ihn getötet, habe seine Schiffsrouten beschützt. Ich habe dazu beigetragen. Damit konnte ich nicht leben.«

»Und Sie trugen ein Kind unter dem Herzen?«

»Da wusste ich das noch nicht. Ich hatte Fackeln und einen Großteil meiner Mannschaft hinter mir – wir waren auf dem Weg, um Ramsey aus seinem Haus zu jagen, als wir in einen Hinterhalt gerieten. Ich entkam mit Müh und Not. Er hatte gemerkt, dass sich meine Loyalität verschoben hatte, und wartete mit einer Gruppe Musketiere auf uns. Mit seiner Unterschrift wurde ich von einem offiziellen Freibeuter zu einem gesuchten Piraten.«

»Ihre Männer erzählen wundersame Geschichten über den Fox«, sagte ich. »Erst heute habe ich Folgendes gehört: Sie und der Fox hätten vor langer Zeit zusammengearbeitet und eine Karte von Eden in die Hand bekommen, also vom Garten Eden, und hätten die Frucht des Lebens gestohlen. Im letzten Moment hätte der Fox Sie jedoch im Stich gelassen und wäre davongeschlichen. Sie hätten dann, eingekesselt von wütenden Engeln, geschworen, ihn zurück und vor das göttliche Gericht zu bringen.«

»Das ist gut!« Mabbot lachte, während sie sich die Zähne mit einer Messerspitze säuberte. »Das hatte ich noch nicht gehört.«

»Der Fox sagte, Sie hätten ihm beigebracht zu töten. Er sagte, er wäre mit Ihnen gesegelt – dass Sie ihn mitten in der Nacht aus Ramseys Haus entführt hätten.«

»Sie sind so ein störrischer Esel, Wedge. Ich werde es Ihnen nur erzählen, wenn Sie Stillschweigen geloben.«

»Ich werde es nicht einmal im Schlaf vor mich hin flüstern.«

Sie beugte sich zu mir. »Der Brass Fox ist Kain höchstpersönlich. Man kann ihn nicht festnehmen, weil er von dem Mal beschützt wird, das Gott ihm gab. Er kommt und geht, wie es ihm gefällt.«

»Mabbot, Sie sind so schlimm wie Ihre Männer.«

»Na, ich möchte doch meinen, dass ich bedeutend schlimmer bin.«

»Ich frage Sie, Captain«, erwiderte ich. »Bitte helfen Sie mir zu verstehen. Sie möchten, dass ich mit Ihnen speise, als wäre ich kein Gefangener, der im Zug Ihrer Abenteuer auf das Schiff gelangt ist. Hier bin ich also, mein Leben eingefroren aufgrund dieser Jagd. Man kann mich nicht durch Märchen beschwichtigen. Ich habe den Mann gesehen, sein Gesicht – er spricht sogar wie Sie. Er behauptet, Ramsey sei sein Vater. Ist es wahr oder nicht?«

Sie seufzte und musterte mich lange, bevor sie antwortete. »Es ist wahr. Ramsey hat ihn den Nonnen gestohlen, bei denen ich ihn als Säugling zurückließ. Ich habe ihn zurückgeholt, als er alt genug war, mit mir zu segeln. Es war vielleicht ein Fehler, ihn so jung an Bord zu holen – aber nein, Jugend hat damit nichts zu tun –, manche sind in jedem Alter zu weich für die See. Doch was hatte ich für eine Wahl? Ich konnte ihn nicht bei Ramsey lassen – die Einsamkeit dieses riesigen Hauses, die Dienerschaft, die wie

Geister in den Schatten flüsterte. Können Sie glauben, dass Ramsey nie mit dem Kind sprach? Dass der Junge mir so unglaublich ähnlich sah, hat es nicht leichter für ihn gemacht. Es ist nicht gut, wenn der Blick eines Mannes wie Ramsey auf jemanden fällt, der noch zu beeinflussen ist. Ramsey war ein Mann mit Einfluss, ein Mann, von dem tausend Aktionäre abhingen, und in seinem Blick war nichts als Verachtung zu lesen. So ein Blick ist ein scharfer Dorn, und mein Fox war aus weichem Holz. Als ich ihn zu mir holte, verlangte er verzweifelt nach Aufmerksamkeit, aber wenn ich ihm auch nur das Haar zerzauste, bekam er einen Wutanfall. Ich konnte mein eigenes Kind nicht berühren. In dieser Hinsicht war er wie ein wilder Hund, doch eigentlich war er noch ein Welpe. Wenn man ihm sagte, dass er schlau war, reichte sein Grinsen beinahe um den ganzen Kopf.« Für einen Moment erhellte Mabbots Lächeln den Raum, verschwand jedoch sofort wieder.

»Mein Junge musste etwas mit ansehen … einen Mord in den Unterkünften. Am Abend hatte es eine Auseinandersetzung gegeben. Einer der Matrosen glaubte, ein anderer hätte ihn beim Kartenspiel betrogen. Er wartete, bis der Betrüger schlief, dann schüttete er ihm geschmolzenes Blei ins Ohr. Deshalb ist Glücksspiel übrigens auf meinem Schiff verboten. Von seiner Hängematte aus konnte mein Sohn es mit ansehen. Danach hat er eine Woche lang nicht gesprochen. Wir haben alle schon Schlimmeres gesehen, aber wie ich schon sagte, Leighton … der Fox … er war empfindsam. Es ist nicht schön, jemanden so sterben zu sehen, aber so, wie er zitterte, hätte man denken können, er selbst sei angegriffen worden. Und im Grunde war es auch so, denn danach veränderte er sich.

›Weiche Kinder werden harte Männer‹ – wer hat das gesagt, Wedge? Oder heißt es: ›Liebe Kinder werden zu mürrischen Männern‹? Manch einer überlebt so einen Bleiguss ins Ohr eine Weile. Das Metall schneidet durch die Fettschichten und kühlt entweder tief im Schädelinneren oder im Nacken ab, wie ein Erzklumpen. Manchmal hat es glatte Ränder, manchmal ist es gezackt. Der Kopf wird so zur Scheide der Klinge. Man wird wahnsinnig vor Schmerz, oder das Blei vergiftet einen langsam. Wenn man gleich stirbt, geht es einem besser.

Ich hatte große Hoffnungen für meinen Jungen, ich habe nichts zurückgehalten. Ich konnte ihm beibringen, wie etwas geht, aber nicht, warum. Seine Wut hatte kein Ziel, sie richtete sich gegen alles. Er versenkte einen Thunfischfischer – einfach so, wie eine Kuh. Ich konnte solch eine explosive Kanone nicht auf dem Schiff behalten, aber ich konnte ihn auch nicht von der Navy erschießen lassen. In Kalkutta verschwand er dann einfach. Seither hat er sich durch die Gedärme der Welt gebissen. Ich habe seine Spur durch Opiumhöhlen verfolgt, Karnevalsfeiern, Höhlen, Wälder, Wüsten. Er macht sich überall Feinde, entzündet immer größere Feuer …« Ihre Stimme verlor sich.

»Und Sie jagen ihn, löschen seine Feuer?«

»So könnte man sagen, ja.« Mabbot seufzte. »Sagen Sie mir, Wedge, was wissen Sie wirklich über die Company – über ihren Handel?«

»China ist ein Land von Menschenschindern, so viel weiß jeder, der darauf besteht, dass wir den Tee dieser Welt ausschließlich durch das Nadelöhr Kanton transportieren – ihre unbeirrbare Widerspenstigkeit in Sachen Steuern und Freihandel behindert den Fortschritt.«

»Und Opium?«, fragte sie.

»Um ganz ehrlich zu sein, wenn der Chinese Schwierigkeiten hat, Maß zu üben, warum sollte dann der englische Handel darunter leiden?«

»Sie sind ein Gelehrter?«

»Ich habe nie behauptet, Diplomat oder Historiker zu

sein. Ich interessiere mich für China als Herkunftsland von Tee und Gewürzen. Meine Welt ist die Küche. Meine Kämpfe werden in der Pfanne ausgefochten«, erwiderte ich.

»Wie poetisch. Eine Feder in der Kappe der Ignoranz. Dieser Krieg findet um Sie herum statt. Wenn Sie sich in der Küche versteckt und die Hände nicht schmutzig gemacht haben, dann weil man es Ihnen erlaubt hat.«

»Ich bin kein Unschuldiger, Captain. Es ist kein Spaß, als verachteter Katholik in England aufzuwachsen und dem Land dennoch treu ergeben zu sein. Unser Waisenhaus hat nur durch die Gnade eines beschützenden Wohltäters überlebt. Und dann versteckt in einem Fass durch die befestigten Grenzen geschafft zu werden, um mit einem französischen Koch Enten zu putzen, während unsere Nationen sich gegenseitig ausweiden. Ich bin kein Schuljunge. Ich bin an der Grenze zum Hochverrat entlangbalanciert und habe sie nicht überschritten.«

»Vielleicht mag ich Sie deswegen, Wedge. Aber hier ist eine kleine Gutenachtgeschichte: Die Pendleton Trading Company, an der Ihr geliebter ehemaliger Arbeitgeber den Löwenanteil hielt, wurde ins Leben gerufen, um Ihnen Ihre kostbaren Gewürze und natürlich den Tee zu bringen. Wie wir unseren Tee doch lieben! Doch was konnte England als Gegenleistung anbieten? Die Chinesen mögen keinen eingelegten Aal oder Nebel. Nein, wir haben mit Silber bezahlt, und China wurde dadurch sehr reich. So konnte es nicht weitergehen. Zum Glück hat England die Lösung in Bengalen gefunden. Dort wächst eine liebliche Blume …«

»Ich weiß, was Opium ist.«

»Dann wissen Sie auch, dass es in England nicht wächst. Die Krone musste also unbedingt Bengalen besitzen. Eine blutige Angelegenheit, aber sie war es wert, denn endlich hatte die Pendleton Company etwas, das China wollte.

Und wie sich das Blatt wendete. Sie haben all ihr Silber zurückbekommen, und das der Chinesen noch obendrauf. Pendleton zwingt die bengalischen Bauern, Opium anzubauen, verkauft es für Münzberge und Tee an die Chinesen und kehrt fett wie die Katze im Speckfass zurück. Kanonen, Kulis, Opium – die Verbindungsglieder des transatlantischen Handels. Lang lebe der König.« Nach kurzem Schweigen fuhr sie fort: »Ich mag das Blutvergießen nicht so sehr, wie Sie vielleicht glauben.«

»Und doch bewegen Sie sich auf einem Meer davon fort«, entgegnete ich. »Kaum nähert sich ein Fremder, droht ihm schon eine Kugel.«

»Wir befinden uns im Krieg. Ihre Ignoranz …«

»Jaja, das Opium.«

»Das Opium, die Sklaven, das sind nur kleine Wellen an der Oberfläche. Unser Kampf geht tiefer und ist älter. Wir bekämpfen Prinzen der Macht, Könige der Industrie, Päpste, die Reichen, die an den Knochen der Armen nagen.«

»Und auf Ihrer Seite?«, fragte ich. »Welche Armeen haben Sie?«

»Nur die wenigen von uns, die wach sind. Wir kämpfen jeder auf unsere eigene Art. Ich hatte das Unglück, schon von frühester Jugend an wach zu sein.«

»Wie können Sie hoffen zu gewinnen?«

»Selbstverständlich gibt es keine Hoffnung auf einen Sieg«, erwiderte sie. »Das macht mich gerade so gefährlich.«

»Und Ihren Sohn. Auf welcher Seite dieses Krieges befindet er sich?«

Ich war zu weit gegangen. Mabbot verwies mich mit steinerner Miene des Raumes.

12

DIE *DIASTEMA*

In dem wir vom Fox gebissen werden

Dienstag, 7. September

Schiff voraus!« – Der Ruf ließ alle an Deck eilen. Etwa eine Meile vor uns sahen wir einen Schoner treiben. Es war die *Diastema,* das Schiff, auf dem ich dem Fox begegnet war. Es wirkte jedoch vollkommen unbelebt – keine Segel, keine Takelage, keine Mannschaft. Die mächtigen Profiterole-Wolken am Himmel ließen es nur noch bedauernswerter aussehen. Eine einsame gelbe Flagge flatterte am Hauptmast, normalerweise ein Zeichen für Krankheit an Bord.

»Sie treibt«, konstatierte Mr. Apples. »Ohne Segel und Tauwerk – sauberer als der Hintern einer Nonne. Vielleicht eine Meuterei?«

»Will jemand darauf wetten, ob er noch an Bord ist?«, knurrte Mabbot. »Nun, Mr. Apples, sagen Sie wenigstens guten Tag.«

Mr. Apples feuerte auf das andere Schiff, der Schuss riss die Flagge vom Mast. Totenstille war die Antwort.

»Wir sind nicht weit von der Sunda-Straße«, sagte Mr. Apples. »Ich traue auf diesem Teller keiner Backpflaume, Captain.«

»Beiboote!«, befahl Mabbot. »Die Zwillinge, fünf andere, bereitet euch auf einen Hinterhalt vor. Musketen. Holt den Kampfer des Schiffsarztes für die Halstücher.«

Mabbot rief mich zu sich. »Nun, Wedge? Sind Sie nicht neugierig? Dort gibt es vielleicht eine Speisekammer, die Sie plündern können.«

Als ich in das Beiboot stieg, kicherte sie. »Sehen Sie? Sie sind ein Pirat durch und durch.«

Mr. Apples unterbrach die Männer, die alles für unsere Abfahrt bereitmachten, und flüsterte Mabbot hektisch zu: »Captain, das lässt meine Bandwürmer tanzen.«

»Wenn das ein Hinterhalt ist, Mr. Apples, brauche ich Sie hier. Augen auf den Horizont, und wenn nur eine Möwe ihre Flügel spreizt, feuern Sie, um mich zu informieren.«

Schon wurden wir auf die Wellen hinuntergelassen. Zu meinem Leidwesen sah ich, dass Asher, der arme junge Mann, der wegen meiner Flucht ausgepeitscht worden war, sich im selben Boot befand wie ich und mir einen so brennenden Blick zuwarf, dass mir mit einem Mal egal war, was sich in der Speisekammer befinden mochte.

Als wir uns der *Diastema* näherten, beunruhigte ihre Leblosigkeit auch mich. Das Schiff schien den Atem anzuhalten. Als wir längsseits gingen, warf Asher ein Tau, kletterte hinauf und befestigte dann eine Strickleiter für uns an der Reling.

Die Männer banden sich ihre Halstücher vors Gesicht. Als Mabbot sah, dass ich keines hatte, zog sie seufzend ein seidenes Tuch zwischen ihren Brüsten hervor, benetzte es mit Kampfer und warf es mir zu. »Nicht, dass Sie mich noch mit Gelbfieber anstecken.«

Die Kajüte, die voller Diagramme und Karten gewesen war, lag nun leer und nackt vor uns. An Deck gab es weder Laternen noch Taue, was uns eine unverdeckte Sicht auf den endlosen Horizont ermöglichte. Der Anblick war sowohl erfreulich als auch unbehaglich. Der Schoner rollte auf der Brandung, und ich versuchte, die exakte Mitte des Decks zu finden, wo die Bewegungen am wenigsten zu spüren waren. Kaum hatte ich mich dorthin bewegt, hörte ich Mabbot sagen: »Asher, du passt auf Wedge auf.«

»Aye, Captain!«, erwiderte Asher und packte meinen

Ellbogen mit eisenhartem Griff. Es war seine Gelegenheit, sich zu rächen, und mein Arm würde morgen grün und blau sein.

»Unter Deck und bleibt zusammen, Gentlemen, haltet die Augen offen«, sagte Mabbot.

Feng öffnete die Tür, und sofort rochen wir es. Die Männer hielten inne, doch Mabbot drängte sie weiter. »Nach unten, Jungs.«

Unter Deck angekommen, zündeten die Männer Kerzen an und scharten sich um Mabbot, Musketen und Säbel gezückt. Das Vorschiff war leer. Wir gingen weiter nach achtern, und mit jedem Schritt wurde der Gestank nach Verwesung und Ausscheidungen stärker. Der Kampfer war dagegen machtlos.

Hinter dem Achtermast hatte man die Schotten in eine Art Kammer verwandelt, wo der Geruch beinahe nicht auszuhalten war. Einer der Männer musste sein Tuch vom Gesicht ziehen und würgen. Mabbot schnüffelte. »Nun, wir scheinen es tatsächlich mit einer Seuche zu tun zu haben. Fasst nichts an. Wedge, keine Vorräte für Sie.« Nahrung war sowieso das Letzte, woran ich gerade denken konnte. Asher hatte seinen Griff bisher auch nicht gelockert.

Im Türrahmen hörten wir das unverkennbare Summen von Schmeißfliegen. Ich versuchte, nur noch durch den Mund zu atmen, auf den ich das Tuch des Captains gepresst hielt.

Die Leiche lehnte mit dem Rücken an einer Truhe, als ob sie diese bewachte. Eine Wolke Fliegen erhob sich vom Kadaver und schwirrte durch die Luft. Auf dem Gesicht des toten Gefängniswärters wanden sich Maden. Sein Bauch hatte sich aufgelöst, und er saß in seinen eigenen Innereien.

Panik ergriff mich. Irgendwo war ich an den glitschigen Wänden der Welt abgerutscht und in die Hölle gestürzt, wo die Fliegen ihr schwarzes Totenhemd über mir woben.

Einem anderen Mann ging es noch schlechter als mir, denn er ließ seinen Säbel fallen und rannte blindlings in die Dunkelheit, gegen eine Wand der Kammer, Fliegen schwirrten bei jedem Schritt in seinen Mund. Er war ein junger Zimmermann mit einer Hüttensänger-Tätowierung im Nacken. Die Dunkelheit, der Geruch oder das Schmatzen der Maden – irgendetwas hatte ihn die Fassung verlieren lassen.

Mabbot zischte: »Ruhe!«

Als sich der Matrose mir näherte, überwand ich meine eigene Panik und schritt ein. Ich packte seinen Kopf und hielt ihn flüsternd an meine Brust. »Gib Ruhe.« Asher half mir, den Mann festzuhalten, der zwar weiterhin wimmerte, jedoch aufgehört hatte, sich zu wehren.

»Danke, Wedge«, sagte Mabbot. »Nun, dann schauen wir uns doch mal an, von welchem Schatz sich diese arme Seele nicht trennen konnte. Wedge, riechen Sie das?«

»Wie könnte ich nicht?«

»Nicht das – es liegt etwas darunter.«

Bai hob den Deckel der Truhe, die leer war und viel tiefer zu sein schien, als sie sein konnte. Er leuchtete mit seiner Kerze hinein.

Plötzlich geschah alles gleichzeitig: die Rufe, das Drängen zur Tür, die Hektik, die ausbrach, nachdem wir den Boden der Truhe gesehen hatten. Bais Flamme hatte ein Netz von Lunten entzündet, das in ein Loch unter der Truhe führte. Bevor ich den Anblick verarbeitet hatte, schrie Mabbot: »Lauft, ihr Idioten!«

Kerzen fielen zu Boden, als wir aus der Kammer und auf die Treppe zum Deck stürzten. Mabbot wurde von den Zwillingen die Treppe hinaufgedrängt. Das Unterdeck war niedriger als das der *Rose,* und Asher, der selbst bei dieser blindwütigen Flucht versuchte, nah bei mir zu bleiben, schlug sich den Kopf an einem Balken und stürzte.

Als ich mich bückte, um ihm aufzuhelfen, wurde ich von den Männern hinter mir umgerannt und niedergetrampelt. Asher und ich versuchten uns gerade wieder aufzurappeln, als uns die erste Explosion nach vorne warf. Meine Wange wurde an einem Balken aufgerissen. Rauch und Wasser umgaben mich, als ich es endlich ans Tageslicht geschafft hatte. Dort sah ich, dass sich das Deck zu einer zersplitternden Holzwand vor mir aufgetürmt hatte. Ich wäre zermalmt worden, wenn mich eine herumschwingende Spiere nicht in hohem Bogen hinaus ins Wasser geschleudert hätte.

Der Schoner war zu einer Granate geworden, brennende Holzstücke trafen mich noch im Flug in den Rücken. Einige dicht aufeinanderfolgende Explosionen bäumten das Wasser auf. Ich tauchte unter den Wellen hindurch, um nicht zerquetscht zu werden, doch eine weitere Explosion trieb mir die Luft aus dem Körper und zerriss mir beinahe die Ohren. Endlich gelangte ich wieder an die Oberfläche, wo von der *Diastema* nur noch das Heck übrig war, das sich im Wasser drehte wie der Pürzel einer tauchenden Ente.

Mir war, als hätte ich einen Körper an mir vorbeitrudeln sehen, als ich an die Oberfläche gelangte. Auch wenn die Luft so ätzend wie Brandy war, atmete ich tief ein und tauchte wieder unter, wühlte mich durch die rußigen Strömungen. Ich bekam einen Fuß zu fassen und zog ihn in Richtung Oberfläche, auch wenn der dazugehörige Körper sich lieber auf den Grund des Meeres legen wollte. Als meine Lungen schon wie Phosphor brannten, kam mir der Gedanke, dass ich vielleicht gerade den verwesenden Leichnam hinter mir herzog. Ich heulte wie ein Neugeborenes, als ich endlich wieder Atem holen konnte und sah, dass ich Asher aus der Tiefe geholt hatte. Seine Augenlider und Lippen waren dunkelblau. Ich zog ihn über eine rauchende

Spiere und schlug ihn, bis er nach Luft schnappte und sich übergab.

Als Nächstes erinnere ich mich, wie ich an Deck der *Flying Rose* in eine Decke gewickelt wurde, Asher neben mir, atmend, aber sehr schwach.

Wer auch immer diese Aufzeichnungen finden sollte, ich warne Sie, meiden Sie das Meer. Das Unheil lauert in jeder Welle, und der Grund ist gepflastert mit Leichen. Wer Fisch essen möchte, soll ihn in einem Bach fangen.

Meine Ohren klingelten, meine Augen pochten. Ich fühlte mich, als hätte ich meinen Kopf in ein Hornissennest gesteckt. Mabbot und die Zwillinge hatten es in das Beiboot geschafft und waren sehr viel trockener als ich, auch wenn sie genauso erschüttert waren. Die drei anderen waren explodiert, verbrannt oder ertrunken.

Man brachte uns Panch, und jemand gab Mabbot einen Streifen salzgepökelten Schinken, ein Hinweis darauf, was die Crew für Schätze in ihren Truhen aufbewahrte. Als man merkte, dass Mabbot sich nicht in ihre Kajüte zurückziehen würde, brachte man ihr einen Stuhl, auf dem sie mit einer Decke um die Schultern saß und auf das versinkende Heck der *Diastema* starrte. Statt Panch reichte man ihr heißen Tee.

Die Männer standen unsicher in Gruppen herum, bis Mabbot seelenruhig sagte: »Mr. Apples, haben die Männer denn nichts zu tun?« Da huschten alle zu ihren Pflichten davon, noch bevor der Riese den Befehl dazu geben konnte.

»Sehen Sie, Wedge, mit was ich es aufnehmen muss?«, fragte Mabbot. »Ich hätte es wissen müssen. Der Fox würde so ein Spielzeug nicht einfach der Navy überlassen. Und er liebt seine Höllenbrenner.«

Mr. Apples war verärgert. »Was für ein Wahnsinn, selbst ein kleines Schiff zu verschwenden …«

»Der Brass Fox ist nicht verrückt«, wies ihn Mabbot zurecht. »Er ist skrupellos. Es ist keine Verschwendung, wenn es die Häscher verwirrt. Wenn wir ihn auf See erwischen, werden die Verhandlungen nach meinen Regeln ablaufen. Er verschafft sich Zeit, um in sein Schlupfloch zu gelangen.«

»Das nennen Sie Zeit verschaffen?«

»Wenn er mich tot sehen wollte, hätte er diese Lunten sehr viel kürzer gemacht.«

Mit Bestürzung hörte ich die Bewunderung in Mabbots Stimme. Das also sind die Spiele, die sie und der Fox spielen. Ein Wunder, dass sie nicht schon die ganze Erde angezündet haben.

Asher zitterte neben mir und war immer noch besorgniserregend bleich. Ich versuchte vergeblich, ihm etwas Panch einzuflößen, bis Feng mich wegdrängte und ihm in seine Hängematte im Vorschiff half.

Nachdem ich mir Hände und Gesicht getrocknet hatte und mir die Demut schwer auf den Schultern lag, machte ich mich auf die Suche nach Joshua. Mit Ausnahme der Mahlzeiten mit Mabbot waren meine Unterrichtsstunden mit Joshua die einzigen Gelegenheiten gewesen, in denen ich nicht die Zähne des Todes im Nacken gespürt hatte. Unsere gemeinsame Zeit hatte mich mit einem sanfteren Leben verbunden, und auch wenn er deutlich gezeigt hat, dass er mich nicht braucht, brauche ich ihn umso mehr. Das versengte Haar in meinem Nacken ist Zeichen dafür, dass das Leben kurz ist und meine Starrköpfigkeit niemandem dient.

Ich fand ihn auf dem Vorschiffdeck, wo er seine Hängematte flickte. »Es tut mir leid«, sagte ich und wiederholte es zur Sicherheit noch einmal. Einen Moment lang ignorierte er mich, dann zeigte er auf den in der Ferne liegenden Streifen Madagaskar, dünn wie eine Vanilleschote auf dem Wasser, und schnüffelte. Und tatsächlich war mir, als brachte der Wind den Duft dieses kostbaren Gewürzes, das in der Nachmittagssonne auf Gestellen trocknete, bis zu unserem moderigen Schiff. Doch der Geruch verschwand ebenso schnell wieder, wie das Land hinter dem Horizont versank.

Ich setzte mich neben ihn und machte die Geste, die ich am Tag unseres Zerwürfnisses gesehen hatte: Daumen an der Stirn, die Finger gespreizt. Joshua malte mit seinem Finger das Wort auf den Boden: Vater. Offensichtlich kannte er es schon. Abwechselnd schrieben wir mehr Worte, Mutter, Bruder, Schiff, Geld und Sturm, und ich lernte die jeweilige Gebärde dazu. Ich holte Papier, und wir nutzten das restliche Tageslicht für unsere Sprachübungen. Ich lernte auf diese Weise noch ein Dutzend Gebärden mehr. Wenn ich etwas über seine Familie erfahren sollte, dann in seinen Worten.

Bei Sonnenuntergang hatte das Schillern des Horizonts auch mein Herz erfüllt. Ich scheine meinen Schüler wiederzuhaben, und ich bin selbst einer geworden.

⚓

Donnerstag, 9. September

Letzte Woche habe ich für Kitzu als Bezahlung für seine Fische eine einfache Süßigkeit hergestellt, mit der er den Mund von Conrads Beleidigungen reinigen kann. Ich ließ Kokosnusswürfel in einer Mischung aus Sirup, Honig und Rum köcheln, bis alles eingedickt war, dann knetete und drehte ich daraus Kugeln, die ich abkühlen ließ. Hätte ich Butter gehabt, wären sie nicht so kompakt und pechschwarz geworden, doch Kitzu liebt sie und kaut darauf herum wie ein Hund auf einem Stück Leder. Wenn er mir an Deck begegnet, gibt er mir einen Klaps auf den Rücken und zeigt mir seine geschwärzten Zähne.

Als ich sah, wie einige Matrosen an Seetang kauten, den sie auf der Verschanzung getrocknet hatten, brachte mich das auf eine weitere Idee, und ich verzog mich in die Kombüse. Indem ich den getrockneten Mais der *Patience* in einer Aschelauge kochte, machte ich grobes Maismehl, das ich nach dem Abkühlen abtropfen ließ und in einem Glas mit Seetang, Knoblauch, einem Zweig des kostbaren Rosmarins, ausreichend Lake und einem Spritzer Sauerkrautsaft verwahrte. In ein oder zwei Wochen werde ich eingelegtes Maismehl haben, und mit ein bisschen Glück habe ich dann auch etwas, das ich dazu servieren kann.

Nach unserem gemeinsam erlebten Unglück versuchte ich erneut, mich bei Asher zu entschuldigen. Ich buk goldene Crêpes auf einer umgedrehten Dose über einem kochenden Topf Wasser. Dafür, dass ich sie ohne Eier machen musste, waren sie erstaunlich gut.

Ich bereitete eine Soße aus in Rum geschmorten Rosinen zu und tröpfelte sie über die gerollten Crêpes. Dann brachte ich sie ihm auf das Vorschiffdeck, wo er von einer Gruppe Männer umgeben war, die andächtig seiner Erzählung vom Feuerschiff *Diastema* lauschten. Ich wusste, dass ich den falschen Moment gewählt hatte, aber da hatten mich schon alle gesehen, weshalb ich nicht mehr auskonnte und auf Asher zuging.

»Asher …« Ich hatte wortreich meine Motive und die Umstände erklären wollen, doch ich brachte nichts davon heraus. »Es tut mir leid«, sagte ich stattdessen und hielt ihm das Holzbrett entgegen.

In der folgenden quälenden Stille war ich fast so weit, die Crêpes über Bord zu werfen, als Asher endlich einen nahm, einmal abbiss und ihn an den neben ihm sitzenden Mann weiterreichte. So wanderte das Tablett über Deck, als ob ich mich bei allen entschuldigte, und endlich konnte ich tief durchatmen.

Als ich gerade gehen wollte, rief Asher mir nach: »Wedge!«

Ich drehte mich um.

»Wie hat das Schiff gebrannt?«, fragte er.

»Wie die Hölle.«

»Und die Leiche?«

»Hat mir das Blut in den Adern gefrieren lassen.«

Asher machte mir neben sich Platz und fuhr zum Entzücken der anderen mit seiner Erzählung fort. Dann und wann blickten sie mich um Bestätigung heischend an. Als er geendet hatte, bestanden sie darauf, dass er noch einmal von vorne beginne.

Irgendwann lag ich neben einem glattrasierten Italiener an Deck, den sie Chicken nannten. Er war vor Jahren an Bord gebracht worden, um sich um die Hühner und die kleinen asiatischen Schweine zu kümmern, die früher einmal die Holzverschläge an Deck bewohnt hatten. »Doch nachdem die Männer während einer Verfolgungsjagd auf Hühnermist ausgerutscht waren«, meinte er, »ordnete Mabbot ein großes Fest an, und seither schrubbe ich mit den anderen das Deck.«

13

La Colette

In dem uns Gerechtigkeit widerfährt

Freitag, oder vielleicht auch Samstag, Anfang Oktober. Man sagt mir, dass ich von Glück reden kann, noch am Leben zu sein. Viel ist geschehen, und nichts davon war angenehm. Ich bin nicht mehr der Mann, der ich einmal war. Mein Verstand ist immer noch umnebelt, doch die Ereignisse des 10. Septembers kann ich klar und deutlich rekapitulieren.

Es begann mit einem Ballon.

Wir waren am Tag zuvor durch die Sunda-Straße zwischen Java und Sumatra gefahren, und ich hatte das Gefühl, dass sich die Tore dieser Durchfahrt hinter uns schlossen.

Ein scharfer Wind hatte den Himmel von allen Wolken befreit und eine Ruhe mit sich gebracht, die auf ein baldiges Gewitter hindeutete. Mabbot und Mr. Apples standen auf dem Quarterdeck und starrten mit etwas in den Himmel, das er »groß und nah« nannte, die zivilisierte Welt jedoch als Teleskop bezeichnete. Mit bloßem Auge war das Ding am Himmel nur ein Fleck, doch durch die Linse – die man mir schließlich gnädig überreichte – erblickte ich etwas, das wie eine asiatische Papierlaterne aussah.

»Laroches Rauchballon«, sagte Mabbot.

»Ich habe sie nur als Zeichnung gesehen«, antwortete ich. »Er sieht so klein aus.«

»Man kann von dort oben die ganze Welt sehen«, erwiderte Mabbot. »Man kann die Beule in Ihren Hosen erkennen. Sehen Sie das Flackern … da? Der Mann im Ballon benutzt einen Spiegel, um mit Laroche zu kommunizieren, um ihm unseren Standort und unseren Kurs mitzuteilen. Nun, Mr. Apples, Sie hatten mal wieder recht, die *La Colette* ist hier. Wo können wir uns verstecken?«

»Seine Korvette ist doppelt so schnell wie wir, und ihre Kanonen haben eine größere Reichweite …«

»Das weiß ich«, knurrte Mabbot. »Ich habe gefragt, wo wir uns verstecken sollen. Pulau?«

»Das schaffen wir nicht.«

»Was ist mit den schwarzen Korallen von Nasik?«

»Gestern hätte uns das vielleicht noch geholfen«, erwiderte er. »Ich bezweifle, dass die auf Laroches Karten so gut verzeichnet sind wie auf unseren. Aber das hätte volle Fahrt bedeutet. Wenn Laroche achtern ist, wird er uns überrennen …«

»Sonst befindet sich nichts in der Nähe. Er wird uns andernfalls auf offener See erwischen. Wenigstens haben wir den Wind auf unserer Seite.«

»Die Sonne ist allerdings auf seiner, und außerdem weiß ein Franzose, wie man aus dem Lee heraus kämpft.«

Sie schwiegen. Der Wind zerzauste Mabbots Haar, Gänsehaut breitete sich auf ihren Armen aus. Dann sagte sie: »Wir haben kaum eine Wahl.«

Sie ging in ihre Kajüte zurück, während Mr. Apples dem Steuermann Befehle erteilte. Das Deck neigte sich scharf zur Seite, dann nahmen wir Fahrt auf. Die Männer eilten umher, und die Masten stöhnten wie Holzscheite in einem Lagerfeuer. Die Wachen unter Deck kamen nach oben, als sie unseren Kurswechsel spürten. Die Nachricht vom gesichteten Ballon hatte sich verbreitet. Einige der Männer hatten eigene Teleskope, die jetzt herumgereicht wurden. Das Schiff gab furchterregende Töne von sich, als es beschleunigte, und ich konnte den Hunger der *Rose* fühlen, als Eichenbretter und Leinwandsegel die Luft in Geschwindigkeit verwandelten.

Plötzlich gab es keinen Platz mehr, an dem ich nicht von hektisch umhereilenden Matrosen niedergerannt wurde, die sich auf den Kampf vorbereiteten. Ein Lärm und ein Unwesen, das ich erst im Nachhinein begriff. Man hatte Laroches Schiff, die *La Colette,* erspäht, genau zwischen uns und den rettenden Riffen. Glocken läuteten. Jeder Mann war in Bewegung. Ein Matrose rief in eine Art Sprechrohr hinein: »Laroches Schiff! Schaut nicht hin! Schaut nicht das Schiff an!«

Als ich nur einmal aus dem Augenwinkel spähte, brachte mir das Mr. Apples' harten Schlag in den Nacken ein.

»Nicht. Wenn dir deine Augen lieb sind«, sagte er. Er trug die Brille mit Rauchgläsern, die ich bisher immer für eine Art Souvenir gehalten hatte. Ich erschauderte, als ich mir vorstellte, welches Trauma bei diesen furchtlosen Männern wohl diese Ehrfurcht ausgelöst hatte. Ganz offensichtlich hatten sie bei ihrer letzten Begegnung mit Laroche sehr gelitten.

Mabbot war zurückgekehrt und trug jetzt ihren grünen Mantel und die roten Stiefel, außerdem Seidenhandschuhe, unter deren Spitzenrand ihre Handgelenke verschwanden. Man konnte denken, sie verwechselte eine Schlacht mit einem Ball. Sie schrie: »Längsseits gehen! Ketten auf die Rahen! Tränkt die Segel mit Alaun!«

Einer der Schießpulvermänner lief mit einem seiner wertvollen Behälter an mir vorbei und stöhnte: »Es ist noch nicht mal Mittag, keine Wolke am Himmel. Dieses Mal versenkt er uns ganz sicher.«

Ein anderer Matrose rief durch das Sprechrohr: »*La Colette!* Eimer bereithalten!«

Vom Rand des Treibens aus beobachtete ich die Männer, die Musketen luden und die Kanonen bereitmachten.

Dann geschah etwas, das ich nicht geglaubt hätte, wäre ich nicht selbst Zeuge gewesen. Als die *La Colette* noch etwa eine halbe Meile entfernt war, sah ich aus den Augenwinkeln einen Lichtblitz von ihr ausgehen, wie eine zweite aufgehende Sonne im Südwesten. Ich unterdrückte das Verlangen, dieses Wunder genauer zu betrachten, und wandte den Blick ab. Plötzlich fühlte ich eine sengende Hitze im Nacken, als ob mich jemand mit kochendem Wasser übergossen hätte. Dank meiner angeborenen Feigheit ließ ich mich sofort auf das Deck fallen und kroch hinter eine Taurolle. Von dort sah ich einen so hellen Lichtblitz, dass nur ein Engel aus dem Himmel zu unserem Schiff herabsteigen konnte. Diese Raute aus weißglühender Hitze, etwa dreißig Zentimeter im Durchmesser, wanderte im Bruchteil einer Sekunde vom Bug zum Quarterdeck und hinterließ eine dunkle Spur auf dem Holz. Getroffene Männer schrien auf und ließen sich zu Boden fallen, doch andere, die sich in den Segeln oder im Vorschiff befanden, konnten nicht ausweichen. Ihre Kleider fingen Feuer, ihre Haare brannten lichterloh. Sie waren wie von einem göttlichen Schein umgeben, doch sie schrien vor Schmerz und starben einen qualvollen Tod.

Der Lichtball zog eine Schneise der Verwüstung über das Schiff, bis er am Fuß des Besanmastes landete. Das Holz stand unmittelbar darauf in Flammen. Männer stürzten mit Eimern herbei, um es zu löschen, und wickelten den Mast unter Einsatz ihres Lebens mit nassen Filzdecken ein, die rauchten und qualmten, sich jedoch nicht entzündeten. Die Männer hielten den Mast feucht und löschten andere, kleinere Feuer mit ihren Eimern. Der Geruch nach verbrannter Haut, Alaun und schwelender Wolle war erdrückend.

Mein Rücken schmerzte, doch ich war von wirklich schweren Verbrennungen verschont geblieben. Erst in diesem Moment kam mir der Gedanke, dass meine Rettung nahe sein könnte. Ich kauerte in meinem Versteck und betete mit Leib und Seele.

Mr. Apples stand bei den Kanonen auf dem Hauptdeck, blickte zu unseren Angreifern hinüber und erstattete den Männern Bericht, die mit zusammengekniffenen Augen die Kanonen luden. Zusätzlich zu seiner Schutzbrille trug Mr. Apples auch lange lederne Schmiedstulpen. Die Männer zielten blind nach seinen Anweisungen, warteten jedoch, bis wir nahe genug zum Feuern waren. Joshua war bei ihnen, den Rücken der Gefahr zugewandt, das schwelende Streichholz bereit.

Dann geschah alles wie in Zeitlupe. Die Planken des Hauptdecks steuerbord stoben wie Blätter im Wind auf und flogen umher, als eine Kanonenkugel hindurchschoss und auf dem Weg ins Meer ein Beiboot zerfetzte. Eine weitere Kugel verfehlte uns um wenige Meter und peitschte das Wasser hoch auf. Erst dann hörte ich unsere Antworten.

Die Matrosen verstärkten ihre Bemühungen, bildeten Ketten und luden die Kanonen neu. Ein weiteres Geschoss grub sich wie der Finger Gottes durch das Vorschiff.

Der junge Finn lief vor mir her, ein Teil des unnatürlichen Paares, das Mabbot »Täubchen« nannte. Er beging den Fehler, zur *La Colette* hinüberzublicken, nur für den Bruchteil einer Sekunde, doch wie Lots Frau entging er der unmittelbaren Strafe nicht. Das Licht fiel nur kurz auf sein Gesicht, das erst in ängstlicher Erwartung erstarrte und sich dann vor Schmerz verzerrte, als Finn auf die Knie sank und die Hände vor seine zerstörten Augen schlug. Seine Schreie wurden vom Schlachtenlärm übertönt, während Mabbot das Schiff mit Höchstgeschwindigkeit auf unsere Angreifer zujagte.

Mit jedem Herzschlag wurde das Bellen von Laroches Kanonen lauter.

Mein Leben hatte sich plötzlich auf ein sehr kurzfristiges Ziel reduziert: den Angriff lange genug zu überleben, um gerettet zu werden. Doch als das gleißende Licht auf den Besanmast zusteuerte, dachte ich, dass eine Rettung unmöglich sei, wenn unser Schiff zuerst versenkt würde.

Als der Hauptmast zu qualmen begann und Flammen an den Segeln leckten, packte ich einen Eimer, den ein verletzter Matrose fallen gelassen hatte. Ich schloss mich der Kette derer an, die mutig die hoch aufschlagenden Flammen bekämpften.

Mabbot stand auf dem Quarterdeck, trug ebenfalls eine Schutzbrille mit Rauchgläsern und blickte zu unseren Angreifern hinüber. Feng und Bai standen bei ihr, den Rücken dem zerstörerischen Licht gekehrt. Mabbots Stimme erschallte über den Trommeln der Hölle: »Schneller! Richtung Südwesten! Ladet die Kanonen! Bereitet unsere Geschenke vor!«

Ich weiß nicht, wie viel Zeit verging, während ich mit meinem Eimer hin und her lief. Genug, um noch viele weitere Matrosen mit Verbrennungen zu sehen. Genug, um zu spüren, wie die Luft um mich herum von einer Kanonenkugel weggesaugt und wie ein Mann wie trockener Zunder in zwei Stücke gerissen wurde. Ich gestehe, dass meine Beine zitterten, und ich war nahe daran, meine Pflichten zu vernachlässigen und mich zu verstecken, doch die Luft war so voller Rauch, Gefechtslärm und diesem unberechenbaren Licht, dass ich mich in Bewegung sicherer fühlte.

Jeder Rückstoß von Mr. Apples' abgefeuerten Kanonen erschütterte die Planken unter meinen Füßen. Ich konnte nicht mehr zwischen unseren Geschützen und denen der Feinde unterscheiden.

Das Licht war größer geworden und anscheinend schwächer, die Männer schrien nicht mehr auf, wenn es sie traf. Auch über mich strich es hinweg, ich ließ mich reflexartig zu Boden fallen, doch ich wurde nicht verbrannt. Je näher wir kamen, desto mehr verlor es an Kraft. Der Captain hatte einen Plan.

»Nach Süden! Süden! Auf die Kanäle zu!«

Schließlich waren wir bei Laroches schlankem Schiff angelangt. Da war es, keine dreißig Meter entfernt, einen Salamander auf der Flagge. Die Korvette war furchteinflößend. Sie hatte zwei Kanonendecks, und ihre Kupferbeschläge waren so hochpoliert, dass sie einen rosigen Schimmer auf die Takelage und die Segel warfen. Das Schiff experimentell zu nennen, wäre großzügig – es war nach Laroches wahnsinnigen Vorstellungen gebaut worden. Der Rumpf war kupfergrün, der Kopf mit Eisenplatten verkleidet, zum Schutz gegen die »Zwei Raben«, die Langstreckenkanonen der *Rose.*

Auf ihrem Deck tobte derselbe Wirbelsturm aus panischen Schreien und Hektik wie auf unserem. Auf beiden Schiffen gingen die Männer in Deckung und tauschten Gewehrschüsse aus. Ich verkroch mich wieder hinter meiner Taurolle, setzte einen Eimer als Helm auf und spähte ab und zu aus meinem Versteck, um zu sehen, wie weit wir gekommen waren. Erst, wenn wir nahe genug heran waren, würde ich einen erneuten Fluchtversuch wagen.

Auf unserer rücksichtslosen Flucht gen Süden waren wir unfreundlich zum Meer, und die Wellen hoben die Steuerbordseite des Schiffes so an, dass von Zeit zu Zeit der Ozean vollkommen aus unserem Sichtfeld verschwand und von einem endlosen Himmel verdrängt wurde. Dann wieder tauchte dieselbe Reling fast ins Wasser ab, und die Männer, die sich hinter Fässern und Kanonen versteckten, waren weithin sichtbar.

Mr. Apples warf mit mächtigem Schwung einen Korb auf das gegnerische Schiff, wo er zerbrach. Dunkle Klumpen rollten umher wie Quecksilber. Sie schienen lebendig, und schließlich erkannte ich an den Bewegungen, dass er seine Skorpione eingesetzt hatte. Zuerst erschien mir das ein wenig sinnvoller Angriff, doch während ich dies niederschreibe, verstehe ich, dass er sich damit rächen und Angst unter den Gegnern säen wollte. Die Kreaturen huschten in die Schatten und verkrochen sich. Die *La Colette* würde wochenlang von giftigen Tieren belagert sein, die sich in dunklen Ecken und Spalten versteckten. Man würde sie nie alle finden – und in regelmäßigen Abständen würde ein Matrose beim Anziehen seiner Schuhe oder wenn er nach einer Taurolle griff, gestochen werden. Die Männer würden die Liebkosung hin und her huschender Beine im Schlaf spüren. Captain Laroche würde vielleicht sogar eine neue Mannschaft anheuern müssen, denn Seemänner sind abergläubisch und würden das Schiff ohne Zweifel als verflucht bezeichnen.

Doch während der Schlacht dachte ich noch nicht so, da war ich zu einem willenlosen Tier geworden, das von nackter Angst beherrscht wurde. Unser Schiff wurde weiter zerrissen, mehr von Gewehr- als von Kanonenschüssen. Ich wusste nicht, dass ein Schiff so gewissenhaft durchlöchert werden und trotzdem noch fahren konnte.

14

Etikette für den Nahkampf

In dem ich viel verliere

Als beide Schiffe nur noch fünf Meter voneinander entfernt waren und die Wellen die *La Colette* so sehr hin und her schleuderten, dass ich auf ihr Deck blicken konnte, sah ich klar und deutlich die phantastische Erfindung, die die *Flying Rose* so stark verbrannt hatte. Ein Dutzend große Spiegel standen in bestimmten Abständen zueinander auf Deck, einige waren auch an der Takelage über der Wasseroberfläche befestigt. Diese fingen das Sonnenlicht ein und schickten es in die Mitte der Anordnung, wo eine große silberne Scheibe aufgestellt war, gewölbt und auf Hochglanz poliert. Diese war hinter diversen großen Linsen positioniert, die auf Schienen liefen und so eingestellt werden konnten, dass sie den zerstörerischen Lichtstrahl exakt aussendeten.

Ich überlegte, ob ich mich auf das andere Schiff retten sollte, und versicherte mir immer wieder, dass Laroche trotz allem noch Ramseys Mann war, ebenso wie ich. Plötzlich erblickte ich Feng, der sich an einem Tau über den Abgrund zwischen beiden Schiffen schwang, in den Wanten der *La Colette* landete, sich aufs Deck fallen ließ und an Laroches Mannschaft vorbeisteuerte (die seine Anwesenheit an Bord noch nicht wahrgenommen hatte), direkt auf die gefährliche Waffe zu. Er zauberte einen Böttcherhammer aus seinem Gürtel hervor und zertrümmerte mit gezielten Schlägen die Glaslinsen. Dann lief er zu der

Scheibe in der Mitte und schlug zwei große Kerben in das Silber, bevor er von Laroches Leuten umzingelt wurde. Er verwendete den Hammer als Waffe und attackierte seine Angreifer mit wohlgesetzten Schlägen. Hier brach er ein Knie, da traf er eine Schläfe. Die Menge bewegte sich über Deck, denn Feng ließ sich nicht in die Enge treiben. Hinter sich her zog er eine Spur Toter, manche mit ihrem eigenen Schwert aufgespießt. Feng duckte sich, wich wie eine Flamme aus, umging die zu Boden fallenden Körper, während er mit seinem Hammer unaufhörlich unsichtbare Ideogramme in die Luft zeichnete, jedes mit einem Apostroph aus Blut akzentuiert.

Der Rauch und die starken Schiffsbewegungen trübten mein Sichtfeld, so dass ich immer nur kurze Momente des Tumultes mitverfolgen konnte, doch allein in denen machte Feng schon ein Dutzend Männer nieder. Sie hätten größere Chancen gehabt, den Wind einzufangen als den wieselflinken Chinesen. Die Seeleute wussten nicht, wie ihnen geschah, wenn Fengs Hammer auf ihre Handgelenke traf oder ihre Kiefer. Einer ließ verzweifelt sein Schwert fallen und hob seine Donnerbüchse, doch Feng verzog keine Miene. Im Gegenteil, als er die Flinte auf sich gerichtet sah, ging er auf seinen Angreifer zu wie auf einen Freund. Der Schuss ging unter Fengs Arm hindurch, und drei Soldaten hinter ihm fielen zu Boden und hielten sich ihre blutigen Bäuche.

All dies geschah unter fortwährendem Kanonen- und Gewehrfeuer, Holzstücke und Knochen flogen wie Konfetti umher. Als sich die Gegner enger um Feng schlossen, nutzten unsere Kanoniere die Chance und nahmen sie ins Visier.

Erst ein herabgeworfenes Netz konnte den Chinesen stoppen. Ich hörte Bais ruhige Stimme hinter mir, die Mabbot fragte: »Captain, mit Ihrer Erlaubnis?« Dann schwang

Bai sich auf die *La Colette* und begann, die gegnerischen Soldaten zu zerstreuen und das Fangnetz mit seinem quastengeschmückten Schwert zu zerschneiden. Die Brüder bewegten sich wie eine Person, sie waren unaufhaltbar. Sie durchschnitten die Leine des Besansegels und schwangen sich daran unter den Jubelrufen der Mannschaft zu uns zurück. Ich sah, dass Feng einige Wunden und Prellungen erlitten hatte, und doch zeigte das Leuchten auf ihren Gesichtern, wie zufrieden die Zwillinge mit dem Überfall waren.

Plötzlich erblickte ich Laroche persönlich, einen langgezogenen Schatten auf dem Vordeck, der seine Befehle mit dem Schwert unterstrich. Die Messingknopfreihen seines Mantels glitzerten in der Sonne, während er seinen teuflischen Angriff dirigierte.

Unsere Schiffe lagen nun noch näher beieinander, die Relinge nur sechs Fuß voneinander entfernt. Mit Erschrecken musste ich jedoch feststellen, dass wir schnell an Laroches Schiff vorbeifuhren. Näher würden wir nicht kommen. Das war meine einzige Chance. Ich ignorierte mein zauderndes Herz und konzentrierte mich auf das, was ich mir selbst versprochen hatte. Zurückkehren! Nichts anderes war wichtig.

In Panik richtete ich mich auf, meine Gebete an alle verfügbaren Heiligen auf eine Zeile reduziert: »Himmel, hilf, Himmel, hilf …« Dann rannte ich los, auch wenn die Wellen gegen uns waren und das Deck sich unter mir aufbäumte. Ich rannte möglichst geradlinig auf die *La Colette* zu, wollte mich zu ihr hinüberwerfen und mich an die Balken und Taue des Mastarmes klammern, der wie betrunken neben unserer Reling hin und her schwankte, oder ins Wasser springen und schwimmen.

An der Reling angekommen, waren die Wellen gnädig und brachten unsere Schiffe auf Augenhöhe. Mir gegenüber auf dem anderen Deck stand ein junger Marineoffizier, den Salamander auf seiner Brust und das erhitzte Rot der Schlacht im Gesicht. Mein Retter. Ich riss aufgeregt die Arme in die Höhe und schrie meinen Namen: »Owen Wedgwood! Owen Wedgwood!« Doch auf seinem Gesicht lag keine Freundlichkeit. Einen Atemzug, bevor er das Gewehr hob, wurde mir klar, wie ich für ihn aussehen musste: plattgedrückte Haare, wild wuchernder Bart, verzweifelter Blick. War ich nicht das Abbild eines blutdürstigen Piraten? Ich duckte mich, als der Schuss fiel, und rollte mich in die Schatten des Quarterdecks.

Erst als ich versuchte, mich in ein sichereres Versteck zurückzuziehen, merkte ich, dass die Kugel meinen Unterschenkel durchschlagen hatte. Die Knochen schabten Übelkeit erregend aneinander, wenn ich ihn belastete. Minutenlang lähmte mich eine kindliche Melancholie. Hätte der Papst höchstpersönlich auf mich geschossen, ich hätte nicht enttäuschter sein können.

Dann machte sich der Schmerz bemerkbar, die Kakophonie der Schlacht dröhnte mir in den Ohren, und Überlebenswille trat wieder in Kraft. Verzweifelt kroch ich zur Kombüse, mein verletztes Bein hinter mir herziehend, wo ich mich unter Qualen in Conrads riesigem Kessel versteckte und um einen triumphalen Sieg unserer Angreifer betete, jedoch nicht so triumphal, dass ich ihn nicht mehr erlebte. Mein letzter Gedanke galt Mabbots Haftbefehl, auf dem nichts davon stand, sie lebend zu ergreifen. Dann wurde es dunkel um mich.

Ich erwachte in einem Chor aus Stöhnen, in dem ich den Bariton übernahm. Mir war eiskalt, auch wenn mein Nacken und meine Finger in Flammen zu stehen schienen. Jemand hatte mir Rum eingeflößt, mein Bart stank danach. Das Stöhnen der anderen, die angeschossen waren oder Brandwunden erlitten hatten, kam und ging mit dem Licht.

Tage vergingen im Fieber. Einmal war ich klar genug zu wissen, dass man mich gerettet hatte, als ich den Segen des Sonnenlichts auf der Haut spürte und unter mir eine Daunendecke. Echte Daunen! Außerdem war ich allein, nicht mehr bei den Sterbenden. Ich wage zu sagen, dass ich lächelte, trotz des Schmerzes, der meine ganze rechte Körperhälfte beherrschte. Das Fieber zerrte an meinem Verstand.

Dann zerstoben meine Träume von Rettung wie Fledermäuse, als einer der Zwillinge, diese Agenten des Leidens, sich über mich beugte, meine Augenlider zurückzog und mit einem Zungenschnalzen verkündete: »Er liegt im Sterben.«

Mabbot erwiderte: »Hört nicht mit der Pflege auf.« Ihre Stimme war sanft und beruhigte mich. Ich wollte sie in meiner Nähe wissen, was nur beweist, wie tief ich mich im Delirium befand.

Ja, bitte, pflegt mich weiter, flehte mein Herz. Was auch immer für dunkle Künste ihr beherrscht, was für bittere Kräuter und Beschwörungen, lasst sie diesem Körper zuteilwerden. Es kümmerte mich nicht mehr, wo dieser Körper lag, in einem englischen Bett, auf einem Piratenschiff, auf einer einsamen Insel oder auf einem Eisberg – ich wollte nur nicht sterben.

Das waren die Qualen des heiligen Antonius. Verschiedene Dämonen stellten sich mir vor, vor allem der Schiffsarzt. Lieber wäre es mir gewesen, hätte sich ein Gargoyle über mich gebeugt. Wer von uns beiden mehr stank, konnte ich nicht sagen, wir waren buchstäblich in Schnaps getränkt. Mit der Klarheit, die nur den Fiebernden eigen ist, erkannte ich, dass der gute Doktor der Tod persönlich war, der sich die ganze Zeit als Mitglied der Mannschaft ausgab und geduldig auf unser aller Ableben wartete. Fluchend versuchte ich, ihn abzuwehren, dafür wurden mir jedoch Klapse verpasst, oder ich wurde mit Wasser übergossen.

Später erfuhr ich, dass wir Laroches Angriff nur mit knapper Not überlebten, als wir die schwarzen Korallen erreichten, wie Mabbot es sich erhofft hatte. Nur der zahnlose Pete findet sich in diesen Kanälen zurecht. Wir zogen uns in die verwinkelten Buchten von Selat Nasik zurück, um die notwendigen Reparaturen vorzunehmen.

Ich lag im Delirium, die absonderlichsten Träume quälten mich, bis ich irgendwann von der Stimme des Arztes aufwachte, die sagte: »Es muss sein.«

Mabbot antwortete: »Dann, ruhig und sauber, tun Sie es.«

Mein Bein war, wie mir jetzt erst klarwurde, geschwollen und lag schwer wie ein geschlachtetes Schwein auf einem hölzernen Gestell. Ich lag nicht länger in dem Daunenbett, was ich wahrscheinlich nur geträumt hatte. Der Schmerz war grausam, und ich war dankbar, als man mich mit Rum abfüllte, bis die gnädige Dunkelheit mich umhüllte.

Als ich das nächste Mal erwachte, war der Arzt verschwunden, und einer der Zwillinge flößte mir mit einem Löffel eine übelschmeckende Flüssigkeit ein. Neben mir stand eine Kiste mit spanischem Moos oder Spinnweben oder so etwas, was man mir auf meine Wunden legte. Der scharfe Schmerz war einem drückenden Gewicht gewichen, als ob mein Fuß in einem Schraubstock eingeklemmt sei.

Ich hörte einen der Zwillinge sagen: »Keinen Rum mehr. Er muss es fühlen, damit es heilen kann.«

Der Schmerz wurde stärker, ich weinte. Ich schrie und stöhnte, bis ich irgendwann vor Erschöpfung einschlief. Ohne den Rum war ich den Qualen schutzlos ausgeliefert. Die Zwillinge zwangen Haferschleim und ihre widerlichen

Tränke zwischen meinen zusammengebissenen Zähnen hindurch. Ich bettelte sie an, meinen Fuß aus dem Schraubstock zu entlassen.

Dann eines Morgens war ich plötzlich wach und bei klarem Verstand, das erste Mal seit dem Angriff. Wieder lag ich auf Daunen. Ich befand mich in Mabbots Kajüte, in ihrem Bett, nur mit einem Laken um meine Lenden. Die Zwillinge waren ebenfalls im Raum.

Mabbot las in ihrem Stuhl neben dem Bett und hielt sanft meine Hand, wie ich erst jetzt bemerkte. Als ich sie zurückriss, blickte Mabbot von ihrem Buch auf und lächelte.

»Sie fluchen wie ein echter Pirat«, sagte sie.

»Still liegen«, befahl Bai. »Die Nadeln.«

Ich besah meinen Körper und erkannte mit steigender Unruhe, dass mein Bauch, meine Knie und die Unterarme wie die Karte eines Eroberers von Nadeln bedeckt waren. Auf meiner Brust lagen kleine Häufchen qualmenden Räucherwerks.

»Was für ein Hexenwerk …«, keuchte ich.

»Dieses Hexenwerk«, antwortete Mabbot, »hat Sie durch ein ordentliches Fieber gebracht. Ihr Fuß war vollständig grün, bevor der Arzt sich darum gekümmert hat.«

Mein Fuß war außer Sichtweite, in der Daunenmatratze versunken. Ich hob ihn an und sah nur einen Stumpf, der dick verbunden war. Unterhalb meines Knies waren Unterschenkel und Fuß verschwunden.

»Was habt ihr mir angetan?«, schrie ich.

»Sie wollten das alte Ding nicht mehr«, erwiderte Mabbot. »Es roch so schlecht, dass selbst die Haie es nicht essen wollten. Was eine Schererei. Ihre Fluchtversuche sind nicht gut für Ihre Gesundheit, also lassen Sie sie in Zukunft am besten.«

»Monster! Teufel!« Ich versuchte, mich aufzurichten,

doch Feng legte seine Hand auf meine Stirn und drückte mich aufs Bett. Ich wischte panisch über meinen Körper, um die Nadeln und das Räucherwerk zu entfernen.

»Diese guten Männer haben ein Wunder gewirkt«, sagte Mabbot.

»Sie haben meinen Fuß amputiert!«

»Das war der Schiffsarzt, und er hat mir dabei prophezeit, dass Sie binnen eines Tages tot sein würden. Sie sind nicht tot. Das verdanken Sie den Zwillingen und ihrer Medizin.«

»Holt meinen Fuß zurück!«

»Nun«, antwortete Mabbot. »Unser Gast ist unzufrieden mit unserer Gastfreundschaft. Schafft ihn hier raus.«

Nachdem die Zwillinge ihre Hexenutensilien von mir abgenommen hatten, trugen sie mich zur Tür.

»Wedge«, rief Mabbot. »Glauben Sie ja nicht, dass Sie von Ihrem Vertrag befreit sind. Jetzt müssen wir uns erst recht auf unsere Aufgaben konzentrieren. Ich gebe Ihnen eine Woche, um sich zu sammeln, und am Sonntag darauf werde ich wie üblich zu Abend essen.« Erst da sah ich, dass ihre Wangen verbrannt waren und ihr Arm bandagiert.

»Ich stürze mich eher ins Meer, als dass ich noch einmal für Sie koche!«, keifte ich.

»Natürlich, das ist Ihre Entscheidung. Oh, und die Männer werden über Ihre Zeit bei mir im Bett tratschen. Wenn Sie irgendwelche unangemessenen Gerüchte bestärken, reiße ich Ihnen die Familienjuwelen ab, um Ihre Geschichte zu bestätigen.«

Wieder einmal stützte ich mich auf Joshua und sah auf dem Weg von Mabbots Kajüte, dass wir in einem Fluss ankerten, der von üppigem Dschungel umgeben war. Das Schiff war verwüstet, der Bugspriet weggeschossen, die Taue wehten lose im Wind, und es lag Holz herum, mit dem die Löcher geschlossen werden sollten. Die Männer saßen im Kreis und reparierten die Segel, die aussahen wie der erste Quiltversuch eines Kindes.

Ich wurde in meine Zelle gesperrt, die düster und eng war nach Mabbots luxuriöser Kajüte. Die nächsten Tage verbrachte ich hauptsächlich schlafend. Das Fieber kehrte in Schüben zurück. Joshua feuchtete mir die Stirn mit Lumpen an, leerte meinen Nachttopf, fütterte mich mit Haferschleim und den Tränken der Zwillinge.

Als diese zwei Tage später nach mir sahen, packte ich Feng am Handgelenk und jammerte: »Wenn er nicht mehr da ist, wieso schmerzt mein Fuß dann so?«

»Willst du Medizin? Du benimmst dich wie ein Kind.«

»Kannst du den Schmerz nicht stoppen? Ich fühle den Fuß immer noch.«

»Es dauert seine Zeit.«

15

Der Herd eines toten Mannes

In dem wir unsere Wunden lecken und ich die Karte des Fox finde

Ich kann euch sagen, dass die Seele eines Mannes weder ein Nebelschleier ist noch ein Lichtpunkt. Sie steckt in all unseren Gliedmaßen, angeordnet nach dem Vorbild unseres Erschaffers. Ich weiß das, weil – auch wenn mein Fuß ohne mich an einen Strand geschwemmt werden wird – sein Geist immer noch bei mir ist. Und schmerzt und juckt. Der Herr hat offensichtlich bestimmt, dass wir nur vollständig vor das letzte Gericht treten sollen, denn von seinem eigenen Fleisch getrennt zu sein, ohne die Möglichkeit, sich zu kratzen, ist die Hölle.

Die Zwillinge sind also nicht nur Mabbots Leibwächter, sondern auch ihre Leibärzte. Ich kann es ihr nicht verübeln, dass sie ihre obskuren Methoden denen des Schiffsarztes vorzieht. Sie massierten den Stumpf, was ich mit einem Ledergürtel zwischen den Zähnen ertrug. Sie massierten auch Knie, Oberschenkel und Hüfte, was erstaunlich angenehm war. Das Räucherwerk – Beifuß, wie sie mir sagten – entnahmen sie einer kleinen Teakholzkiste und rollten es zwischen ihren Fingern zu Kegeln. Diese wurden dann gewissenhaft auf meiner Brust und meinen Schenkeln entzündet. Die Asche wurde rechtzeitig entfernt, bevor die Glut meine Haut berührte. Außerdem ließen sie mich an Rücken und Schultern zur Ader.

Ganz offensichtlich kümmerten sie sich nur auf direkten

Befehl von Mabbot um mich. Im Stillen nannte ich sie »Stoisch« und »Still«. Als meine Kraft langsam zurückkehrte, verspürte ich auch wieder Neugier.

»Ist es wahr, dass Mabbot euch mit ihrem eigenen Messer vom Galgen geschnitten hat?«

Feng verließ lieber den Raum, als mit mir zu sprechen, doch Bai antwortete: »Sie hat uns gerettet, wie sie dich gerettet hat.«

»Sie hat mich nicht gerettet«, sagte ich. »Sie hat mich entführt.«

»Das Seil lag um meinen Hals. Deines liegt um deinen Geist. Hoffe, dass sie schnell genug schneiden kann.«

So wurde ich Tag für Tag gepflegt, auch wenn ich mir eine andere Fürsorge gewünscht hätte. Meinen Fuß spürte ich noch immer, vor allem am Morgen, doch der erdrückende Schmerz war einem Pochen gewichen.

Mein restlicher Körper veränderte sich ebenfalls. Ich nahm ab, mittlerweile muss ich meine Hosen mit einer Kordel befestigen wie die anderen auch. Was von mir übrig ist, humpelt auf den Krücken, die der Schiffsarzt mir gab, herum.

⚓

Donnerstag, 7. Oktober

Diese Woche ist schnell vergangen, auch wenn ich außer essen und schlafen nichts getan habe. Ich verschlafe sogar den Lärm, den Kitzu und seine Zimmerleute veranstalten, während sie Tag und Nacht das Schiff reparieren.

Heute habe ich mich an Deck geschleppt und gesehen, wie weit die Bauarbeiten schon gediehen sind. Das Mosaik aus neuen Planken wurde mit aus Bäumen herausgekochtem Pech geteert. Matrosen kehrten aus dem tiefen Dschungel mit Eimern voller Früchte zurück: Bananen und Ananas, außerdem mit zwei furchterregend langschwänzigen Tieren, die tot an Stangen herabbaumelten. Für mich sahen sie wie dämonische Schweine aus, doch die Männer nannten sie Babirusa oder Hirscheber und behaupteten, sie schmeckten wie Wildschwein.

Als ich Mabbot auf ihrer Runde erblickte, lauerte ich ihr auf und bat sie, von meinen Pflichten entbunden zu werden.

»Aber ganz sicher nicht«, schnaufte sie.

»Ich kann mit diesen Krücken nicht stehen«, sagte ich.

»Ein Reiher steht auch auf einem Bein.«

»Ein Reiher kocht nicht!«, rief ich erregt.

Darüber dachte sie einen Moment nach und erwiderte dann: »Joshua wird Ihnen helfen. Selbst ein Hund kann lernen.« Mabbot lachte und ließ mich stehen, wie ich eine Krücke wütend durch die Luft schwenkte.

Mein Sauerteig hat unter meiner Krankheit gelitten. Unter einer trockenen Kruste voller Schimmelflecken war der Teig mittlerweile sehr sauer geworden. Ich rettete ihn, indem ich den Kern herausschnitt und ihn mit frischem Wasser und Mehl vermischte. Es erstaunt mich immer wieder, was manche Dinge überstehen können.

In meiner Hängematte las ich in der Bibel, die Mabbot mir gegeben hatte, und erkannte sofort die Verfälschungen. Sie war in einer engen Schrift und mit scharlachroter Tinte geschrieben. Ich dachte, die Bergpredigt könnte meine Nerven beruhigen, weshalb ich ans Ende des Matthäus-Evangeliums geblättert hatte, wo ich auf folgenden Satz stieß:

Und Jesus folgte dem trockenen Flussbett nach Norden, bis er zu einer verbrannten Mühle kam, wo er nach Osten abbog und zum dritten Lager bei der Steinpyramide ging.

Dort sah er fünfzehn Karronaden und vierzig französische Karabiner. Diese gehören Xiao Wei, der verspricht eine sechzehntel Tonne Schießpulver, das in die Tunnel geliefert wird …

Wut verdrängte rasch meine anfängliche Verwirrung. Ich hatte eine Bibel aufgeschlagen und schlug ein Diebesverzeichnis zu. Ähnliche Blasphemien durchzogen das ganze Buch, beschrieben Munition und Silberhaufen und wo sie zu finden seien. In dem Abschnitt, in dem Jesus die Blinden heilen sollte, hieß es:

Als er weiterging, sah er einen von Geburt an blinden Mann. Seine Schüler fragten ihn: »Rabbi, wenn dieser Mann sehen könnte, was würde er im Südlager erblicken?« Jesus antwortete: »Dreißig Fässer Schießpulver, dreizehn Fässer Salpeter, ein Dutzend Karronaden ohne Munition.«

Ich presste das Buch gegen die Brust und überdachte meine Situation. Dann ging ich es mit einem Bleistift genau durch. Die falschen Passagen waren leicht zu erkennen. Anschließend stand ich auf und humpelte zu Mabbots Kajüte. Als der Captain höchstpersönlich die Tür öffnete, schob ich ihr das Buch in die Hand und sagte:

»Ich habe eingesehen, dass ich wohl nicht nach Hause zurückkehren werde, bevor Sie Ihre Angelegenheiten mit dem Brass Fox bereinigt haben. Ich gebe Ihnen dies in der Hoffnung, dass es unser Vorhaben beschleunigen wird. Ich erwarte, dass es das wird.« Ich tippte auf das Buch. »Listen, Wegbeschreibungen, Namen«, sagte ich. »Ihr Sohn …«

»Nicht so laut«, zischte Mabbot.

»Der Fox«, fuhr ich fort, »hat offensichtlich jemanden gezwungen, seine Verzeichnisse zu verschlüsseln. Die Stellen, die Sie interessieren dürften, stehen eher am Ende jedes

Kapitels. Ich habe sie markiert. Die Parabel vom Weinberg ist eine Liste von Beamten und den Beträgen, mit denen man sie bestochen hat.«

»Mr. Wedgwood, Sie sind ein Genie. Ich bezahle Sie nicht gut genug.«

»Sie bezahlen mich überhaupt nicht. Lassen Sie mich eins klarstellen: Wenn ich angenommen hätte, dass durch diese Informationen auch nur ein Unschuldiger in Gefahr geriete oder Sie auch nur einen Moment länger vor Ihrer gerechten Verurteilung bewahrt würden, hätte ich sie für mich behalten. Doch wenn nichts anderes als ein trivialer Rachefeldzug gegen einen anderen Schurken uns hier draußen hält, dann schließen Sie Ihren Pakt, oder was auch immer Sie planen. Der Brass Fox ist nur ein weiterer Name, den ich am liebsten nie gehört hätte. Wenn Sie dann fertig sind, würde ich gern nach Hause gebracht werden.«

Aus dem neugierigen Glitzern in ihren Augen zu schließen, hatte sie soeben zum ersten Mal ernsthaft erwogen, mich freizulassen. »Wenn ich meinen Fox bekomme«, sagte sie langsam, »... dann können wir Ihre Anstellung noch einmal besprechen.«

Das war besser als nichts. Trotz ihrer Schurkerei ist Mabbots Wort nicht unbedeutend. Mit jedem Tag nähern wir uns Macao, der Taverne namens Serpent's Tail, wo ganz sicher nur Unheil und Verderben auf uns warten. Und doch sehne ich mich auf einmal danach, dort anzukommen.

Nun, da ich wieder auf den Beinen war, kam Joshua zu seiner Unterrichtsstunde. An die meisten Zeichen, die er mir beigebracht hatte, konnte ich mich noch erinnern, und er erzählte mir auf seine Art, wie er auf die *Flying Rose* kam. Es ging stockend voran, da ich ihn alle paar Sekunden unterbrechen musste, um mir ein Zeichen erklären zu lassen, doch mit seiner großen Geduld erfuhr ich Folgendes:

In seiner Familie waren alle taub, wenn ich ihn richtig verstanden habe. Sie hausten auf einer Insel in der Nähe von Cape Cod in den früheren Kolonien, auf der nur Gehörlose lebten, eine Erbkrankheit, könnte man annehmen, oder vielleicht ist auch schlechtes Wasser die Ursache. Dort lernte Joshua seine Zeichensprache, und selbst die Hörenden auf der Insel verwenden sie lieber als ihre Zunge, wie er mir versicherte.

Joshuas Vater arbeitete als Netzeeinholer für andere Männer. Seine Mutter wusch die Wäsche für die halbe Stadt und – wie Joshua schwört – schlief nie, sondern arbeitete immer und sparte jeden Penny. Auch wenn sie jeden Sonntag Pasteten buk, aß Joshua nie davon, da sie alle verkauft wurden. Der Erlös wurde in Tontöpfen aufbewahrt. Schließlich kam der Tag, an dem sein Vater ein eigenes Boot kaufen konnte.

»Das Boot hatten wir allerdings nur eine halbe Saison lang«, erklärte Joshua. »Mein Vater und mein Bruder fuhren jeden Tag hinaus, während meine Mutter und ich den Fisch auf dem Markt verkauften. Ich habe es gehasst, den ganzen Tag Fische auszunehmen und zu schuppen. Dann hat mich Vater gefragt, ob ich mit ihm hinausfahren will, doch meine Mutter sagte, ich sei zu jung, ich würde Unglück bringen. Am nächsten Morgen stahl ich mich also davon und versteckte mich unter den Netzen. Mein Vater wusste, dass ich dort war, doch er sagte nichts …« Während seine Hände mir die Geschichte erzählten, stiegen dem Jungen Tränen in die Augen. Seine Finger bewegten sich wild vor meinem Gesicht. Seine gewölbten Hände, die das Boot symbolisierten, tanzten auf und ab in dem Sturm. »Vater sagte mir, ich solle die Schot halten, doch ich konnte es nicht, ich ließ sie los, und der Baum traf meinen Vater und Bruder und riss sie ins Wasser. Das Meer verschlang sie, weil ich zu schwach war.«

Dies war im Großen und Ganzen seine Geschichte, auch wenn meine Feder sie nicht so ergreifend wie seine Hände und sein Gesicht schildern kann. Der Hurrikan peitschte das manövrierunfähige Boot tief in den Golfstrom hinein, und starke Westwinde trieben ihn bis an den Rand von Mabbots Jagdgründen, wo sie ihn halbtot an Deck fand. Seit drei Jahren ist er jetzt bei ihr. Er hat geschworen, nicht nach Hause zurückzukehren, bis er seiner Mutter ein anständiges Haus kaufen kann anstelle der zugigen Hütte, in der er aufwuchs.

»Ich wusste nichts«, sagte der Junge. »Wenn ich alt genug bin, mein eigenes Schiff zu befehlen, wenn ich reich bin, dann gehe ich zurück.« Nach einem ernsten Moment schien er bereit, mit unserer Schreiblektion fortzufahren, doch der Gedanke an seine arme Mutter, verwitwet und allein, der Sohn auf See verschollen, hielt mich noch lange gefangen.

»Als meine Frau starb«, versuchte ich dem Jungen mit Zeichnungen und Gesten zu erzählen, »dachte ich, es wäre meine Schuld, weil ich die Fenster nicht gegen die Kälte verschlossen hielt, weil ich nicht genug Geld für einen besseren Arzt hatte. Es hört nie auf, dieser …« Ich suchte nach dem richtigen Zeichen. »… Schmerz im Herzen. Wenn deine Mutter noch am Leben ist, sind ihr Stürme oder Taue egal. Geh nach Hause. Sie wird vor Freude weinen, sie wird Gott danken. Lass uns zumindest versuchen, ihr einen Brief zu schicken.«

»Was meinen Sie?«

»Mr. Apples hätte das Tau nicht halten können. Du warst noch ein Kind …«

»Nein, was meinen Sie mit ›wenn sie noch am Leben ist‹?«

Hierbei war ich mit meinen rudimentären Gesten überfordert. »Ich habe gar nichts gemeint. Nur dass die Menschen an Land auch sterben. Die Trauer darüber, die ganze

Familie verloren zu haben, kann eine Mutter krank machen.«

Tränen strömten seine Wangen hinunter, als seine Hände die Luft zerfetzten, zu schnell für mich. Als ich ihn bat, langsamer zu gebärden, vermittelte er mir dies: »Es ist meine Schuld. Alles ist verloren. Ich kann ihr nichts geben. Es ist besser, wenn sie mich für tot hält. Wenn ich ihr etwas Gutes mitbringen kann, dann werde ich es tun. Ansonsten bleibe ich tot.«

Es ist schwer zu wissen, wie viel der Junge von meinem Gefuchtel verstand. Als er sich verabschiedete, war er jedenfalls sehr aufgeregt. Ich würde es gern auf die Gesten zurückführen, doch die Unterhaltung war in jeder Sprache ernüchternd. In seiner Trauer hatte er wahrscheinlich nie daran gedacht, dass er sie auch verlieren könnte. Sie war ein Fixpunkt, eine Konstante wie der Leuchtturm auf der sandigen Klippe, die er für mich gezeichnet hatte. Wie zahllose junge Männer vor ihm ist er auf einer Reise, auf der er Heilmittel für die Mühen und Armut sucht, die er hinter sich gelassen hat. Auf der *Rose* könnte er sich beweisen und von seinen Geistern befreien. Danach könnte er mit vielen Geschichten nach Hause zurückkehren, wie der Sohn im Märchen, der mit einer goldenen Ente heimkommt. Trotz meiner Unbeholfenheit habe ich ihn hoffentlich von solchen Träumereien kuriert. Die guten Dinge des Lebens befinden sich um den Herd. Wir wären alle daheim besser aufgehoben.

Ich kann mir aber auch gut vorstellen, dass Joshua schlicht und ergreifend nicht in eine Welt voller Trauer zurückkehren will. Da waren Mabbot und die Abenteuer auf See schon besser. Was kann ich dazu sagen?

Wir treiben uns in den filigranen Einbuchtungen der Insel Nasik herum, deren südliche Küste von kleineren Inseln und Höhlen umgeben ist, wie eine umgekippte russische Puppe. Wenn wir uns voranbewegen, dann langsam, der Gezeiten wegen und auch wegen des beschädigten Schiffs. Die Männer haben die türkisfarbenen Flüsse mit Booten erkundet. Das Klima ist feucht, mit plötzlichen Regenfällen und glitzernden Luftspiegelungen – ein Malariaparadies, wie die Männer es nennen. Überhängende Felsen mit Kormorannestern geraten plötzlich ins Blickfeld und verschwinden genauso schnell wieder hinter üppigem Bewuchs und tiefhängenden Wolken. Die Schreie von Affen und traurigen Vögeln werden von den Segeln eingefangen und an Deck geleitet. Im Licht der Sonne erscheint das Meer beruhigend blau, im Schatten ist es schiefergrau. Wir sind oft von Granitfelsen und Wänden voll grünem Laubwerk umgeben, dessen Flüstern mit dem Wispern des Meeres verwandt ist. Nach so langer Zeit auf See ist es seltsam, in den Himmel hinaufblicken zu müssen.

⚓

Freitag, 8. Oktober

Andere an Bord sind schlimmer dran als ich. Sie sind fürchterlich verstümmelt oder entstellt. Zwölf wurden bei dem Gefecht getötet oder starben kurz darauf. Von den ganzen sechzig Mann ist die Hälfte ernsthaft verletzt, und keiner an Bord ist ohne Wunde davongekommen.

Ich habe mich mit Finn und Theodore unterhalten, Mabbots Turteltauben. Finns Augen sind verstrahlt und dick verbunden. Er wird nie wieder sehen können. Theodore führt ihn zärtlich herum, liest ihm vor und füttert ihn. Früher hätte ich gesagt, dies sei die göttliche Strafe für Sodomie, doch ich habe die Schlacht mit angesehen. Finn wurde von einem Menschen geblendet, nicht von Gott. Und wenn auch alles durch den Willen Gottes geschieht, muss ich ebenso meine eigene Verletzung bedenken. Wenn Finn seine Sehkraft für unnatürliche Vorgänge geopfert hat, wofür habe ich dann mein Bein eingetauscht? Ich, der ich seit dem Tod meiner Frau enthaltsam lebte und bis zu meiner Entführung jede Woche die Messe besuchte? Und man muss sich auch fragen, wo der arme Finn jetzt wäre ohne seinen Gefährten, der ihn immer noch genauso innig liebt.

Als der Gong die müde neue Wache an Deck rief, verschwendete die scheidende Schicht keine Zeit, sich ihre Pfeifen anzuzünden oder nach unten in die noch warmen Hängematten zu taumeln. Mr. Apples machte mit den anderen Pause und saß mit seinem Strickzeug am Fuß des Hauptmastes. Während er strickte, kaute er an einem Stück Mary Sweet.

»Hat Laroche denn keine anderen Aufgaben, als uns zu jagen?«, fragte ich in der Hoffnung auf eine aufmunternde Antwort, doch da war ich an den Falschen geraten.

»Nein«, erwiderte er. »Wenn der Mann schläft, träumt er von Mabbots dampfendem Herz. Er ist ausschließlich Ramsey untergeordnet, er hat keine Routen zu beschützen, und sein Schiff ist mit Company-Geld geschmiert. Zumindest war es das. Es wird interessant, was passiert, wenn ihm das Geld ausgeht und er erfährt, dass sein Förderer tot ist. Es wird ihn nur noch zielstrebiger werden lassen, doch seine Mannschaft wird verärgert sein. Sie sind Bezahlung gewohnt, und wer weiß, wie er mit ihnen zurechtkommen wird. Doch jetzt jagen wir erst einmal den Fox, Laroche jagt uns, und so kommen wir um die Welt.«

»Aber wenn Mabbot für Ramsey gearbeitet hat, als sie Laroches Prototyp versenkte, müsste Laroche dann nicht beide hassen?«

»Ramsey hat es geliebt, seine Hunde aufeinanderzuhetzen. Er hat Mabbot unter der Hand bezahlt, niemand wusste, dass sie seine Freibeuterin war. Die Geschichten von Mad Mabbot, der Dämonenpiratin, verwischen Ramseys Spuren. Aber was, wenn Laroche schlau genug wäre, das zu durchschauen? Keine Bohne wert. Ramsey war der Einzige, der das Schiff finanziell gefördert hat, und jetzt hat Laroche nur noch eine Chance, sich zu beweisen. Wir sind vielleicht die Einzigen, die wissen, dass seine verdammten Maschinen funktionieren. Wenn er Mabbot ausliefert, wird er überall der große Held sein – er könnte sich ruhmreich zur Ruhe setzen oder zum Admiral aufsteigen oder die Pläne für sein Schiff verkaufen und von dem Erlös leben. Aber wenn er versagt, dann wird er nur der entzauberte Scharlatan sein, der Ballone übers Wasser fliegen ließ. Wenn man nur zwei Möglichkeiten hat – vergoldeter Ruhm oder einen anonymen Tod im Schuldnergefängnis –, würdest du dann nicht auch erbittert für Ersteres kämpfen?« Er stocherte mit einer Stricknadel nach einem Fetzen grauen Fleisches zwischen den Zähnen.

»Das Seltsame ist, Mabbot mag Laroche. Sie sagt: ›Wenn man sich die Disziplin seiner Mannschaft ansieht und seinen eigenen Mumm, dann müsste er eigentlich unter dem Gewicht aller Auszeichnungen in die Knie gehen. Die Kinder singen Lieder über Kapitäne, die es nicht wert sind, sein Deck zu schrubben.‹« Mr. Apples kicherte. »Aber die Geschichte wird sich nicht an ihn erinnern; sein Ruhm ist mit dem Fingerknöchel auf die Wellen geschrieben.«

Die Reparaturarbeiten, die nur an Land durchgeführt werden konnten, hatten Vorrang, da uns Laroche immer noch auf den Fersen war. Hatte man die *La Colette* repariert? Steht der Ballon schon wieder am Himmel und sucht nach uns? Die Wachen sind stets in höchster Alarmbereitschaft, und Mr. Apples treibt alle hart an. Er droht sogar damit, mich einzusetzen. Doch jeden Tag werden den Männern ein oder zwei Stunden vor Sonnenuntergang zugestanden, um sich zu erholen und ihre Lieder zu singen. Mr. Apples geht nie an Land, sondern raucht seine Pfeife und strickt, während er den anderen zusieht, die sich am Waldrand vergnügen.

Zum ersten Mal seit meiner Entführung habe ich frisches Wasser getrunken. Tief im Wald hat man eine Quelle gefunden. Zehn Männer mussten mit leeren Fässern auf Karren losfahren, sie füllen und wieder zurücktransportieren, um unsere Vorräte an Bord aufzufüllen. Mit einem intakten Fuß hätte ich mich ihnen angeschlossen, um Hände und Gesicht in der Quelle zu waschen. Ich gab mich stattdessen mit den Behältern zufrieden, die man auf Deck abstellte. Schon bald werden sie es mit Alkohol panschen, damit es in den moderigen Laderäumen nicht faulig wird. Bis dahin überschütte ich mich damit. Es ist ein seltsam befreiendes Gefühl, dass frisches, sauberes Wasser mir wertvoller erscheint als alles, was ich je über dem Feuer zusammengebraut habe.

Die Männer bereiteten einen der Babirusas vor, indem sie die Bauchhöhle mit Bananenblättern auslegten und mit Glut füllten. Sie wollten den ganzen Fang in einer Grube grillen, aber ich überzeugte sie, einen großen Teil zu salzen und zu räuchern.

Außerdem machte ich mit einigen ein Geschäft: Wenn sie mir von ihren gesammelten Vorräten abgaben, würde ich mit ihnen teilen, was ich daraus zauberte. Plötzlich war ich von Dutzenden von Männern umringt, die mir ihre Güter anboten, doch ich wählte sorgfältig aus, welchen Piraten ich etwas schuldig sein würde.

So kam ich zu Anteilen an zwei Fasanen, die in Holzkisten piepsten, sechs Körben Mangos, unzähligen unreifen Bananen, zwei Säcken Ananas, drei Eimern Yams, Kokosnüssen, einer grünen Papaya, Löwenzahnblättern, Koriander, Minze, Basilikum, einer Ingwerwurzel und einem verführerischen Kraut, das die Männer Zitronengras nennen. Und das Beste: sieben Wachteleier.

Mehr als alles bisher Erlebte, mehr als Laroches wahnsinniger Angriff, mehr als die lächerliche Salzoper, mehr als die exotische Aussicht von der *Rose* machten mir diese Nahrungsmittel bewusst, wie weit weg von daheim ich mich befand. Damit zu kochen, würde mich zu einem Weltbürger machen, einem Vagabunden. Und doch erzählten sie alle von bisher unbekannten Freuden – der fast schon sichtbare Geruch dieser Kräuter, die schamlosen Berge von Mangos, die gelben Bananenstauden, die schon beim Zusehen zu reifen schienen.

Die Männer füllten auch ein Fass mit bitteren Zitrusfrüchten, um unsere Zitronen zu ersetzen. Nachdem Mabbot eine probiert hatte, verzog sie das Gesicht und sagte: »Schmeckt wie Terpentin, aber wird gegen Skorbut helfen.«

»Reiner Aberglaube, Captain«, antwortete ich. »Jeder weiß, dass Skorbut durch Onanie hervorgerufen wird.«

Mabbot riss die Augen auf. »Ein Scherz? Hat Wedgwood tatsächlich einen Scherz gemacht?« Sie brüllte zum Ufer hinunter, wo die Männer Kohle herstellten: »Männer! Heute bekommt jeder die doppelte Ration Wein, denn unser vertrockneter alter Wedge hat seinen Sinn für Humor gefunden!«

⚓

Samstag, 9. Oktober

Joshua kommt, um mir in der Kombüse zu helfen. Da ich immer noch schwach bin, lasse ich mich am Herd auf einen Schemel sinken und weise den Jungen mit meiner Krücke an.

Wir arbeiten gut zusammen, da wir beide Augen und Hände haben. Und auch wenn er meine mündlichen Befehle nur zur Hälfte versteht, erfasst er eine Geste sofort und vollständig. Seine Zeichen sind effizient, eindeutig und ermöglichen die Stille, die ich bei der Arbeit so schätze. Ich werde immer flüssiger in seiner Sprache.

Für mich ist die Kombüse ein Hürdenlauf aus verrutschenden Kohlen und überschwappenden Töpfen, doch Joshua kann sich den Schiffsbewegungen perfekt anpassen und stolpert nicht einmal. Seine Nase ist sehr viel besser, als meine es in seinem Alter war. Er nimmt den leisesten Hauch eines Aromas wahr. Außerdem kann der Junge hervorragend mit einem Schneidemesser umgehen, selbst wenn die Schneidbretter dauernd hin und her rutschen.

Er kann anscheinend alles lernen, was ich zu lehren habe, und das schneller, als ich es je von einem Schüler erwartet hätte. Der Junge ist ein Wunderkind, und ich wünschte, ich könnte ihn auf die Universität schicken.

Die Männer essen die Bananen schon, auch wenn sie noch grün sind, und auch die Mangos verschwinden mit alarmierender Geschwindigkeit. Ich muss mit Mr. Apples über strengere Rationierung reden. In der Zwischenzeit habe ich meine kulinarische Erkundung dieser neuen Welt mit einem besonderen Rezept begonnen: Ananas-Bananen-Cider. Ich habe eine halbe Stunde mit einer Laterne in der Speisekammer gewühlt, um die gereifteste Frucht zu finden. Die Bananen sind klein, fast schon rostfarben und duften stark. Mit Joshuas Unterstützung habe ich sie zerdrückt und zu einer dicken Paste eingekocht. Nachdem diese abgekühlt war, gaben wir Ananassaft hinzu und bedeckten die Mischung, um sie gären zu lassen. In ein paar Tagen werde ich sie abgießen und Kokosnusswasser hinzufügen. Sollte es notwendig sein, kann ich kleine Kugeln meines Sauerteigs hinzugeben, um den Prozess zu beschleunigen. Bei dieser Hitze wird der Cider in ein paar Wochen fertig sein.

Wenn ich merke, dass mir mein Phantomfuß Probleme bereitet, muss ich die Zwillinge um Hilfe bitten. Nur ihre Nadeln, ihre Massage, ihr qualmender Beifuß und die Aderlassbecher helfen gegen den Schmerz. Ihre Behandlungen schlagen sofort an, und meine Laune bessert sich. Dem Schiffsarzt fiel nichts Besseres ein, als meinen Fuß zu amputieren. Diese beiden Chinesen behandeln dagegen den ganzen Körper – ebenso wie Geist und Seele.

⚓

Sonntag, 10. Oktober

Heute Morgen weckte mich Joshua mit breitem Grinsen und führte mich – auch wenn ich noch keinen Tee getrunken hatte und bestimmt nicht in der Stimmung für Spielchen war – aus meiner Zelle über Deck die Steuerbordtreppe wieder nach unten, in eine Kammer, in der normalerweise große Seilrollen aufbewahrt wurden, die nun jedoch ganz anders aussah. In den Schiffsrumpf war ein Fenster eingebaut. In der Luft hing ein süßer Geruch nach Teer und Sägemehl. Die Haken, an denen sonst Hacken, Bolzen und andere Werkzeuge hingen, hielten nun Töpfe und Kellen. Man hatte den kleinen Eisenherd an die hintere Wand gestellt und mit Metallstiften am Boden befestigt. Das Ofenrohr führte durch ein noch von der Säge gezacktes Loch in der Wand nach draußen. Hinter dem Herd hatte man eine gehämmerte Zinnplatte an der Wand angebracht, die das Morgenlicht reflektierte, das durch das Fenster hereinfiel. Es war eine kleine Küche, noch kleiner als Conrads Kombüse, aber sie hatte einen vernünftigen Herd, ein Waschbecken und einen Hackklotz.

Während ich den Raum noch bewunderte, stand Mabbot plötzlich hinter mir im Türrahmen und fragte: »Ist es so in Ordnung?« Sie versteckte etwas hinter dem Rücken.

»Es ist großartig, Captain«, antwortete ich. »Es wird etwas eng sein mit Joshua und mir, ich werde auch einen Schemel brauchen. Aber ich freue mich sehr.«

»Danken Sie Kitzu«, sagte Mabbot. »Seit wir geankert haben, hat der Mann vor lauter Arbeit kein Auge mehr zugemacht. Noch etwas anderes ...« Sie hielt mir eine Kupferdose entgegen, die ich als Beutegut von der *Patience* wiedererkannte. Im Inneren war die Dose in kleine Fächer aufgeteilt, jedes mit einen lackierten Deckel versehen, in denen eine Auswahl von gemahlenen und ganzen Gewürzen aufbewahrt wurde: Salbei, Kurkuma, Kreuzkümmel, Ingwer, Senf, Zimt, Asafoetida, Mazis, Cayennepfeffer und Nelken. Ich kam mir wie ein Kaiser vor, der die Schätze seines neuen Landes überreicht bekam. Der Duft, der aus der Dose aufstieg, legte sich wie Efeuranken um meinen Kopf.

»Die hätte ich schon früher gebrauchen können.«

»Letzten Monat war mir nicht nach Geschenken.«

Es war ein kleines Vermögen, und doch war es hier draußen für alle außer mich wertlos. Nur meine Anwesenheit verlieh den Gewürzen Wert.

Heute habe ich einige Stunden am Flussufer verbracht, gebadet und mit den anderen Männern den festen Boden unter den Füßen genossen. Die meiste Zeit vergaß ich, dass ich eigentlich ein Gefangener bin, und das hat mich so erschrocken, dass mein Herz raste und mir der Schweiß auf der Stirn stand. Auch wenn mich Mr. Apples im Auge behält, darf ich meine Fluchtpläne nicht vernachlässigen. Ich bin allerdings immer noch dünn, und nach nur einer Stunde auf unbekanntem Untergrund schmerzten meine Schultern und zitterten von den Krücken.

⚓

Montag, 11. Oktober

Seit heute ist die *Rose* für die Fahrt auf offener See bereit, doch Mabbot bestand darauf, zu bleiben und den Männern einen ganzen Tag Urlaub zu genehmigen. Die Matrosen, die nicht Wache hatten, waren schon zur Mittagszeit angetrunken, als ein Schiff an der Flussöffnung in Sicht kam und eine Panik auslöste.

Zum Glück war es nur ein japanischer Walfänger. Beide Schiffe schickten Gesandte in Beibooten aus, um Tabak, Gewürze, Alkohol und Spermazet für Mabbots Lampen zu tauschen.

Es war ein seltsam improvisierter Markt, vier kleine Boote, die in der Strömung schaukelten, mit Tauen und Wohlwollen aneinandergebunden. Kitzu übersetzte, auch wenn wir lange warten mussten, während er Neuigkeiten aus seiner Heimat erfragte. Die anderen gaben Unmengen von Silber aus, um den Japanern Messer abzuschwatzen, und rieten mir, es ihnen gleichzutun. Stattdessen überzeugte ich zwei von den Walfängern, zurückzurudern und mir Proben aller Nahrungsmittel aus ihrer Kombüse zu bringen.

Ich bezahlte sie mit Silberstücken, die mir Mabbot zu diesem Zweck gegeben hatte, und erwarb einen Topf mit einer vergorenen Paste, die Kitzu »miso« nannte.

Ich kann nicht genau sagen, woraus sie besteht. Kitzu sagt, es seien »Winterreis und Bohnen«. Ich habe noch nie Reis oder Bohnen gerochen oder geschmeckt, die dieser Substanz geähnelt haben, daher weiß ich, dass Kitzu sich einen Spaß mit mir erlaubt. Die Paste hat einen kräftigen, fleischigen Geruch, und die Walfänger haben mir versichert, dass sie mindestens einen Monat reichen wird. Kitzu meint, sie würde zehn Jahre reichen – entweder lügt der Mann, oder er ist verwirrt. Dennoch ist es eine großartige Substanz. Ich wünschte, ich hätte ein ganzes Fass kaufen können. Als Erstes brachte ich in meiner Küche etwas Wasser zum Kochen und fügte ein wenig Miso hinzu, was eine exzellente Brühe ergab, die ich als Ersatz für Rinderbouillon nehmen kann. Außerdem kaufte ich einen Topf mit schwarzer Sojasoße – salzig und für mich noch unbrauchbar, aber ohne Zweifel wertvoll.

Macao befindet sich tief im Südchinesischen Meer. Mabbot hat eine Route an Cochinchina vorbei ausgetüftelt. Zur Abendflut verließen wir unser Flussversteck, in der Hoffnung, wenigstens eine ganze Nacht Fahrt zwischen uns und Laroche zu bringen, wo auch immer er gerade auf uns lauern mochte. Die Mannschaft ist wachsam, ebenso wie ich, doch ich kann nichts tun, als mich auf meine Aufgaben zu konzentrieren.

Zur Vorbereitung auf das Sonntagsessen habe ich Joshua die schnellste und netteste Art beigebracht, einem der Fasane, die im Frachtraum in Weidenkäfigen gehalten werden, den Hals umzudrehen. Wir haben ihn gesäubert und gerupft und ihn dann in einem geschlossenen Kessel in den kühlen unteren Frachträumen aufgehängt, zusammen mit einem kleinen Topf gepökeltem Muskelmagen, Herz und Leber. Mit solchen Vorräten fühle ich mich fast reich.

16

Einem Hund etwas beibringen

In dem Mabbot mich überrascht und ich ein Geschenk bekomme

Freitag, 15. Oktober

Wieder umgibt uns das weite Meer, und auch wenn ich das fruchtbare und ertragreiche Land ungern ziehen lasse, weiß ich, dass es nur das Lied einer Meerjungfrau war. Mein einziger Weg nach Hause führte durch die Wildnis.

Während ich Joshua erklärte, wie man Mirepoix als Grundlage einer Soße zubereitete – ein abenteuerliches Unterfangen, da wir weder Karotten noch Sellerie haben –, wurde ich von Mabbot unterbrochen, die mir ein Bündel Kleidung zuwarf und verlangte, dass ich mich vor unserer nächsten gemeinsamen Mahlzeit rasierte.

Die Kleider waren gut genäht: eine Leinenhose und ein seidenes Unterhemd. Etwas vollkommen anderes als die steifen und salzverkrusteten Segeltuchfetzen, die ich seit Wochen trug. Wahrscheinlich gehörten sie früher dem Kapitän der *Patience.*

»Ich kann nicht die Kleider eines ermordeten Mannes tragen«, sagte ich.

»Dann tragen Sie sie und leben«, antwortete Mabbot und verschwand. Doch ihre Drohungen wirkten nicht mehr so endgültig wie bisher. Ich bezweifle nicht, dass Mabbot mich in einem Wutanfall über Bord werfen lassen würde, doch auch wenn ich nicht sterben möchte, fürchte ich mich nicht mehr. Ich habe dem Tod ins Auge gesehen, und wie der Hopfen im Bier hat es mich sowohl bitterer gemacht als auch gestärkt.

Mabbot ist nichts anderes als ein verwöhntes Kind, das mit Puppen spielt. Sie setzt mich in einen Sessel, um mit mir bei einer Tasse Tee Konversation zu betreiben, und ich fühle mich geschmeichelt. Wenn sie gelangweilt ist, bekommt sie Wutanfälle und schlägt um sich. Mein Ziel ist es, zu überleben und mich daran zu erinnern, dass ich die dunkle Schönheit der entfernten Sturmwolken nicht zu sehr mögen darf oder die traumhaften Aromen der Inselfrüchte – auch wenn es wie ein blasser Schatten wirkt, mein wahres Leben wartet irgendwo hinter diesem schlingernden Deck auf mich.

Ich habe eine Aufstellung der mir anvertrauten Nahrungsmittel gemacht, der Mengen in meinem Besitz und wem ich sie verdanke. Jeden Montagmorgen können diese wegen der Reste zu meiner Zelle kommen. Mein Vertrag mit gewissen Mannschaftsmitgliedern hat seltsame Blüten getrieben. Die Männer klopfen nun, oft einige Male am Tag, an meine Tür und präsentieren mir kleine Schätze wie Perlmuttdosen oder mumifizierte Affenhände. Einer bot an, meine Kleidung zu waschen, worauf ich eingegangen wäre, wenn ich etwas zum Wechseln gehabt hätte. Ich wusch sie lieber selbst, als nackt zu warten, während ein Pirat mit meinen Sachen verschwand. Alle wollen, dass ich für sie koche, und ich muss die meisten abweisen. Einer jedoch gab mir ein Säckchen voll getrockneter Tomaten (Alter unbekannt, aber immer noch wohlschmeckend), die er sich aufgespart hatte.

Eine nervöse Energie macht sich von Tag zu Tag bemerkbarer. Wir nähern uns Cochinchina. Manche können es kaum erwarten, den Fox festzusetzen, andere bringen ihre

Sorge über die Marinepatrouillen zum Ausdruck, welche die Teerouten bewachen. Ich empfinde es als Wohltat, in der Ferne ab und an Land zu sehen, doch die anderen haben das Gefühl, bald von Borneo und Malaysia umzingelt zu sein. »Dort kann man uns zu leicht in eine Falle locken. Wir müssten Flügel haben, um offenes Wasser zu finden«, sagten sie. Mabbot lässt sich jedoch nicht beirren und treibt uns mit Höchstgeschwindigkeit in das Herz des Pendleton-Territoriums.

Meine erstarkende Gesundheit hat auch meine Fluchtträume wiederbelebt, auch wenn sie mittlerweile von schwer erkämpftem Zynismus durchzogen sind. Die Hälfte der Zeit enden diese Phantasien damit, dass ich von einem Leoparden gefressen oder als Sklave in eine Smaragdmine gesteckt werde. Ich weiß nahezu nichts über die Länder, die wir besuchen. Die Entdecker und Kaufleute, die diese Dschungel gemeistert haben, waren alle wacker und gut ausgerüstet, von Führern und Packtieren begleitet. Wie weit käme ich wohl mit meinem Sack voller Feigen und meinem geplätteten Löffel? Außerdem besaßen diese Entdecker gottgegebenen Mut und einen unstillbaren Hunger nach Abenteuern, wohingegen ich aus Angst vor harscher Gegenrede oft zu viel für das Fleisch auf dem Smithfield Market bezahlt habe.

Schlimmer noch, mein Verstand wandert von der Unsicherheit der Flucht zur Unsicherheit meines Zuhauses. Vielleicht finde ich mich letztendlich wieder auf der Hintertreppe eines Klosters wieder, der Familie, die mich nie im Stich gelassen hat.

Tiefer und tiefer dringen wir in die barbarischen Gegenden vor, und jeder Schritt vom Licht der Zivilisation weg bringt uns Macao und dem Versteck des Brass Fox näher. Ich brenne darauf, das Ende dieser blutigen Geschichte zu erfahren. Er hat mir bisher nichts als Ärger eingebracht, und jeder Mensch, der Mabbots Verstand so versklaven kann, muss tatsächlich ein Monster sein. Seine Worte verfolgen mich: »Wir werden nie wieder nach Hause fahren.«

Sonntag, 17. Oktober

Ich habe meine Arbeit endlich auf anständige Weise erledigen können. Ich genieße es so lange wie möglich, denn es wird nicht immer währen. Schon bald werde ich wieder ein Schmied ohne Hammer sein. Heute haben wir allerdings ein anständiges Festessen gezaubert.

Vor Sonnenaufgang haben Joshua und ich Hals, Knochen und Füße des gut abgehangenen Fasans mit einigen Zwiebeln geköchelt und später etwas von dem seltsam verführerischen Miso hinzugefügt.

Keine Pastetenkruste war jemals so hart erarbeitet wie diese. Die Winde sind heiß und trocken, und selbst auf dem Unterdeck fühlt man, wie die Sonne die Planken über dem Kopf wärmt. Um das Wasser und das Schmalz richtig zu kühlen, haben wir sie in verkorkten Tonkrügen aufbewahrt, die mit Wachs abgedichtet waren. Mit Kitzus Hilfe hatten wir die Krüge an langen Angelleinen mit Bleigewichten befestigt und sie hinter dem Schiff ins Wasser geworfen, um sie dort kühl aufzubewahren.

Wir weichten die sonnengetrockneten Tomaten in etwas heißem Wasser ein, um sie für ein Püree vorzubereiten. Die Yamswurzeln erwiesen sich als zu fest und damit ungenießbar.

Es gibt einen bestimmten Terrakotta-Topf, den Conrad als Abfallbehälter für schmutzige Löffel, Zwiebelschalen und andere Dinge missbraucht. Wir wuschen ihn sorgfältig aus, bevor wir ihn in sauberem Wasser einweichten.

Wir viertelten den Fasan, dann wälzten wir ihn in Mehl und brieten ihn in einer Pfanne. In etwas Schmalz schwitzte ich Knoblauchzehen, Zitronengras, Zwiebeln sowie gehackten Muskelmagen, Herz und Leber an. Zitronengras ist zu faserig, um es in der Soße zu belassen, doch sein Aroma ist eine willkommene Erweiterung meiner Welt.

Auch wenn ich mit den Krücken an Deck mittlerweile gut zurechtkam, war es in der Kombüse etwas schwieriger. Sie war eng, der Boden rutschig, überall lagen Messer herum, und jederzeit konnte heißes Öl spritzen. Meine rechte Hand war die meiste Zeit damit beschäftigt, Halt zu finden und mich davor zu bewahren, in einen Topf mit kochendem Inhalt zu fallen. Daher übernahm der verlässliche Joshua das Hacken, Braten und Wenden. All diese Tätigkeiten durch einen Stellvertreter ausführen zu lassen, war enervierend, einerseits weil ich es vermisste, mit den Händen die Speisen zu spüren, andererseits aber vor allem, weil ich gezwungen war, für mich vollkommen selbstverständliche Dinge in einer mir fremden Sprache auszudrücken, Arbeitsweisen, die für mich so natürlich waren wie für eine Ente das Paddeln, waren tatsächlich viel schwieriger, wenn sie jemandem erklärt werden mussten.

Der Pastetenteig war das Schwierigste, denn eine krosse und flockige Kruste hängt vom perfekten Zutatenverhältnis ab, Temperatur und Struktur, was normalerweise von erfahrenen Händen beurteilt wird. Ich war so frustriert über meine erzwungene Tatenlosigkeit, dass ich Joshua anbrüllte, der diesen Ausbruch überhaupt nicht verdient hatte und sich zu Recht ärgerte. Auch wenn er mich nicht hören konnte, mein Gebaren und mein Gesichtsausdruck trafen ihn wie ein Schlag, und er drehte mir den Rücken zu, um mich auszuschließen.

Als die Tomaten weich geworden waren, zerstießen wir sie in einem Kokosnussschalen-Mörser zusammen mit einer Anchovis, einem Spritzer Madeira, Olivenöl und einer Prise Zimt. Diese Soße wurde mit den Eiern und – ganz zum Schluss – Basilikum gekocht, dessen winzige lilafarbene Blüten einen Hauch von Anis beisteuerten.

Der Terrakotta-Topf war nun doppelt so schwer, da er viel Wasser absorbiert hatte. Wir gaben die Zitronengrassoße dazu, den gebräunten Fasan, etwas gehackten Salbei, Senf, eine Prise Ingwer und eine Tasse Fasanenbrühe. Ich schloss den Topf mit seinem Deckel und stellte ihn in den heißen Ofen zum Schmoren. Joshua schälte und schnitt geschickt die Mangos und arrangierte sie auf der Pastetenkruste. Dann glasierten wir sie vor dem Backen mit Brandy und Honig.

Die übrigen unreifen Bananen brieten wir zusammen mit einer Prise Salbei. Sie würden ein wundervolles Bett für die pikante Soße abgeben.

Während der Fasan vor sich hin schmorte, rasierte ich mich und zog tatsächlich die edlen Kleider von der *Patience* an. Das eine Hosenbein steckte ich hoch, damit es nicht am Boden schleifte. Zu meiner Rechtfertigung kann ich sagen, dass auch ich etwas Erholung von diesem salzverkrusteten Dasein benötigte. Nach dieser Reise durch die Gossen der Welt bin ich für jedes kleine bisschen Zivilisation dankbar, auch wenn es nur reines Theater ist.

Als ich in Mabbots Kajüte eintraf, Joshua mit dem Tablett im Schlepptau, war der Wohnbereich mit unzähligen Kerzen erleuchtet. Mabbot trug ein enganliegendes, salbeigrünes Kleid und eine Kette aus blauen Diamanten, die mit Perlen verziert war. Ihr Haar hatte sie mit einem Jadekamm hochgesteckt. Ihr Gesicht, das sie mit Rouge und Puder geschminkt hatte, hätte von Michelangelo selbst aus Marmor gehauen sein können. Sie wirkte wie ein vollkommen anderer Mensch, nicht nur äußerlich, sondern auch von ihrem

Verhalten, denn ihr Kleid war ihr offensichtlich peinlich, und sie fingerte nervös am Saum herum. Sie mied meinen Blick und rückte einige Kerzen zurecht.

Joshua starrte sie so offen an, dass ich ihn buchstäblich aus dem Raum schieben musste. Plötzlich war ich nervös, einer in jeder Hinsicht überwältigenden Frau so nahe zu sein. Außerdem machte ich mir Sorgen um ihren Ruf. Sie sollte nicht ohne Anstandsbegleitung mit einem Mann zusammen sein. Dieser alte Reflex erschien mir dann jedoch so absurd, dass ich lachen musste.

Mabbot fasste dies falsch auf. »Bin ich so zum Lachen? Sehe ich aus wie eine Karikatur?«

»Oh nein, überhaupt nicht, Sie sehen wie eine Prinzessin aus.«

Mabbot straffte die Schultern und sagte aufbrausend: »Ich lasse nicht zu, dass man sich an meinem eigenen Tisch über mich lustig ...«

Ich nahm ihre Hand, bedeutete ihr, sich wieder zu setzen, und wiederholte: »Hannah Mabbot, ich meine es aus tiefstem Herzen ernst, wenn ich sage, dass Sie überwältigend aussehen. Lassen wir uns mit unserer kleinen Soirée beginnen. Sehen Sie? Ich habe das geschnürte Hemd angezogen und mich rasiert ...«

Sie setzte sich tatsächlich und antwortete leise: »Es ist nur ... auch ich brauche ab und zu etwas Eleganz. Vielleicht ist es wirklich ein wenig lächerlich.«

»Lächerlich oder nicht, wir erfreuen uns an dem, was wir haben, und das Dinner des heutigen Abends ist rundum gelungen, wie ich gestehen muss ... Sie sind überwältigend«, wiederholte ich.

»Das denken Sie nicht mehr, wenn mich dieses verflixte Korsett zerquetscht hat ... Joshua freut sich über Ihren Unterricht, das sollten Sie wissen. Ich hatte nicht die Zeit, ihm die verdiente Aufmerksamkeit zu widmen. Ich danke

Ihnen dafür. Sie sind ein anständiger Kerl, Wedge. Was für Köstlichkeiten haben Sie gezaubert?«

»Wachteleier und Basilikum mit einer Puttanesca aus sonnengetrockneten Tomaten, geschmorter Fasan mit Löwenzahnblättern und Jus de l'île über gebratenen Bananen, eingelegtes Maismehl à la mer.«

Mabbot stützte das Kinn in die Hände und betrachtete das Menü einen Moment, bevor sie sagte: »Sind Sie nicht schlau.«

»Ein Bischof aus Rom zeigte mir, wie man eine Puttanesca macht, auch wenn er sie schlicht ›dal mare‹ nannte und mir empfahl, sie vorsichtshalber als lässliche Sünde zu beichten, sollte ich sie zubereiten. Ein Herd ist eine wundervolle Erfindung.«

»Dem muss ich zustimmen. Was für ein Festmahl!«

»Und ich hatte natürlich vernünftige, wenn auch exotische, Zutaten – können wir nicht öfter an Land gehen?«

»Wenn ich es nur jeden Tag arrangieren könnte, Wedge. Doch ich habe Dringenderes zu erledigen und viel Wasser zu überbrücken.«

»Was genau hat der Fox getan, um die Welt gegen sich aufzubringen?«, fragte ich.

»Er hat den Scheichs die Frauen gestohlen und Fische von den Pinguinen«, erklärte Mabbot. »Aber wichtig ist vor allem das Opium. Er hat ganze Lagerhäuser davon ausgeräumt. Schlimmer noch, er hat der Pendleton Company Schmuggler abgeworben, und diese sind der Dreh- und Angelpunkt des Empire.«

»Aber das ist doch Ihr Spiel, nicht wahr? Ich würde vermuten, dass Sie dem Mann einen Orden verleihen wollen. Oder ist es Hybris? Sie wollen der einzige Dorn in der Pfote des Löwen sein?«

Mabbot zerteilte langsam einen Fasanenschenkel, und ich fürchtete, sie verärgert zu haben, doch nachdem sie mit einer Serviette die Soße vom Rand ihres Tellers gewischt hatte, fuhr sie fort:

»Wenn das alles wäre, würde ich ihn in Ruhe lassen, aber er ist in den Brunnen gefallen. Er zerstört das Opium nicht. Er schmuggelt es selbst nach China. Die Pendleton Company will meinen Kopf, weil ich ihre Schiffsrouten behindere, doch er schadet ihnen doppelt, weil er ihren Gewinn kassiert und gleichzeitig ihren Markt zerstört. Er tanzt auf einem schmalen Grat zwischen dem Löwen und dem Drachen.«

»Warum lassen Sie ihn nicht?«

»Ich bin nicht damit zufrieden, einen Teufel gegen einen anderen einzutauschen. Und jetzt hat er einen Plan, Pendleton auszuspielen? Nein, ich werde ihn nicht zu einem weiteren Opiumbaron werden lassen.«

»Und wenn Sie ihn fangen?«, fragte ich.

»Eine zivilisierte Unterhaltung. Er ist klug genug, vernünftige Gründe einzusehen. Außerdem hat er doch gesagt, er sei bereit zur Zusammenarbeit, nicht wahr?«

»Was, wenn er gelogen hat?«

Ihr Gesicht verdüsterte sich so rasch, dass ich unwillkürlich zurückwich. Doch unter dem eisigen Blick sah ich eine Müdigkeit, die meine eigene noch bei weitem übertraf. In diesen Tiefen existierte ein wild schlagendes Herz.

Sie seufzte. »Es ist mit Sicherheit eine Lüge oder gar Schlimmeres. Aber das könnte meine letzte Chance sein, ihn zu ...«

»Stoppen?«

»Ihm Vernunft einzubleuen. Ich war ihm seit Jahren nicht so nahe. Wie kann ich da nicht versuchen, es wiedergutzumachen? Aber lassen wir uns nicht den Appetit verderben – Ihre Arbeit verdient das nicht.«

Wir begannen zu essen. Ich war hungrig, doch das war keine Entschuldigung für die Art und Weise, wie wir uns auf das Essen stürzten. Wir schaufelten uns hemmungslos die Gerichte in den Mund und benahmen uns ganz und gar nicht unserer feinen Kleidung entsprechend. Selbst Bären wären errötet, wenn sie uns über unsere Teller gebeugt gesehen hätten. Der noch dampfende Fasan – das dunkle Fleisch duftete wie ein Waldboden – war rasch bis auf die Knochen abgenagt. Er schmeckte ein wenig nach Wild – keine mit Milch gefütterte Gans eben –, aber er war zart, und das pikante Maismehl balancierte den Geschmack aus, wie ich es gehofft hatte. Die Eier verschlangen wir in zwei Happen. Die Eigelbe waren genau richtig gekocht, nicht mehr flüssig, aber auch noch nicht fest.

Ob das Menü selbst dafür verantwortlich war oder eine andere unsichtbare Kraft, wir waren verzaubert und aßen, bis unsere Bäuche kugelrund waren und wir uns stöhnend zurücklehnten. Und die ganze Zeit musste ich daran denken, was ich in ihren Augen gesehen hatte. War Mabbot nicht auch eine Gefangene?

Nach ein paar Minuten glückseligen Verdauens musterte sie die Brandy-Mango-Pastete wie ein Boxer seinen Gegner. Sie schnitt sich ein Stück ab, wischte ihr Messer rasch an einem Handtuch ab und durchtrennte damit die Korsettschnürung an ihrem Rücken, um besser Luft zu bekommen.

Nach dem Dessert tranken wir starken Tee, einen Luxus, den wir hier an den Teehandelsrouten weidlich ausnutzen konnten.

»Wunderbar«, sagte sie. »Es fehlt allerdings die Sahne.«

»Erwähnen Sie nicht die Sahne, Captain. Ich träume mindestens zweimal die Woche von Milch. Ich vermisse sogar einfache Petersilie – Sapperlot, wie selbstverständlich dieses Kraut für mich war! Und Butter, ich werde lieber nicht meine Butterträume schildern, sie sind zu verderbt.«

Mabbot kicherte. »Etwas sollte den Träumen vorbehalten bleiben.«

»Wie auch immer«, sagte ich, »Joshua hat viel zu dieser Mahlzeit beigetragen.«

»Ihr Lehrling schlägt sich also gut?«

»Er ist sehr gelehrig, ein erstaunlicher junger Mann.«

»Man kann folglich selbst einem Hund etwas beibringen?«

»Aber Joshua ist kein Hund!«, erwiderte ich erregt und verschüttete vor lauter Eifer den Tee. »Er lernt schneller als alle Assistenten, die ich je hatte. Wenn wir an Land wären, in einer vernünftigen Küche …«

»Ach, halten Sie den Mund, Wedge, ich habe nicht von Joshua gesprochen, sondern von Ihnen. Sie sind der Hund.« Mabbot lachte lauthals. »Sie sturer Köter! Aber Sie lernen. Und dieses Essen, Wedge … Sie zu entführen war die beste Entscheidung, die ich seit Jahren getroffen habe«, erklärte sie strahlend.

Ich verschränkte die Arme vor der Brust und blickte zu Boden.

»Los, machen wir einen kleinen Spaziergang und betrachten den Mond.«

»Ich spaziere nicht mehr so leicht herum wie früher«, erwiderte ich.

»Wir haben es nicht weit.«

Mabbot wartete geduldig, während ich die Leiter zum Poopdeck bewältigte, indem ich die Krücken zuerst einhängte und mich dann mit eisernem Griff nach oben zog.

Wir standen zwischen den Kanonenhälsen der Zwei Raben und betrachteten schweigend den Mond, jeder von uns in Gedanken versunken. Mir wurde erneut bewusst, wie fremd mein neues Leben ist, diese Vertrautheit mit Kriminellen, diese wahnwitzige Reise über den Globus. Und diese Frau – denn trotz ihrer Wildheit und unnatürlichen Vorlieben ist sie unzweifelhaft eine reizende Frau – jemand Faszinierenderen habe ich nie getroffen. Ihr Arm streifte von Zeit zu Zeit meinen, wenn das Schiff sich hob, und auch wenn sie es sicher bemerkte, rückte sie dennoch nicht ab. Als meine Krücke umfiel, hob sie diese für mich auf.

»Ich möchte es gern verstehen, Hannah«, sagte ich leise. »Bitte werden Sie nicht wütend ... das Opium – bei allen Ungerechtigkeiten dieser Welt ...« Ich stolperte über meine eigene Zunge, wollte den seltenen Moment des Friedens zwischen uns nicht zerstören. »Die Welt ignoriert den Opiumhandel, wie auch Sie betont haben, aber Sie können das aus einem bestimmten Grund nicht, richtig?«

»Ihre Papistenohren gieren nach einer Beichte?« Mabbot kaute an ihrem Daumennagel, während sie mich musterte. »Erinnern Sie sich an meine Jugendjahre als Bettwärmerin? Ich hatte eine Freundin in diesem Bordell. Sie war älter als ich, doch ihr fehlte diese gewisse ... Abgestumpftheit, die wir anderen hatten, diese gewisse Fähigkeit, aus dem eigenen Körper zu treten, während dieser von den Männern herumgeschleift wurde. Sie spürte jedes Grunzen und jede haarige Hand. Ich sah, wie ihr Gesicht mit jedem Tag eingefallener wurde, und ihre rot unterlaufenen Augen ... Also stahl ich eine Dose Opium aus einer Manteltasche, während einer der Gentlemen schnarchte, und sagte ihr, sie solle ein wenig davon essen, bevor ... ja, bevor. Und es wirkte. Es half unglaublich gut.«

Das Mondlicht fiel auf ihre Stirn, Nase und Lippen.

Ich flüsterte: »Wo ist die Beichte?«

»Das war sie. Ich habe es nicht nur ihr erleichtert, auch *ihnen.* Ich hätte sie auch gleich an das Bett ketten können. Sie weinte nicht mehr. Sie verschwand einfach voll und ganz. Als ich mit Evangeline davonrannte, blieb sie wegen der Opiumpfeife zurück.«

»Ein Kindheitsfehler machte Sie zu einem Piraten?«

»Glauben Sie nach allem, was Sie gesehen haben, wirklich, dass ich hier draußen für meine Verbrechen büße, Wedge? Als ich erfuhr, dass Ramsey mich benutzt hatte, als ich erfuhr, wie die Pendleton Company ihr Geld wirklich verdient, wurde das kleine Mädchen in mir lebendig und griff nach dem Schwert in seiner Hand.«

»Es ist also wahr, dass Ramsey der Schlüssel zu dieser Geschichte ist, da er euch alle gegeneinander ausgespielt hat?«

»In seinem Plan, die Welt zu beherrschen, übersäte er die Meere mit Freibeutern und Mördern, setzte die Royal Navy zu seinem Vorteil ein und zwang sogar die Krone, ihm den Aufbau privater Armeen in Afrika und Indien zu erlauben. Der Teufel selbst hätte nicht so viele Fäden ziehen können.«

»Und ich habe Kuchen für diesen Mann gebacken.«

Sie erschauderte. »Gehen wir zurück, bevor die Männer Fragen zu meinem Kleid stellen.«

Ich begleitete sie hüpfend zu ihrer Kajüte und wollte mich gerade verabschieden, als sie mich wieder hineinbat. Ich lehnte mich auf meine Krücken, während sie in der Truhe neben ihrem Bett nach etwas suchte und schließlich einen seltsamen Gegenstand hervorzog, der einem hölzernen Kelch ähnelte, mit einem Stiel aus poliertem Teak und einem runden Fuß. Der Becher war mit Moleskin und einem gestrickten Wolllappen ausgelegt und mit einem schweren Ledergurt und einer Schließe versehen.

»Es war eine Gemeinschaftsarbeit«, sagte Mabbot. »Wir müssen es Ihrem Schritt noch anpassen.«

Ich sah, wer alles daran gearbeitet hatte: Mr. Apples' dicke und weiche Wolle, Kitzu, der das Holz geölt hatte, das zu samtiger Geschmeidigkeit verarbeitete Leder. Es war ein Geschenk von bemerkenswerter Voraussicht, ja sogar Schönheit, doch wie konnte ich dankbar sein? Das Ding stieß mich ab. Das verführerische Wohlbehagen, das ich bis gerade eben noch empfunden hatte, war plötzlich wie ausgelöscht. Ich hatte das Gefühl, dass, wenn ich dieses Ding annahm und auch trug, sie nach und nach vollkommen von mir Besitz ergreifen und mich zu einer Puppe aus Leder und Holz machen würden. Ich hatte Angst um meine Seele.

Ich sagte: »Ohne Sie brauchte ich so eine Abscheulichkeit nicht.«

Ohne ein weiteres Wort nahm ich meine Krücken und humpelte hinaus und ließ Mabbot mit dem künstlichen Bein in der Hand stehen.

⚓

Dienstag, 19. Oktober

Heute kamen der Schiffsarzt und Kitzu, um mir den künstlichen Beinstumpf anzupassen, und auch wenn ich alles andere als begeistert war, kooperierte ich. Mabbot hat sich in den Kopf gesetzt, dass ich ihn tragen soll, und schließlich wäre es tatsächlich eine Erleichterung, zu gehen und nicht zu hüpfen. Nach der ersten Anprobe machte Kitzu die Prothese noch etwas kürzer und ließ mich dann allein mit ihr.

17

Sabotage

In dem wir eine Hexe besuchen

Mittwoch, 20. Oktober

Ich verbringe viel Zeit damit, Joshuas Zeichensprache zu lernen. So lautet unsere Vereinbarung: Er lernt zu lesen, ich lerne zu gebärden. Wenn ich hinter ihm zurückfalle, dann nur, weil er so schnell ist. Er korrigiert mich mittlerweile, ohne zu zögern, ihm entgeht nicht der kleinste Fehler, den er dann genüsslich nachahmt. Er ist frustriert, wie ich mein Gesicht bewege, vor allem meine Augenbrauen, und rückt meine Gesichtszüge oft zurecht, als wolle er sie von Hand formen.

Mittwoch, später

Es ist spät, und ich schreibe bei Kerzenlicht, aber ich bin zu besorgt, um zu schlafen. Ich hörte, wie Mr. Apples und Mabbot darüber sprachen, morgen im Hafen von Phan Tiet in Cochinchina zu ankern. Das könnte meine letzte Gelegenheit zur Flucht sein, und ich muss sie ergreifen. Wieder habe ich mir eine karge Notration für die Reise gepackt. Wenn die anderen morgen an Land gehen, werde ich etwas abwarten, mich, wenn nötig, aus meiner Zelle befreien und dann fliehen.

Ich gehe mit meiner neuen Prothese die drei Schritte zwischen Tisch und Hängematte hin und her wie ein gefangener Tiger, bis ich eine Kerbe in den Holzboden getreten habe, wo mein Beinstumpf aufkommt. Der Gürtel muss sehr eng sitzen, damit er nicht abrutscht, doch mit jedem Tag kann ich die Konstruktion länger tragen.

⚓

Donnerstag, 21. Oktober

Ich wurde heute am frühen Morgen aufgeschreckt, als Mr. Apples meine Tür öffnete und verkündete: »Der Captain will, dass du dich uns anschließt.«

Ich konnte ihm schlecht sagen, dass ich andere Pläne hatte, und so ruderten wir schon bald in einem Beiboot auf den Pier zu. Wir waren zu sechst: Mr. Apples, die Zwillinge, ein Seemann aus Cochin, der Captain und ich. Im Hafen lagen ein halbes Dutzend Fischerboote, etwas größer als unsere Kanus, in denen Männer mit breiten Strohhüten standen. Ich sah, wie einer ein Netz voll schimmernder Fische aus dem Wasser holte. Grün bewachsene Hügel erhoben sich aus einer Flussmündung, in deren Nähe diverse gedeckte Schiffe lagen. Sie glichen der Arche Noah auf den Bildern, die ich bisher gesehen hatte.

»Hulks«, sagte Mr. Apples. »Schwimmende Lagerhäuser. Wenn ein Schiff zu oft repariert wurde und zu unsicher für das offene Meer geworden ist, wird es fest verankert.«

»Wenn der Fox in Macao ist«, fragte ich Mabbot, »was tun wir dann hier?«

»Es gibt hier einen Mann, einen alten Freund von mir – gut vernetzt, ein erstklassiger Schmuggler, bevor die Malaria ihn beeinträchtigte. Er ist der Einzige, dem ich zutraue, mich nach Macao zu bringen. Er kennt die Gegend dort. Und mit etwas Glück ist seine Großmutter auch noch am Leben.«

»Seine Großmutter?«

»Sie weiß Sachen.«

Während wir das Dock entlanggingen, beäugten uns rotäugige Fischreiher von ihren Aussichtspunkten auf den verkrüppelten Bäumen. Bai trug einen der Fasane, die wir auf der Insel erbeutet hatten, der in seinem Sack kreischte.

Auf festem Boden zu laufen, war gar nicht so einfach mit der Prothese. Die Luft war angefüllt mit dem intensiven Geruch nach Kuhdung und Erde.

Ohrenbetäubendes Vogelgezwitscher ertönte von den bewaldeten Hügeln. Ich hatte unbedingt an Land gewollt, doch der Dschungel war unangenehm nahe, und die Geschichten, die ich über Kannibalen und menschenfressende Tiger gelesen hatte, erschienen mir plötzlich sehr lebendig. Allein schon die Insekten waren nervtötend: Die Fliegen hatten sich sofort auf uns gestürzt, als wir von Bord gegangen waren, und alle paar Schritte kreuzte ein neuer schillernder Käfer oder eine furchterregende Spinne unseren Weg.

An einer Flussbiegung kamen wir zu einem halb verfallenen Dorf, das aus mehreren Dutzend Pfahlbauten bestand, die in einem groben Kreis um eine sumpfige Wiese angeordnet waren. Die meisten waren verlassen, manche sahen als, als seien Banditen und schlechtes Wetter über sie hergefallen. Auf den Hängen rings um das Dorf waren Felder angelegt, doch Menschen waren keine zu sehen. Gräser hatten die Bewässerungsgräben erstickt, wilde Hunde wühlten in Abfällen. Auf einem Hügel stand eine Kirche, still und dunkel, ihr Kreuz ragte in den Himmel wie die Hand eines entfernten Schwimmers. Einige Hütten waren schon lange ausgebrannt, die Bambusskelette leuchteten unheimlich im gelben Licht. Die wenigen Bewohner schienen krank zu sein. Sie lagen vor den Hütteneingängen und sahen hager und erschöpft aus. Eine Handvoll Kinder mit unnatürlich geschwollenen Bäuchen scharte sich bettelnd um uns herum. Mabbot warf ihnen Beutel mit Zwieback und eingelegtem Hering zu – unser Mittagessen –, und als sie danach nicht zufrieden waren, musste Mabbot energische Klapse verteilen, um uns den Weg frei zu machen.

Mir erschloss sich immer noch nicht, warum der Captain mich auf diesem Ausflug dabeihaben wollte. Sie scheint meine Fluchtversuche vorauszuahnen, auch wenn ich diese Aufzeichnungen sorgfältig in einem Sack schalen Tee verstecke. Ich lasse sogar einige unverdächtige Notizen zur Ablenkung offen liegen, auch wenn ich noch nie bemerkt habe, dass jemand die Seiten gelesen haben könnte.

Zwei ältere Jungen rannten mit einer rostigen Muskete und einem angespitzten Stock herbei. Gerade als sich Bai ihnen in den Weg stellen wollte, fielen sie auf die Knie und hielten die Waffen über die Köpfe.

Der Cochin-Matrose erklärte: »Sie denken, Sie sind der Brass Fox, sie sind bereit, sich seiner Armee anzuschließen.«

Ausnahmsweise verschlug es Mabbot die Sprache. Ihr Gesicht versteinerte, und sie ließ die Jungen im Matsch knien.

Sie begann ihre Suche im nächstgelegenen Pfahlhaus, in dessen Eingang sie sich tief hineinbücken musste und wo sie nach einem Mann namens »Huynh« fragte.

Jeder Dorfbewohner, mit dem sie sprach, schien eine Gegenleistung für die Auskunft zu verlangen. Nachdem sie unseren Proviant bereits verschenkt hatte, dauerten die Verhandlungen lange. Riesige Fliegen attackierten immer wieder meinen Nacken.

Als wir an den Hütten vorbeigingen, sahen wir eine Frau in einem Hauseingang sitzen, ausgemergelt und mit Pockennarben übersät. Sie schnalzte ihre Zunge in meine Richtung, und als ich darauf reagierte, öffnete sie ihr Gewand über ihrer ausgezehrten Brust und bot sich mir an.

Ich wandte den Blick ab und eilte den anderen hinterher.

»Was ist hier geschehen?«, fragte ich Mabbot.

»Opium! Oh, Missionare und das französische Militär

haben auch ihren Teil dazu beigetragen. Doch hauptsächlich ist das hier ein Opiumgebiet. Es funktioniert in Indien doch so gut, warum es nicht auch hier anbauen. Das wollte ich Ihnen zeigen. Hier war ein blühender Ort. Ich habe mich früher auf dieses Dorf verlassen. Aber jetzt …« Mabbot breitete die Arme aus und wirbelte herum, während sie mit zuckersüßer Stimme sang: »Opium! *Yāpiàn!*«

»Opium ist kein Zauberspruch«, erwiderte ich. »Opium allein kann das hier nicht anrichten. Faulheit und Gier, die Geißeln der Menschheit, sind dafür verantwortlich.«

»Wind und Ihre Meinungen«, sagte sie. »Opium verwandelt hart arbeitende Männer in Eidechsen. Ist das keine Zauberei? Viele hier sind mittlerweile süchtig, aber so hat es nicht angefangen. Diese Hügel waren früher grün. Reisfelder, Melonen, Rinder, Gänse. Dann haben die Bandenchefs die Bauern gezwungen, ausschließlich Opium anzubauen, und haben den Gewinn für sich behalten. Und die Bauern hungern. Die, die sich widersetzt haben, wurden getötet. Sie rauchen das Gift gegen den Hunger.«

Nach einer Weile hatte Mabbot endlich die richtige Hütte gefunden. Den angespannten Gesichtern der sich im Inneren drängenden Familie nach zu schließen, lag Mabbots Schmuggler auf dem Totenbett. Die meisten machten uns in der Hütte Platz, doch eine junge Frau saß zu seinen Füßen, hatte seine geschwollenen Knöchel umfasst, als ob sie uns davon abhalten wolle, ihn ihr wegzunehmen.

Seine eingefallenen Wangen waren bleich, und ich konnte seinen verfaulten Atem selbst von meinem Platz an der Tür aus riechen, ein fast schon süßlicher Gestank, wie die Masse am Boden eines Apfelfasses.

»Mabbot«, flüsterte er, als sie sich neben seinem Lager hinkniete. »Mir geht's nicht gut.«

»Das sehe ich, Huynh. Du wirst uns wohl nicht nach Macao bringen.«

»Sei vorsichtig, der Brass Fox hat seine Leute überall.«

»Erzähl mir mehr.«

»Er stiehlt Opium aus den Pendleton-Lagerhäusern, er hat Schmuggler, Tunnel, und er trainiert die Fischer für den Kampf. Bei ihm ist eine indische Frau – sie war am Aufstand in Bengalen beteiligt und hat Tausende Bauern, die mit ihr kämpfen würden. Die Menschen nennen ihn ›Held‹, sie sagen, er würde sie von Pendleton befreien. Cousins von mir haben sich ihm angeschlossen. Sie sagen, der Tag ist nahe.«

Wir warteten, während der Mann wieder zu Atem kam. Als Mabbot ihm die Hand auf die Stirn legte, stand die junge Frau mit bösem Blick auf.

Huynh sagte etwas in seiner Muttersprache, und sie setzte sich wieder. »Er will den Handel über den Pearl River stoppen«, sagte Huynh, »den Tee, die Gewürze, die Seide, das Opium – alles.«

»Unmöglich.«

»Wenn genug Schmuggler und Bauern nicht mehr arbeiten, werden die Lagerhäuser leer sein. Sie haben die Häfen …« Er hustete. »Sie sind nahe genug, um die richtigen Kehlen durchzuschneiden. Pendleton brauchte Monate, um neue Hafenmeister zu bestechen. Wenn er den Fluss kontrolliert, kann er dem Handel die Luft abdrücken, zumindest lange genug, um Panik bei den Investoren auszulösen. Ganz Europa würde sich nur zu gern in Englands Territorium drängen.«

»Aber warum?«

»Sie sagen, um die Menschen zu befreien«, der Mann kicherte, ein trockenes, papierartiges Geräusch. »Klingt wie etwas, was du tun würdest.«

»Aber das klingt nicht nach dem Fox.«

»Vielleicht will er dich überraschen.« Das Lachen wurde zu einem Keuchen, und plötzlich war der Mann erschöpft.

»Wie auch immer, er wird ein Chaos anrichten. Warum lässt du ihn nicht?«

»Du weißt, dass ich das nicht kann, Huynh.« Mabbot legte ihm eine Hand auf die Schulter. »Was brauchst du?«

»Wenn Großmutter mich nicht heilen kann …«

»Sie wird uns alle überleben«, erwiderte Mabbot.

»Vielleicht etwas für meine Familie.«

Mabbot holte ein Säckchen aus ihrer Manteltasche und gab es, ohne zu zögern, der jungen Frau, die es mit einem erstaunten Gesichtsausdruck entgegennahm und sich dann rasch verbeugte.

Mabbot berührte wieder seine Schulter und sagte: »Auf Wiedersehen, Huynh, wir werden in der nächsten Welt zusammen Karten spielen.«

»Und ich werde dich wie immer gewinnen lassen – du bist eine schreckliche Verliererin«, antwortete der sterbende Mann, als wir ins Freie gingen.

Wir gingen an der Wiese vorbei zu Huynhs Großmutter: einer kleinen Hütte, die von moosigen Zweigen überwuchert war. Die zahnlose Alte winkte uns hinein. Mr. Apples war zu groß für die Tür und stand draußen Wache.

Mabbot bot ihr den Fasan in seinem Sack an, den ich eigentlich für das Sonntagsdinner eingeplant hatte, wie mir in diesem Moment einfiel. Ich wollte gerade protestieren, als Mabbot sich über unseren Dolmetscher an die alte Dame wandte: »Danke, dass Sie mich wieder empfangen. Wir haben leider kein Huhn. Ist das hier ausreichend?«

Die alte Frau griff in den Sack und holte den armen Vogel heraus, dem vor lauter Aufregung die Federn ausgingen.

Mabbot legte eine große Karte des Südchinesischen Meers auf den schmutzigen Boden der Hütte und beschwerte die Ecken mit Steinen. Außerdem gab sie der alten Frau eine Goldmünze.

Mabbot deutete auf die Insel Coloane. »Ist der Mann, nach dem ich suche, hier?«

Die alte Frau scheuchte uns an die Wände der Hütte, dann setzte sie sich vor die Karte. Sie hielt den Fasan mit dem Kopf nach unten, wippte mit geschlossenen Lidern vor und zurück und murmelte vor sich hin. Der Fasan verstummte und schloss ebenfalls die Augen.

Dann drehte sie dem Tier seelenruhig den Hals um und ließ es blind im Kreis herumrennen, so dass es eine feuchte Spur auf der Karte zurückließ. Dann rannte es zwischen meinen Beinen gegen die Hüttenwand, wo es sich entleerte und endlich zusammenbrach.

Was hatte ich denn erwartet bei einem Piratenausflug, als einem satanischen Ritual beizuwohnen?

Die alte Frau warf Knochenstücke über die Karte, und sie und Mabbot betrachteten das entstandene Muster genau.

Dann legte die Hexe einen gedrehten Nagel auf die Insel, die jetzt von einem Knochen und einem blutigen Bogen eingefasst wurde.

»Sagt er die Wahrheit?«, fragte Mabbot. »Ist er jetzt dort?«

»Er wartet auf dich. Er ist dort, aber er sagt nicht die Wahrheit.«

»Der Mann wartet nicht. Wohin wird er dann fahren?«

»Er wird warten. Aber es ist *rất nguy hiểm* … sehr gefährlich.« Die Hexe nahm einen Knochen auf und tippte auf die Einkerbungen. »Das ist schlecht.«

⚓

Freitag, 22. Oktober

Letzte Nacht wurde mein Schlaf durch eine ganze Reihe von erschütternden Ereignissen verhindert.

Die *Rose* ist endlich auf Kurs zu dem Treffen mit dem

Fox, wenn auch mit den blutigen Warnungen der Hexe im Kopf. Als wären Laroche und die Marinepatrouillen nicht genug, um mich nach England zurückzusehnen, wirkt unsere Mannschaft gefährlicher als je zuvor.

Mitten in der Nacht, als ich, erschöpft von der Wanderung, im Tiefschlaf lag, wachte ich plötzlich auf und sah eine Gestalt in meiner Zelle. Zuerst hielt ich es für einen Traum, doch dann wurde mir klar, dass tatsächlich jemand im Raum war und mich im Schlaf beobachtete. Als ich nach einer Kerze griff, sagte Mabbot: »Gut, Sie sind wach. Ich bin also nicht die Einzige, die in einer solchen Nacht nicht schlafen kann.«

Ich hatte keine Ahnung, was für eine Nacht sie meinte. In meiner Zelle ähnelte eine der anderen. Ich wollte gerade mit einem Streichholz die Kerze anzünden, als sich Mabbot, ohne zu zögern, auf meiner Hängematte niederließ und mich so zwang, Platz zu machen. Sie schwenkte eine Flasche, und mir spritzte Wein ins Gesicht. Sie sagte nichts, saß schweigend mit dem Rücken zu mir da, ihre Beine baumelten über den Rand. Nach einer Weile hörte ich, dass sie leise weinte.

»Mein Junge«, flüsterte sie, »mein Leighton.«

Vollkommen überfordert von dieser Situation, flüchtete ich mich in eine bei Beutetieren verbreitete Taktik: Ich erstarrte und hoffte, dass man mich vergaß. Irgendwann legte sich Mabbot schließlich zu mir in die Hängematte und schlief ein.

Ihr Schnarchen erfüllte die Dunkelheit, und ich wand mich, um mich von ihr zu befreien, ohne sie aufzuwecken. Kein leichtes Unterfangen, doch schließlich hatte ich es geschafft, schnallte meine Prothese an und verließ meine Zelle, bekleidet nur mit dem fleckigen Seetuchsack, den ich als Nachtgewand benutzte, und ohne genaues Ziel.

Man mag mir vorwerfen, dass ich zu oft etwas einzuwenden habe, und unter anderen Umständen wäre ich vielleicht sogar in Versuchung geraten, meinen niederen Instinkten mit einer solchen Frau in meinem Bett nachzugeben. Doch mir war nur allzu bewusst, dass Mabbot kein Milchmädchen war. Die, die mit ihr spielen, nehmen für gewöhnlich ein dramatisches Ende.

Da mir nichts Besseres einfiel, ging ich über das kühle, mondbeschienene Deck zur Offiziersmesse, einer engen Kammer auf der Steuerbordseite von Mabbots Kajüte, wo die Zwillinge und Mr. Apples schliefen. Ich klopfte an die Tür und trat einen Schritt zurück, die Hände erhoben, um so ungefährlich wie möglich auszusehen.

Als Feng antwortete, rief ich: »Der Captain ist ... indisponiert ... in meiner Zelle. Bitte helft mir.«

Schon bald waren wir drei zurück in meiner Kajüte, wo die Zwillinge Mabbot murmelnd und Zunge schnalzend aus meiner Hängematte hoben.

Dieses verwirrende Ereignis hätte schon gereicht, um mich den Rest der Nacht nicht schlafen zu lassen, doch wie sich herausstellte, waren noch andere wach. Als die Zwillinge Mabbot durch das fegefeuerartige Laternenlicht auf dem Unterdeck trugen, erschütterte eine Explosion das Schiff. Der Lärm weckte sogar Mabbot, die erschrocken blinzelte, als sie sah, was geschehen war: Das Steuerrad stand in Flammen.

Während alle Mann an Deck herumliefen und Mr. Apples nach Eimern rief, um die Flammen zu ersticken, wurde klar, dass wir nicht angegriffen worden waren. Der Mond stand hell am Himmel, und außer uns war weit und breit nur die dunkle Küstenlinie von Cochinchina zu sehen. Das konnte nur eins bedeuten: Wir hatten einen Saboteur unter uns.

Jemand hatte eine Kassette mit Schießpulver entwendet und es genau unter dem Steuerrad entzündet. Zum Glück schlief der Steuermann zu diesem Zeitpunkt auf seinem

Feldbett und blieb weitestgehend unverletzt, doch das Steuerrad war durch das entstandene Loch durchs Deck gefallen und zersprungen. Nur durch eine schnell organisierte Eimerkette wurde der Brand gelöscht.

Wenn man lange auf See ist, würde man lieber Blut aus dem eigenen Nabel spritzen sehen als ein Loch im Deck. Die Männer arbeiteten in Schichten, um das Ruder zu reparieren, behindert durch den dichten Rauch, der das Atmen fast unmöglich machte.

Mabbot weigerte sich, in ihre Kajüte zu gehen, brachte stattdessen – wieder leidlich nüchtern – ihren Polstersessel hinaus, mit den Worten: »Wenn jemand mich herausfordern will, dann soll er es hier tun, vor aller Augen, wie ein Mann.«

Ich duckte mich hinter ihrem Sessel, um den hin und her laufenden Männern nicht im Weg zu sein. Wenn Mr. Apples gerade keine Befehle brüllte, berieten er und Mabbot sich flüsternd.

»Wir sind nahe genug, dass jemand zurück an die Küste rudern könnte …«, sagte Mr. Apples, »… aber alle Boote sind hier, Captain.«

»Wenn die Pulverkammer hochgegangen wäre, wären wir innerhalb von Minuten gesunken. Nein, dieser Saboteur will uns nur verletzen. Geben wir Laroche Zeit, uns zu finden. Jemand will die Seiten wechseln. Wie kann es sein, Mr. Apples, dass einer meiner eigenen Männer es auf das auf mich ausgesetzte Kopfgeld abgesehen hat?«

»Ich kann es mir nicht vorstellen, Captain. Wenn man ihnen etwas vorwerfen kann, dann nur, dass sie Sie zu sehr lieben.«

»Warum ist dann ein Loch in meinem verdammten Deck?«

»Vielleicht ja der hier …«, Mr. Apples deutete mit dem Daumen auf mich. Subtil wie immer.

»Wedge war es nicht«, sagte Mabbot. »Das weiß ich sicher.«

Mr. Apples widmete sich wieder der Mannschaft. Zum Glück hatte das Ruder keinen Schaden erlitten, und während ein neues Steuerrad gezimmert wurde, konnte der Steuermann seine Anweisungen nach unten rufen, wo einige Männer sich wie ein halbes Dutzend Mühlesel gegen die Ruderpinne stemmten und so steuerten.

Das Loch im Deck hätte verhängnisvoll werden können, hätten Kitzu und seine Männer es nicht geschickt und schnell ausgebessert. Sie stopften es mit Brettern und mit Pech getränkten Lumpen. Bald wurde ich abkommandiert, beim Zuschneiden von Brettern zu helfen.

Der Sonnenaufgang war spektakulär, doch wir arbeiteten angestrengt weiter. Mein Rücken schmerzte, und meine Hände waren so steif wie Geweihe. Ein Teil der Beute von der *Patience* war durch die Explosion zerstört worden.

Es ist also ein Verräter an Bord. Die Gerüchteküche kochte, während wir arbeiteten, und eine Menge Theorien wurden aufgestellt und wieder verworfen. Manche dachten, dass der Saboteur für Laroche spionierte, was eine Erklärung dafür sein könnte, dass die *La Colette* Mabbot so zielsicher verfolgt hatte. Andere argumentierten, dass ein solcher Spion Nachrichten in den Häfen hätte hinterlegen müssen, was bedeutete, dass Laroche unsere Route im Vorfeld hätte gekannt haben müssen. Oder er hätte in jedem Hafen der Welt Boten haben müssen. Viele glauben, dass die Pendleton Company nach Ramseys Ermordung das auf Mabbot ausgesetzte Kopfgeld verdoppelt oder verdreifacht hat, und dass niemand außer Laroche bisher mehr Grund hatte, es zu verlangen. Manche vertraten die Einstellung, dass der Saboteur sich das Kopfgeld vor Laroche sichern wollte. Was eine Auslieferung der *Rose* an die Royal Navy bedeutet, was wiederum implizierte, dass die Navy sich bereits in der Nähe befand. Die einfachste und logischste Theorie war allerdings die, die Mabbot schon angedeutet hat: dass der Saboteur uns so lange bremsen wollte, bis er sich zu Laroche absetzen konnte.

Mr. Apples, der seine Befehle wie ein von einer Biene gestochener Stier herausgebrüllt hatte, beendete das Gerede mit einer Drohung: »So viel Flüstern! Das Einzige, was wir über Saboteure wissen«, sagte er bedeutsam, »ist, dass sie unglaublich gern flüstern.«

18

Verlorene Schätze

In dem ich missverstanden werde

Freitag, später

Nach einem späten und angespannten Frühstück hielt Mabbot vom Quarterdeck aus eine Ansprache.

»Welch eine Bosheit, ein Schlag von hinten! Aber was das Schießpulver dem Rumpf angetan hat, darf es nicht auch unserem Geist antun. Spekulieren dürft ihr, tuscheln werdet ihr, aber ihr werdet keinen Kameraden ohne Grund und Beweise anklagen. Wir sind eine gute Mannschaft, die beste auf See, und das sind wir, weil wir eine Familie sind. Und weil wir so gut aussehen!« Die Männer lachten. »Wir werden nicht zulassen, dass ein Wurm unser Vertrauen zerstört! Haltet die Augen nach dem Saboteur offen, aber achtet noch mehr auf üble Nachrede. Nur als Familie überleben wir. Bindet euch aneinander. Bleibt nicht allein. Der verfaulte Samen wird an die Oberfläche kommen!«

Sie hielt einen Moment inne, bevor sie die neuen Gesetze verkündete: »Wer üble Nachrede betreibt, bekommt zehn Peitschenhiebe! Wer ohne Beweis Beschuldigungen ausspricht, büßt ein Ohr ein! Die, die keine Ohren mehr haben, opfern einen Zeh, Charlie.« Alle lachten und blickten zu Charlie, der seine Ohren in früheren Kämpfen verloren hatte. »Aber wer mir stichhaltige Beweise liefert, um den Verräter zu identifizieren, der bekommt das hier!« Sie hob einen Lederbeutel in die Höhe und ließ ihn hin- und herbaumeln. »Zehn Goldstücke!«

Sie band ihn an einen langen Nagel und hämmerte diesen an den Besanmast.

Irgendjemand ist Mabbot nicht mehr treu ergeben, ohne Zweifel zermürbt von der endlosen und teuren Jagd auf einen Schatten. Zeigt Mabbot nicht selbst Anzeichen von Ermüdung? Was sonst hatte der Zwischenfall in meiner Zelle zu bedeuten? So viel Trauer hängt am Schwanz des Fox.

Es ist schwer zu beschreiben, wie sehr ich von den aktuellen Ereignissen erschüttert bin. Einen Schurken unter uns zu wissen, der uns versenken oder in die Luft jagen will, ist alles andere als ermutigend, um es vorsichtig auszudrücken. Andererseits könnte er mein bester Verbündeter sein, mir zur Flucht verhelfen. Doch wie kann ich mich mit jemand derart Hinterlistigem verbünden, ohne dabei getötet zu werden? Es ist alles sehr verwirrend.

Stundenlang habe ich versucht, mich in den Saboteur hineinzudenken, und bin zu dem Schluss gekommen, dass er Fluchtpläne haben muss. Wenn es tatsächlich eine Möglichkeit gibt, eines der Beiboote zu nehmen und sich mit den Agenten der Krone zu treffen – oder sogar den Franzosen –, dann wäre ich äußerst gern mit ihm auf diesem Boot. Doch wenn der Plan so schlecht ausgearbeitet ist wie Jeroboams, hat es keinen Sinn. Ich möchte meinen gesunden Fuß als freier Mann auf festen Boden setzen und nicht verbrennen oder ertrinken, weil ein verärgerter Seemann plötzlich selbstmörderische Anschläge verübt. Wenn ich nur einen Weg wüsste, seine wahren Beweggründe herauszufinden. Doch da muss ich sehr vorsichtig vorgehen.

⚓

Samstag, 23. Oktober

Jeder von uns hat viel verloren.

Durch die Sabotage der Steuerung saßen wir einen halben Tag fest und konnten dann nur mit Dreiviertelkraft weiterfahren. Mabbot versicherte uns, dass wir anlegen und die restlichen Reparaturen ausführen würden, sobald wir die Paracel-Inseln erreicht hatten, die nur einige Tagesreisen auf unserem Kurs nach Macao entfernt waren.

Wir waren gerade erst eine Stunde unterwegs, als die Glocken läuteten und alle Mann an Deck stürzten.

Laroches Ballon kreiste wieder über uns.

Conrad lief an mir vorbei. »Der Rauch des Feuers hat ihn auf unsere Fährte gelockt, und wir können jetzt nirgendwohin«, stöhnte er.

»Aye«, sagte Mr. Apples. »Von diesem Ballon kann man uns sofort sehen. Wir stechen heraus wie ein Schwanz im Kloster.«

Mabbot beriet sich mit Mr. Apples, und schon bald schallten die Befehle über die dröhnenden Hörner: »Die Ladung löschen! Alles bis auf die Vorräte!«

Als der Befehl von den Männern nur mit Widerwillen aufgenommen wurde, ging Mabbot in ihre Kajüte und kam mit einer schweren Truhe zurück. Hinter ihr brachten die Zwillinge Bücherstapel und Weinkisten heran.

Als alle zu ihr sahen, trat Mabbot gegen die Truhe.

»Heute müssen wir uns unseren Wind kaufen. Das hier sind meine persönlichen Juwelen!«, rief sie und öffnete die mit Bronzeintarsien verzierte Kiste. »Perlen, Lapislazuli, Gold. Und hier sind meine Bücher, die, wie ihr wisst, die Juwelen meines Herzens sind. Und hier, mein Wein, der zu gut für euch Halunken ist!« Nervöses Kichern war die Antwort. Mabbot warf die Truhe, ohne mit der Wimper zu zucken, über Bord. Die Schmuckstücke fielen in hohem Bogen heraus und glitzerten in der Sonne, bevor sie in der erbsensuppengrünen See verschwanden. Die Zwillinge warfen die Bücher und den Wein hinterher. Mabbot sagte: »Wir werden Laroche im Kampf gegenübertreten, doch heute ist

Geschwindigkeit wichtiger. Der gefräßige Wolf wird erschossen. Wir müssen schnell sein. Wir lieben unser Silber, aber bitte bedenkt: Was würdet ihr für euer Leben zahlen?«

Ihr Opfer motivierte die Männer. »Einen Penny für das Leben!«, rief Mabbot, und sie antworteten einstimmig: »Einen Penny!«

Dann holten die Männer ihre hart erkämpfte Beute aus den verschiedenen Lagerräumen. Tonnen von Silber und Seide wurden über die Reling geworfen. Starke und tapfere Männer weinten, als die hungrigen Wellen alles verschlangen.

»Wir werden es wiederbekommen!«, rief Mabbot. »Wir werden es uns zurückerobern und noch viel mehr!«

Und so landete die ganze Beute der *Patience* auf dem Boden des Meeres.

Die Männer rissen sogar meinen Herd aus der neuen Kombüse und schleuderten ihn in die schäumenden Wellen. Mir brach das Herz, denn der Herd war viel nützlicher gewesen als Silber.

Ein junger Matrose wurde erwischt, wie er einen Silberriegel zurückhalten wollte, und ich versteckte mich in meiner Zelle, als er nackt an den Hauptmast gebunden wurde und drei Peitschenhiebe für jede Unze Metall verabreicht bekam.

Während ich dies schreibe, kann ich seine Schreie hören. Wenigstens keine Theaterschminke.

Von den beachtlichen Schätzen, die dieses Schiff transportierte, ist nur noch der Sack mit den Goldmünzen am Besanmast übrig.

So gesäubert, machte die *Flying Rose* ihrem Namen alle Ehre und schnitt durch das Wasser mit, wie Mr. Apples es ausdrückte, »Schaum zwischen den Zähnen« und ließ den bedrohlichen Ballon hinter sich, der wie ein geschwollenes Auge nach uns schielte, bis Wolken und Entfernung ihn endlich vom Himmel ausradierten.

Um meinen Geist zu beruhigen, streckte ich den schaumigen Ananas-Bananen-Cider heute, so gut ich konnte, und füllte ihn in Flaschen ab. Die Korken sicherte ich mit Schnur und Wachs. Eine rasche Kostprobe verriet mir, dass er bis Sonntag noch nicht gereift sein würde.

Da Mabbot ihren persönlichen Weinvorrat geopfert hat, muss unsere nächste gemeinsame Mahlzeit mit einfachen, aber erfrischenden Getränken auskommen. Ich kochte den frischen Ingwer zusammen mit Zitronensaft und was ich an Geschmack noch aus ihren verknöcherten Schalen kratzen konnte. Dann gab ich Honig und ein paar wertvolle Anissamen hinzu, nahm die Mischung vom Herd und seihte sie ab. Während sie noch warm war, fügte ich kleine Kugeln meines Sauerteiges hinzu und deckte alles ab.

Die ganze Nacht hat mich eine Frage wach gehalten: Soll ich mein Schicksal in die Hände eines unbekannten Saboteurs legen oder in einer Allianz der Apathie mit meinen Entführern bleiben? Ein Wunder, dass der Boden meiner Zelle meinen unruhigen Wanderungen standgehalten hat. Ich musste mir eingestehen, Mabbots sichere Seite sogar jemandem vorzuziehen, der ein Agent der Krone sein könnte. Der Saboteur könnte aber auch nur für sich selbst arbeiten oder für eine Kabale von Gesetzlosen, verderbt genug, um Mabbot wie Mary höchstpersönlich aussehen zu lassen. Sicherheit ist allerdings etwas für Schoßhündchen.

Ich schreibe hier meine Entscheidung nieder, als einen Vertrag mit mir selbst, einen Aufruf zur Tat! Wenn ich sterben muss, dann lieber bei einem Fluchtversuch denn als Feigling. Ich will versuchen, den Saboteur zu finden, auch wenn dies Risiken birgt. Ironischerweise vertraue ich darauf, durch Mabbots Worte in Sicherheit zu sein. Denn auch wenn ich mich verdächtig machen sollte, wird ihre Mannschaft mich nicht ohne stichhaltige Beweise anklagen.

⚓

Samstag, später

Heute Abend stand ich aus oben niedergelegten Gründen im Mannschaftsquartier. Ich biete dort ab und zu ein gemeinsames Gebet an. Stattdessen hielt ich heute eine verschlüsselte Rede:

»Herr, segne dieses Essen und uns alle wie jeden Einzelnen, denn mit Dir zusammen zu sein, ist eine Freude, wohingegen das Alleinsein furchtbar ist. Ein Mann sollte nicht einsam kämpfen, sondern Trost im Dasein seiner Freunde finden, auch wenn er von Unfreundlichkeit umgeben ist. Wer unter uns allein ist, möge Freunde finden.«

Eine verworrene Rede, zweifellos, doch ich spiele ein gefährliches Spiel, und meine Sicherheit liegt in der Umsicht. Mein Plan war, mit einem Einzelnen zu kommunizieren, indem ich alle adressierte. Doch schon kurz darauf beschlichen mich Zweifel. Ich könnte meine verräterischen Bestrebungen allen außer dem Gesuchten mitgeteilt haben. Ich wurde fast rasend vor Sorge.

Für den Fall, dass der Saboteur meine Botschaft nicht sofort verstand, war ich vorbereitet und hatte mir noch andere Wege zur Kontaktaufnahme ausgedacht. Deshalb war ich überrascht, als mich gleich nach dem Abendessen ein dünner Matrose namens Gimbal ansprach. Gimbal sah mich eindringlich an, legte den Finger an die Nase und bedeutete mir, ich solle ihm zur Treppe folgen, wo er mir hastig zuflüsterte, ich solle ihn in zwei Tagen um Mitternacht am Vormast treffen.

⚓

Montag, 25. Oktober

Ich bin voller Aufregung wegen meines Treffens mit Gimbal heute Nacht.

Um mir die Zeit zu vertreiben, hatte ich mich in den letzten Tagen Mabbots wöchentlichem Dinner gewidmet, was ohne einen ordentlichen Herd einem Taschenspielertrick glich.

Obwohl Mabbots kalte Drohung verklungen sein könnte. Wenn ich meine Pflicht nicht erfüllte, wäre mein Leben dann wirklich noch verwirkt? Und doch erfülle ich meinen kulinarischen Auftrag mit unverminderter Ernsthaftigkeit, um nicht den Verstand zu verlieren und meine Seele zu beruhigen. Wenn ich diesen Beruf verlöre, könnte ich mich ebenso gut umbringen.

Daher fahre ich fort, die kulinarische Geschichte mit Teigbällen neu zu schreiben, wie ein Junge, der epische Schlachten mit Zweigen und Steinen nachstellt.

Um dem Verlust des Herdes noch die Krone aufzusetzen, war Kitzus gestriger Fang mehr als armselig. Dem Mann sei verziehen, denn nur seinem endlosen Hämmern ist es zu verdanken, dass dieses Schiff schwimmt. Die Steuerung ist beinahe repariert, auch wenn das Steuerrad noch ans Ruder montiert werden muss. Kitzu hat für sich eine Handvoll kleiner silberner Fische behalten und mir nur den Rogen und zwei unterarmgroße Tintenfische überlassen.

Letztere wurden von Joshua gesäubert und gegrillt, während ich mit einer Suppe aus weißen Bohnen und Zwiebeln begann, einem Luxus, der nur durch die letzten Reste des Basilikums und das überraschend zarte gesalzene Fleisch des Babirusa möglich gemacht wurde.

Während wir zerstoßene Ananas zu einer Art Gelee verkochten, schnitt Joshua eine Mango in hauchdünne Scheiben. Ich improvisierte einen Biskuitteig aus Maismehl und Weizenmehl und rollte ihn aus.

Dann zog ich mich für das wöchentliche Treffen mit Mad Hannah Mabbot um, dem Hai des Indischen Ozeans, und wünschte, ich hätte eine größere Auswahl als die Hosen eines toten Mannes.

Mabbot erging es nicht besser, denn sie trug dasselbe Kleid wie beim letzten Mal. Die Perlenkette lag mittlerweile im Meer.

Wir saßen einen Moment schweigend am Tisch, dann brachte ich meine Beschwerde vor: »Ich habe heute zwei Stunden auf Händen und Knien verbracht, um ein einigermaßen vernünftiges Kohlenfeuer anzufachen, ohne das Schiff abzufackeln.«

»Sie haben ein würdiges Opfer gebracht«, erwiderte Mabbot. »Wie wir alle. Die Männer werden verärgert wegen des Verlustes ihres Silbers sein, auch wenn es ihr Leben gerettet hat. Es ist kompliziert. Mit Geld in den Taschen werden sie faul und widerspenstig. Schwer und langsam, wie die *Rose* auch.« Flüsternd fuhr sie fort: »Ein kleiner Teil von mir ist froh, alles los zu sein. Wenn meine Männer hungrig sind, der Tod ihnen auf den Fersen ist, arbeiten sie hart und beschweren sich nie. Sie singen jede Nacht.«

»Aber musste der Herd wirklich auch daran glauben? Wie viel Unterschied …?«

»Der Herd war für den Meeresboden bestimmt, Wedge. Wir hatten Glück, dass die *Rose* ihm nicht gefolgt ist.«

»Sie werden den Unterschied schmecken.«

»Ich vertraue auf Ihr Genie. Zeigen Sie mir, was Sie mitgebracht haben.«

»Gegrillten Tintenfisch, grünen Mangosalat mit Koriander, Minze und einer Prise Cayennepfeffer«, verkündete ich, während ich die Abdeckung hob und das Mahl enthüllte. »Weiße Bohnensuppe à la Babirusa, garniert mit Sardinenrogen, und als Dessert Ananas-Cobbler.«

»Sehen Sie?«, sagte Mabbot und küsste mich auf die Stirn. »Sie sind unbesiegbar.«

Wir widmeten uns angenehm schweigend dem Essen. Als wir keinen Bissen mehr herunterbrachten, öffnete ich eine Flasche Ingwerbier. Es enthält wenig Alkohol, doch sein Prickeln rundete den Abend perfekt ab. Der Erfolg meiner Ad-hoc-Gärung hat mir Mut und Hoffnung gemacht auf den Bananen-Cider. Ich war so zufrieden mit allem, dass ich mutig eine Frage stellte: »Wenn die Pendleton Company damit beschäftigt ist, China mit Opium zu überschwemmen, wer liefert dann den Tee in die zivilisierte Welt?«, fragte ich.

»Es ist eine geschickte Finanzspielerei«, sagte Mabbot. »Die Schiffe kommen leer an, kein Schilling kommt aus englischen Truhen. Die Pendleton Company kauft Tee auf Kredit, verkauft von Sklaven angebautes Opium, um diesen Kredit abzubauen – mit einem ordentlichen Gewinn –, und fährt dann nach Hause, die Laderäume voller Tee, Seide und Silber.«

»Ich dachte, China würde Handel nur über Kanton erlauben.«

Mabbot legte eine Karte von Südchina auf den Tisch und deutete auf einen Punkt: »Für den Teehandel erlaubt China Pendleton, diesen kleinen Landstrich in der Mündung des Pearl River zu benutzen. Jede Tasse Tee Ihres Lebens war einmal ein Blatt unter diesem Dach. Die Chinesen nennen es das Barbarenhaus. Es ist ein Lagerhaus, eine Festung, eine Botschaft, ein Außenposten und eine Fassade für die größte kriminelle Operation der Geschichte. Es ist der Grund für Englands Reichtum, während der Rest Europas auf salzigen Feldern anbaut. Wissen Sie, Wedge, Sie sind wirklich attraktiv, wenn Sie sich nicht wie ein Trampel benehmen!«

Ich verstand, was sie meinte, ich glaubte ihr. Ich hatte vom Opiumhandel gehört, aber ich hatte nicht gewusst, dass er die Grundlage des Asienhandels war, sogar der alleinige Grund für die Präsenz Englands in Indien. Unser kleines Frage-und-Antwort-Spiel verlief mit unerwarteter Höflichkeit. Ich muss zugeben, dass es verlockend war, die Welt durch Mabbots unerschrockene Augen zu sehen. Ich hatte nicht gewusst, dass so große Geheimnisse bewahrt werden konnten.

Ich fragte weiter: »Aber wenn China weiß, dass Pendleton Opium schmuggelt, warum lassen sie es dann zu?«

»Englands Marine könnte sie in wenigen Wochen zermalmen. Nur so lassen die Engländer sich darauf ein, sich auf das Barbarenhaus zu beschränken. Die Pendleton-Beamten, die auf dieser Seite der Welt stationiert sind, leben in großzügigen Unterkünften über den Lagerhäusern, fett und glücklich. Nach fünf Jahren kann ein junger Offizier mit genug Geld nach England zurückkehren, um sich ein Herzogtum zu kaufen. Aber das hat Ramsey Ihnen sicher gesagt.«

Ich ignorierte den Seitenhieb. »Ich dachte, Sie hätten das Barbarenhaus längst angegriffen.«

»Der Hafen wird schwer bewacht. Ich kam nie nahe genug heran.«

»Der Fox schon.«

»Braga hat uns erzählt, dass er ein ausgeklügeltes Tunnelsystem an der Mündung des Pearl River entwickelte. Braga half bei den Grabungen. Die Tunnel verbinden sich mit natürlichen Höhlen, einem Labyrinth aus Minen und rutschigen Gefällen. Er sagt, die Teppich-Karte sei der Schlüssel, um sich dort zurechtzufinden.«

»Könnte Braga nicht als Führer in Macao fungieren?«

»Die Tunnel dienen dem Schmuggel nach Kanton hinein. Der Unterschlupf des Fox in Macao ist weit genug von Kanton entfernt, um sich zu verstecken, aber nahe genug, um sich, wenn nötig, schnell zurückschleichen zu können. Braga behauptet, davon nichts zu wissen.«

»Fahren wir wirklich den ganzen Weg bis nach Portugiesisch-China?«

»Ach was, Macao liegt gleich ums Eck, nur ein paar hundert Seemeilen.«

Es juckte mich am Fuß, und ich kratzte mich – an meiner Prothese. »Die Frustrationen eines imaginären Fußes«, bemerkte ich.

Mabbots seltenes Lachen klingt wie der Frühling. Sie hat großen Takt wegen meines Beins an den Tag gelegt. Außerdem hat sie zu meiner großen Erleichterung ihren nächtlichen Besuch nicht erwähnt. Wären die Zwillinge nicht meine Zeugen gewesen, käme es mir wie ein Traum vor. Mabbot erinnert sich offensichtlich nicht daran. Ich dagegen schon. In meinen Träumen wiederholt sich der Vorfall in verschiedenen Wendungen.

⚓

Dienstag, 26. Oktober, früher Morgen

Ich versuchte anhand des Mondlichtes, das durch das kleine Bullauge fiel, abzuschätzen, wie spät es war, und verließ um etwa Mitternacht meine Zelle.

Aufgeregt und misstrauisch traf ich Gimbal am Bug und folgte ihm schweigend die Steuerbordtreppen hinunter in die Schiffseingeweide. Er sagte schließlich: »Du bist spät dran. Beeil dich, wir freuen uns über ein neues Gesicht.«

»Wir? Da sind noch mehr?«

»Oh ja. Das halbe Schiff kommt manchmal zu unseren Treffen.«

Bevor ich überlegen konnte, ob es weise war, Teil einer waschechten Meuterei zu sein, kamen wir zum Eingang eines feuchten Lagerraums, in dem leere Fässer und Kisten aufbewahrt wurden. Nachdem sich meine Augen an das

Dämmerlicht der Fackeln gewöhnt hatten, offenbarte sich mir eine überaus schlüpfrige Szene, die geradewegs aus einem Bosch-Gemälde stammen könnte. Mindestens zehn Männer lagen auf Sackleinenhaufen ineinander verschlungen. Ich erkannte jetzt, warum so viele von ihnen so obszön zwinkerten, wenn bestimmte Seilknoten erwähnt wurden. Sah ich hier nicht eine Affenfaust? In dem blasphemischen Haufen konnte ich nicht genau erkennen, welches Körperteil zu wem gehörte. Sie schienen alle ein großes Lebewesen zu sein.

Jemand rief: »Brauchst du einen Platz, Spoons? Auf meinem Schoß ist noch was frei.«

Auf ein solches Angebot gibt es bestimmt eine angemessene und christliche Antwort, aber ich war so schockiert, dass ich nur noch an Flucht denken konnte. »Macht ohne mich weiter. Ich muss ganz dringend austreten.« Damit drehte ich mich um, floh in meine Zelle und verbrachte den Rest der Nacht damit, meine Tür zu beobachten.

Wenn der Anblick dieser Handlungen in mir bestimmte unerwünschte Triebe geweckt hat, dann nur, weil ich schon so lange in diesem unchristlichen Umfeld festgehalten werde und die Männer meine einzigen Freunde sind. Das Halstuch hat diese Nacht nicht unbefleckt überstanden.

⚓

Mittwoch, 27. Oktober

Trotz der Wachen und der Angespanntheit, die das Schiff fest im Griff hat, konnte der Saboteur letzte Nacht wieder zuschlagen. Dieses Mal beschädigte das Feuer, mit Öl angeheizt, die Frachträume des Unterdecks, nicht weit von meiner Zelle entfernt. Die Räume enthielten kaum noch etwas von Wert, aber Mr. Apples sagt, dass der Rumpf auf der Steuerbordseite knapp über der Wasserlinie gesprungen ist. Wir müssen also zwingend Holz auf den Paracel-Inseln finden, was der Mannschaft überhaupt nicht recht ist, aus Angst, Laroche könnte uns in einem der Häfen dort in die Enge treiben.

Mittags heftete Mabbot neben das Säckchen ein Stück Holz an den Besanmast und las die Beschriftung laut vor: »Zwei volle Anteile unserer nächsten Beute«, rief sie. »Für den Saboteur Theaterschminke!« Allseitiges Getöse wurde laut.

Der Reinfall von Montagnacht zeigte mir, dass versteckte Botschaften zur Kommunikation ungeeignet sind. Wenn ich den Saboteur finden will, dann durch Wachsamkeit und genaue Beobachtungsgabe. Dafür bin ich genauso gut geeignet wie alle anderen. Jeder ist zum Verdächtigen geworden. Er wird schwer zu finden sein, denn das ganze Schiff ist ihm auf den Fersen, und wenn sein Hirn nur die Größe einer Schnecke hat, wird der Mann sich unter keinen Umständen zu erkennen geben.

Alles ist so verwirrend geworden. Obwohl der Saboteur mein einziger Verbündeter sein könnte, phantasiere ich davon, ihn Mabbot auszuliefern. Und doch will ich mein Leben zurück, so geplündert es auch sein mag.

Was meinen Eid anbelangt, Mabbot um jeden Preis vor Gericht zu bringen … nun, diese Worte habe ich vor langer Zeit geschrieben. Wenn man ihn lange genug kocht, verliert sogar Knoblauch seinen Biss, und ich bin vollkommen durchgekocht.

19

Die kulinarischen Anwendungsmöglichkeiten einer Kanonenkugel

In dem Vertrauen missbraucht wird

Freitag, 29. Oktober

Heute haben wir an der Küste der westlichen Paracel-Inseln geankert, verstreute Halbmonde aus Sand und Palmen, wie Krumen, die von Gottes Erschaffung der Erde übrig geblieben sind. Die Männer ruderten mit Beibooten an Land, um Holz für Kitzus Reparaturen zu schlagen. Die Stimmung in der Mannschaft ist ziemlich angespannt, und Mr. Apples musste zweimal Streit schlichten, bevor dieser sich zu einer ernsthaften Unruhe auswuchs. Die Männer explodieren wie Frittiertes in heißem Öl.

Zum Glück waren alle so beschäftigt, dass keiner auf mich achtete, während ich meine Flucht vorbereitete. Ich würde schwimmen müssen, doch das war schon immer eine meiner Stärken, und dieses Mal war das Meer warm und ruhig. Selbst mit meiner geschwächten Physis würde ich es schaffen. Ich hatte an der Küste eine Reihe von Fischerdörfern erspäht, die in schätzungsweise einer halben Tagesreise erreichbar sein müssten.

Da ich mich auf unbekanntem Terrain bewegen würde, voller Einheimischer und Gott weiß was für wilden Kreaturen, beschloss ich, nicht nur die übliche Tasche mit Feigen und Wasser mitzunehmen, sondern zusätzlich eine Pistole mit genug Munition, um mich zu verteidigen oder im

Notfall kleine Tiere zu jagen, falls ich länger als geplant stranden sollte.

Ich ging zum Waffenraum und huschte rasch hinein, um nicht gesehen zu werden. Langsam gewöhnten meine Augen sich an das Dämmerlicht, und ich zuckte erschrocken zusammen, als ich drei Gestalten – Feng, Bai und Asher – in ein konspiratives Gespräch vertieft vorfand.

Ganz offensichtlich hatte ich ein Geheimtreffen gestört.

Bai kam auf mich zu. »Hast du gelauscht?«

»Gelauscht? Nein, ich habe nichts gehört.«

Er tippte mir mit dem Finger gegen die Brust und sagte: »Du hast nichts gehört.« Das war ein Befehl.

Dann wurde ich in meine Zelle zurückgebracht und eingesperrt.

⚓

Freitag, später

Eine Stunde später befreite ich mich mit meinem Löffelschlüssel und ging zurück an Deck. Um Bai glauben zu machen, ich wäre offiziell wieder auf freiem Fuß, trieb ich mich in der Nähe von Mr. Apples herum, der zusammen mit dem Bootsmann das Einladen der frisch geschlagenen Planken überwachte. Dennoch konnte ich mich nicht so ungehindert bewegen wie vorher. Bai, der Captain oder Mr. Apples schienen immer in meiner Nähe zu sein. Selbst wenn ich sie hätte abschütteln und ohne Gepäck ins Wasser flüchten können, hätten mich die Beiboote, die ständig mit Holz zwischen der Küste und dem Schiff kreuzten, gesehen. Ein Teil von mir lächelte innerlich – ich konnte sicher an Bord der *Rose* bleiben. Mich selbst verfluchend, wanderte ich über Deck.

Aber was hatte ich denn eigentlich gesehen?

Ich war so bestürzt von meiner feigen Erleichterung,

nicht zu diesen unbekannten Inseln schwimmen zu müssen, dass ich bis jetzt nicht hatte erfassen können, was ich im Waffenraum miterlebt hatte. War es am Ende das geheime Treffen von Saboteuren? Offensichtlich hatten die heimtückischen Zwillinge beschlossen, Mabbot für das Kopfgeld zu verkaufen und die *Rose* für sich zu beanspruchen.

Ich muss zugeben, dass ich enttäuscht und vor allem verängstigt bin, weil ich weiß, dass ich nie in einer Liga mit diesen beiden spielen werde. Selbst Mr. Apples scheint mich mehr zu mögen als sie. Wenn sie irgendeine Art von Meuterei anzetteln, werde ich ganz sicher ins Meer geworfen, auf See ausgesetzt oder einfach auf den Knien erschossen. Ich kann mich dieser Rebellion weder anschließen noch sie überleben.

⚓

Samstag, 30. Oktober

Heute hat Mabbot acht Matrosen verurteilt wegen »Glücksspiel, unpassendem Rausch und Verunglimpfung der jeweiligen Mütter«. Zur Strafe wurden die Männer in Seilgeschirre gespannt und außen an der Schiffswand herabgelassen, um den Rumpf mit Meißeln zu säubern. Hätte ich die Härte der Bestrafung von vornherein erfasst, hätte ich sie nicht durch die Forderung verkompliziert, dass die Männer alle gefundenen Muscheln mit an Bord bringen sollten. Der Rest der Mannschaft empfand die Bestrafung fair und angemessen, da die Männer vor Ende ihrer Wache offen getrunken hätten. Mr. Apples hätte sich diskret darum kümmern können, wäre es nicht in einen lautstarken Streit ausgeartet. Daher musste Mabbot ein Exempel statuieren. Sie verkündete: »Wir kämpfen nicht gegeneinander.«
Die Schwere der Strafe wurde mir erst bewusst, als man

die Männer mehrere Stunden später zurück an Deck holte und sie aus Hunderten von Schnittwunden bluteten. Zuerst dachte ich, sie hätten sich gegenseitig mit ihren Meißeln angegriffen, doch dann erkannte ich, dass die Wunden daher rührten, dass sie immer wieder gegen die rasiermesserscharfen Seepocken am Schiffsrumpf geschleudert worden waren. Als ein Mann ohnmächtig wurde, befahl Mabbot den anderen sieben, sich um ihn zu kümmern. Erst nach langer Massage und anderen Maßnahmen kam er wieder zu sich. Die acht saßen in Decken gehüllt und zitternd dicht aneinandergedrängt an Deck, als Mabbot sie ansprach: »Wir sind Freunde, nicht wahr?«

»Ja, Captain«, stöhnte der eine.

»Und alle wohlerzogen?«

»Ja, Captain.«

»Gut. Dann zurück an die Arbeit.«

Eine seltsame Gerechtigkeit herrscht auf diesem Schiff. Immerhin kam ich so an einen Eimer Muscheln für das Menü dieser Woche.

Sonntag, 31. Oktober

Curry schüchtert mich ein.

Ramsey war bei seinen frühen Reisen zu den Teeplantagen auf den Geschmack gekommen und verlangte es meistens, wenn junge Frauen unter seinen Gästen waren. Es ist kein Geheimnis, dass der Lord die Vorzüge eines Junggesellenlebens genoss. Die Gäste wussten nicht, wie Curry eigentlich schmecken sollte, weshalb mir ihre Reaktionen nicht so am Herzen lagen wie die von Ramsey. Er ließ mich am Morgen danach regelmäßig wissen, dass das Curry »leider nicht ganz gelungen war«. Aber wie hätte ich auch mit den Zutaten, die mir damals zur Verfügung standen, einen

Geschmack, der nur auf Erzählungen basierte, nachempfinden können?

Heute Morgen wachte ich früh auf, um einen neuen Versuch zu unternehmen. Es gab keine Entschuldigung. Nie hatte ich bisher Gewürze, die auch nur halb so frisch waren wie die, die ich von Mabbot bekommen hatte und die sogar aus ihrer verschlossenen Dose heraus dufteten.

Einige davon waren nicht gemahlen, und so mörserte ich sie mit einer Kanonenkugel. Das Geschoss ist fast so ein guter Stößel wie ein Nudelholz. Sollte ich jemals wieder in einer anständigen Küche arbeiten, setze ich sie dort vielleicht weiter ein.

Als ob ihn der Geruch geweckt hätte, erschien Joshua, um mir zu helfen, und bald hatten wir frisch gemahlenen Zimt, Senf und Nelken. Wir vermischten alles mit Kurkuma, Cayennepfeffer, Kreuzkümmel und Ingwer. Curry hat viele Facetten.

Nachdem der Zimt gemahlen war, erkannte ich, dass ich nur dieser einen Geschmacksnote folgen musste, sie würde mir den Weg weisen. Wir arbeiteten uns Prise für Prise voran und rochen abwechselnd an dem Häufchen, darüber debattierend, ob wir einen Hauch mehr Senf brauchten oder lieber Kreuzkümmel als Anker verwenden sollten. Als wir das Summen des Zimts verloren hatten, wussten wir, dass wir zu weit gegangen waren, und kehrten um. Wir erschufen, so entschieden wir, einen märchenhaften Baum, und als wir fertig waren, konnten wir die erdigen Wurzeln des Kreuzkümmels riechen, die schwielige Rinde des Senfs, den pulsierenden Saft der Kurkuma und die sonnenbeschienenen Blüten des Zimts.

So ein reiches Gericht verlangte nach einem leichten Gegenpart, und die Papaya war perfekt dafür geeignet. Sie war noch nicht ganz reif und hatte den befriedigenden Biss einer Gurke. Die schwarzen Samen glänzten wie Rogen im

Fischbauch. Joshua mochte den Geruch nicht, stiftelte die Frucht jedoch klaglos und vermischte sie mit etwas Zitrone und einem Hauch Honig. Da das Babirusa noch nicht lange hing, war das Fleisch sehr geschmeidig, und hauchdünne rosafarbene Scheiben, die fast durchsichtig waren, erinnerten an milden italienischen Schinken.

Ich muss gestehen, ich bin entzückt über die einfache Eleganz von mit Zitronengras gekochtem Reis.

Um die Zartheit der Muscheln zu bewahren, gaben wir sie erst kurz vor dem Servieren zum Curry. Die gemahlenen Gewürze rösteten wir für ein paar Minuten ohne Fett, um ihr Aroma zu entfachen, und vermischten sie dann mit etwas Schmalz und geriebener Kokosnuss. Anchovis und Miso dienten als herzhafte Grundlage für die Soße. Wir köchelten die Muscheln in Ingwerbier, und als sie sich öffneten und die Flüssigkeit austrat, verbanden wir alles zu einem dampfenden Archipel.

Zu meinem Missfallen befand sich Bai in Mabbots Kajüte, als ich eintraf.

Unruhig präsentierte ich ohne Umschweife das Menü: »Salat aus grüner Papaya und Babirusa, Curry-Muscheln an Zitronengrasreis, garniert mit dem letzten Koriander.«

»Wunderbar!«, sagte Mabbot. »Verdammte Umstände, lasst uns essen.«

Als Bai nach draußen ging, um Heu für das Kaninchen zu holen, beugte ich mich über den Tisch und flüsterte: »Captain, ich sage es geradeheraus: Die Zwillinge sind die Saboteure.«

Mabbot wurde ernst. »Das sind schwerwiegende Anschuldigungen«, erwiderte sie. »Haben Sie Beweise?«

»Tatsächlich, ja. Ich habe sie erwischt, wie sie mit Asher ein geheimes und konspiratives Treffen im Waffenraum abhielten.«

Mabbot nahm meine Hand und sagte, nachdem sie sich versichert hatte, dass wir immer noch allein waren, todernst: »Mein Gott, wie kann das sein?«

»Ich weiß, das muss ein Schock sein …«

»Es ist in der Tat ein Schock, dass Sie nicht wissen, was Beweise sind.« Sie grinste. »So ein einfaches Wort. Selbst ein Kind kennt die Bedeutung von ›Beweis‹. Haben Sie meine Regeln nicht gehört? Wenn Sie jemanden grundlos beschuldigen, verlieren Sie ein Ohr. Ich lasse es Ihnen dieses Mal nur deswegen durchgehen, weil Sie schon Ihren Fuß verloren haben.«

»Aber welcher Beweis wäre ausreichend für Sie? Sie fragen zu viel!«

»Das weiß ich.«

»Dann warum?«, insistierte ich.

»Die Mannschaft wartet und beobachtet. Sie werden einander kontrollieren, was dem Saboteur die Arbeit erschwert, bis ich seine Identität herausgefunden habe. Währenddessen werden wir keinen Unschuldigen töten, nur damit der Saboteur ermutigt wird.«

»Aber ich habe Ihnen doch gesagt …« Bai unterbrach mich, als er mit einem Bündel getrocknetem Alfalfa für das Kaninchen zurückkam. Er gab vor, nicht zuzuhören, aber er wusste sicher, worauf ich hinauswollte. Ich kann mich glücklich schätzen, nicht im Schlaf erschlagen zu werden. Als er wieder nach draußen verschwand, flüsterte Mabbot: »Woher wollen Sie wissen, dass nicht ich der Saboteur bin?«

»Was ist das denn für ein Unsinn …«

»Ist es das? Ein Saboteur treibt meine Mannschaft unter meinen Rock. Nicht dass sie anfällig für Meutereien wären. Das sind gute Männer, die mich lieben. Aber das letzte Jahr war hart. Ich habe einen Großteil unserer Beute für die Jagd verbraucht. Zwischenfälle wie dieser ziehen den Unmut aus den Männern wie Blutegel das schlechte Blut aus dem Körper. Mit einem Teufel an Bord sind sie weder gelangweilt noch apathisch, weder reich noch fett. Lässt man sie zu lange bequem sein, kann das zu Unzufriedenheit und tatsächlich auch Sabotage führen.« Sie lachte so herzhaft, dass der Tee in ihrer Tasse überschwappte.

»Ihre Sturheit wird uns beide noch umbringen«, zischte ich.

»Ich bin nicht nur stur, Wedge«, antwortete sie. »Ich bin auch der Captain dieses Schiffes und von allem, was hier passiert.«

Eine Bemerkung: Der Ananas-Bananen-Cider ist gut genug für ein Piratenschiff. Er wäre hervorragend, wenn ich anständige Champagnerhefe hätte und nicht diese Büchse mit Sauerteig, die ich immer noch mit mir herumtrage. Dennoch – auch wenn er etwas zu sauer ist –, das Fruchtaroma steigt in die Nase und ruft Bilder von sonnenbeschienenen Stränden hervor, was ausreicht, um die Stimmung zu heben.

⚓

Dienstag, 2. November

Wir haben heute ein weiteres Pendleton-Schiff eingenommen: Captain Wesleys Ostindienfahrer *The Trinity,* gerade frisch beladen und kaum zwei Wochen auf der Reise nach Hause.

Dieses Mal verlief die Begegnung vom ersten Moment an blutig. Da das ehrwürdige Handelsschiff nur über wenige Kanonen verfügte, wurde es von zwei kleineren Kanonenschiffen eskortiert, die beide wendig waren und nur so vor Waffen strotzten.

Doch das hielt Mabbot nicht ab. Sie stürzte sich in die Schlacht, schien die Herausforderung zu genießen. Unsere Männer jubelten, als sie befahl, die Kriegsflagge zu hissen, ein weißes Stundenglas auf schwarzem Untergrund, das den Feinden signalisierte, dass ihre Zeit gekommen war.

Unser Eröffnungsschuss landete nahe genug, um die Segel des ersten Kriegsschiffes nass zu spritzen. Als es in den Kampf einstieg, wichen wir zurück. Mabbot stellte sich selbst ans Steuerrad. Unser Verfolger überbrückte die Distanz alarmierend schnell. Wir glitten eine Meile nach Osten, doch schon nach wenigen Minuten hatte das Schiff uns halb erreicht. Genau das hatte Mabbot gewollt.

Sie rief: »Zwei Raben«, und die Mannschaft jubelte. Das Kanonenschiff manövrierte, um die Steuerbordkanonen in Stellung für eine Breitseite zu bringen, als unsere zwei Achterkanonen zum Leben erwachten. Die Geschosse rissen ein so großes Loch in den Rumpf des Gegners, dass die Matrosen wie Samen herauspurzelten. Das war der Zweck des verstärkten Achterteils der *Rose* und der schweren Langstreckenkanonen, die dort montiert waren: dem Gegner großen Schaden zuzufügen. Unser Feind bekam Schlagseite, die Segel bedeckten das Wasser.

Wir steuerten erneut auf das stillstehende Pendleton-Schiff zu, doch die zweite Eskorte wich nicht von seiner Seite. »Volle Fahrt voraus!«, befahl Mabbot, und schon rasten wir mit dem Bugspriet voran direkt auf die *Trinity* zu. Wir tauschten Schüsse mit dem zweiten Eskortschiff aus, während wir uns näherten, und unser Bramsegel wurde von einem Glückstreffer zerfetzt. In letzter Minute drehten wir bei, verfehlten die *Trinity* um wenige Meter und hatten so das große Schiff zwischen uns und das Eskortschiff gebracht. Drei von Mabbots Leuten sprangen zwischen den Schiffen ins Meer, an den Gürteln Schwimmblasen und gewachste Säcke mit Werkzeugen und Sprengkörpern befestigt.

Während des folgenden Unheils erblickten wir eine Taube, die wie ein Hoffnungsschimmer von der *Trinity* aufstieg. Sie flog dreimal im Kreis, bevor sie nach Norden abdrehte. Mabbot schrie: »Apples! Apples! Apples!« Ich verfolgte den Flug mit glühendem Neid, als Mr. Apples' Gewehr losging und der Vogel ins Meer stürzte.

Gewehr- und Musketenschüsse erklangen vom Deck des Handelsschiffes, während das Eskortschiff rasch zu uns aufschloss. Unsere Männer erwiderten das Feuer nur, um die anderen zu decken, die sich zum Entern bereitmachten. Die Schwimmer, die vom Feind entweder nicht bemerkt wurden oder außer Reichweite der Gewehre waren, erreichten den Bug des Eskortschiffs. Sie hielten sich mit Haken am Schiffsrumpf fest und montierten ihre Bomben genau unter der Wasserlinie.

Unsere Männer waren in der Zwischenzeit auf das Handelsschiff gelangt, und nach einem kurzen, aber beherzten Scharmützel (Mr. Apples und die Zwillinge) waren der Captain und die beiden Oberoffiziere gefangen genommen. Man hing diese armen Männer an ihren Füßen über unsere Reling. Die Eskorte konnte ihre Schüsse so nur sehr vorsichtig abgeben, um weder die *Trinity* hinter uns zu zerstören noch die Männer zu verletzen, die an unserem Rumpf hingen wie Schmuck am Hals einer Matrone.

Die Schwimmer kehrten zur *Rose* zurück und kletterten unter Kriegsrufen die Strickleitern nach oben, als ihre Bomben detonierten – fünf gedämpfte Knalle. Die Männer an Deck des Kriegsschiffes gerieten in Panik, kletterten die Masten hinauf, als das Schiff kenterte und dann mit beängstigender Geschwindigkeit sank.

Das war Mabbots effiziente Bosheit. Von meinem Versteck hinter der Taurolle sah ich aus nächster Nähe die unnatürlichen und grausamen Techniken, mit denen sie die Routen seit so langer Zeit terrorisierte. Während ihre Feinde noch über Anfahrten und Geschwindigkeiten und Windrichtungen grübelten, hatte Mabbot ihnen schon die Taschen geleert und den Tee vergiftet.

Man sagt, selbst die kräftigsten Ringer könne man in die Knie zwingen, indem man ihnen einen Finger verdreht. Mabbots Gegner fielen so schnell, als hätten sie Todessehnsucht. Hätte ich nicht ihre hinterhältigen Gerätschaften gesehen, hätte ich wie so viele andere geglaubt, die Frau sei ein Dämon.

Mir war mittlerweile klar, warum Ramsey den Franzosen angeheuert hatte, denn nur Laroches Verstand konnte es mit ihren abgründigen Schachzügen aufnehmen. Auch wenn ich Mabbots Motive nun kannte – und sogar glaubte, dass sie auf ihre Weise ehrenhaft waren –, wurde es nicht leichter, Zeuge dieser Gewalt zu werden.

Als der Schusswechsel beendet war, ließ Mabbot zu meiner großen Erleichterung die Beiboote der *Trinity* hinab, befreite unsere Gefangenen und erlaubte der Mannschaft, die Offiziere inbegriffen, sich auf die Boote zu verteilen, von wo aus sie gezwungen waren zuzusehen, wie wir die *Trinity* plünderten.

Dieses Mal ging die ganze Prozedur weniger feierlich vonstatten, da Mabbot schnell wieder aufbrechen wollte. Die Beute wurde durch die Ladeluken eilig in die Laderäume gebracht und würde später genauer begutachtet werden.

Die Männer brachten Mabbot einen Käfig mit drei verbleibenden Pendleton-Brieftauben. Sie musterte die Tiere einen Moment, dann reichte sie mir den Käfig mit einem Zwinkern und sagte: »Ich gehe doch davon aus, dass Sie die hier nicht missbrauchen?« Aus den persönlichen Vorräten des Kapitäns wurde ein Weinfass gerettet, ein Sack Mandeln, ein Block Schokolade und eine Schale mit brasilianischen Vanilleschoten. Der Mann hatte einen guten Geschmack. Mabbot gab dem Matrosen, der diese Schätze geborgen hatte, die Hälfte der Schokolade. Den Wein behielt sie selbst, der Rest war für mich.

Während die Männer arbeiteten, wurde überall heiß diskutiert, was mit der *Trinity* zu tun sei.

»Es wäre eine Schande, so ein Schiff nicht zu übernehmen, und eine gute Chance, den Saboteur loszuwerden, weil er sicher einer von denen wäre, die auf die *Trinity* überwechseln.«

»Aber willst du mit einer Skelettmannschaft segeln, zu der ein Verräter gehört? Und so ein großes, fettes Schiff ist doch zu nichts anderem gut, als Tee zu transportieren, und ich kenne keinen, der plötzlich Händler werden will.«

»Man könnte es auf einer Auktion verkaufen.«

»Aber man wird dafür wahrscheinlich vorher gehängt.«

Man kam schließlich zu dem Ergebnis, dass man das massige Schiff nach der Plünderung versenken würde.

Aus Neugier begab ich mich ebenfalls auf die *Trinity,* um mich umzusehen. (Da ich meiner Prothese nicht genug vertraute, kroch ich über eines der Enterbretter, sehr zur Erheiterung der Mannschaft.) Ich wollte herausfinden, ob es einen vernünftigen Herd auf dem Schiff gab.

Tatsächlich gab es eine gut ausgestattete Kombüse direkt neben der Kapitänskajüte, mit einem eleganten Treadwell-Herd, der allerdings zu heiß war, um ihn zu berühren, geschweige denn ihn abzutransportieren. Entmutigt bemerkte ich, dass er fast groß genug war, um einen Mann darin zu verstecken, als mir der Gedanke kam, mich den *Trinity*-Leuten in ihren Beibooten anzuschließen. Doch die Realität holte mich schnell ein – wir befanden uns mitten im Südchinesischen Meer, und diese armen Seelen hatten nur eine geringe Chance, es an welche Küste auch immer zu schaffen. Außerdem hatte ich darüber gelesen, dass unter verzweifelten Männern auf See oft Kannibalismus ausbricht. Ich wäre der Erste, der daran glauben müsste. Als ich mich das letzte Mal ausliefern wollte, verlor ich ein Bein. Meine verbleibenden Gliedmaßen waren mir seither umso wichtiger.

Die *Trinity* war ein riesiges Fahrzeug, entsprechend groß war die Beute. Neben Seidenballen, Pfefferfässern und schier unzähligen Kisten voll Tee waren die Laderäume bis zur Decke mit Teak, Baumwolle und Geschirr vollgestopft. Ich kam gerade dazu, als die letzten Beutestücke an Deck gebracht wurden, und konnte einen Blick auf das Silber werfen, bevor es in die Laderäume der *Rose* transportiert wurde. Die Mannschaft der *Trinity* hatte es in flache Barren gepresst, um es besser stapeln zu können. Selbst aus der Entfernung raubte mir die Menge den Atem. Ein unschätzbares Vermögen, das da nackt und glitzernd in der Sonne lag. Die weiche Oberfläche der Barren war so verlockend, ich wollte sie am liebsten wie ein Karamellbonbon kauen. Wie viel Opium dafür wohl verkauft worden war? Und was man dafür wohl erwerben konnte? Eine Kathedrale? Eine Armee?

Mabbot hatte ihr Versprechen den Männern gegenüber erfüllt, die geopferte Beute war wiederbeschafft und sogar noch verdoppelt. Die *Rose* war wieder fett und schwer, doch Mabbot konnte ihren Leuten den Lohn nicht verweigern. Die *Trinity* hatte sogar so viel geladen, dass gar nicht alles mitgenommen werden konnte.

Etwas allerdings konnten wir unmöglich zurücklassen: Unsere Männer brachten aus den untersten Frachträumen eine Reihe dunkelhäutiger Heidenmenschen, die von den Philippinen stammten. Sie waren zu jeweils zehnt aneinandergebunden, ihre Hälse steckten in langen Brettern.

Die über und über verdreckten Heiden blinzelten ins

Sonnenlicht. Eine Frau wollte verzweifelt ihr Kind erreichen, das zwei Plätze hinter ihr in dem Brett gefesselt war, sie weinte und stöhnte. Selbst als sie auf unser Schiff geführt wurde, streckte sie die Arme nach ihrer Tochter aus, die zu krank zum Laufen war und von den anderen mitgeschleift wurde.

Ich hatte in England miterlebt, wie Dienstboten aus Siam oder Kambodscha die Wäsche wuschen oder sich um den Garten kümmerten. Sie standen ganz unten in der Hierarchie, selbst die anderen Angestellten sprachen kaum mit ihnen. Ich schwöre, ich wusste nicht, dass man sie auf diese Weise nach Europa schaffte, und ich hätte es auch nicht geglaubt. Doch es war nicht zu leugnen. Das waren die »Langvögel«, die man geordert hatte. Sie wurden entführt und nach London gebracht, um dort Nachttöpfe zu leeren. Die Gruppe bestand aus nahezu vierzig Menschen, und einer unserer Männer rief, dass noch mindestens ein Dutzend tot in den Laderäumen lag.

Ich hatte Lord Ramseys Unterschrift gesehen und konnte ihn nicht länger in Schutz nehmen. Ich fühlte, wie meine Vergangenheit Risse bekam und mir immer mehr entglitt. Wieder trieb ich allein auf offener See, ohne Schutz und Richtung.

Unsere Männer brachten die verwirrten Sklaven unter viel gutem Zureden so fürsorglich wie möglich auf die *Rose.* Der Anblick war zu viel für mich. Ich kletterte zurück auf das Piratenschiff und wollte mich in meiner Zelle verkriechen, als Mabbot mich zu sich rief.

Ich trat neben sie, doch sie schaute mich kaum an. Ich versuchte, mich zurückzuhalten, aber es platzte aus mir heraus: »In einem christlichen Land geht es ihnen sicher besser. Wer weiß, aus was für Dreckslöchern diese Arbeiter stammen?«

»Arbeiter.« Mabbot war todernst.

»Der Sklavenhandel wurde vor zwölf Jahren verboten.«

»Und was sagt das über Ihre Company aus?«

»Herrgott noch mal, Frau, ich habe die Pendleton Company nicht gegründet! Ich besitze keine Aktien. Warum halten Sie mir das immer wieder vor?«

»Ich mag Sie, Wedge, sehen Sie das nicht? Ich führe Sie nur durch Ihre Lektionen.«

»Ich bin kein Schuljunge.«

»Dann seien Sie ein Mann. Sie fragen, warum ich tue, was ich tue«, antwortete Mabbot. »Aber was werden Sie tun?«

Ich drehte ihr den Rücken zu und ging in meine Zelle. Wollte sie, dass ich, eine Machete schwingend, zur See fuhr? Das Blut meiner Feinde trank? Während ich aufgebracht hin und her lief, stand mir wieder die Frau vor Augen, die zu ihrem Kind wollte, und ich eilte zurück an Deck.

Als Asher und Mr. Apples begannen, die Schlösser an den Fesseln mit beunruhigender Routine zu knacken, kniete ich mich neben sie und flüsterte: »Was kann ich tun?«

Mr. Apples machte sich nicht die Mühe aufzublicken. »Bist du nicht der Koch?«

Als ich zur Kombüse ging, sah ich, wie die *Trinity* in Brand gesetzt wurde. Das Feuer würde beeindruckend sein, aber ich blieb nicht stehen.

Ich hatte eine einfache Kartoffelsuppe geplant, doch Kitzu hatten die bedauernswerten Gestalten so gerührt, dass er mir ein Netz voller sich windender Fische vor die Füße warf: zwei Seeaale, einen Drachenfisch, dessen Stacheln ein gefährliches Gift bargen, sowie einen zitternden roten Oktopus.

Da ich nicht wusste, was den Gefangenen schmecken könnte, entschied ich mich für eines der tröstendsten Gerichte, die ich kannte: Bouillabaisse.

Als ich in dem französischen Kloster eintraf, in dem ich meine Lehre absolvieren würde, war ich müde, dünn und verängstigt. Ohne ein Wort setzte mich mein Lehrer an einen Tisch und stellte eine Schüssel Bouillabaisse vor mich hin. Ich war ein Fremder in einem feindlichen Land, verachtet als Engländer und Jesuit, mein ganzes Leben passte in einen kleinen Rucksack, doch diese Suppe füllte meinen leeren Magen und gab mir ein Gefühl von Sicherheit.

Joshua und ich filetierten den Drachenfisch mit dicken Handschuhen, um uns vor dem Gift zu schützen. Obwohl ich meinem Safran nachtrauerte, war ich doch zum ersten Mal mit den mir zur Verfügung stehenden Zutaten zufrieden. Bouillabaisse wird oft mit Orangenschalen gewürzt, doch Zitronengras ergab einen viel reichhaltigeren Geschmack.

Während wir herumwerkelten, nahm die *Rose* wieder an Fahrt auf, und ich war seltsam froh, nicht in einem Beiboot mit diesen Verbrechern zu sitzen, sondern hier an Bord bei meinen Verbrechern zu sein.

Rouille ist schon in einer vernünftigen Küche schwierig herzustellen, doch ohne einen richtigen Schneebesen und ohne Eier wurde es zu einer ernsthaften Herausforderung. Mit meiner unerschütterlichen Kanonenkugel zerstieß ich Schiffszwieback, fügte gerade so viel Brühe hinzu, um eine Paste anzurühren, dann gab ich gepressten Knoblauch und Cayennepfeffer hinzu. Mit einem aus drei Gabeln improvisierten Schneebesen schlug ich die Masse, während Joshua vorsichtig Olivenöl hineinfließen ließ, bis wir eine herzhafte Creme hatten.

Nachdem die gewürfelten Kartoffeln in der Brühe weich geworden waren, gaben wir den Fisch hinzu, einen nach dem anderen, und ließen die Flammen unter dem Kessel langsam eingehen. Damit sie nicht zu zäh wurden, warfen wir die Oktopustentakel, die wir zuvor in münzgroße Stücke geschnitten hatten, erst in die Brühe, als diese zu köcheln aufgehört hatte.

Die Rouille bedeckte sämig die Oberfläche, bevor sie sich wie Nebel bei Sonnenaufgang verteilte.

Als wir die Suppe servierten, hörte ich einige Beschwerden, dass die Sklaven besser aßen als die Mannschaft selbst. Zwei unserer Männer sprachen Tagalog und erklärten unseren Gästen eifrig, dass sich ihr Schicksal geändert hatte. Während sie aßen, fragte ich Mr. Apples, was aus ihnen werden würde.

»Schwer zu sagen«, antwortete er. »Ihre Dörfer haben die Spanier wahrscheinlich niedergebrannt, ihre Familien getötet. Manche werden an Land gehen, wenn wir das nächste Mal ankern. Manche werden an Bord bleiben. So sind einige unserer besten Männer zu uns gekommen – Utswali, Kinsha, Blue –, wir haben sie alle in Ketten gefunden.«

Den restlichen Tag verbrachte ich damit, die Wunden der Befreiten zu versorgen und Segeltuchzelte an Deck aufzubauen. Es stellte sich heraus, dass die Mannschaft darin schlafen würde, nicht die befreiten Sklaven. Mabbot hatte die Unterkünfte im Vorschiff den Frauen und Kindern gegeben und verkündet, dass wir unseren Kurs ändern und die Philippinos nach Hause bringen würden. Conrad schimpfte über die neuesten Entwicklungen, darüber, dass wir die *Trinity* versenkt hatten und schon bald kein Essen mehr haben würden, wenn wir so viele neue Mäuler zu stopfen hätten – doch ich glaube eher, er war wütend, weil meine Suppe so gelobt wurde.

20

Den Boten töten

In dem ich meinen Irrtum erkenne

Mittwoch, 3. November

Heute hat sich wieder einmal herausgestellt, dass ich kein Talent für Knoten habe. Selbst nach diversen Unterrichtsstunden verstehe ich deren heimtückische Windungen nicht. Ich habe versucht, mich seit der Ankunft unserer Gäste nützlicher zu machen, doch in einer dramatischen Demonstration meiner Unfähigkeit schaffte ich es, alle drei Spannseile (keine leichte Übung) einer freistehenden Kanone zu lösen, während diese transportiert wurde. Die Kanone, die mindestens fünfhundert Pfund wog, wurde immer schneller, pflügte durch ein Fass, als wäre es Nebel, und erdrückte beinahe einen Mann, der sich nur dadurch retten konnte, dass er flink wie ein Affe einen Mast erklomm. Das metallene Ungeheuer hätte sicher jemanden getötet, hätten sich ihm nicht schnelle und starke Männer mit Tauen und Netzen entgegengestellt. Danach verbot man mir, je wieder eine Kanone anzufassen, und damit geht es uns allen besser.

Die Philippinos waren von spanischen Viehzüchtern aus ihren Bergdörfern vertrieben und von Pendleton-Mitarbeitern auf das Schiff gelockt worden, indem man ihnen Waffen und Unterstützung versprach, um ihr Land zurückzugewinnen. Man hatte sie wochenlang in den Laderäumen festgehalten, während man auf günstige Winde wartete. Sie wollen unbedingt nach Hause zurück, um nach ihren Familien zu suchen. Trotz der unmenschlichen Behandlung, die sie erfahren haben, nach der sie allen Grund hätten, Fremden grundsätzlich zu misstrauen, sind sie die nettesten Menschen, denen ich je begegnet bin.

⚓

Donnerstag, 4. November

Ich halte Bai und Feng immer noch für schuldig, denn ich habe beobachtet, wie sie Nachrichten mit Asher austauschen.

Mabbot wird immer abwesender und nachdenklicher, je näher wir Macao kommen. Sie brütet jeden Tag über Karten und spricht mit Braga und Mr. Apples, alles zur Vorbereitung unseres Treffens mit dem Fox. Es war mir unmöglich, allein mit ihr zu sprechen. Bei unserem sonntäglichen Abendessen werde ich es erneut versuchen und sie vor der Hinterlist der Zwillinge warnen, denn ich habe den Verdacht, dass dies meine letzte Chance sein könnte.

⚓

Freitag, 5. November

Heute Morgen säuberte und rupfte Joshua die drei Tauben, die ich anschließend zum Abhängen hochband. Außerdem schälte ich einige Walnüsse und legte sie in Ale ein.

Natürlich erwog ich, eine der Tauben mit einer Nachricht freizulassen, doch Mabbot kann bis drei zählen. Ich stelle mir besser nicht vor, was sie mit mir anstellen würde, wenn sie einen der Vögel am Himmel und nicht auf ihrem Teller sah.

⚓

Samstag, 6. November

Um keine Aufmerksamkeit auf uns zu ziehen, ankerten wir in Sichtweite der Insel Palawan, wo die Palmen im Wind rauschen.

Mabbot trat erst wieder in Erscheinung, als wir in der Nähe der Philippinen waren. Sie befahl, die Befreiten mit ihrer Pinasse, der *Diemos,* an Land zu lassen. »Beladet sie mit so viel Essen wie möglich, fünf Pistolen und Munition«, verkündete sie.

»Soll ich die *Diemos* segeln, Captain?«, fragte Mr. Apples.

»Die Philippinos können selbst segeln, oder?«

»Aber wie sollen wir das Boot zurückbekommen?«

»Gar nicht«, erwiderte Mabbot. »Es ist ein Geschenk.«

»Captain …«

»Sie kümmern sich um alles, nicht wahr, Mr. Apples?« Damit kehrte sie in ihre Kajüte zurück und kam erst wieder hervor, als wir Kurs auf Macao nahmen.

Unsere Gäste hissten die Segel der Pinasse mit ausdruckslosen Gesichtern, während sie auf die sich sanft wiegenden Palmen starrten. Zwischen den spanischen Soldaten und der plündernden Company werden sie es nicht leicht haben, doch sie wollen entschlossen für ihr Land kämpfen. Wie Mr. Apples vorhergesagt hatte, blieben einige Männer bei uns an Bord und vertrauten ihr Schicksal Mabbot an.

⚓

Samstag, später

Ich beging den Fehler, meinen Sauerteig in der Kombüse zu lassen, während ich Kitzu half, einige Krabben zu pulen, die er während unseres kurzen Ankeraufenthaltes gefangen hatte. Nur durch einen glücklichen Zufall kehrte ich rechtzeitig zurück, um zu sehen, wie Conrad den Teig in einen

Eimer mit salzigem Schmutzwasser warf. Ich rettete das arme Ding, indem ich die äußere Schicht abwusch und es mit frischem Kokosnusswasser und Mehl fütterte. Diesen Barbaren kann man nicht vertrauen. Von jetzt an werde ich die Teigdose unter keinen Umständen mehr ablegen.

⚓

Sonntag, 7. November

Ich stand früh auf, um Zwiebeln und Knoblauch für die Mole-Soße zu rösten. Als ich ein Junge war, besuchte ein aus Mexiko zurückkehrender Missionar das Waisenhaus und bereitete eine dunkel-samtige Soße zu, deren wildes Aroma meine junge Vorstellungskraft so entzündete, dass ich mir aus irgendeinem Grund einredete, sie sei mit Pantherblut zubereitet worden. Als die Mönche sie als zu verführerisch für die Jungen bezeichneten, fürchtete ich, sie nie wieder kosten zu dürfen, weshalb ich den Missionar anflehte, sein Geheimnis mit mir zu teilen. Es war das erste Rezept, das ich auswendig lernte, und auch wenn es kein Blut beinhaltete, war es für mich eine Zauberformel, eine Litanei seltener Zutaten, die man nur tief in der Nacht flüstern konnte, wenn alle schliefen. Ich schwor, dass ich die verbotene Mole eines Tages wieder kosten würde. Leider sollte es noch Jahre dauern, bis ich die Freiheit hatte, sie selbst zuzubereiten, und da war das Rezept nur noch eine verschleierte Erinnerung. Ich habe mich seither viele Male an der Soße versucht, doch erst heute gelang sie mir wieder.

Die bewährte Kanonenkugel zermahlte die Schokolade und die Ale-getränkten Walnüsse problemlos. Da ich kein Miso mehr hatte, setzte ich eine Brühe aus Krabben- und Garnelenschalen sowie schwarzer Sojasoße an. Ich zerkleinerte die gerösteten Zwiebeln und den Knoblauch zu einer Paste und genoss deren karamellisierten Geruch. Ich hätte gerne einige Chilischoten gehabt, doch das Cayennepfefferpulver, der schwarze Pfeffer und eine Prise Zimt bildeten einen guten Ersatz. Ich befeuchtete zwei Stücke Zwieback mit Schmalz und Brühe und gab sie in den Topf mit den anderen Zutaten.

Die Tauben wälzte ich in Mehl und briet sie mit Schmalz in einer Pfanne, zusammen mit geräuchertem Babirusa-Fleisch. Dann legte ich alles in einen Terrakotta-Topf und schmorte es in ein wenig Brandy, bevor ich die üppige Soße dazuschöpfte und alles fünfzehn Minuten köcheln ließ.

Der feuchte Terrakotta-Topf verhindert ein Einbrennen, doch das Schmoren auf Conrads Herd erfordert immer noch erhöhte Aufmerksamkeit. Man muss die Kohlen und den Tontopf genau zurechtrücken.

Die letzten Kartoffeln verwendete ich für die Krabbenkroketten. Nachdem ich die Knollen geraspelt und gesalzen hatte, presste ich so viel Wasser wie möglich heraus und stellte die Flüssigkeit beiseite. Nach einer halben Stunde hatte sich die Stärke herausgelöst. Ich goss das Wasser ab, rührte die Stärke zurück in die Kartoffeln (was man nicht alles tut ohne Eier) zusammen mit dem Krabbenfleisch, schwarzem Pfeffer und getrocknetem Koriander und stellte sie zum Braten beiseite.

Joshua bereitete eigenständig eine warme Soße für die Kroketten zu. Ich machte einige Vorschläge hinsichtlich der Zutaten: eine Scheibe des Pilfered-Blue, in Wein eingeweichte Anchovis … Seine dunklen Augen funkelten, als er erkannte, dass ich ihm nicht über die Schulter sehen würde. »Ich vertraue dir«, sagte ich zu ihm. »Mach sie einfach und ausgewogen.« Ich musste mich beherrschen, nicht in seinen Topf zu linsen. Ich erinnere mich noch zu gut an die ersten Male, als Vater Sonora mir eine Soße oder eine Suppe überließ. Der Stolz, eine eigene Soße zubereitet zu haben, ist unvergleichlich.

Die Freude, die mir die Herstellung der Nachspeise bereitete, war geradezu skandalös. Die in Brandy köchelnden Vanilleschoten und getrockneten Rosenblüten verbreiteten einen betörenden Duft. Als der Alkohol fast verdunstet war, warf ich zerstoßene Mandeln hinein und gab Honig hinzu, um alles zu verbinden.

Ich bemerkte heute Abend, als ich ihr den Stuhl herauszog, dass Mabbot ein wenig zugenommen hat. Ihr Kiefer ist nicht mehr so streng, und es zeichnen sich zwei entzückende Falten um ihren Hals ab. Es steht ihr sehr gut, und ich bin ein wenig stolz darauf.

Sie sah meinen Blick, und ich eilte verlegen zu meinem Platz.

»Krabbenkroketten mit Bagna-Cauda-Soße«, verkündete ich. »Geschmortes Täubchen mit Schokoladen-Mole, und als Nachtisch Vanille-Rosen-Amaretti.«

Wir begannen mit dem Essen. Nach zwanzig Minuten nichtssagendem Gemurmel erinnerte ich mich endlich an die Dringlichkeit meines Geheimnisses. Ich legte die Finger an die Nase und beugte mich zu Mabbot.

»Diese Zwillinge, Captain. Wir müssen etwas unternehmen.«

Mabbot seufzte und legte ihre Gabel auf ihren Teller.

Ich ließ nicht locker: »Ich habe gesehen, wie sie sich konspirativ mit Asher unterhalten haben, die drei wollten ganz offensichtlich nicht belauscht werden. Sie haben Mandarin gesprochen, daher habe ich nichts verstanden, aber es war gehetzt und geheim und unheimlich verdächtig!«

Mabbot tupfte sich die Lippen mit der Serviette ab. »Das ist beängstigend.«

»Es freut mich, dass Sie das auch so sehen!«

»Aber wenn sich eine Meuterei anbahnt, warum schließen Sie sich ihr nicht an, Wedge, und befreien sich so?«

»Blutvergießen ist nicht meine Art.«

»Sie denken viel eher – und zu Recht –, dass die beiden Sie niemals in ihren Club aufnehmen würden.« Sie lachte, und ich musste selbst auch ein wenig lächeln, so ansteckend war ihre Laune.

»Um ehrlich zu sein, Captain, wäre ich sehr viel lieber Ihr Gefangener als deren. Aber Sie wissen am besten, wozu die beiden fähig sind. Ich bitte Sie inständig, bald etwas zu unternehmen, am besten jetzt gleich. Sie zu überraschen ist die einzige Möglichkeit.«

»Sie werden das nicht ruhen lassen, oder?«

»Aber wie könnte ich?«

»Nun gut, mir bleibt wohl nichts anderes übrig. Glauben Sie wirklich, dass mir auf diesem Schiff etwas entgeht? Ich kenne ihr Geheimnis, Wedge, oder besser gesagt, Fengs. Ein Schiff ist eine kleine Welt für sich, und nicht einmal die beiden haben eine richtige Privatsphäre.« Sie trank einen Schluck Cider und seufzte. »Feng erwartet ein Kind.«

Ich musste mich verhört haben.

»Ihr Gesicht!«, sagte sie. »Warum so schockiert? Auch wenn sie sich wieselflink bewegt, sich wie ein Mann kleidet, hat sie doch ein Herz wie wir alle. Asher ist ihr Partner, und die beiden haben zweifellos über das unausweichliche Dilemma gesprochen, wenn man es ihr ansehen wird, was jeden Tag so weit sein kann.«

»Aber …«

»Eine Frau, selbst wenn sie von ihrem loyalen Bruder begleitet wird, kann nicht einfach so auf einem Piratenschiff anheuern. Meine Position ist speziell und hart erarbeitet. Ich war fünfzehn Jahre ein Mann auf See, bevor ich mein wahres Ich zeigen konnte. Nun, jetzt wissen Sie Bescheid. Natürlich ist es Ihnen verboten, mit jemandem darüber zu sprechen. Ich fürchte, ich werde in einigen Monaten neue Leibwächter brauchen. Sie wollen sich nicht vielleicht zum Kampfsportler weiterbilden?«

»Aber …«

»Ihr breiter Rücken wäre ein echter Gewinn, aber andererseits könnte ich mich dann auch einfach hinter einem Fass verstecken«, sagte sie lachend. »Habe ich Sie verletzt?«

»Wie kann das sein?«

»Die Shaolin-Mönche lehren keine Frauen in der Kampfkunst, doch sie hatte zusammen mit ihren Brüdern Rache geschworen und sich daher als Mann ausgegeben. Ich versichere Ihnen, viele von uns greifen nach Macht. Wir geben uns nicht alle damit zufrieden, unser Leben in der Küche zu verbringen. Früher habe ich mir den Kopf geschoren und Hosen getragen. Es ging nicht anders.«

Sie musste gemerkt haben, wie ich versuchte, die Zwillinge im Kopf auseinanderzuhalten, denn sie sagte: »Ganz recht, eine Frau hat Sie verprügelt. Anständig ausgewrungen wie die Montagswäsche. Aber sie wird sich sicher auf eine Revanche einlassen.«

»Welcher Mann schlägt eine Frau?«, murmelte ich.

»Aber natürlich. Wie immer ein Kavalier. Ein robuster Schild.«

Jetzt war mir endlich klar, warum Feng mich in den dunklen Gängen immer geschlagen hatte: Es war die Vergeltung für Ashers Auspeitschung! Wegen mir hatte ihr gitarrenliebender Freund leiden müssen, und das hatte sie mir nicht durchgehen lassen können. Den Kopf in die Hände gestützt, musste ich plötzlich unkontrolliert lachen. »Ich kapituliere«, sagte ich. »Sie sprechen in Rätseln, ich werde da nie aufholen können. Sie haben allerdings einen Vorteil, denn ich bin an meine guten Manieren gebunden.«

Sie lachte ebenfalls, und wir lachten gemeinsam, und plötzlich fiel etwas Wichtiges von mir ab. Ich konnte nicht genau sagen, was es war, nur dass ich mich daran festgeklammert hatte, seit diese ganze schreckliche Geschichte begann. Wie ein Mann, der von einer Klippe stürzt und sich an einen Nesselstrunk klammert. Das bittere Gewächs hatte mich am Leben erhalten. Als ich es jetzt loslassen musste, fiel ich, und ich würde nie wieder derselbe sein.

Vielleicht machte sich der Cider bemerkbar, denn mir fiel erneut auf, wie hübsch Mabbot war, ihre aufrechte und doch entspannte Haltung, ihre sanften und doch so scharfen Augen.

Wir hatten uns schon eine ganze Weile angesehen, als es mir bewusst wurde. Plötzlich besorgt, sie könnte die Bewunderung in meinen Augen sehen, murmelte ich: »Ich ziehe mich jetzt besser zurück, Captain.« Ich spürte ihren heißen Blick in meinem Rücken, als ich zur Tür ging.

21

Wölfe und Schafe

In dem ich einen letzten Fluchtversuch unternehme

Dienstag, 9. November

Endlich haben wir Macao erreicht – eine Küste wie zerschlagenes Terrakotta.

Das Schiff vibriert vor Erwartung. Der Fox könnte in Reichweite sein, aber sicher weiß man es wie immer nicht. Manche sagen, wir werden bald unsere Seide abwerfen, um Platz für sein Gold zu schaffen, wohingegen andere glauben, dass seine Schmugglerarmee sich uns anschließen wird, um gegen Laroche zu kämpfen. Die Aufregung ist nur eine dünne Hülle über der Sorge darüber, sich in sehr gefährlichen Gewässern aufzuhalten. Keine fünfzig Meilen von hier befinden sich der Pearl River und das Pendleton-Haus, von wo aus das Beladen der Schiffe mit Zimt, Tee und in Stroh verpacktem Porzellan beaufsichtigt wird. Das bedeutet, dass sich bestens ausgerüstete Kriegsschiffe in diesen Gewässern herumtreiben, die das Herz von Englands Chinahandel verteidigen werden.

Nachdem einige Männer in einem Beiboot ausgesandt worden waren, um unsere Landung abzusichern, stattete Mabbot die anderen mit Karten, Gewehren und Verpflegung für einen Tag aus. Ich bat darum, mit an Land gehen zu dürfen und festen Boden unter den Füßen zu spüren. Tatsächlich aber ängstigte mich die Erinnerung an das befreiende Lachen und unsere tiefen Blicke in Mabbots Kajüte, und ich hatte das Gefühl, fliehen zu müssen, bevor ich mich vollkommen verlor.

Wir waren fast zwei Dutzend: Mabbot, Mr. Apples, Mr. Braga, die Zwillinge, ich, Joshua und eine Reihe von Mabbots besten Kämpfern, die ganz ausgehungert waren. Macao war bekannt als ein Land voller Diebe und Wegelagerer. Egal, welche Flagge dort in den Boden gesteckt wurde – die spanische, die chinesische oder die portugiesische –, der Ruf der Gesetzlosigkeit wurde nur noch größer. Während wir an Land ruderten, ließen mich die rostfarbenen Hügel, die in der Sonne schmorten und von rauchgrauen Bäumen gesäumt waren, meinen Entschluss, mich der Gruppe anzuschließen, bereuen. Die Landschaft bestand aus Höhlen und versteckten Tälern – genau dort perfektionierten die Banditen ihr Handwerk. Ich fragte: »Herrschen hier die Portugiesen?«

»Die Portugiesen haben kein Problem mit mir«, erwiderte Mabbot. »Ebenso wenig die Holländer.«

Die Wellen warfen uns an einen so steinigen Strand, dass meine Prothese keinen Halt fand. Ohne Joshuas Hilfe stünde ich immer noch dort. Wir versteckten das Boot unter tiefhängenden Sträuchern an einer Mündung und folgten dem Fluss landeinwärts.

Die Matrosen liefen uns voraus und hackten mit Macheten den Weg frei. Zu meiner Erleichterung ließen wir die Flusskiesel hinter uns und gingen über niedrige, ausgedörrte Hügel. Mabbot konsultierte die Hühnerblutkarte und nahm sich Zeit zur Orientierung. Die Landschaft bestand aus Staubhosen und herumkrabbelnden schwarzen Käfern.

»Weiß Braga den Weg nicht?«, fragte ich Mr. Apples.

»Braga kennt nur die Tunnel beim Pearl River. Der Fox hat ihn nie hierhin mitgenommen oder ihm gesagt, wie man herkommt.«

Wir steuerten auf einen in der Ferne liegenden Berg zu, dessen Gipfel wie eine Klinge geformt war. Schon bald fielen Joshua und ich zurück. Mr. Apples, der mich ganz offensichtlich im Auge behalten sollte, blieb in unserer Nähe.

Auch wenn der Untergrund hart und trocken war, war es ein gutes Gefühl, an Land zu sein. Selbst die ausgedörrten Gräser, die sich durch den Lehm gekämpft hatten, riefen meine Zuneigung hervor. Einem seltsamen Impuls folgend, nahm ich einen Stein auf und saugte daran wie an einem Bonbon. Auch der Captain war offensichtlich froh, an Land zu sein, so forsch, wie sie voranschritt. Als sie ihren Mantel über die Schulter warf, bewunderte ich den Schwung ihrer Hüften. Ich versuchte, mir einen ihr ebenbürtigen Mann vorzustellen, der so verrückt war, Mad Mabbot zu heiraten. Man konnte sie nicht zähmen, aber man würde immer genug Spaß und Abenteuer haben. Und sie aß gern.

Mr. Apples blickte über die Hügel, wahrscheinlich auf der Suche nach Kopfgeldjägern. Ich war froh, ihn in meiner Nähe zu wissen.

Beiläufig fragte ich: »Das war's dann also? Wir werden endlich den Brass Fox finden?«

»Schwer zu sagen. Er bleibt nie lange an einem Ort, auch wenn Macao ein vernünftiges Zuhause wäre. Viele Halunken, die man anheuern kann, und nur wenige Polizisten, die leicht zu bestechen sind. In Macao stellt man keine Fragen.« Mr. Apples grunzte, blieb einen Moment stehen, um die Hinterlassenschaft eines Tieres zu betrachten, und ging dann weiter. »Selbst wenn er nicht hier sein sollte, werden wir ihn früher oder später erwischen. Ihm gehen die Tricks aus, und er wird nachlässig. Er ist müde.«

»Darf ich daran erinnern, dass ich den Mann getroffen habe«, flüsterte ich. »Ich weiß, dass Mabbot nicht auf Gold aus ist. Was hofft sie zu bewerkstelligen?«

»Spoons, du bist nicht halb so schlau, wie sie immer behauptet.« Er hustete und spuckte einen dicken Klumpen

Schleim auf den Boden. »Denk mal nach: Mabbot lehrt ihn das Segeln, das Schießen – und viel wichtiger, wen man erschießen soll. Und dann ist er auf einmal weg und schmuggelt Opium. Er stiehlt es von der Pendleton Company und verkauft es, um noch mehr Schmuggler und Söldner anzuheuern, baut sein eigenes kleines Reich auf. Er wurde zu dem, was sie hasst, was sie bis aufs Blut bekämpft. Wenn das dein Kind wäre – könntest du das einfach so hinnehmen? Der Captain hat hundert Gründe, Ramsey zu töten, aber warum sollte sie ihr Schiff riskieren, um eure kleine Feier zu stören, hm?«

»Sie versucht, alles in Ordnung zu bringen«, erwiderte ich, langsam verstehend. »Alle ihre Fehler wiedergutzumachen.«

»Doch mit jedem Tag wird der Fox mehr wie sein Vater. Der Captain denkt, sie könnte ihn dazu bringen, alles aus ihrer Perspektive zu sehen. Unter uns, dafür ist es zu spät. Ich habe gesehen, wie er Fischer getötet hat, in seinen Augen stand pure Freude. Der Mann ist ein Wetzstein. Hier ist eine bessere Frage: Wenn es dazu kommt – kann Mabbot es beenden?«

Nachdem wir das Tal durchschritten hatten, rasteten wir mittags unter einem knorrigen Baum. Ich legte die Prothese ab, um meinen Stumpf zu massieren und die Einlage zu lüften. Wir hatten gerade erst unser Mahl aus Feigen, Trockenfisch und Schiffszwieback begonnen, als Mabbot schon wieder aufbrechen wollte. Wir packten also zusammen und folgten ihr.

Schließlich erklommen wir einen Hügel und betraten ein Tal, das von einem breiten Fluss durchzogen war. Die Bäume hier waren dick und schattenspendend.

Zuerst sah es aus wie nach einem Erdrutsch, doch als wir näher kamen, wurden unter den wuchernden Efeuranken und umherliegenden Felsen die Umrisse eines Tempels sichtbar. Vandalen hatten den Buddhastatuen die Köpfe abgeschlagen, die Mönche hatten sicher ein ähnliches Ende genommen. Langgesichtige Affen hatten den Ort erobert und beobachteten uns misstrauisch von den Bäumen.

Hinter dem Tempel lag ein sanfter Hügel, der mit Steinen und verfaultem Holz übersät war. Dahinter lag eine schorfige Wunde – San Lazaro. Selbst aus der Entfernung konnte ich erkennen, dass die Stadt eine Missgeburt war und wir hier nicht die grundlegendste Zivilisation vorfinden würden. Als wir uns der Stadt an Feldern und baufälligen Hütten vorbei näherten, umringten uns zwei halbwilde Hunde und knurrten uns an, erstickten fast an ihrer Aggressivität. Ich wünschte fast, Mr. Apples würde sie erschießen, doch Mabbot und ihre Leute waren solche Empfänge offenbar gewohnt und ignorierten die Tiere.

San Lazaro war ein Abbild Babels nach dem Fall – eine Kakophonie aus Kulturen. Die Stadt war aus bröckelndem Lehm und Flechtwerk erbaut, dunkle Löcher, mit grauem Kalk angestrichen. Die sich bekriegenden Weltreiche hatten willkürlich ihre Spuren in der Architektur hinterlassen. Eine Einfriedung, die eilends für einen Kampf gebaut worden war, der vor Jahrzehnten geendet hatte, wurde nun von Ratten und schmutzigen Kindern bevölkert, die uns durch die Lücken im Zaun beobachteten. Eine Hausreihe bestand aus roten Ziegelsteinen; wahrscheinlich einst Offiziersunterkünfte, dienten sie heute als Ställe für verdreckte Pferde. Der saure Geruch nach brennendem Dung hing über den Hausdächern. An einer Kreuzung stand ein anständiges englisches Haus, komplett mit Säulen und Fensterläden, doch es wirkte, als hätten es seine ursprünglichen Besitzer schon lange verlassen – man hatte das gesamte Gebäude in Stierblut-Braun gestrichen, und von den Simsen baumelten an Fäden Spiegel und Ideogramme.

Hämisch lachende Männer stellten in der Sonne Lehmziegel her. Nicht weit davon entfernt bot ein bärtiger Greis Singvögel und Heuschrecken in kleinen Holzkäfigen an. Ein Wasserbüffel fraß gemächlich mitten auf der Straße und ignorierte die Schläge, die ein Junge ihm auf den Rücken verpasste. Ein buckliger Orientale verkaufte Spieße mit geschwärztem Fleisch an die verlotterten Passanten.

Ich überlegte, ob ich einen Korb voll roter Melonen von einem Straßenhändler kaufen sollte, als mir auffiel, wie leicht man jemanden in diesem Gewirr verlieren könnte. Hier, unter all diesen Dieben und Schurken, war meine Gelegenheit zur Flucht. Ich beschloss, äußerste Vorsicht walten zu lassen.

Wir passierten einen Platz voller zusammengepferchter Schafe, die auf dem Boden nach trockenem Gras suchten. Mr. Apples zuckte zusammen und brüllte: »Schafe! Captain, darf ich? Captain, mit Ihrer Erlaubnis?«

Mabbot erwiderte seufzend: »Beeilen Sie sich, und merken Sie sich unsere Richtung. Wir werden nicht warten.« Und schon war Mr. Apples auf der Suche nach dem Schafhirten.

Joshua sah, wie ich das Gesicht verzog, und gestikulierte: »Wohin geht Mr. Apples?«

Ich versuchte mit meinem begrenzten Zeichenvorrat zu erklären, dass auch ein unverheirateter Mann, besonders ein gewöhnlicher Pirat, fleischliche Gelüste hatte und diese sich auf das gleiche Geschlecht oder sogar Tiere richten konnten. Ich erzählte ihm dann, so gut ich konnte, von der Hölle, auch wenn ich in unseren gemeinsamen Unterrichtsstunden nicht die Zeichen dafür gelernt hatte. Ich behalf mich mit erfundenen Gesten und meinem kleinen Wortschatz. Es dauerte seine Zeit. Ich brachte mit Müh und Not heraus: »Alle Menschen körperlicher Hunger schlecht. Gott wird traurig. Heißer Ort schlecht, lange Zeit sehr heiß ...« Und so weiter. Joshua warf mir einen Blick zu, als würde er meine geistige Gesundheit ernsthaft anzweifeln. Dann gebärdete er: »Sie brauchen mehr Übung.«

Dagegen konnte ich nichts einwenden. Wie auch immer, es war an der Zeit zu handeln. Mabbot war beschäftigt, und Mr. Apples vergnügte sich – meine erste richtige Gelegenheit zur Flucht. Ich rief mir mein Gelübde, mich zu befreien, ins Gedächtnis, nutzte den Moment und fragte Mabbot nach einem Silberstück, um Melonen zu kaufen. Sie sah mich nicht einmal an. »Nehmen Sie Joshua mit und holen Sie Mr. Apples, sonst lassen wir Sie hier.« Zerstreut ließ sie drei Silberstücke in meine Handfläche fallen, in Gedanken offensichtlich beim Fox und nicht bei mir. Mit klopfendem Herzen steckte ich sie ein.

Feng warf mir einen misstrauischen Blick zu, als ich mich entfernte, unternahm aber nichts, um mich aufzuhalten. Ich zog eine Grimasse in ihre Richtung, und sie schüttelte nur verächtlich den Kopf.

Eine Minute später hatten wir ein Lagerhaus umrundet und waren außer Sicht. Beim Gedanken an Freiheit wurde mir die Brust eng, und kurz verspürte ich keine Angst mehr. Ich klopfte Joshua auf die Schulter und eilte die Gasse entlang. Wir kamen zu der Ruine einer niedergebrannten Kirche und duckten uns hinter die einzige verbleibende Wand, wo Joshua fragte: »Wo gehen wir hin?«

Herrliche Freiheit. Ich zitterte wie Aspik und war euphorisch, nach Monaten endlich wieder einmal allein zu sein.

»Wir warten hier für einen Moment«, bedeutete ich ihm.

Ich ging ein Stück weiter durch eine enge Passage und erblickte einen fast schon zivilisierten Teil von San Lazaro. Die Sonne beschien einige Ziegelhäuser und Obstbäume. Eine Frau hängte Wäsche auf eine Leine, und dieses simple Bild von Häuslichkeit trieb mir die Tränen in die Augen. Wenn Mabbot Verdacht schöpfte, würde ich mich schon in einem kleinen, aber sauberen Zimmer versteckt halten und den Bewohnern gutes Geld dafür zahlen. Irgendwann würde die *Rose* ablegen müssen, und dann wäre ich frei und könnte mir Arbeit auf einem zivilen Schiff suchen, um die Heimreise anzutreten.

Das war es. Euphorie machte sich in mir breit, doch ich wollte mich erst noch von Joshua verabschieden. Ich ging zu ihm und verpasste ihm einen männlichen Klaps auf den Rücken. Dann gab ich ihm den ernsten Befehl: »Warte fünf Minuten, und geh dann zu Mabbot zurück.« Ich hatte keine Zeit für Erklärungen, und der Junge durfte mir auch nicht folgen. Als er zu fragen ansetzte, drückte ich kurz seine Schulter und ließ ihn die Entschlossenheit in meinen Augen sehen. »Fünf Minuten«, gebärdete ich. »Dann geh zu Mabbot.«

Meine Meinung über die aussichtsreiche Straße änderte sich jedoch fast augenblicklich, als ich sie entlangzugehen begann. Die Männer, die auf den Hausstufen herumlungerten, warfen mir so böse Blicke zu, dass ich hier besser nicht nach einer Unterkunft fragte. Die Frau, welche die Wäsche aufgehängt hatte, war in ihrem Haus verschwunden und hatte die Tür hinter sich zugeschlagen. Zwei Männer mit muskulösen Armen folgten mir bereits seit einigen Metern. Sobald ich konnte, schlug ich den Weg zurück zur Hauptstraße ein. Ich hatte gedacht, dass jede Stadt dem Leben an Bord vorzuziehen sei, doch jetzt vermisste ich die Gesellschaft der kräftigen Matrosen. Ich beschleunigte meinen Schritt und suchte nach Schildern einer Pension oder eines Gästehauses, wo ich mich bis zum Ablegen der *Rose* verstecken könnte.

Schließlich fand ich mich in einem Labyrinth aus stinkenden Gassen und Sackgassen wieder, durch die ich mich wie eine Ratte zwischen Pfützen und herabhängenden Ranken schlängeln musste. Da ich hauptsächlich Abstand zwischen mich und Mabbot bringen wollte, verlor ich schon recht bald die Orientierung und lief im Kreis, bis ich in einer Gasse landete, die ich schon durchquert hatte. Dieses Mal stand ein zerlumptes Kind, jünger als Joshua, mitten auf der Straße, als ob es mir den Weg versperren wollte. In seiner rechten Hand hielt es einen Knochen – es sah wie ein Oberschenkelknochen aus. Er hob ihn ans Gesicht, nahm mich ins Visier und tat so, als wolle er mich erschießen. Ich ging rasch weiter und sah aus der Nähe, dass es sich wohl tatsächlich um einen menschlichen Knochen handelte. Als ich an dem Jungen vorbeiging, schoss er weiter auf mich, nur unterbrochen von imaginärem Nachladen. Das Kind war todernst, es schien nicht einmal Freude an seinem Spiel zu empfinden.

Plötzlich hörte ich Joshua schreien. Das Geräusch war unverkennbar. Der Junge benutzte seine Stimme sonst nur zum Lachen, und ich wusste sofort, dass er zutiefst verängstigt sein musste. Da lachte das Kind schließlich.

Ich beruhigte mich: Joshua würde ohne Zweifel zurück zu Mabbot finden. Er war ein kluger Kopf. Ich drehte mich um und setzte meine Suche nach einer Unterkunft fort. Knie und Hüfte schmerzten bereits vom Laufen auf dem unebenen Boden, doch ich ignorierte die Beschwerden und ging sogar noch schneller.

Da hörte ich Joshua erneut, dieses Mal stieß er ein langgezogenes Heulen aus. Vielleicht suchte er mich auch nur, doch er klang ernsthaft verängstigt oder als ob er Schmerzen litte. Der arme Joshua brauchte mich. Die Flucht musste warten. Ich drehte um und rannte – oder besser gesagt, hüpfte – seiner Stimme entgegen.

Um schnellstmöglich zu ihm zu gelangen, musste ich die Gasse mit dem merkwürdigen Kind erneut durchqueren. Als ich an ihm vorbeihumpelte, brachte der Rotzbengel mich mit dem Knochen, den er an meiner Prothese einhakte, zu Fall. Kopfüber landete ich in einer Pfütze voller Algen. Ich rappelte mich auf, riss dem Kind den Knochen aus der Hand und hätte es nur zu gern damit verprügelt, doch Joshuas Heulen hielt mich davon ab. Ich behielt den Knochen und eilte zu ihm.

Als ich endlich bei der Ruine ankam, sah ich zwei Männer, die Joshua in eine Ecke gedrängt hatten und ihm die Kleider vom Leib rissen, trotz seiner Gegenwehr und seiner Schreie. Sie hatten ihm die Nase blutig geschlagen, doch der Junge wehrte sich tapfer. Die Männer schienen es zu genießen, ihn Stück für Stück auszuziehen, sie weideten sich an seiner Angst. Mich hatten sie noch nicht gesehen, so dass ich mich hinter den Größeren der beiden schleichen und den Knochen erheben konnte. Doch bevor ich zuschlagen konnte, klammerte sich das verdammte Kind von hinten an mich und zerkratzte mir das Gesicht. Blut und Schmutz liefen mir ins rechte Auge, als die Halunken mich bemerkten. Im folgenden Handgemenge konnte ich mich zur Mauer zurückziehen und Joshua beschützend hinter mich drängen. Die Männer trugen Brandmale zwischen den Augen, wohl von einer glühenden Münze verursacht. Welche Bruderschaft diese Art Aufnahmeritus pflegte, wollte ich gar nicht wissen.

Die Männer begannen schweigend, auf mich einzuprügeln, immer abwechselnd, ins Gesicht, den Bauch, den Schritt.

Ich fiel nach hinten und schützte Joshua mit meinem Körper, versuchte, die Männer mit meiner Prothese zu treten, doch irgendwann konnte ich mich nur noch wegrollen und hoffen, so den schlimmsten Schlägen zu entkommen. Sie schwiegen immer noch, und als sie lachten, sah man, dass ihnen die Zungen herausgeschnitten worden waren. Es waren entkommene Sträflinge.

Bei einem Tritt gegen den Kopf biss ich mir auf die Zunge, und als das Blut meinen Mund zu füllen begann, musste ich gegen eine Ohnmacht ankämpfen.

Dann hörten die Schläge plötzlich auf, und durch meine Finger sah ich Mr. Apples, der die Männer mit dem Knochen in Grund und Boden stampfte. Schweigend und systematisch zerschlug er ihre Gesichter. Diese Geräusche waren schlimmer als meine Schmerzen. Joshua versuchte, mich von sich zu wälzen, doch ich wollte ihm den Anblick ersparen und hielt seinen Kopf unten, bis die Männer sich nicht mehr rührten. Mr. Apples, der nicht einmal ins Schwitzen geraten war, griff nach unten und zog uns auf die Füße.

»Habt ihr Spaß?« Er hustete und schüttelte Blut und andere Dinge vom Knochen. »Willst du den hier für deinen Eintopf?«

Ich spuckte einen Blutstrahl aus und überprüfte, ob meine Zunge noch vollständig war. Joshua weinte. Ich hielt seine Wange mit einer Hand und gebärdete »Entschuldigung, Entschuldigung« mit der anderen.

Mr. Apples betrachtete den Knochen für einen Moment und gab ihn dann dem merkwürdigen Kind zurück, das sofort damit auf ihn zielte.

»Der Captain wartet«, sagte Mr. Apples.

Er nahm seinen mit Wolle gestopften Rucksack, der wie eine riesige, vollgesogene Zecke aussah, warf ihn sich über die Schulter und ging pfeifend davon, als käme er gerade von einem Sonntagspicknick. Ich half Joshua mit seinem Hemd und den Sandalen – zum Glück hatte er keine ernsthaften Verletzungen davongetragen –, und wir eilten Mr. Apples nach. Mein Körper vibrierte immer noch von den beißenden Nachwirkungen der ausgestandenen Angst, und ich wusste, wenn diese nachließen, würde ich die Prellungen noch viel deutlicher spüren. Schlimmer waren jedoch die Schuldgefühle. Meine dumme Sehnsucht nach zu Hause hatte Joshua fast das Leben gekostet.

Aus Dankbarkeit für sein Einschreiten versuchte ich, ein Gespräch mit Mr. Apples anzufangen.

»Das ist …«, ich räusperte mich, »… gute Wolle, Mr. Apples. Sie werden wunderhübsche Dinge daraus anfertigen.«

»Ich muss sie erst waschen und kämmen. Ich wünschte, ich bekäme irgendwo vernünftige Farbe her.«

»Ich könnte Ihnen vielleicht etwas Kurkuma geben. Das gibt eine schöne Farbe, und eine Prise reicht lange. Oder wir finden ein paar Flechten. Die Mönche haben ihre Kutten mit Flechten und Urin sehr hübsch ockerfarben gefärbt … Darf ich Sie fragen, warum Sie Ihre Pistole nicht verwendet haben? Ich beschwere mich nicht, ich bin Ihnen unendlich dankbar, aber ich wundere mich.«

»Ich mag ordentliche Schläge. Eine Pistole klemmt oder verfehlt ihr Ziel, und sie ist selbst bei einem Treffer nicht wirksam genug. Meine Hände klemmen nicht und verfehlen auch nichts …«

Joshua unterbrach uns und gebärdete: »Sehen Sie? Er wollte nur Wolle. Er wollte keine Schafe ficken …«

»Du hast recht!«, unterbrach ich ihn mit meiner freien Hand.

Joshua betrachtete mich einen Moment, bevor er antwortete: »Ihr Gehirn hat einen Sprung.«

Dagegen konnte ich nichts einwenden.

Wir trafen Mabbot bei einem großen Banyanbaum, dessen Stamm mit verschiedenen seltsamen Dingen dekoriert war. Als sie Mr. Apples sah, rief sie: »Wo waren Sie? Ich lasse nicht zu, dass ich warten muss wegen Ihrer … was zum Teufel ist mit Ihnen passiert?«

»Haben Freunde gefunden«, erklärte Mr. Apples.

»Genug! Die Taverne ist da drüben«, sagte Mabbot und deutete auf ein düsteres, fensterloses Gebäude mit einer kleinen roten Tür. Über dieser hing eine Flagge mit einer Schlange, die sich in den eigenen Schwanz biss.

Braga sagte: »Wenn der Fox hier ist, dann weil er gefunden werden will.«

»Und ich will ihn finden«, entgegnete Mabbot.

»Ich trau dem Ganzen nicht.«

»Dann bleib hier mit den anderen.« Mabbot wählte zehn Männer aus, die bei Braga bleiben sollten. Der Rest folgte ihr in die Taverne.

22

Der Brass Fox wird gefunden

In dem Mabbots Jagd zu Ende geht

Das »Serpent's Tail« war langgezogen und eng. An einer Raumseite reihten sich diverse Eichentische, eine zinnverkleidete Bar nahm die andere Seite ein. Über den Tischen führte eine enge Treppe zu einer Empore, die von dicken Teppichen verdeckt wurde. Eine große Gruppe bewaffneter Männer stand an der hinteren Wand, wo durch eine offene Tür staubiges Licht auf den Sägemehlboden fiel. Ich nahm an, dass es sich dabei um die Männer des Fox handelte und sie auf uns warteten.

Ich stand hinter Feng, die mit zur Seite geneigtem Kopf ihr Gewicht verlagerte. Dann, als ob sie beschlossen hätte, dass das Sägemehl nicht gut genug war, führte sie Mabbot von der Bar zu den Tischen. Als ich das Sägemehl mit dem Schuhabsatz ein wenig beiseiteschob, sah ich darunter hölzerne Bohlen. Die, die sich direkt unter mir befanden, schienen nicht fest mit den anderen verbunden zu sein. Ich stand auf einer Falltür. Das hier war eine der Spelunken, in der man einen Schluck trinkt und an ein Galeerenruder gekettet wieder aufwacht. Ich folgte Feng und stellte mich näher zu den anderen.

Mr. Apples verkündete: »Hannah Mabbot ist hier wegen des Brass Fox. Wo können wir ihn finden?«

Die Männer auf der anderen Seite des Raums blieben stumm und unbeweglich. Mr. Apples trat zwei Schritte nach vorn und brüllte: »Raus damit!«

Der Fox teilte schließlich die Vorhänge auf der Empore

und zeigte sich. Sein geöltes, dunkelbronzefarbenes Haar reichte fast bis zu seinem aufgestellten, gestärkten Kragen und dem Halstuch. Die Absätze seiner polierten Stiefel klapperten, als er die Stufen hinunterging. Der vernarbte Gristle trug seine Pistole und das Bandelier. »Nicht so ungeduldig! Wir sind doch gerade erst eingetroffen«, sagte der Fox, als er zu einem Tisch in der Mitte des Raumes schlenderte und sich hinsetzte.

Wir drehten uns alle zu Mabbot um. Sie war wie gelähmt, starrte ihr Kind an. Einen Moment lang schien es, als würde sie nie wieder aus ihrer Starre erwachen, doch dann riss sie sich zusammen und setzte sich zu ihm an den Tisch. »Aber wir haben sehr viel länger gewartet …«, sagte Mabbot, »dich endlich zu sehen.«

»Nun, ihr seht mich jetzt.«

»Das tue ich«, sagte Mabbot leise.

»Wein!«, rief der Fox. Gristle holte eilends einen Zinnkrug und schenkte zwei Gläser ein. Mabbot wartete, bis der Fox zuerst trank, und leerte ihr Glas dann in einem Zug.

Mr. Apples deutete auf eine Reihe Holzfässer, die an den Dachbalken hingen. »Das ist kein Wein.«

»Das verhindert, dass die Dinge hier außer Kontrolle geraten«, erklärte der Fox. »Der Wirt gibt genug Schießpulver und Schrot hinein, um jedem den Tag zu versauen. Man geht höflicher miteinander um.«

»Die könnten auch voller Sand sein«, murmelte Mr. Apples.

»Willst du es ausprobieren?«, spottete der Fox.

Mr. Apples lockerte seine Schulter, starrte auf das Fässchen über sich und überlegte, ob er nach oben springen und es packen sollte, als ihn Mabbot unterbrach: »Wir sind nicht hier, um zu streiten. Lass uns irgendwo in Ruhe reden.«

»Wir reden hier«, erwiderte der Fox.

Mr. Apples schnaufte missbilligend, die Adern an seinem

Hals traten sichtlich hervor. »Captain, mir gefällt das nicht …«

Mabbot brachte ihn mit einem Blick zum Schweigen. Wie ein geprügelter Hund knurrte Mr. Apples und zog sich zurück. »Macht mal ein wenig Platz«, sagte Mabbot, und wir zogen uns zur Vorderwand zurück, um ihr zumindest die Illusion von Privatheit zu geben.

Gristle füllte ihr Weinglas nach. Mabbot sah dem Fox unverwandt ins Gesicht. »Du wirst immer gutaussehender«, sagte sie.

»Tja, daran sind wohl die allabendlichen Buttermilchbäder schuld, bevor du mich in den Schlaf gesungen hast.«

Sie lachten zusammen, es hallte von den Dachsparren wider. Die Männer des Fox wurden unruhig und wirkten so verwirrt, wie ich mich fühlte. Von all den seltsamen Dingen, die mir bisher begegnet waren, war das hier das Unerwartetste.

Umgeben von angriffswütigen Schurken, in einer Stadt voller Mörder, in einer Welt, die von den Klauen der Habsucht beherrscht wird, lachten die beiden. Doch nur kurz, denn jetzt leerte der Fox wieder sein Glas und wappnete sich gegen alles, was da noch kommen mochte.

Da kam Kittur langsam die Emporentreppe herunter. Ihre Augen leuchteten hinter der Brille, und ich sah Furcht darin. Aus irgendeinem Grund machte mir das mehr Angst als die von der Decke hängenden Sprengkörper oder die lauernden Grobiane. Sie wusste, was geschehen würde, und das war nichts Gutes.

»Und wer ist das? Willst du uns nicht vorstellen?«, fragte Mabbot.

Der Fox zwinkerte Kittur jedoch nur zu, und sie drängte sich an den Männern vorbei und ging zur Hintertür hinaus. Mir schien es besser, draußen zu warten, bei Braga und den anderen. Ich legte meine Hand auf Joshuas Schulter, um ihn ins Freie zu führen, als zwei Männer des Fox durch die Vordertür eintraten und uns den Weg versperrten. Einer hielt einen mittelalterlichen Eisenprügel mit Stacheln in der Hand, der offensichtlich seit dem letzten Gebrauch nicht gesäubert worden war.

Erwartungsvolle Stille senkte sich über die Taverne, nur das leise Scharren der Stiefel im Sägemehl und das Klappern von Waffen an Gürtelschnallen war zu hören, während sich Mabbot und ihr seltsamer Sohn anstarrten.

»Du weißt, was jetzt kommt, Mutter. Du musst es geahnt haben.« Eine Haarsträhne fiel ihm ins Gesicht, und sie strich sie ihm hinters Ohr. Er ließ es zu.

»Sag es mir«, erwiderte sie.

»Ich wünschte, es gäbe einen anderen Weg.« Der junge Mann hob wieder sein Glas, starrte jedoch nur in seinen Wein, als sähe er ein Insekt darin.

»Wie gut kann dieser Plan schon sein, wenn du ihn nicht einmal laut aussprechen kannst?«, stachelte Mabbot ihn an.

»Bist du so wild auf die Schlinge?« Er stellte das Glas so abrupt ab, dass es in seiner Hand zerbrach, was ihn zu beruhigen schien. Er zog sich ungerührt eine Scherbe aus dem Daumen und betrachtete die Blutstropfen. »Dein Opfer ist nicht unwillkommen.« Er seufzte, als er aufstand. Wie aufs Stichwort zogen seine Männer Säbel und Pistolen.

»Hast du immer noch Alpträume?«, fragte Mabbot beiläufig.

»Oh, die hören doch nie auf«, schnurrte der Fox. »Sie vermischen sich nur mit der Zeit.«

Mr. Apples und die Zwillinge hatten Kampfhaltung eingenommen, bereit, es mit den Gegnern aufzunehmen, doch Mabbot blieb stur sitzen. Sie sagte: »Du hast nur diesen Moment, dich zu erklären, bevor es hier unhöflich wird.«

»Unhöflich? Wird Höflichkeit die Boten mit meinem

Erbe in einer Satteltasche zu mir bringen? Wenn ich mir das Haar pudere, wird Pendleton mich dann als Ramseys Erben anerkennen? Nein. Ich muss ernsthaft für meine Sache einstehen, sonst werden sie mich nie hören.«

Seine Männer wippten auf den Fußballen und warteten auf sein Zeichen, auf uns loszugehen.

Mr. Apples grunzte: »Wie ich gesagt habe. Ein Hinterhalt, Captain. Wir sollten abhauen.«

Mabbot packte ihn am Gürtel und zog ihn hinter sich. »Wir sind so weit gefahren, Mr. Apples. Ich werde das klären.«

»Und warum genau hast du den weiten Weg auf dich genommen?«, fragte der Fox.

»Um dich aufzuhalten … um dich zu bitten, mit dem Opiumschmuggel aufzuhören«, antwortete Mabbot.

»Ah ja, die armen Rauchfresser liegen dir immer noch am Herzen.«

»Jawohl, und außerdem ist es zu gefährlich. Pendleton wird …«

»Aber was denn nun? Falsch oder gefährlich?«

»Beides!« Ihre Stimme brach, und zum ersten Mal überhaupt sah ich Mabbot außer sich. »Du musst die Mächte bedenken, mit denen du spielst.«

»Höre ich hier wirklich gerade Mad Mabbot zu, wie sie mir einen Vortrag über Umsicht erteilt?« Seine Männer kicherten.

»Ich kann meiner Mannschaft vertrauen«, sagte Mabbot. »Du jedoch setzt auf den Wind. Man kann keinem bestochenen Mann trauen.«

»Was soll ich denn sein? Ein Schneider vielleicht? Ein Bäcker? Etwas Sicheres und Einfaches, hast du mich darauf vorbereitet, als du mir gezeigt hast, wie man einem Mann oberhalb des Knies eine Wunde zufügt, wo die Blutung nicht gestillt werden kann? Als du mir gezeigt hast, wie ich mit dem Griff meiner Pistole jemandem den Hals brechen kann?«

»Was willst du, Leighton?«

»Was hast du anzubieten?«

»Willst du eine Entschuldigung?« Ihre Stimme war fast unhörbar.

»*Das* wäre wirklich interessant.«

»Es tut mir leid.«

Mr. Apples ballte die Fäuste so hart, dass ich dachte, die Sehnen in seinen Armen müssten reißen, doch er schwieg.

Der Fox genoss diesen Moment sichtlich und beugte sich schließlich vor: »Was *genau* tut dir leid, Hannah?« Das Blut tropfte aus seinem Daumen in seine Handfläche.

»Ich habe nicht …« Ihre Stimme schien vom Grund eines Brunnens zu kommen. »… was auch immer du gebraucht hast, ich hatte es nicht.«

Einen Moment lang wirkte der Fox bewegt von ihren Worten. Dann schüttelte er das Blut auf den Tisch, wo es sich mit dem verspritzten Wein vermischte. »Genug«, sagte er. »Es ist beschlossen.«

Mabbot erwiderte: »Denk noch einmal darüber nach. Pendleton würde niemals Anteile der Company an einen bekannten Banditen übergeben, schon gar nicht Ramseys Anteile. Wenn du aber vernünftig handelst …«

»So nennst du deine kleinen Scharmützel? Vernünftig? Du vergeudest deine Zeit auf einsamen Meeren. Sie bauen die Schiffe schneller, als du sie versenken kannst. Sinnlos. Du hast nie gewagt, dich nach deinem Herzen zu richten. Immer nur Gift und Galle gespuckt über die Sklaverei und das Opium, um dich davon zu überzeugen, dass du mehr bist als eine verdammte Taschendiebin. Was genau ist mein Geburtsrecht? Welches Stück dieser dreckigen Erde soll ich Heimat nennen? Steht mir nichts Besseres zu, als von Freibeutern und Kopfgeldjägern gejagt zu werden? Nein, ich nehme nur, was mir gehört. Man wird mich nicht ignorieren. Du verstehst mich falsch, Mutter. Ich habe dich nicht um Erlaubnis gefragt, und ich brauche deinen Rat nicht.«

Mit einem Winken ließ er Gristle und die anderen vortreten und Pistolen und Musketen auf Mabbot richten. Manche hatten Seile und Fesseln in der Hand.

»Es scheint, als befänden wir uns in einer Sackgasse«, seufzte Mabbot.

»Dann wirst du ohne Widerstand mitkommen?«

Abscheu zuckte über Mabbots Gesicht. »Und wo genau gehen wir hin?«

»Mach bitte keine Szene. Wir befinden uns in keiner Sackgasse. Du bist geschlagen. Auch wenn ich das hier lieber auf die nette Art erledigen würde, glaub mir. Vielleicht wirst du vom Galgen entkommen, das ist dir ja schon einmal gelungen. Doch erst einmal übergebe ich dich Pendleton als Beweis, dass ich wirklich zur Company gehöre.« Er drehte sich um und rief seinen Männern zu: »Packt sie, aber verletzt sie nicht!«

Endlich stand Mabbot auf. Ihr Gleichgewicht war zerstört. Sie schwankte und musste sich auf die Tischplatte stützen. »Unverletzt für den Galgen? Oh, Leighton«, stöhnte sie. »Was ist nur aus dir geworden?«

»Geworden?« Er drehte sich zu ihr, und wir sahen überrascht, dass er weinte. »Was für eine hübsche Formulierung, *geworden.* Aber ich wurde doch *gemacht,* nicht wahr? Was könnte die Sehnen in meinem Herzen verdrehen? Ja, Mutter, ich erinnere mich an deinen Unterricht, an jedes Wort. Welcher Hammer und welche Kette? In welchem Ofen war mein Gehirn? Komm schon, du erinnerst dich. Nun, wie auch immer, deine Arbeit ist beendet. Geh, du hast dir deine Erholung verdient.« Die Tränen zogen schmutzige Spuren über sein Gesicht. Um ihn herum waren die Waffen gezogen. Mabbots Leute hatten sich eng an sie geschart, jede ihrer Pistolen war auf den Fox gerichtet.

»Du wirst mein Friedensangebot sein«, sagte er leise. »Das ist vernünftig. Siehst du, ich habe es durchdacht, bis ins Letzte. Die Zeitungen lieben nichts mehr als einen gefassten Piraten, den man die Straßen hinuntertreiben kann, und man wird mich einen Patrioten nennen. Wenn sie sich dann immer noch weigern zu verhandeln, werde ich zubeißen. Ich werde den Pearl River zu einem Rinnsal abschnüren und die Teebarone für Monate hungern lassen. Außerdem habe ich eine verdammt gute Rückversicherung.« Er war stolz auf seinen Plan, und aus seinen Augen strahlte ein solcher Eifer, dass er ganz offensichtlich wollte, dass auch sie stolz war – auf ihren Jungen, selbst wenn er sie dem Galgen auslieferte.

Mr. Apples konnte sich nicht länger zurückhalten. Mit einem Schritt war er beim Fox und hob ihn mit seinem massigen Arm um die Kehle hoch wie einen Sack Rüben.

Angestrengt keuchte der Fox: »Sie wird nicht zulassen, dass man mir was tut. Ergreift sie!«

Der Kampf begann. Der Schlag auf den Kopf, den ich vorhin eingesteckt hatte, musste schlimmer gewesen sein als gedacht, da mir die Taverne wie eine grausige Tanzhalle vorkam, dirigiert vom Grunzen und Schreien der Männer, die ungezügelt aufeinander losgingen. Zu meiner Erleichterung wurden aus Respekt vor den Sprengkörpern unter der Decke nur Schwerter und Dolche eingesetzt, die im Laternenlicht glitzerten. Es gab keine Möglichkeit, dem Geräusch gegeneinanderstoßender Körper zu entkommen und dem erstickten Jammern von in ihrem Blut ertrinkenden Männern.

Auf der Suche nach Schutz kroch ich Richtung Bar. Da öffneten sich die Falltüren, und mehr Schläger krabbelten wie Spinnen in den Barraum, klammerten sich an die Füße der Kämpfenden und zogen sie nach unten. Panisch drehte ich mich um und stolperte in die andere Richtung. Die Zwillinge hatten Mabbot unter den Armen gepackt und trugen sie trotz ihrer Gegenwehr zur Vordertür, doch sie waren kaum zehn Schritte gekommen, als eine Gruppe Banditen sie zum Stehenbleiben und Kämpfen zwang.

Mr. Apples pflügte mit einer Klinge in der einen und einem Holzschemel in der anderen Hand durch die Männer des Fox wie ein Senser durch den Weizen. Ich hatte mich mit Joshua hinter einem umgestürzten Tisch verschanzt und wartete auf einen sicheren Moment, um nach draußen zu rennen, als Braga und die Verstärkung durch die Vordertür hereinstürmten.

Dann begann die Schießerei.

Eines der Schießpulverfässer war sofort zerfetzt und verspritzte Sand über den Tumult. Für einen kurzen Moment kam alles zum Stillstand, dann griff jeder zu seiner Pistole und schoss. Die Tische, die Stühle, das ganze Gebäude erzitterte unter den Rückschlägen. Sofort war der langgezogene Raum erfüllt von Schießpulverrauch und durchzogen von Sonnenstrahlen, wo die Kugeln Löcher in Wände und Decke geschlagen hatten. Die Laternen hüpften auf und ab.

Ich überlegte, dass von den Falltüren Tunnel abgehen mussten, die aus dieser Hölle führten, und zog Joshua mit mir. Unser Weg wurde jedoch von einem Sterbenden abgeschnitten, der vor uns zusammenbrach und vergebens versuchte, eine Klinge aus seinem Rücken zu ziehen, während ihm das Blut aus dem Mund lief.

Dann wurde ich getroffen.

Ich spürte die Kugel und ließ mich wieder hinter den umgestürzten Tisch fallen. Bei genauerer Untersuchung stellte ich allerdings fest, dass sie nur meine Zinnbüchse getroffen hatte und jetzt im Sauerteig festsaß.

Eine Laterne war zersplittert und verspritzte Öl über die

hintere Wand. Rasch entstand ein Feuer, und die Flammen breiteten sich aus.

Feng und Bai wehrten Mabbots Angreifer ab, während sie selbst sich durch das Chaos Richtung Hinterausgang drängte, wo der Fox von einer Handvoll Männer bewacht wurde. Sie hatte ihre Pistolen nicht gezogen und bewegte die Hände beim Laufen hin und her. Sie rief »Stopp! Stopp!«, doch ihre Stimme ging im Gefechtslärm unter.

Ich sah, wie der Wüstling mit dem mittelalterlichen Knüppel seinen fleischigen Arm um Mabbots Taille schlang und sie zu Boden warf wie ein Schaf, das geschoren werden sollte. Mit einem Knie in ihrem Nacken begann er, ihre Handgelenke mit einem Seil zu fesseln, während Feng und Bai verzweifelt zu ihr vorzudringen versuchten.

Der Fox kam herbeigerannt, duckte sich unter Mr. Apples Windmühlenflügelarm hindurch und schrie: »Mit Respekt, habe ich gesagt! Ihr behandelt sie mit Respekt!« Er schob seinen eigenen Mann von Mabbot herunter und zog sie wieder auf die Füße. Dieser Bruchteil einer Sekunde wird für immer in meinem Gedächtnis eingebrannt sein, wie die beiden sich im Auge des Sturms an den Händen hielten. Vielleicht weil der Moment nur einen Atemzug später unwiederbringlich zerstört war.

Anscheinend wollte der Fox etwas sagen, er hatte den Mund geöffnet, als eine verirrte Kugel ihren Weg in seine Stirn fand. Er blickte zur Decke und stürzte nach hinten. Mr. Apples und die Zwillinge eilten zu Mabbot, als sie in die Knie ging und ihr Kind in die Arme nahm. Durch den dichter werdenden Qualm sah ich sie mit totenbleichem Gesicht, wie sie seinen blutenden Kopf an ihre Brust drückte und ihn hin und her wiegte wie ein Baby.

Feng war in dem Moment an ihrer Seite, als Gristle seine Donnerbüchse hob und feuerte. Mabbot und Feng gingen zu Boden.

Bai stürzte zu seiner Schwester, während Mr. Apples Gristles Waffe packte und ausholte. Der Lauf brach den Kopf eines heranstürmenden Gegners wie eine Melone auf, gleichzeitig zertrümmerte Mr. Apples Gristles Kehle mit seiner riesigen Faust. Die verbleibenden Gegner zogen sich hastig in die Falltüren zurück, bevor sie sich ohne ihren Anführer mit Mr. Apples auseinandersetzen mussten.

Joshua und ich klammerten uns aneinander, bis es still in der Taverne geworden war. Wir spähten hinter unserem Tisch hervor und sahen, dass fast alle unserer Leute unter den Toten oder Verwundeten waren. Nur Bai, Braga, Mr. Apples und zwei lädierte Matrosen standen zwischen ihren gefallenen Gefährten.

Dann ertönte ein weiterer Schuss, und Blut spritzte aus Mr. Apples' Schulter. Der Scharfschütze auf der Empore lud hinter dem Vorhang nach, während die anderen Mabbot hinter die Bar zerrten. Mr. Apples wollte schon die Stufen hinaufrennen, als ihn ein weiterer Schuss in den Oberschenkel traf und er nach hinten fiel. Hinter der Bar kümmerte sich Bai um Feng und Mabbot, die beide bewegungslos auf dem Boden lagen.

Bis auf das Knistern der Flammen an der hinteren Wand war es so still, dass man hörte, wie der Scharfschütze erneut nachlud. Da sah ich, wie im Traum, dass Joshua ein Drittel der Stufen nach oben rannte und eine Laterne auf die Empore warf. Es gab einen Knall, es zischte, als das Schießpulver des Schützen explodierte. Einen Moment später flog der Mann durch die Luft, Kopf und Hände verkohlt, landete im Sägemehl und krümmte sich dort im dichter werdenden Rauch.

Die nächsten Minuten waren ein einziges Durcheinander. Der Kampf war zu Ende, doch Qualm und Flammen zwangen uns, das Gebäude so schnell wie möglich zu verlassen. Als Mr. Apples uns zunickte, rannten wir gemeinsam durch die Vordertür, die drei Verwundeten unter den Armen. Die anderen mussten wir zurücklassen.

Von den Überlebenden aus der Mannschaft des Fox war nichts zu sehen, doch draußen hatten sich die Stadtbewohner versammelt. Als sie uns herausstürzen sahen, trotzten einige dem Rauch und wagten sich in das Gebäude, um Verwertbares zu retten.

Mr. Apples gab Mabbots Silberbeutel einem Holzsammler für sein Maultier.

Mabbot war bewusstlos, Blut lief aus einer Wunde an ihrer Schläfe. Feng war tot, ihr Herz zerfetzt von der Kraft der Donnerbüchse. Bai weigerte sich, seine Schwester mit dem Maultier zu transportieren, sondern legte sie sich über die Schulter und brachte sie zu Fuß zum Hafen. Wir folgten ihm, stets auf der Hut vor einem weiteren Hinterhalt.

Die zwei überlebenden Matrosen trugen auf Mr. Apples' Befehl Leightons Leiche. Einer der beiden beschwerte sich: »Das ist ja wohl keine lohnende Beute.«

Mr. Apples packte ihn bei den Haaren und hob ihn hoch. »Hörst du schlecht?«

»Nein, Sir!«

Ich gab Joshua einen Kuss auf den Scheitel, bevor Mr. Apples ihn auf die Schultern nahm und wie einen Helden trug. Wegen meines Humpelns musste ich auf dem Maultier reiten, hinter Mabbot, die eine Blutspur hinter uns herzog. Mr. Apples rief Bai zu, er solle Feng doch auf das Tier legen, doch dieser wollte sich nicht von seiner Schwester trennen oder wenigstens langsamer gehen. In seinen Armen schien sie nicht mehr als ein Blumenstrauß zu wiegen.

»Ich wusste, dass der Fox Unglück bedeutet«, knurrte einer der Matrosen.

»Das spielt jetzt keine Rolle mehr«, herrschte ich ihn an, selbst überrascht über meine Heftigkeit.

Er ignorierte mich und fuhr fort: »Der Captain ist angeschossen worden, nur wofür eigentlich? Für einen Kuss von dem Jungen? Ist diese Leiche hier unser Preis?«

Mr. Apples warf den Matrosen einen so eisigen Blick zu, dass sie klugerweise den Mund hielten.

Als wir endlich am Hafen waren, hatte Bai Feng abgelegt und ihr Gesicht mit seinem Hemd umwickelt. Die Drachentätowierung zeichnete sich dunkel von seinem bleichen Rücken ab. Auch wenn Tränenspuren auf seinem Gesicht zu sehen waren, war er gefasst wie immer.

»Wie geht es dem Captain?«, fragte er.

»Atmet«, war meine einzige Antwort.

Als wir zurück auf der *Rose* waren, trug Mr. Apples Mabbot zu ihrem Bett und brüllte der Mannschaft dann Befehle zu. Er fürchtete, Laroche könnte in der Nähe sein, so dass wir rasch den Anker einholten und Segel Richtung Süden setzten.

Mabbot blutete immer noch aus ihrer Kopfwunde und war immer noch bewusstlos. Ebenso wie der gute Doktor, der wie üblich sturzbetrunken in seiner Hängematte lag – der Kerl hat offensichtlich das Vorrecht, so viel Wein aus dem Vorratsraum zu holen, wie er wollte, natürlich unter dem Vorwand, diesen zur Wundsäuberung zu verwenden. Bai saß totenstill neben Fengs Leiche an Deck und starrte auf das Meer. Asher klagte und weinte, legte den Kopf auf Fengs Brust und seine Hand auf ihren sanft geschwollenen Bauch.

In ihrer Kajüte legte ich Handtücher unter Mabbots Kopf und suchte in ihrem blutverklebten Haar nach der Wunde, konnte jedoch nichts erkennen. Da die Blutung nicht aufhören wollte, holte ich rasch Mr. Apples' Wollschere. Dann schor ich vorsichtig Mabbots Kopf. Ihr Haar war dick wie ein Bärenfell und durchnässt. Schon bald war ich umgeben von Strähnen ihrer legendären Locken. Schließlich war ihr Kopf nur noch von Stoppeln bedeckt. Auch wenn hier und dort graue Härchen zu sehen waren, wirkte sie so jünger, fast schon mädchenhaft, dünn und verletzlich.

Ich wappnete mich, das Ausmaß ihrer Verletzung zu untersuchen. Die Wunde verlief von ihrer Augenbraue bis zu ihrem Hinterkopf, so gerade wie ein Säbelhieb. An manchen Stellen war sie so tief, dass der weiße Schädelknochen hervorstach, wie Zähne zwischen blutigen Lippen. Über dem Knochen hatte die Kugel eine tiefe Furche hinterlassen. Abgesehen davon wirkte ihr Schädel so stark und stur wie immer.

Dennoch war es eine schwere Verletzung, und ich bezweifelte, dass sie so schnell aufwachen würde. Ich erhitzte eine Klinge über einer Laterne, bis sie glühte. Dann spülte ich die Wunde mit Brandy und hielt die Ränder zwischen den Fingern zusammen. Mit der anderen Hand bekreuzigte ich mich und strich das stumpfe Ende der glühend heißen Klinge über die gesamte Wundlänge, brannte sie aus und verschloss sie auf diese Weise. Der Raum füllte sich mit dem Gestank nach verbranntem Haar und gegrilltem Fleisch.

Dabei handelte ich mir eine Brandblase am Finger ein, die ich gerade mit Spucke kühlen wollte, als mir etwas beinahe die Nase brach. Mabbot war aufgewacht und hatte mir einen Schlag ins Gesicht verpasst. Sie setzte sich auf, ihr Gesicht vor Verwirrung und Zorn verzerrt, verdrehte die Augen und wurde wieder bewusstlos. Sie war leichenblass. Zumindest die Blutung war gestoppt.

»Gern geschehen«, murmelte ich und betastete meine schmerzende Nase.

Ich startete einen neuen Versuch, den Schiffsarzt zu holen, und als er sich nicht wecken lassen wollte, folgte ich

Mabbots Beispiel und verpasste ihm einen Kinnhaken. Als auch das ihn nicht aus seinem Alkoholschlummer erweckte, wollte ich mich erst zum Gehen wenden, verpasste ihm dann jedoch sicherheitshalber noch einen zweiten Schlag. Der erste hatte sich so gut angefühlt. Dann ging ich zu Bai, kniete mich neben ihn und flehte: »Ich werde Wache bei Feng halten, aber bitte geh und sieh nach dem Captain.«

Wortlos stand er auf und ging. Als er zurückkam, sagte er: »Ich habe ihr Nadeln ins Ohr gesteckt. Mehr kann ich nicht tun, bis sie aufwacht.«

Alle paar Stunden bricht ein Streit darüber aus, was aus Mabbot wird und ob Laroche in der Nähe ist. Am meisten streiten die Männer allerdings über den Brass Fox, denn sein Tod hat die Faszination nur noch vergrößert:

»Das ist nicht der richtige Fox da unten im Laderaum. Der echte ist unsterblich.«

»Wir sollten ihn für ein Kopfgeld an Pendleton verkaufen.«

»Ne, wir sollten seinen Goldschatz finden!«

»Sch! Sein Geist wird uns vernichten, wenn wir ihm keinen Respekt zollen.«

»Halt die Klappe, Spirit! Um Mabbot müssen wir uns Sorgen machen. Er ist ihr Sohn. Beherrsch dich, oder sie wird uns allen die Haut abziehen, wenn sie aufwacht.«

Mr. Apples muss viele Köpfe gegeneinanderschlagen, um den Frieden zu wahren.

⚓

Donnerstag, 11. November

Meine eigenen Verletzungen sind fast geheilt. Mabbot hat zwei Tage geschlafen. Die Kopfwunde blutet nicht mehr, ist mittlerweile allerdings geschwollen. Sie schwitzt stark im Schlaf. Jede Stunde richte ich sie auf und löffele ihr

Kokosnusswasser und Bais Fiebermedizin in den ausgedörrten Mund. Ich lebe währenddessen in dem Polstersessel neben ihrem Bett. Ich erlaube sogar dem Kaninchen, es sich auf meinem Schoß bequem zu machen.

Mr. Apples hat verkündet, dass wir zur Sunda-Straße zurücksegeln, sehr zur Freude der Mannschaft, die glaubt, dass dieser Ort hier verflucht ist. Genauere Angaben weigert er sich jedoch zu machen.

⚓

Freitag, 12. November

Ich schlief tief und fest in dem Stuhl neben ihrem Bett, als Mabbot mich aufweckte.

»Sie müssen glauben, dass ich viel zu … unbesonnen in der Taverne war.« Sie war blass und schweißüberströmt, doch ihre Augen waren klar.

»Ich darf mir kein Urteil erlauben«, erwiderte ich.

»Keines?«

Nach kurzem Schweigen bekannte ich: »Auch ich habe einen schweren Verlust erlitten. Ich habe meine Frau im Kindbett verloren. Das Kind ebenfalls.«

»Sie haben sie geliebt?«

»Wäre es nicht gegen Gottes Willen gewesen, hätte ich mich zusammen mit ihnen begraben.«

»Dann sind Sie mit der Unanständigkeit von Trauer vertraut.« Sie sprach so langsam und leise, dass ich mich neben sie knien und mein Ohr an ihren Mund halten musste. »Sagen Sie mir, Wedge, ist Leighton … hat man ihn zurückgelassen?«

»Er ist hier, Mabbot. Wir haben ihn in ein Fass mit Madeira zur Konservierung gelegt, bis Sie aufwachen. Mr. Apples hat eine Wache abgestellt.«

Sie wirkte erleichtert, und ich dachte schon, sie wäre

wieder eingeschlafen, doch dann sagte sie: »Ich werde ihn mit nach Amerika nehmen und dort ein Cottage finden, wie das auf den Kanaren, wo ich ihn zur Welt brachte. In Amerika jagen sie mich nicht, dort hasst man die Pendleton Company … vielleicht bleibe ich dort. Meine Segel haben keine Kraft mehr.«

Ich ließ sie ruhen und eilte in die Kombüse, um eine Brühe zu kochen. Zur Genesung braucht man eine Suppe aus echten Markknochen. Ich verwendete, was wir noch hatten: gepökelten Babirusa und getrockneten Fisch. Ich fügte Sirup für ihr Blut hinzu und wünschte, ich hätte wenigstens die Lammfüße, die Ramsey immer den Hunden vorwerfen ließ.

Als ich in ihre Kajüte zurückkehrte, war Mabbot allerdings in tiefe Bewusstlosigkeit gefallen, aus der sie sich nicht wecken ließ. Ich flößte ihr etwas von der Suppe ein und hoffte, dass wenigstens ein bisschen davon ihren Magen erreichte.

⚓

Freitag, später

Mabbot schwankt zwischen Wachsein und Bewusstlosigkeit. Die Infektion und das Fieber sind zu meinem wachsenden Schrecken schlimmer geworden. Die Besuche des Schiffsarztes sind unnütz und beleidigend. Sie hat schon so viel verloren, ich gestatte nicht, dass er sie zur Ader lässt, und er murmelt nur, dass er nicht mehr tun könne.

Bai bereitet die bittere Medizin zu und hilft Mabbot bei der persönlichen Hygiene, sonst sitzt er Tag und Nacht an Deck und blickt auf den Ozean.

»So einsam wie das Mondlicht auf einem Löffel«, bemerkte Mr. Apples.

Während ich Mabbot pflegte, hatte Bai Fengs Leiche auf einer Bahre aus Holzbrettern im Meer bestattet und starrte seither auf den Punkt am Horizont, als würde er sie immer noch sehen.

⚓

Samstag, 13. November

Mabbots Wunde eiterte. Ich sah besorgt zu, wie der Schiffsarzt sie aufstach, und legte, nachdem er wieder gegangen war, das grüne Moos darauf, das die Zwillinge auch bei meiner Verletzung angewandt hatten.

Später am Nachmittag kam Mr. Apples zu Mabbot und stand mehrere Minuten sorgenvoll an ihrem Bett. Ich sagte: »Erzählen Sie ihnen, dass sie Fortschritte macht.«

Er nickte dankbar.

»Erzählen Sie ihnen, dass ich für sie koche, dass sie in ein paar Tagen wieder ganz sie selbst ist, furchterregend wie immer.«

23

Gebrochenes Brot

In dem ein Opfer angenommen wird

Montag, 15. November

Ich füttere das Kaninchen mit Weizen und getrocknetem Alfalfa. Mabbot füttere ich mit Brühe, und seit sie wieder kauen kann, bekommt sie Reisschleim und zerstoßenen Knoblauch gegen die Infektion. Ich habe Mr. Apples gebeten, an Land zu gehen und frisches Fleisch zu besorgen, doch aus Sicherheitsgründen sind wir Tage vom nächsten Hafen entfernt.

Dies sind die Taten meiner Hände, die Eindrücke meiner Augen. Ich habe noch nicht gewagt, die seltsamen Regungen meines Herzens niederzuschreiben, denn sie schockieren und verwirren mich. Mabbots Schwäche hat mich zutiefst erschüttert. Ich will sie gestärkt und geheilt sehen, damit sie mich wieder mit dieser scharfen Zunge necken kann – damit sie in den Wind stürmen kann. Ich werkele in ihrer Kajüte, wasche Bettwäsche, befeuchte ihr die Stirn, tätschele ihr den Kopf, wenn sie unruhig ist, und summe das Lied, das Vater Sonora immer während der Arbeit sang. Doch in den Stunden des Nichtstuns erlaube ich mir, sie einfach nur anzusehen, wie ich noch nie ein anderes menschliches Wesen angesehen habe – ihre Wangenknochen und die vollen Lippen, die jetzt aufgesprungen und ausgedörrt sind, die Augenbrauen, die so bedrohlich sein können und jetzt entspannte und elegante Bögen bilden. Ihre Hand in meiner, verhornt, muskulös und sommersprossig – einzigartig.

Ich sehne mich danach, dass ihre Energie zurückkehrt,

und doch genieße ich diese Momente der Ruhe mit ihr. Selbst dass Kerfuffle an meiner Prothese nagt, ist erträglich.

Kurz gesagt, ich bin rettungslos verliebt.

⚓

Dienstag, 16. November

Einige Männer haben einen Altar aufgebaut und verbrennen Sandelholz vor ihrer Kajüte. Ein paar stehen immer in der Nähe und warten auf Neuigkeiten. Ich versuche, sie jedes Mal aufzumuntern.

Natürlich mache ich mir Sorgen, was Gott und meine Elizabeth denken könnten, wenn sie zu uns herabblicken, aber ich kann ihnen nicht länger zu Gefallen sein. Gott in seinem unendlichen Wissen hat mir so wenig gegeben und so viel Unheil zugelassen.

Und Elizabeth weiß, dass sie für immer in meinem Herzen weiterleben wird. Doch sie muss auch verstehen, dass ich nicht mehr der Mann bin, den sie geheiratet hat, dass ich viele Leben seither gelebt habe und dass ich mich mit meinem Dasein arrangieren muss, dem Blut, dem Schweiß und der Liebe.

Mabbot scheint sich über meine Nähe zu freuen, wenn sie erwacht, und einmal, als ich sie aufgerichtet und die Anstrengungen des Essens sie erschöpft hatten, ließ sie ihren Kopf an meine Schulter sinken und lehnte ihre heiße Stirn an meinen Hals. Lange saßen wir so da.

Ich weiß nicht, ob Mabbot Fengs Tod in ihrem Delirium verstanden hat, doch sie hat nicht nach ihr gefragt. Also weiß sie wohl Bescheid.

Ich lese ihr vor, und auch, wenn sie die meiste Zeit schläft, beruhigt es uns beide.

⚓

Im Schlaf ruft sie nach Leighton. Heute hat sie mir von seiner Geburt erzählt, auch wenn ich sie bat, sich zu schonen. Gleichzeitig hoffte ich, dass es ihr helfen würde, denn meiner Meinung nach wird das Fieber ebenso von der Trauer wie von der Infektion verursacht.

»Ich brauchte einen sicheren Ort«, erzählte sie. »Ich war jung und stand kurz vor der Niederkunft. Die Mannschaft hatte sich zerstreut, Ramsey hatte so viele von ihnen gehängt. Ich nahm mein Silber und kaufte ein kleines Haus auf den Kanaren. Hühner im Garten, ein Fluss, der direkt ins Meer führte. Dort brachte ich Leighton zur Welt, ganz allein. In der einen Minute schrie ich noch einsam, in der nächsten waren wir zu zweit – er hatte eine überwältigende Präsenz. Eine Frau kam ein paarmal die Woche vorbei, um zu putzen und zu kochen, ihn durfte sie jedoch nicht einmal anfassen. So ein Leuchten hatte er in den Augen, vom ersten Tag an.«

An diesem Punkt zwang ich sie, etwas Reisschleim mit gepökeltem Fleisch und Sauerkraut zu essen, grobe Kost, aber das Nahrhafteste, was ich zur Verfügung hatte. Das Kauen bereitete ihr Schmerzen, daher zerdrückte ich alles sorgfältig.

»Die Frau hörte in einer Taverne von dem auf mich ausgesetzten Kopfgeld und verriet mich. Immerhin hat sie mich noch rechtzeitig gewarnt, bevor die Männer kamen. Nun, Sie können sich sicher vorstellen, dass man mit einem Säugling schlecht fliehen kann. Ich habe ihn bei den Nonnen in Irland gelassen. Hassen Sie mich nicht, Wedge, ich hatte keine Wahl. Wenn sie uns erwischt hätten, wären wir beide in einer Zelle verrottet. Ich wusste nicht, dass Ramsey ihn finden würde. Sobald er alt genug zum Segeln war, habe ich ihn geholt, meinen zehnjährigen Prinzen.«

»Ich weiß, Hannah«, sagte ich und versuchte, sie zu beruhigen. »Sie haben so hart daran gearbeitet, dass er nicht wie Ramsey wird. Ich verstehe, warum Sie ihn wiederfinden mussten.«

Sie schwieg, und einen Moment dachte ich, sie wäre wieder eingeschlafen. Dann sagte sie: »Er kann so grausam wie sein Vater sein, das ist mir egal, er soll nur leben! Ich habe ihn gejagt, weil ich fürchtete, er würde in den Tod rennen. Ich mag eine schreckliche Mutter sein, doch ich bin immer noch eine Mutter. Ich habe alles vermasselt. Mein Leighton! Wessen Schuss hat ihn getötet, Wedge? Haben Sie es gesehen?«

Das hatte ich nicht. Mabbots Tränen waren so glühend wie ihre Wut, jedes Schluchzen ein Dolch in die Brust. Ich ertrug es kaum und legte ihr die Hand auf die Wange. »Er hat von mir getrunken«, sagte sie und schlief schließlich erschöpft ein. Ich ging zu Bai, um mehr Medizin zu holen. Die Flasche ist fast leer.

⚓

Donnerstag, 18. November

Mabbots Fieber ist gestiegen. Ich wickele sie in Decken, doch sie zittert immer noch und friert erbärmlich. Sie war die ganze Nacht über im Fieberdelirium. Es will nicht sinken, sie ist unruhig, kämpft Phantomschlachten, kratzt sich die Haut blutig, so dass ich ihre Handgelenke festhalten muss.

Die Schwellung an ihrer Wunde ist zurückgegangen, doch das Fieber hat sie fest im Griff, und trotz Medizin fürchte ich, dass sie nicht überleben wird. So kann es nicht weitergehen.

Zu allem Übel zieht ein schwerer Sturm auf, und wir segeln direkt hinein.

⚓

Das Schiff rollte und schlingerte, als ob es an einem Pendel befestigt wäre. Mabbots Bett ist an den Boden genagelt. Ich klammerte mich an einen Pfosten, da der Polstersessel und der Esstisch aus ihren Einkerbungen gesprungen waren und wie Lämmchen in der Kajüte herumtollten. Mit der anderen Hand hielt ich Mabbot fest und spürte erschrocken, wie flach ihr Atem ging. Ich hatte keine Ahnung, was ich tun sollte. Ich schüttelte sie, doch sie reagierte nicht.

»Mabbot«, sagte ich und wiederholte dann noch einmal lauter: »Mabbot!« Doch sie war schlaff wie ein Lumpen.

Ich schrie ihr ins Ohr: »Hannah!«

»Mmm?«

»Was machst du denn? Du kannst uns nicht ohne Kapitän zurücklassen. Kannst du mich hören? Hannah, ich will nicht, dass du stirbst.«

»Wedge«, stöhnte sie, »du Gänseblümchen.«

»Halt einfach durch. Wer soll denn sonst Pendleton die Hölle heißmachen?«

»Ich habe dem Teufel ein Dutzend Mal ein Schnippchen geschlagen. Jetzt ist er mit einer ganzen Armee angerückt.«

»Pendleton wird siegen, sich rechtfertigen ...«

»Du versuchst, mich anzustacheln, Wedge. Lass mich schlafen, mir ist so kalt.«

Ihre Zähne schlugen aufeinander, laut wie Pferdegetrappel. Ich legte Teppiche und Tigerfelle über sie, doch sie zitterte, als hätte man sie unter Schnee begraben.

Dann legte ich mich zu ihr ins Bett.

Ich zog mein Hemd aus und hielt die zitternde Frau an meine warme Brust gedrückt, während wir weiter in die Dunkelheit segelten.

Ich muss irgendwann auch eingeschlafen sein, denn als die Wellen sich beruhigt hatten, weckte sie mich mit einem leisen Lachen. Der Flaum ihrer Haare war nass an den

Schläfen, doch ihr Gesicht war klar und wach. Das Fieber war gebrochen.

»Hallo, Mr. Wedgwood«, sie lachte erneut und legte ihren Arm um meine Taille.

»Bitte verzeihen Sie die Anmaßung«, murmelte ich, »... ich wollte Sie warm halten.«

»Oh natürlich, der Schüttelfrost«, neckte sie mich.

Ich wollte schon aus dem Bett stürzen, doch sie packte mich am Arm und sagte: »Aber mir ist immer noch ein wenig kalt.«

»Ich hätte nicht gedacht, dass Sie es schaffen. Offensichtlich sind Sie immun gegen Kugeln.«

»Gott liebt die Schönen«, erwiderte sie und schlief wieder ein.

Mabbots Sticheleien gaben mir Hoffnung. Ich blieb bei ihr, hielt sie, spürte ihr weiches Haar an meiner Wange. Sie schlief, ich lag wach, verwirrt und zum ersten Mal seit Jahren glücklich. Ich befand mich tief in unbekannten Gewässern, aber ich war daheim. Mabbot hatte sich ihren Weg in mein Herz erkämpft, und sie war stärker als ich. Jetzt blieb mir nichts anderes, als sie zu lieben.

Als sie aufwachte, holte ich ihr Wasser. Sie trank eine ganze Karaffe. Als ich mehr holen wollte, stand ein voller Behälter vor unserer Tür – Mr. Apples hatte uns zusammen gesehen.

⚓

Samstag, 20. November

Ich hielt sie die ganze Nacht, während sie schlief.

Am Morgen sah Mabbot Kerfuffle zuerst. Wie sie einmal sagte, auf diesem Schiff bleibt ihr nichts verborgen. Sie schien zu fühlen, dass das Kaninchen tot war. Der schwere Stuhl lag am Bücherregal auf der Seite, und so verdreht, wie das Bein des Tieres darunter hervorschaute, war deutlich, dass es zerquetscht worden war.

Mabbot stöhnte: »Sie atmet nicht?«

Ich richtete den Stuhl auf und stellte die schweren Bücher, die während des Sturms heruntergefallen waren, zurück. Das Tier wurde schon steif, als ich es aufhob.

»Ein Glücksgriff für deinen Topf«, sagte Mabbot und drehte mir den Rücken zu, während sie die Laken enger um sich zog.

»Sie machen Witze.«

»Glaubst du, ich weiß nicht, woher Fleisch kommt?«

So klar war sie schon seit Tagen nicht mehr gewesen. Ich hätte mich geweigert, hätte sie mir nicht einen strengen Blick über die Schulter zugeworfen, der mich an die alte Mabbot erinnerte.

Außerdem brauchte sie stärkende Nahrung, und da wir sonst kein frisches Fleisch hatten, zog ich mich an und ging in die Kombüse, Kerfuffle unter dem Arm.

Ich dachte, es würde mir Freude bereiten, das aufdringliche Kaninchen zu häuten, doch jetzt, da es tot vor mir lag, empfand ich eine gewisse Zärtlichkeit. Ich schärfte ein Messer, bis es glänzte, dann häutete und säuberte ich das Kaninchen so respektvoll wie möglich. Da ich keinen Teil des Tieres verschwenden wollte, legte ich das Gehirn und das Fell zum Gerben beiseite.

Dann machte ich mich auf die Suche nach Asher, damit er sich mir in der Kombüse anschloss. Er hatte es aufgegeben, Bai in seiner stummen Trauer nachzuahmen, und sich jammernd dem Rum zugewandt. Ich sprach mit ihm und gab ihm immer wieder löffelweise zu essen, während ich kochte. Essen ist nur ein schwacher Trost, aber der einzige, den ich geben konnte.

Die Schale mit Kaninchensuppe, die ich vorsichtig in Mabbots Kajüte trug, war ein Vergeben und eine Bitte um

Vergebung, das Anerkennen, dass dieses Blut grenzenlos war. Mit dieser Mahlzeit ergab ich mich dem Mysterium meines derzeitigen Lebens und gelobte, nie wieder auf Liebe jedweder Art herabzusehen.

Sonntag, 21. November

Ein Schiff besteht aus Zerstörung und Reparaturen. Trotz Mr. Apples' Bemühungen hatte die *Rose* das vordere Marssegel im Sturm verloren, und das Tauwerk war auf dem ganzen Schiff durchnässt und verschmutzt. Alle Mann waren an Deck, befestigten Dinge, knüpften Knoten, strichen und versiegelten.

Doch die wichtigste Heilung geschah in Mabbots Kajüte. Sie saß aufrecht im Bett und war nicht sie selbst, denn sie war so sanft: »Wie hätte ich wissen können, als ich dich an Bord nahm, dass ich mich so auf unsere Mahlzeiten, auf dein Murren verlassen würde? Deine Sturheit ist fast so legendär wie meine«, sagte sie. »Und jetzt hast du mich zurück in diese Welt gelockt, indem du mich getränkt und gefüttert hast.«

Ich verbrachte die Nacht damit, ihr Essen zu geben, sie zu massieren und die Sommersprossen auf ihrem warmen Rücken zu küssen. Sie teilte ihre zurückkehrenden Kräfte mit mir.

An dieser Stelle gebietet der Anstand Einhalt.

Ich kann jedoch sagen, dass ich glücklich bin. Einmal gebacken, kann das Brot nicht mehr zu Mehl werden.

24

Gold für Maismehl

In dem ich den Saboteur enttarne

Montag, 22. November

Heute übernahm Mabbot wieder die Führung des Schiffs, nachdem sie Mr. Apples zu sich in die Kajüte gerufen hatte. Sie saß in ihrem Polstersessel und rauchte ihre Elfenbeinpfeife, während ich am Esstisch in einer Ausgabe von Dantes *Göttlicher Komödie* las.

Als Mr. Apples den Raum betrat, verkündete Mabbot ohne Umschweife: »Wir müssen zurück. Wir werden das Pendleton-Lagerhaus in die Luft jagen.«

Ich war sprachlos, doch Mr. Apples überraschte so leicht nichts. Er hatte schon darüber nachgedacht: »Das wird nicht funktionieren – der Pearl River ist vom Arsch bis zu den Nüssen mit Marineschiffen vollgestopft. Und, Captain, wenn ich das so sagen darf, Sie schauen ungefähr so gesund aus wie ein Frosch in einem Gurkenfass.«

»Braga sagt, der Eingang zu den Höhlen ist ein paar Meilen nördlich der Flussmündung«, erwiderte Mabbot ungerührt. »Wir stürzen rein und wieder raus, bevor sie wissen, dass wir überhaupt da waren. Leighton hat alles scharfgemacht und geladen, wir müssen nur noch zünden.«

»Die ganze Küste entlang patrouillieren Schiffe«, antwortete Mr. Apples. »Wir schaffen es vielleicht hinein, aber nicht wieder hinaus. Außerdem ist kein Geld daran zu verdienen.«

»Die Pendleton Company ist die Pest. Alles, was sie anfasst, verfault von innen.«

Früher sprach sie mit Feuer in der Stimme von der Company, doch jetzt hörte ich nur noch Traurigkeit. Sie befahl nicht, sie bat Mr. Apples um Verständnis.

»Sie haben meinen Sohn zugrunde gerichtet. Haben ihn zu einem weiteren Baron gemacht, der nur auf seinen Anteil vom Profit aus ist. Die Pendleton Company zu bekämpfen, ist das einzig Gute, was ich tun kann, Mr. Apples. Es ist das einzig Gute, was ich je getan habe.«

Mr. Apples rieb sich den Hinterkopf, als ob er darüber nachdenken würde. »Wenn die Beamten und die Aufzeichnungen weg sind, wenn das Lagerhaus zerstört ist, dann könnte das Monopol für einige Zeit ausgeschaltet sein. Die Schakale werden sich über die Reste hermachen«, gestand er ein, »Schmuggler, die verstreute Armee des Fox, verdammt, selbst die Portugiesen werden ein Stück vom Kuchen wollen. Könnte sogar reichen, den Opiumhandel in die Zeitungen zu bringen. Schwer zu sagen, wie China reagieren wird.«

»Wenn China nur irgendetwas täte, wäre es schon eine Verbesserung«, erwiderte Mabbot. »Pendleton könnte Jahre brauchen, um sich zu erholen. Wie können wir da nicht zuschlagen?«

»Captain, ich weiß, wenn Sie eine Entscheidung getroffen haben, kann Sie keiner davon abbringen. Und Sie wissen, wo ich stehe, ich werde dieses Deck nie verlassen. Aber wir sind nicht die Einzigen auf diesem Schiff. Die Jungs haben ein Recht darauf zu wissen, auf was wir uns einlassen.«

»Glauben Sie, sie werden zustimmen?«

»Sie wollen ihr Silber nicht schon wieder verlieren. Laroche verfolgt sie bis in ihre Träume. Jetzt, da Feng tot ist und die Männer am Ende … ich kann es nicht sagen.«

»Alle Mann an Deck, Mr. Apples«, sagte sie. »Ich werde sie fragen.«

Als der Riese den Raum verließ, erhob sich Mabbot stöhnend.

»Eine furchtbare Idee«, sagte ich. »Nicht dass du mich gefragt hättest.«

Ich hatte mich auf einen Streit vorbereitet, doch ihr trauriges Lächeln entwaffnete mich. Ihr Gesicht war vollkommen entspannt, und ich konnte die uralte Erschöpfung so klar in ihren Augen sehen wie die Stärke dahinter.

»Leightons Herz war verdreht«, sagte Mabbot, während sie an ihren Stiefeln zupfte. »Aber vielleicht hatte er recht damit, dass ich mir zu kleine Ziele setzte. Was ist Genialität denn anderes als Wagemut?« Sie seufzte, als sie sich im Spiegel betrachtete. »Verdammt, Wedge, du bist ein furchtbarer Frisör.«

Als alle Mann sich auf dem Zwischendeck versammelt hatten, trat Mabbot über ihnen auf das Poopdeck. »Ich hoffe, ihr entschuldigt meine Abwesenheit«, rief sie und zog den Hut, um ihre Kopfwunde zu zeigen. »Ich hatte ein wenig Kopfweh!« Die Männer lachten gezwungener, als es der Scherz erforderte. Sie waren alle erleichtert, ihre Königin am Leben zu sehen.

Als Stille eingekehrt war, wurde Mabbot ernst. »Auf diesem Schiff ist kein Mann, der rekrutiert, gezwungen oder erpresst wurde. Ihr seid alle aus freien Stücken hier. Ihr habt auf diesem Deck geblutet und getanzt. Das Meer ist voller Schiffe, die reicher sind, schneller, kräftiger als unsere *Rose,* und doch ist jeder von euch hier geblieben, aus welchem Grund auch immer. Denkt jetzt an diesen Grund. Denn vor uns liegen gefährliche Gewässer. Es hat sich eine einmalige Möglichkeit ergeben, das Herz der Company zu treffen. Aber ihr müsst an meiner Seite sein.

Geschichte ist nichts als eine Parade von Kriegsmaschinen, welche die Erde zerpflügen, und die Pendleton Trading Company ist bisher die grausamste. Es gibt einen

Grund dafür, dass China sie nicht hinter den Pearl River vordringen lassen will. Es gibt einen Grund dafür, dass die Kolonisten in der Neuen Welt den Tee lieber im Hafen versenken, als nur eine Tasse von Pendleton zu trinken. Ich muss euch nicht von den Millionen erzählen, die durch Pendleton verhungert sind und getötet wurden. Ich muss euch nicht erzählen, was für Geschäfte sie mit Sklaven und Mohnsamen treiben.

Es ist nichts falsch an Silber, und unten im Laderaum warten unsere Anteile nur darauf, dass wir sie ausgeben. Ich schlage hierfür Brasilien vor. Brasilien hat viele tanzende Frauen, Cachaça und Schokolade. Doch erst müssen wir unsere Arbeit zu Ende bringen. Glücklich ist der Mann, der etwas Schlechtes zum Guten wenden kann. Ich stelle nicht eure Tapferkeit in Frage, nicht eurer Können. Ich bitte euch nur um eure Wahl, denn wenn ihr ›nein‹ sagt, dann werden wir noch heute umkehren und in Richtung Neue Welt segeln. Wenn ihr jedoch ›aye‹ sagt, werden wir etwas schaffen, das in die Geschichte eingeht, und fahren mit siegreichen Segeln weiter nach Brasilien. Also, wer von euch sagt nein?«

Schweigen.

»Wer ist für aye?«

Das Schiff explodierte vom Jubelgeschrei.

»Ich habe nichts anderes erwartet, ihr Pumas, ihr Falken. Beidrehen und neuer Kurs nach Norden, wie uns der Wind treibt, Mr. Apples, auf den Pearl River zu! Bootsmann! Streicht den Rumpf mit einer dunklen Farbe und bedeckt die Bronze mit Säcken. Wir müssen uns verkleiden. Hisst eine blaue Flagge! Wir sind jetzt Walfänger!«

Mabbot sprang zu ihren Männern, schlug ihnen auf den Rücken und schob sie auf ihre Positionen. »In die Wanten, Männer! Warum sind eure Hände leer, habt ihr nicht den Gong gehört? Wir haben eine Verabredung mit der Pendleton Company.«

Ich räumte gerade die Kajüte auf, als sie Asher mit festem Griff hineinzog und sagte: »Für dich habe ich eine besondere Aufgabe. Ich brauche deine Hilfe. Wenn wir das Pearl-Delta passieren, wirst du unzählige Fischerboote sehen. Du wirst ein paar Männer auswählen und genug Silber mitnehmen, um zwei von diesen Booten zu kaufen sowie genug Schwarzpulver, um sie bis an den Rand damit zu füllen. Kauf Dinghis, die ein Mann steuern kann, keine Dschunken.«

Das Vertrauen in ihn baute Asher sichtlich auf. Auch wenn seine Augen noch müde waren, stand er zum ersten Mal seit Fengs Verlust aufrecht.

»Ich kann auch den Bootsmann schicken«, sagte Mabbot. »Aber ich würde lieber …«

»Lassen Sie mich das erledigen, Captain!«

Was all meine tröstenden Worte und das ganze Mitgefühl nicht bewirkt hatten, schaffte sie einfach durch die Aussage, dass sie ihn brauchte.

»Ich werde alles organisieren, und ein Beiboot wird bereit sein, wenn die Zeit gekommen ist«, sagte Mabbot. »Vergiss nicht, so viel Schwarzpulver, wie die Männer tragen können. Bring ja kein Geld zurück.«

Als Asher nach unten rannte, um alles vorzubereiten, sagte Mr. Apples: »Die Schmuggler haben Musketen, und diese Dinghis sind nur zum Fischen, Captain. Sie sind etwa so gefährlich wie Teekuchen.«

»Wir nehmen uns ein Beispiel am Fox, Mr. Apples. Wir verwandeln diese Teekuchen in Höllenbrenner.«

»Gottverdammt, ich hatte schon ewig keinen Teekuchen mehr. Spoons, kannst du welche machen?«

»Eins nach dem anderen«, unterbrach ihn Mabbot. »Wenn wir es lebend hier herausschaffen, bekommen Sie Ihren Kuchen.«

Alle Mann waren damit beschäftigt, Segel zu setzen oder die strahlende *Rose* in eine graue Vettel zu verwandeln – alle bis auf Bai, der in einem stillen Eck im Bugspriet bei dem alten Pete saß. Mabbot hatte Asher wieder Leben eingehaucht, doch Bai ließ sie in Ruhe. Vielleicht konnte sie es nicht über sich bringen, noch mehr von dem Mann zu verlangen, der gerade das letzte Mitglied seiner Familie verloren hatte. Ich habe einmal gehört, dass Zwillinge eine Seele teilen, und als ich seine leeren Augen sah, die auf den Horizont starrten, glaubte ich sofort, dass seine zusammen mit seiner Schwester im Meer versunken war.

Als die Männer bei der Arbeit waren, ging Mabbot stolz in ihre Kajüte zurück, wo sie sofort, nachdem sie die Tür hinter sich geschlossen hatte, auf dem Bett zusammenbrach und eine ganze Wache lang durchschlief.

⚓

Dienstag, 23. November

Es ist zwar nicht Sonntag, aber nach Mabbots Genesung haben wir uns beide ein Abendessen verdient. Ich nutzte ihre Schwäche ein wenig aus und überredete sie, mir ein paar der sich rollenden grünen Sprossen ihres größten Farns abschneiden zu dürfen.

Die Knochen und Innereien des Kaninchens landeten in einer Brühe. Dann überprüfte ich das Fleisch. Es war zäh und musste noch etwas reifen. Stattdessen entschied ich mich für einen alten und knotigen Hummer von Kitzu.

Zugegeben, es ist nichts Besonderes, doch ein gut zubereiteter Hummer kann selbst einen Feinschmecker erfreuen. Ich briet Leber und Rogen mit gehackten Zwiebeln und etwas Mehl und bewunderte, wie die Hitze die Soße zu einem saftigen Orange verfärbte. Das Fleisch pochierte ich in gesiebter Lake mit einem Spritzer Essig, den zarten Sprossen und etwas Sojasoße.

Wir aßen das Mahl aus pochiertem Hummer und Farnsprossen an Tomalleysoße in Mabbots Bett. Wir verließen seine Wärme nur, um unsere Becher mit Wein aus dem *Trinity*-Fass nachzufüllen. Zum Dessert aßen wir eine der Pomelos, die verlockend von den Zweigen von Mabbots Baum herabhingen.

Aus Gründen des Anstands und wegen eines wohlverdienten Katers muss ich die Tätigkeiten, die uns bis zum Morgengrauen wach hielten, in wenigen Zeilen zusammenfassen:

1. Viel wurde geschrieben über die Verbindung von kulinarischen und fleischlichen Gelüsten und ihrer gegenseitigen Verstärkung: Ja, alles davon ist wahr.

2. Vor diesem Abenteuer war Owen Wedgwood ein mürrischer und prüder Mann, mit dem die arme Elizabeth verheiratet gewesen war. Doch Mabbot hatte mich geknetet, gewürzt und langsam gekocht. Was mir früher als liederlich und fleischlich erschienen wäre, war jetzt ganz natürlich. Ein Körper kann keine Schande sein.

3. Seit meiner Kindheit hatte ich Schwierigkeiten, mir den Himmel vorzustellen, dessen Beschreibungen mich immer enttäuscht haben. Mein ganzes Leben lang habe ich im Geheimen nach einem wahrhaftigen Blick auf das ewige Glück gesucht, in farnüberwucherten Hainen, in hallenden Kathedralen und auf der regenbogenfarbenen Oberfläche einer perfekten Bouillon. Hätte mir irgendwer gesagt, dass ich ihn auf einem Piratenschiff finden würde, hätte ich diesen mit einer Schöpfkelle niedergeschlagen. Ich schulde dieser imaginären Person eine Entschuldigung.

Mittwoch, 24. November

Ich hatte mich von dem Luxus, in Mabbots Bett zu liegen, losgerissen, um Tee zu machen. Ich erinnerte mich, dass die kleine Silberkanne von der *Patience* zusammen mit dem Tee verstaut worden war und daher der Räumung entgangen sein könnte. Ich hatte sie tatsächlich gerade gefunden und war auf dem Weg zurück zur Treppe, als Mr. Apples mich recht grob an den Armen zur Luke des Unterdecks zog, so schnell, dass die Kanne gegen die Schotten prallte. Er stieß mich hinunter, und plötzlich stand ich in der Bilge, wo kaltes Meerwasser das Holz kühlte. Diesen Teil des Schiffes besuchte ich so gut wie nie, weil er einem das Gefühl vermittelte, zu ertrinken.

Mr. Apples packte mich an den Schultern und hob mich in die Höhe. Selbst im Dämmerlicht konnte ich erkennen, dass seine Augen rot vom Schlafmangel waren und die Anspannung der letzten Tage die Muskeln an seinem Hals zu dicken Strängen hatte verhärten lassen.

Er schüttelte mich und flüsterte barsch: »Ich weiß, was du da drin mit dem Captain getan hast! Ich hatte bisher keine Sekunde Zeit, mich darum zu kümmern.«

Ich wehrte mich nicht länger. Ich würde sterben, hier in der Bilge mit einer Teekanne in der Hand. Wie hatte ich nur übersehen können, dass Mr. Apples sie liebte? Natürlich liebte er sie. Ich schloss die Augen und wartete auf den Schlag, der nicht kam.

Ohne mich abzusetzen, umarmte er mich und erdrückte mich dabei fast. »Danke«, sagte er. »Ich war schon sicher, dass sie den Lufttanz aufführen würde.«

»Wie bitte?«

»Ich dachte, sie wäre ins Zirkuszelt gegangen, um sich die Vorstellung anzusehen. Den Knochentanz. Ich dachte schon, sie wäre Haifutter.«

»Sie ist stark«, stotterte ich.

»Nun, deine Suppen haben sie durchgebracht. Wir stehen alle in deiner Schuld. Und nicht nur deine Suppen, vermute ich.« Er zwinkerte und ließ mich endlich wieder los.

Einen Moment dachte ich über mein seltsames Leben nach. Ich fragte mich, wie ich mich wieder an Deck ziehen sollte, ohne die Teekanne fallen zu lassen, als ich etwas Vertrautes roch. Die Luft hier unten war moderig und feucht, doch dieser Geruch war auf andere Weise widerwärtig.

Ich folgte ihm auf das Ruder zu, ging durch dunkle Kammern, die mit Kanonenkugeln und schweren Seilen gefüllt waren. Ich musste an den massiven Weinfässern vorbei, die als Ballast dienten, und fürchtete schon, sie würden über mich hinwegrollen. Mit jedem Schritt wurde der Geruch intensiver, und das Wasser floss in Rinnsalen um meine Füße. Ich hörte ein gedämpftes Hämmern, und ich ging vorsichtiger. Schon bald stand ich knöcheltief im Wasser und fragte mich, ob eines der Weinfässer ein Leck hatte. Ich steckte einen Finger in die Flüssigkeit und leckte leicht daran: frisches Salzwasser – kein Wein und auch kein schales Bilgenwasser.

In der hintersten Kammer, tief unter Mabbots Kajüte, sah ich plötzlich eine Gestalt im Schatten. Das Wasser floss immer stärker um meine Knöchel.

»Conrad!«, brüllte ich. »Was ist los? Was ist passiert?«

Er stürzte aus dem Schatten, und nur, weil ich nach dem Schrecken, den Mr. Apples mir eingejagt hatte, immer noch auf der Hut war, konnte ich seinem Angriff schnell genug ausweichen. Wir rutschten beide auf dem nassen Boden aus, ich fiel auf den Hintern, er vornüber. Er suchte verzweifelt nach seiner Waffe, einem großen Meißel, mit dem er Löcher in den Rumpf geschlagen hatte. Ehe ich mich aufrappeln konnte, war er über mir, schob mir den Meißel ins Gesicht und zischte: »Glaubst du etwa, ich habe dich nicht durchschaut?«

Nur durch heftige Gegenwehr entkam ich dem bedrohlichen Werkzeug. Ich rollte mich zur Seite und schwang den Teekessel, ohne nachzudenken, in Richtung seines Kopfes.

Es gibt einen Grund, dass ich Koch bin und kein Kämpfer. Ich wollte ihn bewusstlos schlagen, doch stattdessen fügte ich ihm nur eine Wunde an der Stirn zu, aus der sogleich das Blut strömte. Er fiel zu Boden, ich stand unschlüssig über ihm. Dem Geruch nach Rum zu urteilen, der sich mit seinem üblichen Körpergestank vermischte, hatte er schon eine ganze Weile getrunken.

»Du willst uns versenken? Warum?«, verlangte ich von ihm zu wissen.

»Die Landratte verliert einen Fuß und denkt, sie ist ein Seemann?«, krächzte er. »Ich widme der *Rose* Jahre meines Lebens, aber wenn ich angeschossen werde, dann liege ich bei den anderen und bettele nach einem Schluck Wasser. Jeder weiß, dass du dich in ihrer Kajüte herumtreibst. Warum du und nicht ich? Weil du Französisch kannst? Schiebst eine Feige in ein Stück Zwieback und nennst es ›Springtime Fancy Pudding‹. Ihr seid doch beide Scharlatane. Sie tut so, als wäre sie ein richtiger Captain, aber sie ist nur eine Schlampe, die durchgevögelt werden will. Ich habe euch gesehen, angezogen wie für die Oper, als ihr wie ein Zuhälter und sein Flittchen über Deck spaziert seid. Und die Jagd auf den kostbaren Fox, die uns fast getötet hätte – was hat sie uns gebracht? Den toten Sohn einer Hure.«

Er kroch auf den Meißel zu und sagte: »Und jetzt will sie uns in das Hornissennest bringen? Weil sie wütend ist? Wir haben unser Silber, aber bevor wir auch nur einen Schilling davon ausgeben können, hat sie uns versenkt. Dafür werde ich nicht sterben. Ich warte lieber, bis Laroche uns eingeholt hat. Er wird sich denen gegenüber gnädig erweisen, die Verstand zeigen und zur Zusammenarbeit bereit sind.«

Als er sich aufrappelte, trat ich ihm mit meiner Prothese hart gegen die Brust und hörte, wie sein Schlüsselbeinknochen brach, als er rücklings in das steigende Wasser fiel. Ich nahm den Meißel und rief um Hilfe. Als ich gerade herauszufinden versuchte, wie ich Conrad zu den oberen Decks tragen sollte, erschien Mr. Apples und fragte: »Was ist das denn für ein Geschrei? Werdet ihr hier unten ermordet?«

»Saboteur!«, brüllte ich. »Ich habe ihn gefunden!«

Mr. Apples holte eine Laterne und stand dann verächtlich über Conrad – ohne Zweifel überlegte er, ob er ihn gleich umbringen sollte. Während Kitzu den Schaden im Rumpf begutachtete, fesselte Mr. Apples Conrad an Händen und Füßen und trug ihn wie eine Schweinehälfte über der Schulter nach oben ins Offiziersquartier. Wir lauschten Conrads schmerzerfülltem Keuchen, während wir auf Mabbot warteten. Als sie hinzukam, schloss Mr. Apples die Tür vor der sich neugierig versammelnden Mannschaft. Ich erklärte gerade atemlos, was passiert war, als Conrad keuchte: »Lügen.«

Er sprach abgehackt, sein Schlüsselbeinknochen schabte bei jedem Atemzug gegeneinander. »Der Mann lügt«, sagte er. »Ich habe ihn erwischt, wie er die Löcher gebohrt hat. Ich habe versucht, ihn aufzuhalten, aber er hat mich überwältigt und mir die Brust gebrochen.«

Mabbot musterte mich unbewegt, und Panik stieg in mir auf. Ich hatte nicht erwartet, dass ich meine Unschuld würde verteidigen müssen. Mabbot fragte mich: »Hast du Beweise, Owen Wedgwood, wie ich es verlangt habe? Beweise, sagte ich, keine Anschuldigungen.«

Mr. Apples setzte zum Sprechen an, doch Mabbot unterbrach ihn. »Sie sollen selbst für sich sprechen.« Ich war entgeistert.

»Beweise?« Ich streckte unsicher den Meißel vor. »Ich habe ihm den hier abgenommen. Nein, ich habe sonst keine Beweise. Es war keine Zeit, ich habe nicht nachgedacht.«

»Du weißt, Wedge, die Bestrafung für Anschuldigungen ohne Beweise ist der Verlust eines Ohres.«

»Captain …«, flüsterte Conrad. »Vergeben Sie mir, ich

war zu überrascht, um ihn zu überwältigen.« Er schien seinen Wahn zu glauben, und ich fragte mich, ob die Syphilis oder irgendein Meereswurm ihm seinen Verstand zerfressen hatte.

»Risse im Rumpf, und zwei Männer kommen blutend aus der Bilge«, sagte Mabbot laut genug, damit die draußen Versammelten es auch hören konnten. »Aber Conrad ist schon so lange bei uns, und jetzt ist er verwundet, und Wedge hat die Waffe in der Hand. Wer würde unseren Untergang denn mehr wollen als unser verärgerter Gefangener?«

Conrad lächelte wie ein Baby. Diese Mabbot jagte mir eine furchtbare Angst ein, mit dieser Stimme befahl sie Theaterschminke und Auspeitschungen. Während die Mannschaft draußen lauschte, konnte sich Mabbot nicht auf meine Seite stellen. Meine Beziehung zu ihr bedeutete nichts – weniger als nichts, denn die Mannschaft wollte sichergehen, dass sie niemanden bevorzugte.

»Ich habe ihn in der Nacht der Explosion an der Steuerung gesehen«, fuhr Conrad fort. »Ich habe gesehen, wie er das Pech verschüttet hat, aber ich hatte keine Beweise, also habe ich gewartet und ihn beobachtet. Nur so habe ich ihn heute Nacht erwischt.«

»Das Feuer an der Steuerung?«, fragte Mabbot. »Da hast du ihn gesehen?«

»Jawohl, Captain. Ich schwöre es«, krächzte Conrad.

Sie kniete neben den Mann, blickte ihn an, sprach aber zu mir. »Hier, Wedge, ist dein Beweis. Seine Lügen verurteilen ihn. Die Nacht des Feuers …«

»Ich habe geschlafen«, platzte ich heraus. »Ich habe geträumt … eine Frau wäre zu mir gekommen …« Ein rascher Blick von ihr ließ mich verstummen und zeigte mir, dass sie sich nur zu gut an diese Nacht erinnerte.

»Keiner will deine lächerlichen Träume hören. Es reicht, dass du in deiner Zelle eingesperrt warst, nicht wahr?«

»Ja. Mr. Apples hatte mich eingesperrt.«

»Und jetzt, Mr. Apples, was sagen Sie jetzt?«

»Nur, dass Spoons mit mir unten war, er hat keinen Ärger gemacht.«

Die Männer draußen murmelten aufgeregt, als sie die Neuigkeit weitergaben.

Conrad öffnete den Mund, doch Mabbot zog blitzschnell eine Klinge aus ihrem Stiefel und legte die Spitze auf Conrads Zunge. Seine Augen rollten panisch hin und her. Aus seiner Kehle drang ein leises Fauchen.

»Er hat gesagt, er wolle uns nur verlangsamen, uns Laroche ausliefern.« Ich hoffte, ihm die Lage zu erleichtern, indem ich ihnen erklärte, dass er uns nicht gleich versenken wollte. Doch die Männer draußen reagierten darauf mit lautem Protestgeschrei und hämmerten an die Tür.

Mabbot nickte Mr. Apples zu, der den Kopf ins Freie steckte und brüllte: »Ist das ein Schiff oder ein Zoo? Alle Mann aufs Vorderdeck.«

Als sich die Männer zerstreuten, flehte ich Mabbot an: »Ich möchte eine Belohnung. Behalt das Gold, aber bitte foltere diesen Mann nicht. Das erbitte ich. Verstümmel ihn nicht … Ach, verdammt. Bitte.«

Sie kniete stumm neben dem Saboteur, und ich dachte schon, sie würde ihn wie eine Forelle ausnehmen.

Mr. Apples kehrte mit einer Tasche aus Conrads Truhe zurück, in dem sich ein Fässchen Wasser, gewachste Beutel mit Feigen, Zwieback und zwei Riegel Silber befanden. Ich schauderte – abgesehen von dem Silber hätte es mein eigener Fluchtbeutel sein können.

»Wie hast du dir das vorgestellt, Conrad?«, fragte Mabbot. »Wolltest du in einem Beiboot an Land rudern, während wir alle mit dem Wasser in der Bilge beschäftigt sind? Oder hast du gehofft, Laroche würde dir einen Teil meines Kopfgeldes geben?«

Conrad schwieg. Sein Blick war in die Ferne gerichtet, sein Geist tief in sich selbst vergraben. Er schien leichter zu atmen.

»Ich bitte dich, Captain, hab Erbarmen.«

Mabbot befahl Mr. Apples, Conrad einzusperren.

Als die beiden gegangen waren, packte sie mich an der Kehle. Doch ihr Griff war sanft. »Wedge, was machst du mit mir?«, knurrte sie.

Dann gab sie mich frei und ließ sich seufzend in ihren Stuhl fallen. »Ich fürchte, ich bin mit schuld an diesem Schlamassel«, sagte sie und fuhr sich mit der Hand über den geschorenen Schädel. »Bevor du mich dazu verleitet hast, einen persönlichen Koch an Bord zu nehmen, hatte ich mir eingebildet, dass Conrad nur ein wenig Inspiration braucht. Ich versuchte, ihn dazu zu bringen, einige der Gerichte zu kochen, an die ich mich erinnerte – Spotted Dick, Mince Pie, so etwas. Armer Kerl, er nahm es sehr ernst. Es war für uns beide erniedrigend. Ich habe versucht, ihn anzuleiten, aber …«

»Der Mann kann Wasser zum Gerinnen bringen.«

»Er hat schlimmere Sachen als sonst fabriziert, und die Männer haben fast gemeutert. Deine Ankunft hat den Kerl tief getroffen.«

»Er hat dich geliebt.«

»Wer liebt mich nicht?«, scherzte Mabbot, doch ihr Lächeln war müde.

Mittwoch, später

Heute Nachmittag hielt Mabbot eine Ansprache vor der versammelten Mannschaft. »Der Saboteur hat sich selbst gestellt. Dafür gewähre ich ihm eine gewisse Nachsicht.« Die Männer zischten, doch Mabbot fuhr ungerührt fort: »Keiner darf ihm in der Zwischenzeit Schaden zufügen.«

Die Meute knurrte, und einer, ein Böttcher namens Peter, rief: »Uns wurde Theaterschminke versprochen!« Mehr Rufe nach Blut wurden laut.

»Bestrafung ist das Vorrecht des Kapitäns«, brüllte Mabbot, als sie vom Poopdeck hinunter zu Peter sprang. »Aber der Böttcher will wohl der Captain sein.« Mabbot nahm ihren Mantel ab und warf ihn Mr. Apples zu. »Um Captain zu sein, muss man auch seinen Hut tragen.« Mabbot stellte sich vor den Mann und sah ihm fest in die Augen, auch wenn er einen Kopf größer war als sie. Sie zog ihr Messer und reichte es ihm mit den Worten: »Bist du bereit, meinen Hut zu nehmen, Böttcher?« Als die Augen des Mannes zu Mr. Apples zuckten, rief Mabbot: »Mr. Apples, überprüfen Sie doch bitte die Bugspriettaue!«

Nach einem Atemzug entfernte sich Mr. Apples und ließ Mabbot mit den Männern allein.

»Was ist?«, sagte Mabbot. »Ich habe dir eine Frage gestellt.«

Peters Unterlippe zitterte. »Nein, Ma'am«, sagte er leise.

»Ich kann dich nicht hören bei dem Wind.«

»Nein, Ma'am, ich will Ihren Hut nicht«, brüllte der Böttcher.

»Bist du dir ganz sicher, dass du gern ein Böttcher bist, mit den ganzen Reifen und den Holzbrettern?«

»Ja, Ma'am.«

»Sehr gut. Du machst nämlich gute Fässer«, sagte Mabbot, und die Männer lachten, als die Anspannung nachließ. »Zurück an die Arbeit.«

Als alle wieder an ihre Plätze gegangen waren, nahm ich Mabbot beiseite. »War das nicht unvorsichtig, Captain? Mr. Apples wegzuschicken?«

»Wenn diese Männer meinen Kopf wollen, dann kann auch Mr. Apples mich nicht beschützen. Letzten Endes bin ich allein auf einem Schiff voller Piraten und habe nur ihren

Respekt als Schutz. Doch dein schwacher Magen macht es nicht leichter, Wedge. Wegen deiner Abneigung gegen Blut habe ich mein Wort gebrochen und die Mannschaft enttäuscht.«

»Ich danke dir, Hannah.«

»Natürlich würden sie sich mit einer ordentlichen Mahlzeit besänftigen lassen. Wir haben schließlich einen Koch verloren.«

»Das ist nicht fair.«

»Ich bestehe darauf.«

»Ich kann nicht für dich und für alle anderen kochen.«

»Sei nicht so bescheiden.« Dann wurde ihr Gesicht weicher. »Wenn du einen Moment Zeit zum Schlafen hast, dann komm in meine Kajüte.«

⚓

Donnerstag, 25. November

Die Mannschaft ist sehr verstimmt darüber, dass sie Conrad nicht foltern darf. Mr. Apples hat den Bootsmann abkommandiert, die Zellentür des armen Teufels zu bewachen.

Um alle zu besänftigen, verzog ich mich in die Kombüse. Mit Joshuas Hilfe rührte ich eine Fischsuppe mit den letzten Resten des Cayennepfeffers an. Wir brieten Heringe und servierten dazu Maismehlküchlein und eingelegtes Maismehl. Das bescheidene Mahl rief begeisterten Beifall hervor. Bevor ich michs versah, musste ich schon mit den Männern tanzen, die unverzüglich ihre Instrumente hervorgeholt hatten.

⚓

Donnerstag, später

Die Rattenbauchinsel ist ein felsiges Atoll aus Algen und Korallen, nicht größer als ein Morgen mit verkrüppelten

Bäumen und einem dünnen Sandstrand, der sich um eine Lagune auf der Nordseite zieht. Sie liegt weitab jeder größeren Handelsroute und ist auf nur wenigen Karten verzeichnet. Hier hat man Conrad ausgesetzt. Seine Schulter war nicht versorgt worden, sein linker Arm hing nutzlos herunter.

Mr. Apples und zwei andere eskortierten ihn in einem Beiboot an Land und ließen ihn dort mit einem Messer und einer Bibel zurück. Bevor sie ablegten, warf ich noch einen Sack mit Maismehl und eine Zinntasse ins Boot. Mr. Apples sah wegen dieser Abweichung von der Ordnung fragend zu Mabbot. Diese zuckte mit den Schultern. »Dann ist er eben ein paar Tage länger allein. Hier«, sagte sie und holte ein Goldstück aus dem Säckchen am Besanmast. »Damit kann er sich dann Nachschub kaufen.« Sie schnippte die Münze in Conrads Richtung, die den leblos im Boot kauernden Mann traf. Die Mannschaft war entzückt.

Mr. Apples und die anderen spuckten in das Maismehl, bevor sie es Conrad überreichten.

Als der Transport abgeschlossen war und wir ablegten, stand der ehemalige Koch einsam am Strand.

Samstag, 27. November

Heute haben wir die Mündung des Pearl River passiert, den Sitz der Pendleton Trading Company. Ein Teleskop wurde herumgereicht, und ich sah die weißen Dachplatten des massiven Pendleton-Hauses über einem nierenförmigen Hafen, der voller Dschunken, Handelsschiffe, Hulks und Marineschiffe war.

Die schiere Anzahl der Schiffe jagte mir Angst ein. Es war nur eine Frage der Zeit, bis unsere fadenscheinige Verkleidung Aufmerksamkeit erregen würde. Die Mannschaft war ungewöhnlich still, als ob wir auf Zehenspitzen an einem schlafenden Riesen vorbeischlichen. Wir zauderten nicht, und auf unser aller Lippen lag ein Gebet, dass unsere Verkleidung uns nicht im Stich lassen würde.

Mabbot durchbrach die Erstarrung und rief: »Die Chinesen nennen es das Barbarenhaus. Schaut es euch gut an, Gentlemen! Wenn wir zurückkommen, wird es nicht mehr da sein.«

Ich denke viel an Conrad. Ohne Zweifel hatte er seine Gründe. Selbst ein Pirat wie Mabbot erwacht nicht einfach eines Morgens und ist böse; sie glaubt, ihre Taten dienen einer gerechten Sache. Kann ich das Conrad nicht auch zugestehen? In der Rückschau muss ich zugeben, dass sich jeder Sabotageakt ereignete, nachdem Mabbot und ich indiskret mit unserer enger werdenden Beziehung waren. Es war leicht, sich ihn vorzustellen, wie er frustriert irgendwo im Dunkeln saß und sich mit Rum Mut antrank. Ich selbst hatte in Fluchtphantasien geschwelgt und konnte mir vorstellen, was sich Conrad erhofft hatte: dass ihn Laroche mit offenen Armen und einem Sack Gold erwartete. Die Männer nennen Conrad einen Feigling, aber ist es nicht eigentlich Tapferkeit, den Meißel gegen die Welt zu erheben, die einen verabscheut?

Lebenslange Schlaflosigkeit wird mich nicht von dieser Schuld erlösen. Der Tod dieses Mannes liegt in meiner Verantwortung, so sicher, als hätte ich selbst die Guillotine betätigt. Auch wenn er ein Verbrecher war. Die Schuldfrage ist nicht vollkommen eindeutig. Er hat versucht, uns alle zu zerstören, und wollte einfach in seinem Boot fliehen. Und doch kann ich mich nicht vor der harten Tatsache verschließen, dass der Mann ohne mein Zeugnis, ohne meinen Schlag mit dem Teekessel noch am Leben wäre.

Eine Tatsache, die mir den Atem raubt, als wäre mein eigenes Schlüsselbein gebrochen. Nein, ich habe ihn getötet, und da mir auch in der Rückschau nicht einfällt, wie ich hätte besser handeln können, bin ich letztendlich wohl wirklich zu einem Piraten geworden.

25

Das Barbarenhaus

In dem das Meer kocht

Dienstag, 30. November

Als wir nur noch ein paar Meilen nordwestlich des Pearl River waren, drehten wir bei und kreuzten die ganze Nacht lang auf offener See. Wir fuhren drei Stunden in die eine Richtung, machten kehrt und fuhren in die andere.

Als die Sterne langsam verblichen, segelten wir allmählich zurück, um ein paar hundert Meter vor der felsigen Küste zu ankern. Ein altes Hulk lag mit dem Rumpf nach oben auf einem Guano-verkrusteteten Felsplateau.

Mabbot bereitete ein Beiboot für sich, Braga und zwei weitere Männer vor. Ich kletterte ebenfalls hinein. Bevor sie etwas einwenden konnte, sagte ich: »Ich werde nicht von deiner Seite weichen. Jemand wird dich zurücktragen müssen, wenn du angeschossen wirst.«

Mr. Apples hatte ebenfalls Einwände: »Warum nicht Braga schicken. Er kennt die Tunnel.«

»Das wäre aber ganz schön unpersönlich, oder?«, sagte Mabbot. »Ich würde das lieber selbst erledigen. Wir springen rein und sind sofort wieder draußen. Haltet die *Rose* abfahrbereit.«

Als wir auf das Hulk zuruderten, sah ich, dass die aufgehende Sonne von dichten purpurfarbenen Wolken verdeckt wurde. »Ich gebe dir einen vollen Anteil, Braga«, sagte Mabbot. »Wenn wir das schaffen, hast du es dir mehr als verdient.«

»Ich will das Barbarenhaus brennen sehen, seit wir die

Tunnel gegraben haben«, sagte Braga. »Mein Vater war Fischer, Portugiese. Pendleton hat ihn für einen Spion gehalten und versenkt, als sein Boot zu weit den Fluss hinaufkam. Danach haben wir Gräben ausgehoben, um über die Runden zu kommen. So ist mein Vater gestorben, mit einem Spaten im Schlamm. Als der Fox mir sagte, er wolle Pendleton mit ihren eigenen Mitteln schlagen, habe ich niemals zurückgesehen. Ich habe immer noch gegraben, aber der Fox gab uns das Gefühl, wir würden einen Krieg gewinnen. Er hat sich um seine Leute gekümmert. Er hat den Schmugglern das Doppelte von dem gezahlt, was Pendleton ihnen gegeben hat.«

Mabbot hörte selten jemandem zu, ohne ihn zu unterbrechen, aber Braga hatte ihre uneingeschränkte Aufmerksamkeit. »Er war kein schlechter Mann«, fuhr er fort. »Er war nur … unersättlich. Er konnte nichts dagegen tun. Adamastor, hätte ihn mein Vater genannt, einen hungrigen Sturm.«

Mabbot schwieg, ihr Gesicht von der breiten Krempe ihres Hutes verdeckt. Dann antwortete sie kaum hörbar: »Ein hungriger Sturm.« Dann lauschten wir dem Geräusch der Ruder im Wasser.

Wir ankerten kurz vor der Brandung, und Mabbot befahl den Ruderern: »Wir werden uns schnell zurückziehen, also seid bereit.«

Das Hulk lag weit oben am Strand, den Rumpf weiß gebleicht von der Sonne. Früher war es einmal ein holländisches Fischerboot, dann wurde es zu einem Hulk umgebaut, und als es selbst dafür zu alt war, wurde es von einem Sturm hier angespült.

»Es gibt andere Eingänge«, sagte Braga, »aber dafür müssten wir landeinwärts gehen. Dort ist das Risiko größer, von einer Patrouille entdeckt zu werden.«

Wir betraten das Hulk durch ein Loch an der Stelle, wo früher das Vorschiff gewesen sein mochte. Felsen ragten aus dem Steuerbordrumpf. Auch wenn die Flut das Wrack bewegte, konnte es nicht losgerissen werden. Licht drang durch die Ritzen zwischen den Planken, die unter unseren Füßen zerbrachen. Das Wasser, durch das wir wateten, war voller Stolperfallen aus verrosteten Ringen, wahrscheinlich Fassringe.

»Keine Überraschungen dieses Mal, Captain?«, fragte ich. »Ich werde nicht mit brennenden Haaren von Deck springen?«

»Ich kann nichts versprechen«, murmelte Mabbot.

»Da rein«, sagte Braga und deutete in das dunkle Wasser zwischen zwei Felsformationen, wo der Eingang zu den Höhlen versteckt war.

»Da?« Mabbots Augenbrauen schossen in die Höhe.

»Wir schwimmen etwa fünf Meter nach unten und dann nach oben in die Kammer.«

»Ich beschäftige Schwimmer, damit ich das nicht tun muss«, sagte Mabbot.

»Ich kann schwimmen«, warf ich ein. »Halt dich an mir fest.«

Braga verknotete seinen Bart und sprang kopfüber ins Wasser.

Mabbot seufzte schicksalsergeben, nahm den Hut ab und schlang von hinten die Arme um mich. Wir sprangen ins Wasser. Meine Finger berührten schon bald Sand, aber Braga war nirgends zu sehen, wir waren wohl in einen Brunnen getaucht. Da zog mich Mabbot an den Haaren, sie hatte den Schacht gefunden. Wir quetschten uns hinein und folgten dem Tunnel einige verwirrende Meter lang. Meine Lungen brannten, als sich der Tunnel endlich verbreiterte und wir Licht über uns sahen. Wir tauchten aus einem flachen Teich in eine Höhle mit glitschigen Wänden auf.

Ganz offensichtlich waren wir in eine bereits angespannte Situation hineingeplatzt. Kittur und einer der Laskaris vom Schoner zielten mit Pistolen auf Braga. Sie hatten ihn gegen eine Wand gedrängt und befragten ihn so eingehend, dass sie uns nicht sofort bemerkten.

Als wir uns die Flüssigkeit aus den Augen wischten, musterten wir die Höhle, deren Decke rußgeschwärzt war und deren Wände tief im Schatten lagen. Ein schmaler Gang hinter uns führte aus der Höhle, ein breiter Tunnel auf der anderen Seite tiefer in die Erde. Das Licht der Laternen reflektierte auf dem Wasser und warf ein zuckendes Muster an die Höhlendecke, von der milchige Flüssigkeit auf uns herabtropfte. In den dunklen Ecken drängten sich dunkle Umrisse, wahrscheinlich Fledermäuse.

Als der Laskar uns sah, riefen alle durcheinander, und einen Moment dachte ich, wir wären nur so weit gekommen, um tot in diesem Teich zu enden. Mabbot und ich hoben die Hände, um zu zeigen, dass wir unbewaffnet waren, und stiegen langsam aus dem Wasser. Wir wurden zu Braga dirigiert, der die Situation in gebrochenem Laskari zu beruhigen versuchte. Plötzlich schrie Kittur: »Ruhe!« Die aufgeschreckten Fledermäuse schwärmten in alle Richtungen aus und warfen zuckende Schatten an die Wände. Hindi, Englisch und Laskari hallten von den feuchten Wänden wider, man konnte kaum einzelne Worte verstehen. Doch die Rufe verstummten, als ein geisterhaftes Stöhnen aus der dunklen Kehle der größten Höhle drang.

Kittur wurde blass und schüttelte den Kopf, als ob sie sich vor dem Geräusch verschließen wolle. Ihr Begleiter hob die Laterne in die Dunkelheit und rief: *»Āpa kahām haim?«*

»Ich vermute, dass das nicht der Wind war«, sagte Mabbot.

Kittur antwortete nicht.

»Einer von euren Männern? Wie viele habt ihr hineingeschickt?«

»Vier«, erwiderte Kittur, »drei sind dem ersten gefolgt, und keiner ist zurückgekommen. Der letzte ging vor zwei Tagen.«

Der Laskar rief erneut etwas in die Dunkelheit, doch das Stöhnen war verstummt.

Dann drehte er sich zu uns und flüsterte Kittur etwas zu.

»Wo ist die Karte?«, fragte Kittur Mabbot. »Du musst sie haben, sonst wärst du nicht hier.«

»Wir haben sie tatsächlich«, antwortete Mabbot. Sie griff in ihre Tasche und holte einen gewachsten Beutel hervor, aus dem sie die Pergamentkarte zog, die Mr. Apples von dem Teppich abgezeichnet hatte. Der Laskar packte sie und leuchtete mit seiner Laterne darauf.

»Das wird nicht helfen«, sagte Braga. »Die Karte zeigt nur die sicheren Wege. Auf jede sichere Abzweigung kommen drei, die einen in den Abgrund schicken. Die Wände tragen Geräusche – die Stimme könnte von meilenweit herkommen – wahrscheinlich vom Grund einer hundert Fuß tiefen Grube, in der euer Mann mit gebrochenem Rückgrat liegt. Die Männer, die ihr da reingeschickt habt, sind verloren. Sie rufen, damit ihr ihnen in der Hölle Gesellschaft leistet.«

Der Laskar spuckte aus und rannte mit der Karte tiefer in die Höhlen. Kittur schrie ihm nach, er solle bleiben, doch schon nach kurzem war das Licht seiner Laterne verschwunden.

Kittur zitterte. Wie lange war sie schon in diesem Loch, verrückt vor Sorge und einen Kameraden nach dem anderen verlierend? Mabbot ging zu ihr und sagte: »Du wirst uns nicht alle erschießen, oder? Ich glaube, du solltest mir jetzt die Pistole geben, meine Hübsche.«

Kittur gab ihr die Waffe und setzte sich unbeholfen auf den Boden, den Kopf in die Hände gestützt. Ihr üppiges Haar war zum Zeichen der Trauer geschoren, wie ich erst jetzt sah. Hände und Gesicht waren schmutzig.

»Jetzt haben wir keine Karte mehr«, sagte Braga.

Mabbot holte den Gebetsteppich aus ihrer Tasche und warf ihn Braga zu. Er war zwar nass, doch die Blumen klar und deutlich zu erkennen. Mabbot machte sich jedoch mehr Sorgen um Kittur. Sie warf der erschöpften Frau einen Blick zu und berührte sanft ihre Wange, bevor sie sagte: »Als mein Sohn aufhörte, Tiaras zu stehlen, und stattdessen begann, Opium zu schmuggeln, dachte ich, er hätte gelernt, geduldig zu sein. Das impulsive Kind hätte gelernt, auf den richtigen Moment zu warten. Wo hat er das gelernt? Ich hätte es ihm nie beibringen können. Aber dann hat mir Wedge von dir erzählt, dem hübschen Mädchen mit den Diagrammen und dem wissenden Lächeln, das ihm das Meditieren beibrachte. Und dann dieser große Plan, die Anteile seines Vaters vom Pendleton-Kuchen zu erlangen. Ich erkannte, dass ein Paar hübscher Lippen ihm ins Ohr flüsterte und ihm sagte, er solle den richtigen Augenblick abwarten. Hier bist du also, der Dämon auf seiner Schulter, der ihn ins Unglück geführt hat.«

Kittur sah Mabbot mit wachsender Furcht in die Augen, war jedoch zu erschöpft, um zu reagieren.

Mabbot setzte den Pistolenlauf sanft auf Kitturs Brust.

»Er hat seine eigenen Pläne gemacht«, antwortete die junge Frau.

»Oh nein.« Mabbot hob die Stimme. »Ich kenne mein Kind – seine Fehler genauso wie seine Schönheit. Er wäre nie so weit gegangen ohne … sagen wir mal, Anleitung. Oh, zweifellos hast du ihn glauben lassen, es wären seine Pläne, du spieltest die Muse, das schlaue Haustier, doch der große Plan war deine Idee. Der Mann würde immer noch betrunkenen Scheichs die Juwelen stehlen, wenn nicht jemand seine Truppen befehligt, sein Schiff gesteuert und ihm das Atmen vorgegeben hätte.«

»Nein.«

»War es nicht deine Idee, mich wie eine streunende Kuh einfangen zu lassen? Mich an Pendleton zu verkaufen? Wie hast du es getan? Hast du gewartet, bis er fast schon eingeschlafen war? Hast ihn mit deinem Körper verführt und ihm dann im Dunkeln dein Gift eingeflüstert? Hast ihm immer wieder eingetrichtert: ›Wir können deine Mutter verkaufen!‹«

»Ich schwöre …«

»Du lügst!« Mabbot legte die Pistole schief. »Leighton war nicht nur ungeduldig, er war gierig und stur. So verdammt eigensinnig. Viel zu stur, um selbst der goldensten Zunge zuzuhören … es sei denn, er hat dich geliebt.«

Kittur hatte zu weinen begonnen, die Tränen rannen ihr übers Gesicht und vermischten sich mit den Tropfen der Höhlendecke. Sie ließ den Kopf hängen, offensichtlich bereit, dem Fox im Leben nach dem Tod Gesellschaft zu leisten.

Einen Moment lang war nur ihr Weinen zu hören.

»Warum weinst du?«

»Weil er tot ist!«, stöhnte sie, ohne aufzusehen.

»Du bist also alles, was von Leightons Herz noch übrig ist«, sagte Mabbot, stand auf und zog Kittur auf die Füße. »Der einzige andere Mensch auf der Welt, der ihn auch geliebt hat.«

»Du siehst aus wie er«, flüsterte Kittur und wischte sich die Augen.

»Eher das genaue Gegenteil«, erwiderte Mabbot.

»Es tut mir leid. Wir haben uns gegenseitig davon überzeugt, dass wir es tun könnten«, sagte Kittur. »Wir würden Pendleton besitzen oder zerstören. Er gab mir das Gefühl, dass es möglich wäre.«

»Nun, wir könnten die Company immer noch zerstören. Das Erpressungsspiel ist vorbei«, sagte Mabbot. »Ramseys Anteile werden unter tausend Aktionären aufgeteilt. Aber wir haben immer noch diese kleine Party, die Leighton für Pendleton organisiert hat. Keine weiteren Verhandlungen, keine Pläne. Wir schlagen einfach zu ... deshalb seid ihr doch hier, oder? Um sie zurück nach England zu treiben?«

»Braga«, sagte Kittur, »du musst mir glauben, dass wir dich retten wollten. Wir waren auf dem Weg zum Gefängnis, als wir hörten, dass Mabbot dich schon erwischt hatte.«

Braga hustete. »Ist egal, was ich glaube. Meine Schuld galt dem Fox.«

»Es ist wichtig. Er hatte dich in guter Erinnerung«, sagte Kittur. »Bitte tu dasselbe für ihn.«

»Genug«, schaltete sich Mabbot ein. »Ist jetzt Schießpulver in diesen Höhlen oder nicht?«

»Tonnen. Das hier war unsere Rückversicherung«, murmelte Kittur. »Doch alles andere, die Rebellion, ohne den Fox, wozu ist es gut?« Tränen glitzerten in ihren Augen.

»Zur Hölle mit den Plänen. Sag allen, die dem Fox gegenüber noch loyal sind, dass es jetzt passiert. Wir können das Feuer vielleicht bis jenseits dieser Küste verbreiten. Wer weiß, vielleicht fängt China sogar einen Krieg gegen Pendleton an. Vielleicht werden sie den Opiumhandel ganz unterbinden. Andere Handelsgesellschaften werden sich ihren Teil vom Kuchen holen wollen, während Pendleton sich erholt.« Sie streckte die Hand aus, und Kittur ergriff sie. »Du musst wissen, dass Pendleton jedes Schiff der Royal Navy hierherschicken wird, und sie werden nicht aufhören, bis sie ihr Reich wiederhergestellt haben. Ich würde dir Asyl auf unserem Schiff geben, aber nach allem ist es sicherer, wenn du in irgendeiner Stadt untertauchst. Hast du noch Kampfgeist in dir, Kind?«

Kittur nickte.

»Dann versammele alle Männer, die du hast. Lüg ihnen

was vor, wenn es sein muss, erzähl ihnen, der Fox ist noch am Leben. Sag ihnen, der Moment sei da. Es sei Zeit zuzuschlagen.«

»Ich werde es versuchen.« Kittur drehte sich um und ging zu dem schmalen Durchgang. Von dort aus wandte sie sich ein letztes Mal um und sagte: »Es tut mir leid, Hannah Mabbot.«

»Ich glaube dir«, erwiderte der Captain seufzend. »Jetzt geh.« Kittur eilte davon.

Wir folgten dem Tunnel, der den Laskar verschlungen hatte, und rutschten dann einen abschüssigen Weg hinunter, der in einem sandigen Durchgang mündete, der mit Schaufeln und Sprengstoff angelegt und mit Balken abgestützt worden war. Die Tunnel verzweigten sich andauernd, so dass wir alle hundert Schritt stehen bleiben und die Karte konsultieren mussten.

Tief in der Erde betraten wir eine Höhle, die weder Boden noch Decke hatte. Wir mussten einen schmalen Mauerabsatz entlanghangeln. Der Abgrund war so tief, wie ich es seit der Zeit allein auf dem Meer nicht mehr gesehen hatte. Als wir in diese bodenlose Grotte blickten, musste ich Hannah am Gürtel festhalten. Der Wind pfiff unaufhörlich. Ich war zutiefst erleichtert, als wir wieder in eine von Menschenhand erschaffene Höhle kamen.

Schließlich gelangten wir zu einer großen Halle, an deren Wänden sich Fässer und Truhen stapelten. Braga entzündete mehr Laternen, und ich sah, dass kleinere Tunnels von diesem Hauptraum abzweigten und zu ebenfalls prall gefüllten Kammern führten.

»Das ist alles Schießpulver?«, fragte Mabbot.

»Einiges davon ist Salz, um die Feuchtigkeit zu binden, aber insgesamt lagern hier und in den anderen Kammern fast zwei Tonnen Schießpulver. Der Fox akzeptierte es als Zahlung für Opium von denen, die kein Silber hatten.«

»Und das Pendleton-Haus ...«

»Ist direkt über uns.«

»Dann los, ich will zurück auf mein Schiff.«

Nachdem er einige Minuten lang Zündschnüre auf dem dunklen Boden sortiert hatte, fluchte Braga. Wir beobachteten ihn eine Weile schweigend, bis Mabbot sagte: »Mr. Braga, können wir irgendwie helfen?«

»Verdammt ... Ich muss die Tunnel an die Oberfläche nehmen. In dem Chaos sollte mir das reichen.«

»Ich verstehe nicht ganz.«

»Sie waren nicht fertig. Die Zündschnüre sind nicht lang genug, um uns Zeit für den Rückweg zu geben. Ihr zwei müsst zuerst gehen. Ich lasse euch genug Zeit, um zum Hulk zurückzukommen, dann zünde ich und gehe durch das Lagerhaus. Folgt diesem Zweig auf dem Teppich«, er deutete auf eine besonders große Blüte und den Zweig, der davon abging, »und ihr werdet den Weg nach draußen finden.«

»Und wie willst du zum Schiff kommen?«

»Ich bin kein Seemann, ich habe mein ganzes Leben lang am Pearl River gelebt. Ihr habt mich heimgebracht.«

»Kann ich auf dich zählen?«

»Ich stehe in Ihrer Schuld, Captain, da Sie mich aus diesem Loch auf der Gefängnisinsel geholt haben. Und ich schulde Ihrem Sohn noch viel mehr, er hat mir gezeigt, wie man kämpft. Bevor ich die Nerven verliere, sollte ich besser weitermachen.«

Mabbot sagte zum Abschied: »Viel Glück, Mr. Braga.« Wir gingen so schnell wie möglich zurück zur ersten Höhle. Ich hatte furchtbare Angst, dass die Explosion die Tunnel um uns herum zum Einsturz bringen könnte.

Als wir es zum Haupteingang geschafft hatten, stieg ich sofort ins Wasser, doch Mabbot blickte zurück in die Tunnel.

»Captain«, flehte ich, »er hat gesagt, wir sollen uns beeilen.«

»Dieser Feigling«, flüsterte sie, »er wird doch nicht …«

In diesem Moment bewegte sich die Erde unter uns wie ein Teppich, der gerade gezogen wird. Das Wasser um meine Taille schoss in die Höhe. Einen Herzschlag später warf eine Explosion aus heißem Staub Mabbot ins Wasser. Ich packte sie und tauchte ab, wir zerkratzten uns Kinn und Ellbogen, als wir durch den Gang in das Hulk zurückschwammen, wo es dunkel und ruhig war. Ich war mir nicht sicher, wie lange wir unter der Erde gewesen waren, und dachte einen Moment, die Sonne wäre schon untergegangen, doch als wir auf den Strand traten, sah ich, dass der Himmel schwer von indigofarbenen Wolken war.

Die Männer begannen zu rudern, noch bevor wir uns gesetzt hatten, und sagten: »Ein Taifun, Captain! Wird immer böser. Ein Taifun, ganz sicher!«

»Das hätte selbst ich nicht besser einrichten können«, erwiderte Mabbot lächelnd und zog an ihren Ohren, um das Wasser herauszuschütteln.

Vom Beiboot aus sahen wir Rauch über dem Festland aufsteigen.

Als wir uns der *Rose* näherten, kam das Barbarenhaus in der Ferne in Sicht, und durch den Sprühregen sahen wir graue Nebelschwaden darum aufsteigen. Plötzlich stürzte es in einer aufsehenerregenden Explosion in sich zusammen, eine riesige Rauchsäule stieg in die Luft, und ich hoffte, dass Braga sich noch rechtzeitig in Sicherheit hatte bringen können.

Außer dem Grunzen der Ruderer und dem Plätschern des Wassers war nichts zu hören. Während wir dem Inferno zusahen, verwehte der Wind Rauch und Staub zu einer Hose, die meilenweit zu sehen sein würde. Das Barbarenhaus war Geschichte, Pendleton entwurzelt.

Asher hatte seine Mission hervorragend erfüllt. Zwei Dinghis mit breitem Boden, die Rümpfe schwarz geteert, waren an die *Rose* gebunden.

Als wir längsseits drehten, rief Mr. Apples: »Strickleiter für den Captain!« Er hatte es eilig, uns an Bord zu bringen, und ich war ganz auf seiner Seite. Doch der Anblick, der mich an Deck erwartete, war ernüchternd: Selbst durch das schlechter werdende Wetter konnte ich die Schiffe sehen, die zwischen uns und dem offenen Meer zum Gefecht aufgereiht standen, die Flagge der Royal Navy im Wind flatternd.

»Schauen Sie, Mr. Apples«, rief Mabbot über den Sturm hinweg. »Eine Brise, um uns hinauszutreiben, wie aufmerksam.«

»Einen Taifun würde ich jetzt nicht loben, Ma'am, dieser Wind wird mit jeder Minute gemeiner. Außerdem ist die Tür verschlossen.« Er deutete auf die Blockade. »Das sind zwei erstklassige Kriegsschiffe und ein Kanonenschiff, Captain.«

»Wir haben die Wetteranzeige«, erwiderte Mabbot, »es ist, wie es ist. Und wir haben schließlich unsere kleinen Überraschungen, nicht wahr?«

»Wir haben nur genug Schießpulver für eines der Dinghis. Das andere haben wir mit Öl übergossen, aber es wird nur rauchen, nicht mehr.«

»Das muss reichen. Und Ihre Kanoniere, Mr. Apples, sind die bereit für Kettenschüsse?«

»Sie denken doch nicht etwa daran, sie querschiffs anzugreifen?«

»Haben wir eine Wahl?«

Frustriert schauten Mabbot und Mr. Apples durch den Regen in Richtung der Blockade.

»Ich werde das Dinghi selbst segeln müssen und das andere nachziehen«, sagte Mabbot.

»Ich verbiete es«, erwiderte Mr. Apples bestimmt. »Das Kanonenschiff allein hat siebzig Kanonen auf jeder Seite. Die werden unsere kleinen Nussschalen im Handumdrehen versenken.«

»Sie sind schnell, und bei diesem Wetter werden die großen Schiffe ordentlich wackeln. Da ist es schwer, auf den Beinen zu bleiben, geschweige denn die Kanonen auszurichten.«

»Das ist Selbstmord, Captain.«

»Lieber die Boote verlieren als die *Rose.* Und Sie können es nicht tun, Mr. Apples. Wir haben nicht die geringste Chance ohne Sie an den Kanonen.«

»Ich habe mich auch nicht freiwillig gemeldet.«

»Bei diesem Wind können wir sie nicht unbemannt losschicken und hoffen, dass sie in die richtige Richtung treiben«, sagte Mabbot. »Wir brauchen eine fähige Hand. Nach allem, was ich den Männern zugemutet habe, kann ich keinen von ihnen fragen.«

»Captain«, schaltete ich mich ein.

»Wedge, jetzt ist keine Zeit für Scherze, du könntest nicht mal eine Badewanne segeln.«

»Nein, schau.«

Sie folgte meinem Blick und sah, wie Bai die Leinen des ersten Dinghi löste und den Baum in Position schwang.

Mabbot brüllte: »Tsang Ju-long Bai!«

Als er aufsah, verstummte sie jedoch. Sie musterten sich über den Sturm hinweg, dann fuhr Bai fort, die Segel zu setzen, die sich schließlich mit einem Knall mit Wind füllten. Das Boot setzte sich in Bewegung, zerrte an seiner Leine, und das zweite Boot zuckte in seine Richtung wie ein Schwan nach seinem Partner.

Als die Dinghis längsseits kamen und an uns vorbeifuhren, flüsterte Mabbot hektisch: »Sollten wir ihn nicht aufhalten, Mr. Apples?«

»Der Mann hat sich seit Fengs Tod nicht bewegt«, erwiderte Mr. Apples leise. »Er hat mein Leben ein Dutzend Mal gerettet. Aus meiner Sicht kann er tun und lassen, was er will.«

Der Wind frischte auf, und als die Boote rasch an uns vorbeiglitten, erweckte etwas Mabbots Kampfgeist zum Leben. »Segel setzen und macht die anderen nieder! Schneidet den Anker ab, wir haben keine Zeit!«

»Captain«, wandte Mr. Apples ein. »Ohne Anker wird der Taifun ...«

»Der Anker lässt uns nicht fliegen, und jetzt gerade brauchen wir Flügel.«

»Und welchen Kurs sollen wir nehmen?«

»Alle Segel setzen, Mr. Apples, und volle Kraft voraus. Bai wird eine Tür öffnen, und wir werden hindurchgehen.«

»Wir werden in der Schusslinie stehen.«

»Ich werde keine Breitseiten mit drei Schiffen nebeneinander austauschen, Mr. Apples. Verdammt, soll ich die Segel selbst setzen?« Eines der Dinghis hatte bereits zu qualmen begonnen.

»Anker los!«, brüllte Mr. Apples. »Männer, in die Wanten, alle Segel setzen! Kanonen bereitmachen! Alle Mann an Deck!«

Der Gong ertönte, und hektische Betriebsamkeit brach an Deck aus. Die Feuerboote hatten die Hälfte der Entfernung zwischen uns und der Blockade zurückgelegt. Der Rauch, der aus dem ersten aufstieg, ergab zusammen mit dem Regen eine undurchdringliche Mischung, die auf das mittlere Kriegsschiff zuzog.

Die *Rose* nahm rasch an Fahrt auf. Ich hatte sie noch nie mit allen Segeln an einem guten Tag gesehen, geschweige denn in einem Sturm, und die Männer an den Seilen wohl auch nicht. Selbst als wir vor Laroche flohen, waren die Marssegel gerefft. Jetzt waren alle Segel gesetzt und mit

Wind gefüllt. Die Masten ächzten und stöhnten. Heftige Böen kamen von der Leeseite und trieben die Masten auf das Wasser zu, bevor sie wieder gen Himmel zurückpendelten. Trotz unserer Schräglage fuhren wir direkt auf die Blockade zu. Weißer Schaum sprühte an Deck, wo unser Bug das Wasser durchschnitt.

Ein Matrose hielt verzweifelt ein Tau umklammert, das sich gelöst hatte, und der Wind schleuderte ihn gegen den Mast wie einen staubigen Teppich.

Das Geräusch von Kanonenfeuer ließ alle zu den Booten blicken. Die Takelage des ersten Dinghis war sofort zerstört, der Mast fiel in sich zusammen. Es kam vom Kurs ab und trieb qualmend dahin. Flammen leckten am Deck.

Dann hoben sich die Segel des zweiten Dinghis. Bai war vom ersten auf das zweite Boot gesprungen. Der Wind fuhr in die Segel, und das Boot schoss voran. Nur Sekunden später war es vom Rauch umhüllt.

Das Kanonenfeuer stoppte für einen Moment, dann explodierte das zweite Dinghi in einem Lichtblitz.

Der Wind drehte und trieb den Rauch so weit auseinander, dass eine schwarze, qualmende Narbe am Heck des mittleren Kriegsschiffes sichtbar wurde. Bai hatte sein Ziel gefunden, doch das Schiff stand immer noch in der Linie. Die *Rose* segelte direkt darauf zu. Wir hätten genauso gut einem Exekutionskommando gegenüberstehen können. Und dennoch rasten wir weiter. Das Kanonenschiff eröffnete als Erstes das Feuer, und ich verstand, was Mr. Apples so Angst eingejagt hatte. Eine einzige Kanonenkugel pflügte von unserem Bug nach achtern und verursachte so viel Schaden wie eine ganze Breitseite. Zehn unserer Männer wurden wie Schilfgras umgemäht, zwei unserer Kanonen stürzten ins Meer, und das Achternbeiboot zerbarst.

Ein weiteres Geschoss drang durch das Vorschiff und landete im Vormast. Den Aufprall konnte ich sogar in meinen Lungen fühlen. Der Wind nahm weiterhin zu, und die *Rose* wurde fast aus dem Wasser gehoben, die Segel knarrten und knallten, die Masten bogen sich. Bevor ich mich Deckung suchend zu Boden warf, sah ich einen Blitz zwischen den Masten der Kriegsschiffe.

Dann waren wir in Reichweite aller drei Schiffe, und die Welt geriet aus den Fugen.

Das Kanonenfeuer schien aus allen Richtungen zu kommen. Mabbot hatte den Besanmast erklommen, um ihre Befehle zu brüllen. Ein unheiliger Chor: der Wind, die Kanonen, Mabbot, der Donner.

Der Sturm hüllte uns vollkommen ein, so dass die Welt trotz des Heulens und des beißenden Regens glatt wie eine polierte Schiefertafel war. Einen Moment lang konnte ich nicht einmal das Deck unter mir erkennen. Nur das Kanonenfeuer durchdrang den Dunst in geisterhaften Blumen. Wir fuhren durch die Wolken. Dann tanzten die Kanonenkugeln über Deck, Holzsplitter flogen in hohem Bogen ins Meer. Es fühlte sich an, als würde die *Rose* Planke für Planke auseinandergenommen werden.

Eine Pause im Gefecht, und Mabbot brüllte: »Es ist offen! Das Tor ist offen!«

Tatsächlich, die Kriegsschiffe entfernten sich voneinander. Die Freude war nur von kurzer Dauer. Ich sah, dass sie sich der *La Colette* zuwandten, die sich von hinten der Kampfreihe näherte.

»Laroche ist da!«, schrie Mabbot fast schon euphorisch.

Mr. Apples' sprunghafter Kurs mochte den Franzosen kurzzeitig verwirrt haben, doch seit unserem letzten Zusammentreffen war er uns offensichtlich dicht auf den Fersen gewesen, und unser Zwischenstopp hatte ihm endgültig genug Zeit zum Aufholen gegeben. Die gefürchtete Korvette hatte es auf uns abgesehen, doch in dem unübersichtlichen Sturm hatten die Kriegsschiffe panisch auf sie gefeuert.

Zuerst dachte ich, blinde Rache wäre der Grund für Laroches rücksichtslose Antwort, doch dann erinnerte ich mich an sein Arrangement mit Ramsey und dem Geld, das Pendleton in sein Versuchsschiff gepumpt hatte. Er musste wissen, dass sein Geldgeber tot war und wie wenig Zeit ihm blieb, seinen Wert unter Beweis zu stellen. Nur Mabbots Auslieferung würde ihn vor dem Schuldnergefängnis oder Schlimmerem bewahren. Wenn ein anderes Schiff den Preis nach Hause brachte, wäre Laroche ruiniert.

»Er kann nicht zulassen, dass wir der Navy in die Hände fallen!« Peitschte der Wind Mabbots Augen, oder lachte sie wirklich? »Die *Rose* ist die Schönste auf dem Ball, und jeder will einen Tanz mit ihr.«

Als die Marineschiffe beidrehten, sah ich, wie sich drei chinesische Kriegsschiffe von Süden näherten, um ihre Küste vor dem rätselhaften Konflikt zu beschützen, der schon die Kais des Pearl River zerstört hatte. Das »Tor«, durch das wir gehofft hatten zu entkommen, war zu einem Schlangennest geworden. Das Meer kochte, und wir waren der Kloß im Topf. Unheimliches Licht erhellte den Himmel. Vom Sturm eingeschüchtert, kollidierten das Marinekanonenschiff und seine verwundete Schwester, ihre Masten verhakten sich ineinander. Ihre Kanonen feuerten dennoch unablässig.

Die gierigen Fäuste der Welt prügelten sich um die Vorherrschaft, jeder gegen jeden, die Schreie der Ertrinkenden wurden vom Gefechtslärm übertönt.

Ich sah, wie Fischerboote, die aus dem Hafen losgerissen worden waren, gegen die Rümpfe der sich nähernden chinesischen Schiffe geschleudert wurden, die sich wütend mit wild flatternden Gefechtsflaggen in den Kampf stürzten. Nach den Jahren des Duckens in ihren eigenen Häfen, während ausländische Interessen das Land ausbluteten, waren sie offensichtlich wild entschlossen, das Barbarenschiff auf den Meeresboden zu versenken. Ihr rauchender Hafen und die Ansammlung von britischen Navy-Schiffen bot ihnen die lang erwartete Entschuldigung für ein Eingreifen. Mabbot hatte recht, die Beziehungen hier waren so gespannt, dass sie nur einen Stoß brauchten, um zu explodieren.

Als die *Rose* an den wütenden Navy-Schiffen vorbeipreschte, gab Mr. Apples endlich den Befehl zum Feuern. Unsere Kanonen erwachten brüllend zum Leben, und auch wenn es ein furchtbarer Anblick war, musste ich hinsehen, als die Navy-Decks von der geballten Kraft unseres Angriffs aus nächster Nähe niedergemäht wurden.

Mabbot rief aufgeregt: »Bai macht ihnen die Hölle heiß!« Tatsächlich sah man eine Gruppe von Marinesoldaten auf dem Kanonenschiff auf seine einsame Gestalt zurennen. Aus der Entfernung sah sein letzter Kampf auf dem schräg liegenden Deck aus wie ein Ballett. Die Marinesoldaten schlossen den Kreis enger um ihn, und er verschwand in dem Rauch ihrer gleichzeitig abgefeuerten Musketen.

»Beidrehen für Bai!«, schrie Mabbot.

Doch Mr. Apples gestattete es nicht: »Wir können ihn nicht retten! Bai ist zusammen mit Feng gestorben, nur sein Geist macht uns noch ein Geschenk. Wir müssen es annehmen, Captain!«

Die *La Colette* feuerte auf uns, als wir an den Marineschiffen vorbeirauschten. Mr. Apples half persönlich, die Kanonen für die Kettenschüsse nachzuladen. Als der launische Wind Laroche zwang, mit dem Bug voran auf uns zuzusteuern, schien es, als bliebe uns die volle Wucht seiner Breitseite erspart. Doch dann erkannten wir seltsame Gerätschaften auf seinem Vorderdeck. Voller Schrecken sah ich zu, wie ein Dutzend Raketen auf die *Rose* zuschoss und uns schwere Verletzungen zufügte. Trotz der Zerstörung, die auf unserem Schiff wütete, trotz der Körper, die über das Deck rollten, antwortete Mr. Apples nicht. Er wartete auf den richtigen Winkel.

Ich sah Laroche im Bug des Schiffes, sein Zopf wie eine Fahne im Wind. Er hatte seine Machete gezückt, sein Mund schrie unhörbare Kommandos.

Als Laroches Männer die Raketen gerade neu geladen hatten, gab Mr. Apples endlich den Befehl, und der Kettenschuss wurde abgefeuert. Dafür hatte er seine Leute trainiert: je zwei Kanonenkugeln, die mit zehn Meter langen schweren Ketten verbunden waren, flogen durch die Luft. Die erste Ladung zerstörte kaum die Takelage des Besanmastes. Doch die zweite durchtrennte den Vormast der *La Colette,* der wie ein Baum umstürzte, so dass Laroche sich mit einem Sprung in Sicherheit bringen musste.

Wir feuerten weiter, während wir an der *La Colette* vorbeizogen. Nur Sekunden später hörte ich die Zwei Raben knurren und hoffte, dass sie einen tödlichen Schuss abgegeben hatten.

Mein Herz machte einen Sprung, als ich einen offenen Weg auf die stürmische, aber freie See sah. Der Himmel hatte hinter uns seine Schleusen geöffnet, und durch den dichten Regen waren die Schiffe kaum mehr voneinander zu unterscheiden. Die schweren Explosionen schickten immer noch Lichtblitze durch das Unwetter, doch keine Kugeln trafen mehr unser Schiff.

Die *Rose* raste schlingernd über die Wellen, ihre Segel waren zerfetzt, doch der Sturm trieb uns vom Schauplatz des Kampfes weg.

Ich bin am Leben, hallte es in meinem Kopf wider. Selbst als ich vom Vorderdeck sprang, um nach Überlebenden zu suchen, konnte ich nur daran denken: am Leben.

Viele der Leichtverletzten hatten sich über die Niedergänge unter Deck gerettet. Die Toten waren zu einem Haufen zusammengerutscht oder -getragen worden. Als plötzlich ein Stöhnen daraus hervordrang, musste ich allein nach dem Ursprung suchen, da die restliche Mannschaft sich um die Segel kümmerte.

Ich sagte mir, dass die durcheinanderragenden Gliedmaßen nichts als Schweinehälften waren, als ich meine Suche begann. Dann machte das Schiff einen Sprung, und die Leichen bewegten sich, rissen mich von den Füßen. Einen Moment wurde ich beinahe von ihnen begraben. War das Meerwasser oder Blut auf meinen Lippen? Ich wollte schreien, hatte aber Angst, den Mund zu öffnen.

Eine purpurrote Hand bewegte sich und riss an meinem Hemd. Und plötzlich sah ich in Ashers Augen. Sein linker Arm und seine linke Schulter waren abgerissen. Er versuchte zu sprechen und nestelte mit der verbleibenden Hand an seinem Gürtel, wo ich Fengs kleines Buch mit Sonetten fand. Ich legte es ihm auf die Brust, doch er war schon tot.

26

Das letzte Abendmahl

In dem ich für Mabbot kämpfe

Montag, 6. Dezember

Bin ich jetzt frei? Ist das die Befreiung, um die ich so inbrünstig gebetet habe? Wir haben die Sunda-Straße durchquert, und wenn uns die Winde gewogen bleiben, sind wir nur noch wenige Wochen von der Neuen Welt entfernt. Dort kann ich vielleicht für immer von Bord dieses verdammten Schiffs gehen. Doch zuerst will ich versuchen, Ordnung in meinen zerrissenen Geist zu bringen, und die Ereignisse der letzten Tage aufschreiben.

Vor drei Tagen erst habe ich für die strahlende Hannah Mabbot gekocht, auch wenn es schon wieder so lange zurückzuliegen scheint.

Da Kitzu nicht nur mit der Herkules-Aufgabe beschäftigt war, die durchlöcherte *Rose* zu reparieren, sondern auch selbst durch einen Granatenschuss verletzt war, konnte ich auf keinen Fisch von ihm hoffen. Stattdessen wandte ich mich an die Männer, die an der Außenseite des Rumpfes an Seilen hingen und dort Reparaturen ausführten. Ich bat sie, mir irgendetwas halbwegs Essbares mitzubringen, und bekam schließlich einen Eimer Schnecken.

Der Verzehr von Landschnecken war eine französische Angewohnheit, die ich nie angenommen hatte. Es war mir nie die Mühe wert gewesen, die schleimigen Kreaturen zu putzen. Das Beste an den zähen kleinen Knubbeln war die Butter, in der sie sautiert wurden. Seeschnecken waren etwas anderes, da man sie wie Muscheln oder Austern zubereiten konnte.

Ich sah, dass die Männer eines der großen Madeira-Fässer, das sie geleert hatten, um Panch zu mischen, waschen und mit Tauen füllen wollten. Ich unterbrach sie gerade rechtzeitig, um vom Bodensatz etwas Weingeläger abzukratzen. Ich musste an Leightons Leiche denken, die wie ein Fötus in seinem Weinfass in der Bilge verstaut lag.

Die während der Schlacht Gefallenen hatte man feierlich in Sackleinen eingenäht, der letzte Stich ging durch ihre Nasen. Das Geräusch des Hakens, der sich durch das Septum grub, verdeutlichte mir die Notwendigkeit dieser barbarisch anmutenden Gewohnheit: Falls noch ein Funken Leben in dem Betreffenden wäre, würde er jetzt schreiend aufwachen. Die Toten versanken im Wasser, während ein Matrose ein Trauerlied auf einer Viola spielte. Doch Mabbot hatte beschlossen, dass Leighton auf dem Festland beerdigt werden sollte. Sie wollte einen Pomelo-Baum über seinem Kopf pflanzen.

Von den Männern, die den Außenrumpf reparierten, ergatterte ich weitere Seeschnecken. Ich pochierte sie so lange in Weingeläger, bis sie sich an den Rändern kräuselten. Dann gab ich Pfeffer darüber und freute mich über die Einfachheit. Salz war nicht nötig.

Das Kaninchen, das mittlerweile gut abgehangen war, zerschnitt ich in kleine Stücke und briet diese mit Mehl und Schmalz an. Joshua und ich perfektionierten danach die Herstellung einer Pastetenkruste, indem wir sie kurz im Meerwasser abkühlten.

Die Füllung für die herzhafte Pastete bestand aus Mehlschwitze, karamellisierten Zwiebeln, gebratenem Kaninchen, gewürfelten Brandy-Aprikosen und den letzten Lorbeerblättern.

Als Nachtisch röstete ich Walnüsse in einer Pfanne, zusammen mit Zimt, schwarzem Pfeffer, Ingwer, Honig, Rosmarin und einer Prise Salz, bis sie zu klumpen begannen. Dann trennte ich sie wieder und ließ sie abkühlen.

An diesem Abend speisten Hannah und ich Schnecken in Weingeläger und Kaninchenpastete mit Brandy-Aprikosen und beendeten das Mahl mit gewürzten kandierten Walnüssen.

Mabbot weinte ein wenig, während sie die Pastete aß. Auch ich musste die Tränen unterdrücken, als der Geschmack die Qualen der letzten Tage zu lindern begann.

Man hatte Mabbots Kajüte nach dem verheerenden Sturm aufgeräumt und gesäubert. Nachdem wir das Mahl beendet hatten, hielten wir einander und tanzten einen langsamen Walzer, auch wenn Bai uns nicht begleiten konnte.

Trotz meiner Bemühungen konnte ich meine Angst nicht verschweigen: »Wenn Laroche seine Masten repariert …«

»Wir fahren, so schnell wir können, Wedge. Und die Zeit ist auf unserer Seite. Seine Männer müssen mittlerweile wissen, dass Ramsey tot ist. Sie haben ihren letzten Lohn erhalten, und wer weiß, wie lange ihre Vorräte noch reichen. Wir müssen das nur aussitzen.« Dann flüsterte sie: »Aber wenn du heute Nacht hierbleibst, können wir uns sicher die Zeit vertreiben.«

»Aye, du könntest mich in meine Zelle einsperren, und ich würde immer noch einen Weg zu dir finden, Captain«, sagte ich.

»Was, indem du dich mit einem platten Löffel befreist?«, fragte sie. Ich blieb stehen. »Mund zu«, sagte sie, »sonst fängst du noch Fliegen. Oh, bitte, reg dich nicht auf. Auf diesem Schiff kann nicht mal eine Ratte pinkeln, ohne dass ich es weiß. Du hast deine Fluchtversuche so schön in deinem kleinen Tagebuch beschrieben.«

»Wie lang hast du es schon gelesen? Aber ich habe es doch versteckt!«

»Genau. Und wer könnte es gefunden haben?«

»Joshua.«

»Sei nicht wütend auf den Jungen, Wedge, ich habe es ihm befohlen. Er hat es gehasst. Aber du hast ihm gut das Lesen beigebracht.«

Ich musste lachen, als ich daran dachte, wie all meine Fluchtversuche so kunstvoll vereitelt worden waren.

»Kannst du mir vorwerfen, Wedge, dass ich dich in meiner Nähe haben wollte?« Mabbot lehnte sich an mich, hob mein Kinn und küsste mich.

In diesem Moment explodierte die Welt um uns herum. Holz, Glas, Meerwasser nahmen uns die Sicht.

Die Kanonenkugel pflügte durch das Fenster und landete in einem Sparren.

Wir waren zum Glück unverletzt und starrten erschrocken auf das Ding: eine gewöhnliche Kanonenkugel, deren Oberfläche allerdings seltsame Löcher aufwies. Der Geruch von Schweinekot stieg mir sofort wieder in die Nase.

Laroche hatte den Schuss wohlplaziert und sich an unserem Kerzenlicht orientiert. Die Kugel saß fest im Holz über Mabbots Spiegel, als ob sie schon immer dort gewesen wäre. Im Bruchteil einer Sekunde, zwei Herzschläge höchstens, denn das Geräusch der Kanone hatte uns noch nicht erreicht, spürte ich den Luftzug durch das Loch in der Wand, sah die Lichtblitze hindurch, roch Hannahs Haut, ein Aroma fast wie Brot, den weißen Tee ihrer Wangen, den Karamell in ihrem Atem, Zeit genug, um zu bedauern, dass diese Wohlgerüche jetzt von dem Schwefel aus der Kanonenkugel überdeckt wurden. Weiße Rauchfäden drangen aus den Löchern.

Dann erreichte uns das Geräusch der Kanonen, und Mabbot machte eine Bewegung, wollte wohl das Geschoss aus dem Holz ziehen und aus dem Fenster werfen. In diesem Moment explodierte es und feuerte Blitze aus den Löchern in den Raum.

Mabbots Brust war blutüberströmt, und sie fiel nach hinten in meine Arme. Ob mit Absicht oder nicht – sie hatte mich mit ihrem Körper geschützt. Die Wunde war schwer, und Mabbot blickte mir mit einem Lächeln in die Augen und sagte: »Ein furchtbares Missverständnis, aber ich bin mir sicher, es ist nichts.«

Mr. Apples stürzte in die Kajüte. »Captain …« Er hielt abrupt inne, als er Mabbot auf meinem Schoß sah.

»Es sieht nicht gut hier drin aus, Apples«, keuchte Mabbot.

»Da draußen auch nicht, Captain.« Mr. Apples musste sich hinunterbeugen, um sie zu verstehen.

»Kapituliert. Die Jungs sollen sich die Dietriche unter die Zunge legen. Beißt euch durch, wenn ihr müsst.«

»Laroche wird Sie nicht lebendig fassen.«

»Ich kümmere mich darum.«

Erneutes Kanonenfeuer, zersplitterndes Holz und das verzweifelte Husten von Pistolen ließen Mr. Apples wieder nach draußen rennen.

Ich kann nicht sagen, wie lange ich sie im Arm hielt und versuchte, die Blutung zu stillen.

Sie flüsterte: »Du musst ihnen sagen, dass du mein Gefangener bist, Wedge. Versprich mir das. Oder sie werden dich töten. Ich will nicht, dass du stirbst.«

Dann wurde sie schlaff, und sosehr ich sie auch schüttelte und nach ihr rief, sie regte sich nicht mehr.

Nach einer Weile nahm ich die Schreie und das Kanonenfeuer wieder wahr. Laroche richtete ein Massaker an. Er schoss Schwefel und Phosphor, die das Deck entzündeten. Das Feuer verbreitete sich in alle Richtungen. Ich spähte aus Mabbots Kajütentür und sah, dass sein Schiff vollkommen im Dunkeln lag und nahezu unsichtbar war, bis auf die Blitze beim Zünden der Kanonen.

Außerdem schien er über Kanonen zu verfügen, die in rascher Folge feuern konnten, so dass er unsere Männer seelenruhig niedermähen konnte, wenn sie an Deck kamen.

Wie ein Tier lief ich zwischen Mabbots Leiche und der Tür hin und her und beobachtete das Inferno um mich herum.

Erst als Mr. Apples die Waffen streckte, sein Hemd auszog, damit zum Zeichen der Kapitulation winkte und den anderen befahl, es ihm gleichzutun, gab Laroche nach.

Innerhalb einer halben Stunde war die *Rose* eingenommen, unsere Männer gefesselt und auf die *La Colette* gebracht worden.

Ich hatte mich in Mabbots Kajüte eingeschlossen.

Als Laroche die Tür einschlug, begleitet von einem norwegischen Riesen, vermisste ich die Zwillinge plötzlich verzweifelt.

Selbst in meiner Trauer bemerkte ich, dass Laroche viel stärker gealtert zu sein schien als erwartet, seine Augen traten fast aus ihren Höhlen, Haarsträhnen hingen ihm aus dem Zopf. Als er beim Eintreten Mabbots Leiche sah, seufzte er befriedigt auf, und seine Hand glitt zu dem Medaillon um seinen Hals.

Der Riese packte mich und hätte mich zu den anderen Gefangenen gebracht, wenn ich nicht hervorgestoßen hätte: »Sie kennen mich, Laroche! Ich bin Lord Ramseys Koch, Gefangener auf diesem Schiff.«

Mit einem Blick auf den Tisch und die Kerzen sagte er: »Sie essen mit ihr?«

»Je n'ai pas le choix«, erwiderte ich, das Lügen fiel mir in seiner Sprache leichter. »Sie zwingt mich.«

Die bitterste Lüge, die je ausgesprochen wurde. Es spielte keine Rolle, dass Mabbot mich mit ihrem letzten Atemzug darum gebeten hatte. Laroche schien meine vor Scham und Wut geröteten Wangen nicht zu bemerken.

»Nun denn, betrachten Sie sich als befreit«, sagte er. Seine Messingknöpfe glitzerten im Kerzenlicht. Die Uniform war ungewöhnlich sauber, die Striche der Kleiderbürste waren sogar noch zu erkennen. Er hatte sich offensichtlich extra umgezogen. »Nehmt sie an Bord der *La Colette.*« Vor der Tür hielt er den Mann allerdings noch einmal auf, weil er sich an seinem Preis ergötzen wollte. »Ich will ihr Gesicht sehen.«

Der blasse Riese riss das Tuch zurück, in das er ihre Leiche gewickelt hatte, und Laroche beugte sich dicht darüber.

Der Knall ließ uns alle zusammenzucken. Laroche stolperte zurück, Blut schoss aus dem Loch in seinem Herzen.

Mabbot hielt schwach die Pistole, die sie aus seinem Gürtel gerissen hatte, und flüsterte: »Da muss ich widersprechen, Laroche.«

Die Pistole glitt ihr aus der Hand, und sie erschlaffte endgültig, bevor der Riese sie wie ein verängstigtes Kind ins Meer warf. Sofort zog er seine Pistole und feuerte sechs Runden in die aufgepeitschte Dunkelheit, in der sie verschwunden war.

Mit einem Aufheulen stolperte ich zur Reling, um hinter ihr herzuspringen, doch der Gigant packte mich und schleuderte mich zu Boden. Ich rollte mich zusammen und ließ meinen Schmerz an ihm aus, zielte mit meiner Stirn auf seine Nase und prügelte auf ihn ein, bis er stumm zusammenbrach.

So weit ich mich auch über die Reling lehnte, ich sah keine Spur von Mabbot – nur Schaum und ein einsames Fass, das die Wellen gegen den Rumpf warfen.

Laroche lag mit grauer Haut und nach Atem ringend auf dem Deck. Er hatte sich das Medaillon abgerissen und hielt es mir entgegen. In seinem Inneren war der Scherenschnitt einer jungen Dame zu sehen.

»*Dites-leur* …«, stöhnte er, »… Sie müssen ihnen erzählen, wie nahe ich dran war. Ich habe alles gegeben.«

Ich sah, wie ihm das Medaillon aus der zitternden Hand fiel, und schwieg. Eine fürchterliche Stille kam über mich, als er seinen letzten Atemzug tat.

Ich bereitete mich auf den Tod vor, erwartete, von Laroches Männern erschossen zu werden, doch als ich aufblickte, erkannte ich zu meiner Überraschung, dass sie auf die *La Colette* feuerten.

Die Schiffe lagen längsseits, beide Decks standen in Flammen. Mr. Apples und die anderen hatten sich ihrer Fesseln entledigt und die Wachen überwältigt. Sie hatten nur wenig Waffen, weshalb sie sich hinter dem Hauptmast verschanzt hatten. Im Licht der Fackeln erkannte ich, dass das schnell nachladbare Gewehr auf dem Bug der *La Colette* montiert und auf Mr. Apples' Aufstand gerichtet war. Unsere Leute versteckten sich hinter den Masten, konnten sich jedoch wegen des Kreuzfeuers zwischen der *Rose* und der *La Colette* nicht bewegen.

Ich huschte so schnell wie möglich über das blutverschmierte Deck zur Quarterdeck-Kanone, der größten beweglichen Kanone auf der *Rose*.

Ich lehnte mich mit meinem ganzen Gewicht dagegen und konnte sie so aus ihrer Verankerung lösen. Dann sah ich zu, wie sie immer schneller über Deck rollte. Ich rannte ihr nach, als sie Laroches Männer niederwalzte. Einer sprang zur Seite, doch ich schlug ihn mit meiner Prothese bewusstlos. Da fiel mir auf, dass ich brüllte. Ein anderer Soldat warf sich in den Ozean, um der Kanone zu entgehen.

So säuberte ich das Deck von den Feinden. Als die See sich hob und mit ihr das Schiff, verlangsamte die Kanone ihren wütenden Lauf und rollte zurück. Sie verfolgte mich für fünfzig Fuß, bis sie durch eine beschädigte Luke aufs Unterdeck fiel.

Jubel brach unter den Kameraden auf der *La Colette* aus. Sie waren durch das nachladbare Gewehr, dessen Munition nie auszugehen schien, immer noch an ihren Platz gefesselt.

Joshua war bei den anderen und gebärdete mir eine Nachricht, die er von Mr. Apples' Lippen ablas. Das Schiff schwankte stark, und ich musste mich konzentrieren, um von seinen Fingern ablesen zu können: »Feuer die Vorschiff-Kanone!«

Ich musste dafür unter Deck, und in meiner Verwirrung vergaß ich die freilaufende Kanone, die hinabgestürzt war. Dichter Phosphorqualm lag in der Luft. Ich näherte mich meinem Ziel vorsichtig, als ich die Kanone durch den Qualm marodieren hörte.

Nur weil ich mich kopfüber hinter die Ankerwinde stürzte, entging ich den alles zermalmenden Rollen. Der Hauptanker war beschädigt, die Ketten an der Winde locker, so dass ich die Kanone mit mehreren Lagen fixieren konnte. Dann rannte ich zur Vorschiff-Kanone, wo ich versuchte, mich an alle Ladeschritte zu erinnern. Wahrscheinlich dauerte es nur zwei Minuten, doch mit zitternden Händen und voller Panik fühlte es sich wie Stunden an.

Die Luken ließen sich leicht öffnen, doch die Kanone hindurchzuschieben, erforderte meine ganze Kraft. Endlich hob sich das Schiff über einer Welle und ließ die Kanone an ihren Platz rollen, wo ich sie einrasten ließ. Ich zielte niedrig, wie man es mir beigebracht hatte. Auf kurze Entfernung war es besser, das Wasser zu treffen als die Luft, denn so würde der Schuss immer noch treffen. Nur wenige Meter trennten die Schiffe, und ich konnte deutlich den jungen, verängstigten Soldaten sehen, der die gefährliche Kanone im Bug der *La Colette* bediente. Er zitterte sichtlich. Ich fragte mich, ob es derselbe Mann war, der mein Bein zertrümmert hatte.

Es war mein Moment – doch gerade weil es in meiner

Macht lag, den jungen Mann zu töten, zögerte ich. Der Blutdurst, der mich über das Schiff hatte toben lassen, war so weit abgeklungen, dass sich der tiefe Abgrund der Trauer unter mir aufzutun begann. Conrad, die unsichtbaren Herrscher im Barbarenhaus, die *Patience,* Feng und Asher, die vielen Toten in wenigen Monaten. Und jetzt Mabbot – konnte es wahr sein? Auch Mabbot? Warum nicht feuern? Was bedeutete mir dieser dünne Welpe? Warum nicht noch eine Leiche auf den Haufen werfen?

Vielleicht bin ich doch kein Pirat. Ich habe nicht gefeuert. Stattdessen klopfte ich laut mit einem Marlspieker gegen die Kanone, um ihn wissen zu lassen, dass ich da war. Er zielte auf mich, und wir sahen uns über die Lücke zwischen den Schiffen hinweg an. Hinter der Kanone konnte er nur wenige Zentimeter von mir sehen. Er dagegen stand einer Zwanzig-Pfund-Kanonenkugel schutzlos ausgeliefert da. Sichtlich erleichtert, so klar unterlegen zu sein, ließ er seine Waffe los und hob die Hände. Er wurde rasch von meinen Kameraden überwältigt und in Ketten gelegt. Wie Mabbot richtig vermutet hatte, waren Laroches Männer von Skorbut und Schlafmangel geschwächt. Ein Großteil ergab sich nur zu gern.

Es war eine grausame Nacht mit vielen Verlusten auf beiden Seiten und Blut an meinen Händen. Die Sonne stand hoch am Himmel, bis die Feuer endlich alle gelöscht waren.

Schlimmer war jedoch, weitaus schlimmer, dass Mabbot tot war. Nicht krank, nicht schlafend, nicht versteckt in ihrer Kajüte, um mich mit ihrem wissenden Lächeln zu necken, sondern tot.

Trotz der verzweifelten Tauchgänge unserer Schwimmer konnte ihre Leiche nicht gefunden werden. Mr. Apples rief unsere Männer schließlich zurück zum Schiff, sonst wären sie bis zur totalen Erschöpfung weitergetaucht. Danach brach die Mannschaft in ein einstimmiges tierisches Jaulen und Wehklagen aus. Ich stimmte in diesem gespenstigen Chor mit ein, bis meine Stimme brach.

Mein Dienst ist vorbei, meine Gebieterin besiegt. Es steht mir endlich frei, das Schiff zu verlassen. Ich kann in jeden Hafen der Welt reisen, kann mir mein eigenes Leben aufbauen. Und doch bringe ich kaum die Kraft auf, diese Worte zu schreiben.

⚓

Dienstag, 7. Dezember

Nach vielen Diskussionen und behelfsmäßigen Reparaturen hat sich die Mannschaft in zwei Gruppen aufgeteilt, und aus einem Piratenschiff wurden zwei. Viele gingen auf die *La Colette,* ein bizarres Gefährt mit vielen tödlichen Gerätschaften an Bord. In ihren Händen wird es eine furchtbare Waffe sein.

Bevor die Mannschaft sich aufteilte, bekam jeder seinen Anteil aus der Beute von der *Trinity.* Ich selbst hätte, wenn ich ein vertragsgemäßer Pirat gewesen wäre, wegen meiner verlorenen Gliedmaße eineinhalb Anteile bekommen. So bekam ich nur einen regulären Anteil, und den auch nur dank Mr. Apples' Fairness.

Der alte Pete, unser Navigator, ist spurlos verschwunden. Zweifellos im Kampf verloren gegangen. »Irgendwie passt es«, sagte Mr. Apples. »Nur Mabbot hat ihn verstanden.«

Mr. Apples, ich und eine rudimentäre Mannschaft haben beschlossen, auf der *Flying Rose* zu bleiben. Er hat den Posten des Captains mit eiserner Faust übernommen. Er gesteht den Männern zwar ihre Trauer zu, indem sie nach der Wache trinken und singen dürfen, doch keiner ist von seinen Pflichten befreit. Sein eigener Schmerz ist hinter der

Maske aus Disziplin kaum wahrnehmbar, mit der er das Schiff und die Mannschaft vor dem Auseinanderfallen bewahrt, doch es gibt Anzeichen: Niemand hat ihn seit Tagen schlafen oder essen sehen. Als die Männer einen Schrein auf Mabbots Polstersessel errichteten, zerbrach Mr. Apples seine Stricknadeln und legte sie oben auf den Haufen der Gaben.

Nachdem wir einen Tag still im Wasser gelegen hatten (ich glaube, Mr. Apples hoffte insgeheim genau wie ich, dass Mabbot über und über mit Seetang behangen aus den Tiefen des Meeres auftauchen würde), nahmen wir Kurs auf Amerika, wo alle sicher an Land gehen und neue Männer rekrutieren konnten. Wir hatten das Wespennest heruntergestoßen, und wir waren uns alle einig, dass die Neue Welt eine angemessene Entfernung darstellte, um China und England beim Kampf um die Kontrolle über den Handel zuzusehen.

Mr. Apples hat zugestimmt, einen zweiwöchigen Umweg in Kauf zu nehmen, um Joshua und mich in Martha's Vineyard, Joshuas Heimat, abzusetzen.

Epilog

⚓

Mittwoch, 15. Juli 1823

Um den Hals trage ich Kerfuffles Pfote, und wenn meine Hände nicht gerade mehlbestäubt sind, streichele ich oft das weiche Fell.

Mein Anteil aus der Beute betrug sieben Ballen Seide, neunzehn Riegel Silber, dreihundertundfünfzig Pfund Tee und diverse Kästen mit verschiedenen Gewürzen. Mit diesem Reichtum haben Joshua und ich unser Gästehaus *The Rose* in der Nähe des umtriebigen Hafens von Martha's Vineyard eröffnet. Die Tische werden mit unserem höchstpersönlich gestohlenen Porzellan gedeckt.

Diese Gemeinde arbeitet auf dem Wasser, doch ihre Herzen sind an Land. Abends kehren die Fischer zu ihren Frauen zurück und schlafen in Betten, die nicht unter ihnen hin und her schwanken. An den Sonntagen picknicken die Familien in den Obstgärten, und die Kinder füttern die Gänse mit Brot, das so frisch ist, dass es einen Piraten zum Weinen bringt. Eine bescheidene Stadt, das genaue Gegenteil zur Hektik Londons, dem endlosen Geratter der Kutschen auf Kopfsteinpflaster oder den fliegenden Händlern, die ihren Tand in der Gosse verkaufen. Hier ist das lauteste Geräusch ein gelegentlicher Streit unter den Möwen am Hafen. Es gibt keine hohen Gebäude, der Markt ist übersichtlich, doch ich habe alles, was ich brauche. Was ich hier nicht bekomme, wie das unersetzliche Miso, bringen mir die Walfänger oder Rumhändler aus fernen Ländern mit. Ich habe seit meiner Ankunft hier keinen Fuß mehr auf ein Schiff gesetzt.

Joshua ist als Wirt genauso gut wie als Koch, er lässt mir

meine Ruhe, damit ich neue Gerichte entwickeln und mich endlos an dem maßgefertigten Vierzehn-Quadrat-Fuß Herd aus Stahl mit Messingverzierung vergnügen kann. Unser Menü gestern Abend: gegrillter, mit Miso glasierter Dorsch mit dicken Bohnen, Gänseleber und Sumachpastete, Lammkeulen mit pochierten Birnen und Fenchel, außerdem Pecannusseis.

An den Abenden unterhält Joshua unsere Gäste mit Geschichten von seinen Abenteuern auf See. Seine dramatischen Gesten ziehen viele Zuschauer an, doch der beste Platz ist immer für seine Mutter reserviert, die sich täglich in den glänzenden grünen Seidenschal wickelt, den er ihr am Abend unserer Ankunft um die Schultern gelegt hat. Er erzählt so anschaulich vom Schlingern des Schiffes, von einer Kanonenkugel im Flug, dass selbst Besucher, welche die Gebärdensprache nicht beherrschen, fasziniert zuschauen. Wenn wir viele hörende Gäste haben, springe ich manchmal als Übersetzer ein. Es kommen viele Touristen vom Festland, die in den Gästezimmern über dem Hauptraum des Gasthauses schlafen, wo immer ein Feuer brennt, um durchnässte Reisende zu trocknen. Man brüstet sich mittlerweile damit, etwas Besonderes im *The Rose* gegessen zu haben, Pilfered-Blue-Käsesuppe mit gebratenen Kochbananen etwa oder Anis-Rum-Sorbet. Wir verschiffen unser Black Rabbit Ginger Ale sogar bis nach New York.

Joshua hat seinen Anteil seinem Alter entsprechend ausgegeben, auch wenn er sich mit sechzehn schon als Mann fühlt. Er hat seiner Mutter ein zweigeschossiges Haus gebaut und segelt mit einer hübschen Jolle zwischen dem Festland und der Insel hin und her. Schon bald werden seine Küchenfertigkeiten meine übertreffen.

Er hat eine zauberhafte junge Frau geheiratet. Ihr erstes Kind ist zu ihrer großen Freude auch weitestgehend taub. Die Kleine plappert mit ihren Händen. Joshua nennt mich ihren Großvater. Ich werde alles in meiner Macht Stehende tun, um dieser Ehre gerecht zu werden.

Beinahe jeden Tag lesen wir Berichte über die explosive Lage am Pearl River. Unser kleiner Tumult war offensichtlich genug, um besonders konservativen Beamten in Kanton die Kontrolle über den dortigen Handel zu übertragen. China hat Pendleton nicht erlaubt, das Barbarenhaus wieder aufzubauen, und hat außerdem strikte Embargos auf Tee, Seide und Gewürze erlassen, um den Opiumschmuggel einzudämmen. Ich weiß, dass man den Zeitungen nicht uneingeschränkt vertrauen kann, aber wenn es wahr ist, dass England plant, Kanton zu blockieren, dann ist ein Krieg unausweichlich. Mabbot wäre begeistert gewesen. Mr. Apples wird Pendleton das Leben natürlich schwermachen, wenn er noch auf dieser Seite der Wellen weilt. (Ich gebe zu, ich vermisse den Grobian. Einer der alten Männer, der bei uns immer frühstückt, ist der Michelangelo der Elfenbeinschnitzerei, und ich habe bei ihm ein Paar Stricknadeln aus Walknochen in Auftrag gegeben, die auf dem Kamin warten, sollte Mr. Apples eines Tages durch die Tür kommen.)

Doch das ist alles sehr weit weg. Manchmal frage ich mich, während ich den Sonnenuntergang beobachte, wessen Blut den Himmel gerade rot färbt. Doch bis auf den stetig steigenden Preis für Tee verläuft unser Leben unberührt von diesen Dramen.

So nahe der See kann man den Geschichten der Seeleute nicht entkommen: Lügen über riesige Tintenfische und Meerjungfrauen mit sich schlängelnden Locken. Ab und zu höre ich sie über Mabbot reden, sie sagen, sie sei immer noch da draußen, mit einem Dämon in der Tasche und ihrem roten Haar in Flammen. Manche sagen, sie befehle ein Phantomschiff, das zehn Fuß über dem Wasser segelt, ein

Schiff aus Dampf, das keine Kanonenkugel treffen kann. Viele sagen, sie hätten mit eigenen Augen gesehen, wie sie eine Piratenarmee anführt und dass das Meer zu blutigem Schaum aufgerührt wird von ihrem gnadenlosen Kampf gegen alles, was »anständig« ist. Ich weiß, dass das nicht wahr ist. Nachts jedoch, wenn mein Bein schmerzt und mein Zimmer auskühlt, halten mich nur Träume von Mabbots schlauem Grinsen warm, und ich muss an den ruhigen, knorrigen Walfänger denken, der sie wohl wirklich gekannt hatte. Er war kein Angeber. Er erzählte Joshua und mir seine Geschichte spätnachts, als alle anderen schon zu Bett gegangen waren. Mabbot hatte ihn gerettet, berichtete er, keine drei Monate, bevor er in unser Gasthaus kam. Sein Schiff war auf Grund gelaufen und gekentert, und eine rothaarige Frau hat ihren eigenen schlanken Schoner riskiert, um ihm zu helfen und seinen Männern Taue zuzuwerfen. Im Bug saß ein alter Mann, der auf die Wellen starrte. Was schadet es schon, wenn ich mir ab und zu erlaube, daran zu glauben.

Ich habe Leighton auf einem grünen Hügel unter einigen Eichen begraben, zusammen mit dem Weinfass. Ich habe hundert Trauernde bezahlt, an der Bestattung teilzunehmen, und ihnen Kaninchenpastete gebacken. Ich habe mir viele Gedanken über die Grabinschrift gemacht und mich schließlich für etwas Einfaches entschieden, damit seine Totenruhe nicht von denen gestört wird, die einen Groll gegen seine Familie hegen. Auf dem Grabstein steht nun schlicht: »Von Hannah geliebt«. Es mag demütig klingen, aber ich wäre zutiefst geehrt, wenn auf meinem Grabstein dasselbe stünde.